中国当代
作家小说集

王传宏

著

跳舞吧

TIAOWU BA

中国文史出版社

为有源头活水来（总序）

温亚军

以网络为主流传播媒介的这个时代，文学所面临的挑战、创作的生长点以及得失，大家时常挂在嘴边，却无能为力。是的，我们对自己也是有提醒的，对文学的新动向应该进行反思，对其有一个清晰、全面的认识，并做出客观的评价。比如对现实生活中矛盾的大胆触及，注重塑造转型期新的人物形象，区别与以往人物性格的重复，增加时代内容的融入，社会气息的强化，平凡的人物性格等多样性与更新趋势方面，虽然不是为了迎合，但是否有所改观？我们对网络的冲击除了接受，别无他法，可始终在安慰自己，纸质阅读带给人的精神愉悦，总好过徜徉在俗世里平庸琐碎的纷纷扰扰。而清浅淡远的生活，也终是热爱生命的人殊途同归的期冀。那好吧，我们还在坚持纯文学创作的这群人，最终发现希望值得等待，有些失望也值得经历。

"锐势力·中国当代作家小说集"是中国文史出版社推出的一套品牌图书，在纯文学日渐式微、图书市场极其疲软的今天，该社编辑全秋生谋篇布局、倾心打造，为致力于中短篇小说创作的实力派作家提供一个展露成绩的阵地。众所周知，网络横行的此时，纸质阅读的空间几乎日渐稀薄，尤其文学作品，这是个不得不承认的事实。作为责编，全秋生先生坚持纯文学本心，坚守纯文学出版平台，他编辑这套丛书所面临的各方压力，未来市场的销售难度有多大，我们是可以想象到的。但他还是冒着风险坚持下来，并且在选择作者、书籍装帧上更加严格、考究，使这套丛书日趋精致、高端大气，符合大众的品位。此举于纯文学作家的创作来说，无疑是一种福音。

"锐势力丛书"第二辑中的这八位小说家，大多人我未曾谋面，但从各类刊物中读过他们的作品。单从作品上来看，他们对小说文本的探索，有自己的理解和认识，对小说艺术的追求，有较好的能力和把握，他们创作出了无愧于小说意义的文本。可以说，他们在小说领域各有千秋，而且，有些作家已经取得了不凡的成就。

陈斌先的小说从细微处着笔，艺术地再现了生活，具有很强的思想性和艺术性。收在这本集子里的七部小说，叙述的风格不尽相同，但就其故事背后所体现的大悲悯情怀，或娓娓道来，或抽丝剥茧，或深沉哲思，都饱含深情，包括作家采撷了一个又一个生动细节，塑造的一系列鲜活的人物形象等，可以窥探出作家的艺术情怀和艺术探索。比如作者所写的寒腔，是庐剧的一种唱腔，庐剧人的寒苦，水月、长生的挣扎、坚守和追求，尤其代表物质和当下世俗层面的句一厅与水月的精神对峙等，有了较深探索。《寒砚》写老大的一次善意赠予，造成授受者精神的异化和挣扎。《操守》写卤菜摊主小昭的片刻游离所带来的痛苦和挣扎，其故事背后呈现的面貌，值得深思。

王传宏的中短篇小说大都聚焦普通人的日常生活，以冷峻而细密的笔触描摹出他们的孤独、焦虑与失望。她的小说有一种奇异的色彩，沉稳而不安，动荡而释然。那些在时间的风尘中不断挣扎的人们，被流水般的过去与梦魇般的现实牵扯着，在那团从他们的心灵深处升腾而起的雾霭里踯躅、徘徊着。而这一切，总是被王传宏拿捏得恰如其分。王传宏的文字极富张力，饱满而冷寂，紧致而悠远。里面既有不动声色的平实，也有出人意料的绚烂。作者热爱她笔下的人物，把这种热爱隐藏在自己的文字之中，极富耐心地构筑起一个个小小的世界。这其实在某种程度上也造就了她作品特有的气质，绵长而柔韧的文字中所涌动的奇光异彩。

晓秋以女性的眼光，对准她所生活的城市背景，对城市的历史和生活的整体性做着追忆式的拆解和重构。她作品里的各色人物，如时光一般缓慢，他们的心境也如缓慢流淌的河水，在沸腾的时代背景下，再怎样暗流汹涌，依然对生活抱着希望和美好的幻想。晓秋的作品注重城市的人与自然、人与历史、人与时间、人与地域的关系，将人的行动放置在阔大的文化视野中加以审视，意境由此幽远起来。她打量当下都市生活中的女性群体，她们的情感、婚姻、家庭，还有友谊，于浓密的生活质地中把握住了火候，于婚姻的烦琐里写出了练达，于微波细澜的情谊里见著温暖。

叶炜的小说创作努力拓展乡土文学的书写空间，重新反思人与土地的关系变化，其乡土叙事聚焦一个区域、一个村落和区域文化特质，呈现出独具个性的乡土书写立场和姿势。同时，叶炜的乡土小说以全景式观照和"非道德"视角审视两种方式书写民族心灵史，在人与土地关系的视野中发掘和表达乡土中国的精神存在。如何在乡土的视野中去探索乡土中国更多的书写方式与路径，是叶炜及其小说创作带给我们的重要启示。

赵剑云的创作纯真而又深刻，她的小说关注更多的是平凡人物和普通人的生活，人物很现实，事迹很平实，却以一颗悲悯之心体察生命，由此实现了对命运及时间之河中的存在之思。赵剑云在自己的小说中，强化了日常生活中的温暖和爱意。她擅写感情，尤其是爱情，她从女性视角出发，叙述当下中国人的家庭、婚姻和情感生活，追随着人物波澜起伏的情感，探寻人物或柔软或幽暗的内心世界。她细致温婉地表达了对于中国社会精神情感状态诸多缺失元素的关注，例如情感的隔膜、亲情的淡漠、友情的缺失等等。赵剑云习惯书写杯水的微澜，小事之光，生活生命中那些纤细的、毫发的温度，以及由这温度而影响到的内心，赵剑云构建的是一个有着毛茸茸质感的情感世界，她体察、审视着那些和青春相关的冲动、爱情和孤独。

曹永出道就拓土开疆，构建自己的文学地域。他建造的野马冲镇和迎春社村，俨然已成他的地理标识。在这个相对闭塞的蛮荒世界，没有常见的田园牧调，由于恶劣的自然条件和生存环境，处处展现出人类的懦弱与偏执、无助与挣扎、粗野与凶残，他们似乎永远活在压抑和焦虑之中。这片领土上居住的民众，虽然活得像野兽般坚忍顽强，但生命的质地却无比脆弱，随时有可能被意外事故所折断。曹永的小说语言朴拙，棱角分明，故事在推进过程中没有多余的渲染，显得干净利落。他作品散发出力量的冲击，以及让人震颤的审美快感。感性的生活经历和理性的社会思考，形成他独特的写作风格，也让他在有限的叙事里，展示出无限的空间。

常芳的小说有厚重的文化思考，她有着温婉的书写姿态，不动声色的价值批判，在温情与诗意的文字下，直面广阔的世界。以中篇小说《一日三餐》《你在木星上有多重》《左青龙右白虎》为代表的市民生活系列小说，以中篇小说《纸环》《撒拉弗的翅膀》《冬天我们去南方》为代表的反映当下知识分子精神困境的小说，敏锐地捕捉现实与日常生活，呈现出人的本真存在以及与这个变化世界的复杂关系。以短篇小说《蝴蝶飞舞》《白色蝌蚪》《一只乌鸦口渴了》为代表的成长小说，在关于少年们成长的小小欢乐之外，更多的是呈现时代和命运的不可抗拒，以及少年们成长路上所背负的沉重和无助。

杨帆的作品试图展示不同阶层的个体在社会环境下的际遇，人的吃饭问题、安全感、幸福指数、情感与理想等等。杨帆近年偏于社会题材，在作品中继续质疑、探讨这些问题：经济与文化、自然与社会是否可以脱离，科学、艺术能留给后代什么，在先进与传统、个人与集体之间如何前行；房屋的功能是什么，不同阶层的人能否相爱，人的物化与物的人化完成后人类将走向哪里等等。杨帆将本来沉重、严肃的命题简约到用文字叙说来表达，然后再依靠文字的奇特功效"以小见大"，从而实现自己的文学表达目的。这一从具体到抽象、再通过抽象还原到具体的技巧，使得她的作品具有较大的扩张力和震撼力。

八位作家的中短篇小说在虚构能力、人性开掘上都有值得肯定的地方，因为大家的共同坚守，使纯小说领域的色彩更加丰富。大家都知道，小说是作家想象力的产物，小说的核心品质在任何时候都是复杂的，而不是简单地表达一段生活经历，或者说故事。这个时代，还在保持传统阅读的人们对小说解读或多或少存在着一些偏差，甚至带有些许鞭挞社会现象的期待和给予混沌呼吸以彻底颠覆的情绪，致使小说作品的负荷时常超重。再就是，越来越多的诱惑对作家本人的冲击，致使某些作家很难沉静下来，认真面对小说的意义去创作。加上一些读者的误读，使一些作品奋不顾身地往"真实生活"上靠拢，有些作家越写越现实，越来越缺乏想象力，使小说创作越来越没有了难度，有些基本上就是现实生活的翻版，这显然削弱了小说的实质意义。

一个作家的观感、视角，也就是一个作家的价值判断能力，或者异质性的经验，是作家对生活不断地阐释，对生活的空间以及多变的外部环境做出充分的估计，在创作中不断地加入自己的思想认识，启发他人更加自觉地去发现生活中隐秘的一些事物，这应该才是我们创作小说的初衷。

愿与诸位共勉。

2019.11.28 于京华

（作者系第三届鲁迅文学奖得主）

目
录

CONTENTS

1

困　　倦

　　越小谷离开家的时候是凌晨，天刚蒙蒙亮。母亲还在隔壁房间睡觉，越小谷听见母亲的鼾声时高时低地传出来，忍不住皱起了眉头。自从母亲不可收拾地发了福，越小谷与母亲的关系也变得越来越紧张起来。越小谷不明白，母亲为什么会这样无动于衷地任由自己发胖？越小谷认为这一定是母亲出了什么问题。有一次与母亲吵架的时候，越小谷终于忍不住骂了一句肥猪。那时候母亲正在换衣服，冲过来劈手就给了越小谷一个耳光。紧身棉毛衫的领口还套在母亲的额头上，这让她看起来就像是一个披着奇怪盔甲的古代士兵。母亲似乎也被自己的举动吓住了，只是愣愣地看着越小谷。越小谷则瞪着眼一动不动地站在那里，张着鼻孔与母亲对峙着。母亲的身上只穿着胸罩短裤，这让她看起来更加臃肿不堪。一坨坨肥肉小山似的堆积在腰上，似乎把整个人都淹没了。隔着半尺多远的距离，越小谷能闻到那些肥肉发出的热烘烘的让人窒息的气息。越小谷就是在那一刻忽然感到一阵难以克制的恶心。于是便转身冲进卫生间里，把刚吃下去的饭菜翻江倒海似的全吐了出来。

　　自从挨打之后，越小谷便再没有与母亲说过一句话。开始的几天，二人像仇人似的生活在一起。母亲还在生越小谷的气，自然没什么好脸色。越小谷每天早早地离开家，直到深更半夜才回来睡觉。那次呕吐之后，越小谷便发觉自己忽然变得一点食欲也没有，这让越小谷很高兴。因为，这样她就可以不必再吃母亲做的饭了。只要不吃饭，她就不会对母亲有什么愧疚感。

　　越小谷的身高一米六五，体重还不到一百斤。在一般人看来，这已经很瘦了。但是，越小谷觉得自己还是太胖。现在，不吃饭让越小谷感觉一下子轻松了很多，因为这就意味着她不再需要任何人了。不再需要总是唠叨个没完的母亲，就连那个总是让她伤心失望的音乐老师，也变得不那么重要了。这让越小谷觉得自己很强大、很有力量。

母亲很快便坚持不住了。越小谷早晨还没有起床，母亲就把早饭准备好了。其实越小谷早就醒了，只是闭着眼睛装睡。等到时间差不多了，这才懒懒散散地起床，装出根本没有时间吃饭的样子，匆匆赶去上学。母亲知道越小谷中午在学校也不一定吃午饭，这让她十分焦急。为了向越小谷表示和解，下午放学的时候，母亲特意买上越小谷平时爱吃的肯德基套餐，早早地站在学校门口等着。可是，越小谷常常不等母亲发现，便从学校的另一个大门逃了出去。

母亲无奈，只好多给越小谷些零用钱，希望她饿的时候自己到外面吃饭。可是，母亲又有些担心，不知道她有了钱之后又会干出什么出人意料的事。以前，越小谷就常常不吃午饭，省下钱偷偷去打游戏，或者是买 CD，去看歌星演唱会。可是，母亲的工作忙，又不能总是时刻盯着她。而且，一个星期很快就过去了。母亲也有些不相信，越小谷难道真的就不吃饭了？或许她只是不肯在家里，或者不肯在母亲面前吃东西而已。越小谷已经十七岁了，一天天长大成人了，对许多事情应该有自己的判断力了。母亲叹了口气，也就随她去了。

现在，越小谷每天只是喝水，吃一点饼干、黄瓜、苹果之类的东西。开始的几天很难熬，吃下去的东西经常会让越小谷觉得恶心，胃一阵阵地痉挛。但这样的感觉很快便消失了。越小谷能感觉到自己的胃正慢慢地一天天变得柔软起来，就像刚出生不久的婴儿的小脚丫，温柔地皱缩成一团。任何一点油腻或者饭菜的香味都会让它感觉惶恐不安、不知所措。

那时候，越小谷已经正式从学校艺术团退了出来。当初越小谷这么做其实只是为了赌气，是和那个音乐老师较劲。作为小乐队的吉他手、合唱队的领唱，越小谷知道自己在艺术团里的地位。她以为自己提出要走，音乐老师一定不会同意的，肯定会尽力挽留她。甚至，音乐老师可能还会伸出手拥住她，让她不要走。这样，她就可以在音乐老师的怀里大哭一场了。可是，音乐老师只是很认真地看了她一眼，淡淡地说越小谷，这是你考虑好了的决定，还是一时的意气用事？见音乐老师这样无情无义，越小谷冷着脸说，是早就想好了的，我不想待在这里。

阳光从墙上的玻璃窗照进来，落在屋子里的那架紫红色架子鼓上。灰尘正在阳光里亲密地相互追逐着，飞起来，又落下去。越小谷注视着那缕阳光，忽然哭了起来。越小谷一边哭一边向外面跑。音乐老师伸出手想拉住她，可是手刚伸了一半，不知怎么又停下了。越小谷已经跑到了屋子外面，这时忽然又站住了。越小谷转过脸来向音乐老师喊道，我讨厌这里，讨厌你！

没有人知道，她其实是多么爱这个男人。她爱他的成熟，爱他的干练，爱他蹙着眉头思考问题时的样子，爱他一动不动地站在身后看自己弹琴。越小谷喜欢音乐老师看自己弹琴时的那种欣喜中夹杂着几分欣赏的表情。但是，这个男人一点也不知道，她只是因为爱他，才拼命地练习吉他的。越小谷早就知道，自己只有弹好琴，才会有机会接近音乐老师。因此，有一段时间越小谷整天像疯了一样练琴。无论是走路还是吃饭，越小谷的左手都在无意识地摸索着把位，这让她看起来就像是一头躁动不安的小兽。在公交车上，越小谷低垂着的痉挛的手指有好几次被人误认为是小偷。

有一次，在听完越小谷的演奏后，音乐老师十分热忱地说，你真的很有天分，只要努力，以后肯定会非常成功的！可是，越小谷现在并不想要成功，她只想要面前的这个男人。但是对这一切，音乐老师却似乎一无所知。虽然越小谷并不明白她到底想让音乐老师知道些什么。但是，反正所有的一切他都应该是明白的。越小谷用自己省下的午饭钱，买了两张音乐会的票，大着胆子送给音乐老师。越小谷告诉他，这是别人送给母亲的不花钱的关系票。音乐老师笑了笑，很爽快地接受了。

那天，越小谷特意换上了一件白色连衣裙。越小谷平时几乎从不穿裙子，但越小谷觉得，或许男人们更喜欢穿裙子的女人。簇新的连衣裙紧紧地绷在身上，一碰便沙沙地响。越小谷感觉连自己的手脚都变得有些多余了。裙子上的腰带不知什么时候松开了，越小谷想把它重新打成蝴蝶结，却怎么也弄不成，只好手忙脚乱地胡乱在腰间系了个扣。虽然音乐厅里开着冷气，因为着急和羞怯，越小谷早已是满头大汗。偏偏出门的时候，连擦脸的纸巾也忘记带了。音乐老师一直在专心致志地看演出，也不知是真的没有看见，还是不愿意让越小谷难堪。黑暗中，越小谷感觉自己的手上似乎多了什么东西。

3

越小谷半天才意识到那是音乐老师悄悄塞给她的一张湿纸巾，顿时羞红了脸。

那是一场十分沉闷的民乐演奏会，演出的曲目毫无新意。越小谷整个晚上都有些恍恍惚惚的，几乎什么都听不见。直到音乐厅里的人纷纷起身离开，这才惊醒似的跟着大家一起朝外面走。下台阶时，音乐老师无意似的扶了越小谷一把，让她小心。音乐老师的手在她的后背上停留了一下，越小谷整个人顿时僵了似的愣在了那里。还没等她回过神来，音乐老师已经与她道别，转身离开了。

一连许多天，越小谷的心都被羞耻和悔恨塞得满满的。越小谷相信，音乐老师不仅会认为自己愚蠢不堪，更会觉得自己下贱无耻。她发觉，只要在音乐老师面前，自己就像变了一个人似的。她原本是想表现得更加乖巧可爱一点的，可是事情不知怎么就变成了另外的样子。她说着一些她不想说的话，做着一些她根本就不想做的事。或者，只是因为不知所措而一声不吭地坐在那里。越小谷知道，自己的这个样子一定会让音乐老师讨厌的。但是，她一点也不知道应该怎么做才好。她拿自己一点办法也没有。

其实，越小谷也知道男人们喜欢什么样的女人。这样的女人在电影电视里有很多。她们光着脚，或者穿着漂亮的高跟鞋，低胸的连衣裙裹着她们柔软性感的身体。她们总是会因为什么事，像微风中的树叶一样咯咯咯地笑了起来，忽然猛然间停住笑，给了面前的男人一个耳光，或者是把一杯水倒在那个男人的头上。有时，她们又像是一只柔韧而灵敏的山猫，长发遮住了她们的脸，只有两片娇艳的嘴唇和丰隆的胸脯在灯光下闪烁着，蛇一般挑逗着男人们的欲望。

越小谷当然不会这么傻，会把电影电视当成现实。可是，这些电影电视大多是男导演拍摄的，至少代表了他们的一部分想象吧？越小谷身上穿的还是半旧牛仔裤、灰色运动鞋。越小谷低着头看自己的胸脯，从白色 T 恤衫上，几乎什么也看不见。越小谷伸出手抚摸着两只细小的乳房，觉得自己与那些任性而迷人的女人离得很远。音乐老师不喜欢自己，也是理所应当的。这个发现让越小谷十分绝望。

每天下午去参加学校艺术团的活动时，越小谷总是会尽力让自己显得温柔美丽一点，她想让音乐老师喜欢自己。可是，所有的努力最后总是以失败

4

告终。在音乐老师面前，她总是会说一些莫明其妙的话，或者无缘无故地发脾气。因此，所有的一切都会在忽然间变得十分别扭，让人心绪不宁。与她打交道时，音乐老师总是很小心，也很宽容。但是，音乐老师又有些担心，这样的宽容会让别的学生产生误会。因此，有时也会显得有些烦躁。越小谷其实早已经感觉到了音乐老师的厌倦和无奈，还有来自别的同学的半是嫉妒、半是疑惑的不满。她很想让事情变得好起来，但是因为不知道该怎么做，越发变得疙疙瘩瘩的。

　　越小谷终于愤怒起来，既是因为自己，也是因为别人。这愤怒其实已经在越小谷的胸中酝酿很久了，现在，在她决定不吃饭之后终于彻底爆发了出来。以前在课间休息的时候，越小谷总是会躲到厕所里，为的是不让别人有机会冷落自己。现在则完全不同了。不吃饭就像是一颗正在空中飞翔的子弹，中途忽然因为什么事骤然间停住了。以为注定要被那颗子弹击中的越小谷，手脚似乎还在空中倒悬着，虽然胸口一阵阵怦怦乱跳，那些不期而至的陌生感觉却令她十分兴奋。于是，只是自顾自手忙脚乱地玩味着。众人在惊异中先还有些不知所措，但很快便感觉有些害怕，四散躲开了。

　　越小谷叉开双腿一动不动地站在那里，脸上没有任何表情。这个姿势越小谷曾经对着镜子练习了很久，就像一个正在博弈的象棋大师，不让自己的脸上露出一丝破绽。班上别的同学都在院子的另一头，他们正在相互追逐打闹着，也有人在向越小谷这边看，交头接耳地说着什么。越小谷知道，他们大概是在议论自己。要是在从前，越小谷肯定会感觉心虚不安的，或许还会忽然脸红、不知所措。但现在已经完全不一样了。越小谷大胆地把自己的目光迎了过去。现在，倒是那些人似乎有些慌乱起来，很快便散开了。越小谷的嘴角忍不住露出一丝微笑。对自己的表现，越小谷感觉很满意。

　　自从不吃饭之后，越小谷的体重下降很快，变得越来越瘦了。除此之外，越小谷的头发也脱落得很厉害。上课时，老师讲课的内容越小谷几乎什么也记不住，人也变得有些恍惚。但是，越小谷觉得这并没有什么妨碍。她的心里常常只有一个念头，那就是让自己再瘦一点。越小谷感觉自己的内心就像她的外表一样，正一天天变得强大起来。越小谷还记得自己很胖时的样子，圆滚滚的身体，圆鼓鼓的脸，就连情感也像是发了福似的。以前，她总是会在什么时候，因为一点什么事忽然号啕大哭起来。她一点也不知道自己这是怎么了。是为了那个总是若即若离的音乐老师，还是为了总是练得疙疙瘩瘩、不尽如人意的吉他？似乎是，又似乎都不是。

越小谷很快就要中学毕业了，可她的文化课一塌糊涂，是不可能考上大学的。那么，她肯定要找别的出路，或者是去学点什么。在母亲看来，一个人是不能靠弹吉他吃饭的。然后呢？她就要和什么人结婚，从家里搬出去，住在窄得像狗窝一样的屋子里。或许，还要和一个陌生男人生孩子。这样的情景就是想一想都让人觉得难以忍受。她会爱那个男人吗？对于这一点，越小谷现在还拿不准。可是，越小谷知道，即便真的爱那也是靠不住的。听母亲说，当初她和父亲也是曾经相爱过的，可是，从越小谷记事起，她看见的就只是激烈地争吵，或是让人难堪地冷淡。在越小谷上小学五年级的时候，他们终于离婚了。当然，事情也不一定总是这么一团糟。要是越小谷长得漂亮一些、比现在再瘦一点，她就知道该怎么做了。或者，那个男人如果是音乐老师，情况当然也就完全不一样了。

母亲因为越小谷不吃饭的事，曾经专门找过音乐老师帮忙。因此，那天音乐老师郑重其事地约越小谷到肯德基餐厅，说是要和她好好谈一谈。要是在从前，这样的邀请一定会让越小谷欣喜若狂的。可是现在，这一切已经变得不那么重要了。越小谷一声不吭，低着头站在那里。越小谷看见音乐老师脚上的黑色皮鞋已经有些变形了，鞋后跟磨掉了一小半，难看地歪在一边，这让他的两条腿看起来似乎长短不一。而且，音乐老师不知怎么竟然穿了一双浅红色的袜子，这让音乐老师看起来有些滑稽。越小谷忍不住歪着嘴微笑了一下，她忽然很想做点什么。于是，便皱了皱眉头，抬起头说，要是上次我说的话你还没有听清楚的话，那我就再重复一遍：我讨厌你！

音乐老师的脸就像是被人凭空掴了一巴掌，顿时面红耳赤起来。音乐老师说越小谷，你还是个孩子，有许多事你现在还不懂。越小谷不等音乐老师说完，便朝地上重重地吐了口唾沫，然后扬长而去。越小谷还记得音乐老师脸上那副痛心疾首的表情，这让她感觉很畅快。越小谷就是在那一刻，忽然发现音乐老师不仅很苍老，而且十分难看。头顶的头发已经脱落了许多，而且，竟是如此肥胖。深灰色外套的扣子没有扣，露出里面蓝白相间的条纹衬衫，条纹衬衫裹着音乐老师的大肚皮，这让他看起来就像是个正怀着孩子的孕妇。而她以前竟然为这个苍老的胖男人寝食不安过，这让越小谷感觉十分羞耻。越小谷拼命地向前跑，一边跑一边朝地上呸呸地吐着唾沫。越小谷发觉，一切都是那么丑陋肮脏，简直令人恶心。她只想离开这里，离得越远越好。

第二天清晨，越小谷轻手轻脚地起床，用冷水潦草地洗了把脸。然后便从墙上摘下那把装在套子里的吉他，背在身上。越小谷踮着脚尖走到门口的时候，又停了下来，思考着是不是还要带点别的什么东西？于是，又回到屋子里。母亲的外套正横放在客厅的沙发上，外套的口袋里有钱包。越小谷把里面的钱全拿了出来，然后朝背包里塞了两条换洗的内裤、一件运动衫。临走的时候，又在卫生间里拿了一把牙刷。

天还没有大亮，马路上飘着碎纸片，不知谁家的狗在远处一声声地叫着。越小谷慢慢地向前走，心里忽然变得空落落的，脚步也一点点沉重起来。但是，越小谷并不觉得害怕，因为即便她现在什么也没有了，至少还有目标和她在一起。虽然这目标似乎有些虚无缥缈，连越小谷自己也看不清它的真实面目。但越小谷觉得，只要它还在那里，她就会变得勇敢起来，不再害怕什么了。

列车有节奏的咔嚓声很快便让越小谷感觉有些昏昏欲睡。她闭上眼睛睡了一会儿，很快又惊醒过来。刚才，越小谷只是买了张站台票就上了车。现在，开始琢磨着要是有人查验车票，她该把票补到哪里呢？坐在越小谷旁边的是个抱着婴儿的中年女人，女人正不停地把孩子从自己的左手倒腾到右手。孩子似乎在哭，但几乎听不到声音，越小谷甚至弄不清他到底是哭还是在笑？两个农民工模样的年轻男人正用难听的方言议论着什么，越小谷只听得懂他们在不断重复一个词：桑园。桑园是什么？越小谷歪着脑袋认真地思考着，那到底是地名还是一个女人的名字呢？

忽然，有个声音在越小谷的身边响起，请出示车票。越小谷抬起头，那个穿制服的男人又问道，你去哪里？越小谷愣了一下，只是迟疑地说：桑园？还没等越小谷反应过来，那个男人已经取走了越小谷手中的钱，并把开好的车票塞到了她的手里。

下半夜的时候，桑园终于到了。越小谷跟在那两个民工后面一起下了车，越小谷原本想向他们打听一下情况的，但那两个人很快便不见了。越小谷下车之后才发现，桑园原来只是个小镇。空荡荡的两条窄马路，两旁黑漆漆的一大片房子，看起来就像是个阴谋。越小谷站在镇中心的十字路口，忽然感觉十分迷茫。她一点也不知道自己为什么要到这里来，也不知道到这里做什么？可是，她原本就不知道自己为什么要离开家，那么到哪里去、做些什么，也就变得不那么重要了。越小谷犹豫了一下，便在路边的一家还亮着灯的小旅馆里住下了。

　　桑园虽然小，却有许多看不出到底生产什么的小工厂。越小谷在这里倒也并不显眼，看起来就像是个普通的打工妹。但是，越小谷却并不出门打工，而是整天待在小旅馆里。白天，越小谷就去网吧打游戏，或是坐在窗前弹吉他。但后来吉他上的弦忽然断了两根，在小镇又买不到可以更换的琴弦。于是，大多数的时候越小谷只是无所事事地坐在小旅馆的床上发愣。

　　离家出走的日子虽然没有多少乐趣，却也并非像原来想象的那样充满艰辛。开始的时候越小谷还十分小心，害怕暴露自己的行踪，让母亲找到自己。但她很快便发现，那些离家出走的人之所以最终被别人发现，大都是因为他们厌倦了那样的生活。只要越小谷愿意，母亲就没有办法找到她。

　　越小谷还记得离家出走之后，第一个和她上床的那个男人。那时候，从母亲口袋里拿的钱已经差不多花光了。晚上，无处可去的越小谷就睡在网吧的椅子上，这让她感觉十分疲倦。于是，越小谷便对网上那个正和她聊天的男人说，想找个地方睡觉。那人说行，你来吧。那人在聊天时曾告诉过越小谷，他今年二十三岁，是个刚毕业不久的大学生，因为一时找不到工作，正在家里闲混着。可见面之后，越小谷才发现，那人原来是个独居的中年男人。男人似乎也对越小谷这么年轻有些意外，不停地问，你多大了？开始的时候，越小谷还有些害怕，想找个借口离开。可是，她实在太困了，脑袋就像铅一样沉重。越小谷笑了笑，又摇了摇头，很快便在那个男人的床上睡着了。

　　越小谷已经不记得那个男人长什么样了，只记得床单上的血迹和那个男人忽然而至的兴奋，就好像无意中买彩票竟然中了大奖。尖锐的疼痛很快逼走了浓重的倦意，但越小谷依然感觉脑袋昏沉沉的，几乎弄不清到底发生了什么事。越小谷看见那个男人跪在地上，双手捧着她的身体，一直在轻声说着什么，眼睛里则隐隐地闪着泪光。越小谷很想问问他到底在说些什么？但疲倦很快再次袭来，越小谷又睡着了。

当越小谷再次醒来的时候，那个男人已经准备好了饭菜。越小谷只是嗅了嗅鼻子，便厌恶地让那人把它们拿开。饭菜的香味让她的胃一阵阵地打着哆嗦。男人试图想亲吻她，但越小谷转身让开了。越小谷闻到那个男人身上散发出的一股若有若无的陈腐气味，这让她感觉很不舒服。那是一种说不清道不明的混浊而又潮湿的衰老气息，是日积月累的岁月留下的残渣碎片。越小谷不喜欢这样的碎片。

越小谷匆匆穿好衣服，临走的时候忽然把手伸给那个男人。男人似乎十分困惑，问道，你想要什么？越小谷说，当然是钱！付钱吧。越小谷看见那个男人一下子愣住了，脸上的温情顿时消失得无影无踪，眼睛也一点点变得生冷起来。男人在越小谷的手上放了一张钞票，见越小谷依然没有把手收起来的意思，便又犹豫着放了一张上去。越小谷收好钱，转身向外面走。忽然听见屋子里传来轰的一声，那是什么东西被男人摔碎了。然后，是那个男人裂帛般的叫声：你这个鸡（妓）！臭婊子！越小谷的心里原本还有几分感伤，现在听见叫声，不知怎么忽然有些想笑，于是便牵了牵嘴角，咯咯咯地笑了起来。越小谷发觉，那个男人的叫声虽然刺痛了她，却也让她产生几分报复的快乐。

很快，越小谷便对这一切处之泰然了。在她缺钱的时候，就会和哪个衣着整洁、看起来比较和善的老男人搭讪。然后在宾馆、小旅店，或者是哪个安全隐蔽的地方，匆匆做完交易。那些刚刚到手的钞票，很快就会变成一张温暖干净的床，变成酒，或者是一瓶某种品牌的止咳露。这是越小谷在一次感冒咳嗽的时候偶然发现的秘密。止咳露也可以像酒一样，很快让她变得快乐起来。喝完这些东西之后，越小谷便会找个地方静静地待着。这时候，越小谷的脑子里常常一片空白，什么也不想，什么也不需要想，只有那种轻盈、柔软的虚弱像风似的一阵阵袭来。越小谷感觉自己的身体就像是一小片云彩，在空中悠然地飘来飘去。

等到对一个地方厌倦了，越小谷便会离开那里，到另一个地方去。这时候，越小谷就会随便在哪条公路上拦车。路上的汽车大多匆匆疾驰而过，在身后扬起一大片烟尘，几乎没有人搭理她。只有那些跑长途的货车司机偶尔会停下车。司机从车窗里伸出头来，问她要到哪里去？越小谷也不说话，只是拉开车门上车。驾驶室里除了司机，还有一个穿着肮脏工作服的男人。两个男人饶有兴致地看着她，就像是在看动物园里的那些被关起来的稀奇古怪的小动物。

长途货车一定是在路上跑了很长时间，车里的东西也和那两个男人一样，上面落满了寒冷和倦怠。穿工作服的男人一直在和越小谷说话，问她今年多大了？到底要去哪里？见越小谷始终一言不发，便说，你身上背的是什么东西？你是不是从家里偷偷跑出来的？然后便开始断断续续地劝说起来。中午的时候，两个男人把车停在路边，去饭店吃饭。只留下越小谷一个人在车上等。二人吃完饭回来之后，又继续开车上路。现在，是那个穿工作服的男人开车，另一个男人则盖着棉大衣躺在后座上睡觉。因为有越小谷坐在旁边，男人有些伸不开腿，因此睡得很不踏实。醒来的时候，男人一直阴沉着脸。越小谷很想向他表达一下歉意，却不知该说些什么，于是便放弃了。

天黑的时候，两个男人照例在路边停车吃饭。可是，这一次似乎有些特别。二人下车之后并没有急着离开，而是躲在一边嘀嘀咕咕地商量着什么。越小谷看见那个穿工作服的男人向越小谷这边抬了抬下巴。另一个男人开始的时候似乎还有些犹豫，但很快便点点头，拍了拍那个穿工作服的男人肩膀，咧开嘴阴阳怪气地笑了笑。

半个小时之后，只有那个穿工作服的男人回来，另一个男人却没有来。男人坐在越小谷的身边，嘿嘿地笑着，忽然拉住了她的手。越小谷虽然有些意外，却并没有反抗。男人见状，眼睛顿时亮了起来。男人的衣服很脏，身上飘出一股淡淡的臭味。越小谷知道，自己的身上一定也有这样的味道。她已经很久没有洗澡了，就连牙齿也有好几天没有刷了。车厢里几乎所有的东西都在发臭，还有一股尘土和汽油的味道。男人的脸上有一种奇怪的表情，既像是恐惧，又像是害羞。他一直在絮絮叨叨地说着什么，可是因为过于含糊，越小谷几乎有些分不清他是在劝越小谷，还是在劝他自己？

天已经完全黑下来了，夜晚变得越来越冷。虽然驾驶室里开着空调，越小谷依然微微地打着哆嗦。那一刻，越小谷几乎有点弄不明白，在自己身上是真的发生了什么，还是她依然在做梦？所有的一切都是那么黏腻肮脏、丑陋不堪，就像是恐怖片里发生的那些莫明其妙、匪夷所思的情景。那个穿工作服的男人还给越小谷带来了一个盒饭，但她连碰都没有碰。越小谷这么长时间一点东西也不吃，这让那个男人很吃惊。

越小谷的安静也让那个男人有些困惑不解。他以为她会挣扎、反抗，或者表现出害羞、不情愿的样子，为此，他已经做好了准备。可是，越小谷只是将头偏向一边，一动不动地任由他摆布。有一瞬间，男人甚至以为这是个圈套，几乎有些想放弃了。最后，男人终于认定越小谷大概是个傻子，至少也是个智力有障碍的人。这虽然让男人忍不住有些羞愧，但是，一切很快便变得理所应当起来。有一瞬间，男人甚至觉得自己受到了侮辱，几乎有些愤怒。在接下来的时间里，穿工作服的男人便不再搭理越小谷了。

不久，另一个男人也回来了。他当然知道自己不在的这段时间里，车子里发生了什么事。于是，便歪着嘴嘿嘿地笑着，不时地与穿工作服的男人开着玩笑。穿工作服的男人却绷着脸，不搭理他。越小谷静静地蜷缩在后座椅上，侧着耳朵倾听着长途货车发出的有节奏的轰鸣声。两个男人正在说着什么，却有些听不明白。于是，越小谷便饶有兴致地看着他们的嘴一张一合地动。她忽然想起，自己忘记向那个穿工作服的男人要钱了。但是，她现在一点也不想说话，而且，她也拿不准要是自己开口要钱，他们会做出什么样的反应？

货车很快就要到达目的地了，两个男人渐渐变得沉默起来。空调不知什么时候忽然坏掉了，车里的一切看起来都像是被冻僵了。偶尔，那个穿工作服的男人还会和越小谷说话，问她要不要喝水？因为寒冷，越小谷几乎无法回答。越小谷在一家工厂门前下了车。临下车前，那个穿工作服的男人忽然偷偷在她的手里塞了一张钞票。长途货车和两个男人很快便消失了，周围重新变得寂静起来。越小谷的手中握着那张钞票。崭新的钞票十分挺括干净，越小谷几乎有些奇怪，在那个男人的身上竟然也会有这么干净的东西。越小谷细心地把钱折好，放到口袋里，心里甚至涌出几分快乐。那个男人根本就不知道，她现在对什么都无所谓，谁都可以要她。有时，她甚至觉得应该感激他们，是这些男人替她做出了应该去哪里的决定。

远处的工厂被一大片围墙围住了，只有大门上的一盏路灯懒洋洋地亮着。

11

越小谷坐在路边，不知道自己究竟到了哪里？她只知道自己离家很远，已经回不去了。而且，就算是在家里又怎么样呢？天似乎变得越来越冷了，越小谷能感觉到自己的身体在衣服里慢慢地变冷，好像是在汲取空气的温度。但是，空气也是冷的，自己的身体和空气之间的温度是一样的。这样的感觉几乎让越小谷变得高兴起来。

越小谷遇见那个叫黄海歌舞团的大篷演出队时，大篷里的几个穿着暴露的女孩正坐在一辆敞篷汽车上，旁边有一只大喇叭声嘶力竭地反复播放着演出的时间、地点，夸张地做着广告。越小谷忍不住心中一动。反正现在她也无事可做，便跟过去看热闹。

大篷演出队的舞台设在马路边的一大片空地上，一顶硕大的军绿色大篷就支在那里。为了引人注目，大篷的门前齐刷刷地竖着七八块十分招摇的广告牌，上面花花绿绿地贴着演员们艳丽的大照片。大篷的上面打着一条巨大的横幅，特邀东北歌王、摇滚巨星阿健，花城伤感歌后、美艳舞姬菲菲姐妹联袂主演。越小谷伸着脑袋看了看，发现大篷里有个小舞台，下面稀稀拉拉地坐了些人，一个穿白色西装的男人正在舞台上唱歌。门口的十几台音箱像一面墙似的整齐地码在一起，震耳欲聋的音乐声就是从那里发出来的。越小谷以前只在音乐厅或者体育馆看过歌星演出，没想到在这样的穷乡僻壤也能看见，忍不住有些好奇起来。

里面的演出已经进行了一大半，越小谷便有些犹豫，想等到下一场演出开始时再进去。正在这时，一个留着长发的瘦高个男人走了过来。见越小谷身上背着吉他，便问，这吉他是你的吗？越小谷点点头。那人有些好奇，你会弹吗？越小谷又点点头。那人便把越小谷上下打量了一下，说你不是这个镇上的人吧？越小谷看了那人一眼，摇了摇头。那人说你怎么只会点头摇头的，不会说话呀？停了停，又问，你不好好在家上学，跑这儿来做什么？越小谷那时刚喝过一瓶止咳露，情绪还不错，便说，你问这么多干吗？那人见状，笑了笑说，那你会唱歌吗？越小谷回答说，会。那人便把越小谷拉到离那些音箱远一些的地方，说，那你唱一个给我听听。于是，越小谷便清了清嗓子，边弹吉他边唱起来。等越小谷唱完歌，那人点点头，说我叫阿健，就是这里的。那人指了指大篷，说你愿意和我们一起演出吗？越小谷简直不相信自己的耳朵，眼前的这个看起来有点土、一点也不起眼的男人，就是巨幅广告上的那个东北歌王、摇滚巨星？越小谷也来不及细想，当即答应了下来。

当晚，越小谷便登台唱了几首歌。演出结束之后，大篷的老板走过来对越小谷说，要是她愿意的话，可以留下来和他们一起演出。老板是个五十上下的中年男人，秃顶，有一张干惯了体力活儿的人常有的那种浅赤色的大方脸。腰上别着只手机，指缝里捏着根吸了一半的香烟，胳膊下则夹着一只鼓鼓囊囊的黑色皮包。老板看了看越小谷，忽然有些狐疑地问，你为什么这么瘦？越小谷愣了一下，一时不知该如何回答。阿健见状，连忙过来打圆场，说老板你不知道吗？现在瘦是时尚呢，好多女人想减肥都减不下来的。大篷老板听了，这才嘿嘿地笑了几声，不再说什么了。

在这之前，越小谷已经在外面东游西荡了很久。能有个地方安顿自己，而且还可以与歌星同台演出，越小谷很高兴。但是，越小谷很快便发现，大篷演出队其实只是几个农民出来拉场子挣钱的草台班子。大篷老板领着自己的两个女儿，还有村子里的几个人，长年在外演出。在篷里，只有阿健不是他们村的，而是因为老板看上了阿健不仅会唱歌，而且擅长跑外交，从别的篷高薪挖来的。然而，就连阿健也只不过是个业余歌手而已，当然不是什么东北歌王、摇滚巨星。巨幅广告牌上的伤感歌后、美艳舞姬，其实就是老板两个相貌平平的女儿。发现这个秘密之后，越小谷很失望。但是，越小谷却并没有离开。因为她一点也不知道，离开大篷之后要去哪里，又该做些什么呢？和大篷里的人在一起，虽然并不是什么有趣的事，但至少暂时不会让她感觉太无聊。

大篷里的人，除了在车上，就是在篷里。晚上，十几个人就睡在大篷，男男女女吃住在一起，也不避讳什么。阿健似乎很喜欢越小谷，经常不露痕迹地关照着她。大篷里的人从一开始就认为阿健和越小谷有着某种特殊关系。要不，像越小谷这么一个城里女孩，怎么会和他们一起干大篷呢？鉴于阿健在大篷里的地位，他们对越小谷也还算不错。

越小谷很快便发现，这种大篷演出，节目质量如何其实一点也不重要，演出只不过是个噱头而已。之所以能够生存下来，还有这么多人以此为营生，靠的是另外一个制胜法宝，那就是脱。用他们的行话，叫"跳开放"。每次演出的时候，虽然也有唱歌、跳舞、口技之类的节目，但最后的压轴戏，总少不了要脱。观众花钱来看演出，就是看女人脱衣服的。要是不脱，连观众都不会答应的。有时，要是在哪里遇上什么物资交流会之类的，几个大篷驻扎在一起。为了相互竞争，那脱的阵势简直有些吓人。老板的两个女儿和另外几个女孩就是专门跳开放的。每天晚上，她们就披着一层薄如蝉翼的轻纱跳舞。开始的时候还穿着胸罩短裤，但很快便裸着上身跳，到最后，连屁股也是光溜溜的。

看着台下那些男人们充满欲望的眼神和他们的口哨尖叫声，越小谷常常感觉十分困惑。那几个女孩都是普通平常的长相，越小谷发觉她们脱光了衣服的样子既肥胖又难看，难道这些男人就是因为这肥胖而难看的身体而激动不安的吗？这常常让她觉得有些不可思议。大篷的老板就在台下看着自己的两个女儿脱，脸上竟是一副无动于衷的表情。越小谷每次看见，总是怀疑那两个女孩或许不是老板亲生的。

很快，老板便对越小谷开始不满起来。越小谷每次演出的时候，只是抱着吉他唱歌。身上总是穿着那件灰色 T 恤衫、牛仔裤，甚至连大篷的演出服都不愿意换。老板曾经竭力动员越小谷穿暴露一点的衣服，或者干脆就别穿衣服。可是，越小谷却不答应。并不是越小谷现在忽然变得洁身自好起来，她也不认为在众人面前脱衣服，就是一件丢人现眼的事，而是她觉得自己太瘦了，脱光了衣服不好看。而且，她也不喜欢那些看女人脱衣服的男人们的目光。那些目光让所有的女人都变成了动物。可是，这一切却是不能和老板说的。而且，也是说不清楚的。要不是越小谷几乎不吃饭，对工钱也没什么要求，又有阿健在一旁为她说情，老板肯定早就翻脸了。

大篷总是从一个陌生的地方到另一个陌生的地方，虽然那大多是被黄尘、飞沙和疲惫的人群遮蔽的地方，一切都像是戴上了灰蒙蒙的面具。但是，它们仍然会让越小谷感觉有些兴奋。自从离家出走之后，越小谷就开始一刻不停地向前走。现在，是大篷的汽车代替她走。越小谷一点也不知道，要是不走的话，她又能做些什么呢？那么她就会坐下来，就要想点什么事。可是，越小谷发觉她简直无法让任何思想在她的脑子里停留。但是，如果她在不停地四处走动，那就一切正常了。

　　大篷里的男人们很快便发现，越小谷有些奇怪。这个不知道从什么地方跑出来的女孩，几乎把挣的那点工钱全都花在了买酒上。大篷里的男人也喝酒，但他们喝的是白酒、啤酒，越小谷却从来不喝。越小谷只喝葡萄酒和一种看起来有些奇怪的饮料，而且她也从不和他们一起喝酒打牌。这让大篷里的男人们感觉很好奇。

　　越小谷常常坐在大篷的外面，独自一个人喝酒。虽然已经是春天了，夜晚的空气仍有些冷飕飕的，眼前只能看见一大片幽深坚硬的原野。当越小谷喝第二杯酒的时候，周围的一切便开始变得柔和起来，身后的那顶大篷也渐渐遥远起来。越小谷发觉，离家出走的意义开始变得很大。就像是一只饱满而巨大的气球，表面上看起来硕大无朋，但里面其实是空的，什么东西也没有。越小谷一点也不知道，自己当初为什么一定要离开家？她也不知道，自己到底想要什么？这些平日里几乎不在话下的问题，在此刻却忽然变得尖锐起来，尖锐得几乎有些刺人。为了不让它们占据自己的大脑，越小谷只能拼命地喝酒。很快，所有的一切都变得松软柔和起来。于是，越小谷便伏在那只巨大而空洞的气球上面，四处游荡，昏昏欲睡。

　　大篷里的人都知道越小谷有问题，但到底是什么问题却是他们永远也弄不明白的。这又让他们觉得很高深莫测，忍不住有些敬畏。因此，他们总是有点躲着越小谷，不敢招惹。在篷里，只有阿健对越小谷十分友好。没有演出的时候，便会约她出来散步。虽然大多数的时候，只是阿健一个人在说话，越小谷却始终一言不发。

　　阿健那时已经三十出头了，不知怎么却是单身。阿健告诉越小谷，自己出生在一个小县城里，虽然学习成绩很好，但他从小就有自己的理想，那就是梦想着哪一天能当上歌星。初中毕业的时候，阿健瞒着父母，偷偷报考过省里的一个文工团，可惜只差几分没有考上。阿健不甘心，整天缠着父母，让他们托关系找人。父亲原本就不同意他考什么文工团，认为那都是学习成绩不好的孩子走的旁门左道。现在见他落榜了还这么胡搅蛮缠，便有些不耐烦了，忍不住讥讽道，还是你自己没本事，要是你有志气多考那几分，不就走了么？因为伤心绝望，阿健当晚就吃了安眠药自杀。被抢救过来之后，便偷偷离家出走了。阿健的父母曾四处寻找过他，但每次找回来之后，要不了多长时间，他又会伺机再跑出去。阿健实在是太想当演员了，后来干脆参加了一支大篷演出队。不久，父母再次找到了他。但他却以死相逼，无论如何也不肯跟他们回去。那时候，阿健的年龄已经不小了，即便回去之后也不可能再继续上学了，而且还要面临就业的问题。阿健的父母只是普通的工薪族，又都有些虚荣爱面子。就是阿健真的回去了，他们也不知道该拿他怎么办？他们想了想，觉得还不如就这样由他去，对别人只说是在外地找到了工作。等父母离开之后，阿健就开始名正言顺地在各式各样的大篷里闲混。后来，又来到了这里。

越小谷很惊讶，原来阿健竟然也和自己一样，是个离家出走的人。但越小谷仍有些不明白，他为什么要和自己讲这些呢？越小谷还在困惑不解，黑暗中忽然感觉阿健的手伸了过来，犹豫地在她的身上摸索着。自从离家出走之后，越小谷和许多男人上过床。越小谷并不觉得有什么羞耻的。但这一次，面前的这个男人却似乎有些不同。越小谷忽然意识到，她喜欢阿健。黑暗中，越小谷第一次发觉自己脸红了，心怦怦地跳了起来。她推开阿健的手，独自跑开了。越小谷其实并不想拒绝，她只是想找个地方静静地想一想，自己到底是怎么了？

就在那天晚上，越小谷第一次感到了饥饿。她和大篷里的人一起吃夜宵面条。周围的人都在狼吞虎咽地吃东西，越小谷能听见自己的胃正在发出一阵阵低沉的呜咽声。那个叫作爱情的东西就像是一条饥饿的虫子，在她的腹腔里轻声地呢喃、哭泣。越小谷的眼睛里顿时浮起一层薄薄的泪花。

下一次，当阿健的手再在越小谷胸前游走的时候，越小谷没有再跑开。这是越小谷第一次没有喝酒，不是为了钱，而是怀揣着爱情的梦想，与她喜欢的男人上床。然而奇怪的是，越小谷却并没有任何爱的感觉。越小谷躲在卫生间里，一边哆嗦着一边擦拭自己的身体。隔着半尺多远的距离，越小谷认真地看着镜子里自己的脸，不认识似的。镜子里的那个女人实在太瘦了，肋骨一根根看得很清晰，两只乳房犹疑地嘟着嘴巴，看起来似乎还有几分羞涩，但蓬乱的头发和脸上的红润却暴露出她让人难堪的秘密。越小谷一点也不知道，事情为什么会变得这么糟？这一切，竟然与她和那些陌生男人在一起时毫无二致，一样的丑陋肮脏，一样的污秽淫荡。越小谷从没有像现在这样，觉得自己是如此下贱，罪孽深重。

阿健已经在小旅馆的床上睡着了，越小谷却始终无法摆脱那种肮脏的感觉。这感觉是如此沉重缠绵，几乎一下子就把她压垮了。越小谷低着头咬着嘴唇在走廊上疯了似的走来走去，直到她的脚碰到了一个铁皮罐头盒。越小谷这才发现，自己脚上穿的竟然是阿健的鞋。越小谷低叫了一声，把鞋子踢到了几米之外。然后光着脚蹲了下来，把罐头盒握在手里。浅绿色的铁皮上面，有一圈圈的水波纹，尖利的刺头狰狞地裸在外面。越小谷闭上眼睛试着用刺头去割自己的手腕。可是，实在是太痛了，越小谷最终还是放弃了。

但是，事情似乎变得越来越糟了。除了偶尔在一起弹琴唱歌，越小谷甚至不能再和阿健一起散步、吃饭。越小谷觉得这些事都太庸俗了，是不应该与爱情联系在一起的。而且，阿健的欲望也让越小谷感觉有点无所适从。阿健和她在一起时似乎连话都不怎么说，总是一声不吭地做爱，总也做不够似的。阿健的欲望似乎深不见底，惊悚恐怖。只要碰到越小谷的身体，甚至只要看她一眼，欲望便会从他根本不知道的身体哪个角落里毫无察觉地涌了出来。阿健浑身颤抖地站在那里，因为竭力想控制住自己的身体，牙齿发出一阵阵咯咯咯的声音。看起来，他似乎早已被这无边无际的欲望彻底淹没了。欲望强劲的巨浪冲击着他的身体，阿健甚至根本做不了自己的主。他所能做的只是偶尔浮出水面透一口气，再深深地扎进去。

但是，这一切对于越小谷来说，却是一件十分痛苦的事。在越小谷的心目中，爱情不应该只是单纯的肉欲，而应该是别的什么东西。但是，那到底是什么呢？这却是永远弄不明白的。越小谷觉得，那应该是一团干净、温暖而美好的东西，至少应该没有气味，没有汗水。但是，这样的东西在她和阿健之间却是不存在的。这就让越小谷忍不住有些疑惑，她真的爱阿健吗？

越小谷现在已经可以像大家一样吃饭了，只不过饭量小一些而已。她不想让阿健觉得她不正常。要不是越小谷依然很少说话和仍旧太瘦，她看起来几乎没有什么异样了。偶尔，越小谷会想起母亲。她简直想象不出，母亲在发现她离家出走之后，会做出什么反应？但她能感觉到母亲在家中内心的悲伤。那些黏稠而浓重的悲伤是如此巨大，即便隔着遥远的距离，依然像一团浓雾似的笼罩着她，让她觉得自己很忤逆。以前，越小谷以为只要离开家，一切就会变得不一样了。可是，越小谷现在发觉这其实只是个误会。

有一次，越小谷和大家一起看电视的时候，忽然看到一则寻人启事。电视里的母亲眼睛红红的，手里拿着越小谷的照片，正对着镜头说着什么。好在大篷里的人都急着看电视连续剧，手里的遥控器一滑便换到了别的频道，几乎没有人注意到那个悲伤的女人手上到底拿着什么。越小谷只看了一眼，便从大篷跑了出去。越小谷的第一个反应是赶紧离开这里，不能让母亲找到自己。她不想回去，更不想让母亲见到自己现在的样子。可是，她该到哪里去呢？越小谷认真地想了想，发觉自己几乎无处可去。以前，她曾经以为自己可以去世界上任何一个地方。可是现在，那些地方已经渐渐失去了它原有的魅力。但是，难道她真的就要在大篷里待一辈子？这就是她想要的生活吗？即便这里有阿健，越小谷依然觉得这是不可能的。越小谷甚至认真地想过，要带着阿健去见母亲。可是，她知道母亲肯定不会接受他的。她还不太能确定母亲为什么会拒绝，但却本能地知道自己不能这么做。

大篷里总有人进进出出的。有人结婚了，有人的老婆生孩子了，于是便理所当然地离开大篷。也有人因为老板欠自己的工资，总是拖着不给，一气之下一走了之的。于是，又会有别的陌生面孔加入进来。就连大篷老板也常常会在喝醉酒的时候，抱怨干大篷挣不了多少钱，还要处处受气。每到一个地方，都要到处磕头作揖说好话，就连地痞流氓也不敢得罪。那些地方主管部门呢，你不"开放"它捞不到钱，明里不管却专门在暗地里使绊子，悄悄在那里候着你，然后狠狠地罚一笔款。老板一边喝酒一边摇头叹息着，现在全不行了，江湖上乱得不像样子。那些大篷为了自己的利益，你汇报我，我汇报你；你找我的麻烦，我再找你的麻烦，一个比一个恶劣。哪像从前呀，江湖话一说，大家都是兄弟，那才是江湖义气。现在呢，全乱套了！还不如趁早散伙走人，回家老老实实做他的生产队长。可说归说，等到酒醒了，也没见他有打道回府的意思。有一次，越小谷听见大篷老板说，不干这个我还能做什么？干大篷干习惯了，顺手了。不干这行好像还真有点别扭！

日子就这么一天天缓慢地过着。越小谷与阿健之间的关系，也总是若即若离，时好时坏的。终于有一天，大篷出事了。一次，在一个偏僻小镇演出时，镇上几个喝醉酒的男人不买票强行进篷，被阿健拦住了。于是，到下一场演出的时候，那几个男人便专门过来闹事。等到阿健唱歌的时候，他们先是在下面起哄，然后便朝舞台上扔砖头。砖头从阿健的脑袋旁飞了出去，头顶的灯泡应声而落，大篷里顿时乱成一团。阿健气得对着话筒大骂一声：我操你妈！篷里的人也不敢得罪那几个人，连哄带劝把他们拉了出去。

晚上，那几个当地男人带着派出所的人，趁着几个女孩跳开放的时候，把她们逮了个正着。几个穿便装的警察忽然大喊一声，都别动！蹲下！见越小谷也在旁边，有人过来拉她，让她也和那几个跳舞的女孩蹲在一起。越小谷不肯，说我又没有跳舞！那人哪里肯听，一把把她推了过去。阿健原本已经偷偷溜了出去，见警察要抓越小谷，连忙跑了过来。那几个闹事的男人看见阿健，大声说，就是他！话音刚落，手里握着的空啤酒瓶就砸了过来。一个穿制服的男人冲着那几个人摆了摆手，又推了阿健一把，说谁都别动！谁动老子今天就逮捕谁！说完，指着阿健的鼻子训斥道，你们这叫什么演员？观众就是上帝，知道不？观众他再怎么骂你、打你，你都不应该还手。阿健说，是他先拿砖头砸我的，这是侵犯我的人权！我虽然是演员，他砸我，我骂他一句也是应该的。那人也不说话，唰唰几下便开出了拘留证，然后抓住阿健的手就在上面按手印。那人说，你知道是定你什么罪吗？阿健不服气，拧着脖子说不知道。那人说辱骂观众罪，有意见没有？阿健大声说，有意见！那人一听，一抬手给了阿健一个嘴巴。打完之后又问，有意见没有？阿健两眼直冒金星，但却不敢还手，只是用袖口擦了擦嘴角，说，你说我有意见没有？那人听了，又是一个嘴巴打在阿健的另一边脸上，一边打一边说，我问你，到底有意见没有？这次阿健有点受不住了，说你们看呢？我也没什么大意见。那人斜着眼冷冷地扫了阿健一眼，说看来你还是有意见？见那人又要动手，阿健赶紧摇了摇头，说没意见。

大篷里正闹得一团糟的时候，老板怕吃眼前亏，早就趁机躲了起来。等警察走了之后，这才到派出所交罚款。越小谷和那几个跳开放的女孩，只在派出所关了一晚上便放了出来。只有阿健还要继续拘留半个月。这次出事，大篷已经损失了不少，因此老板不肯额外多花钱把阿健赎出来。只是和他说好了，半个月之后去哪里会合，之后便不管不问了。

越小谷没有想到，老板竟然如此没有情义。大篷开拔的时候，越小谷只说要在这里等阿健，没和他们一起走。老板也没怎么当回事，反正她和阿健的大半年工资都还捏在他的手上。他们不来，他倒是求之不得的。

大篷离开之后，越小谷独自在镇上逛了一会儿，然后便到派出所看阿健。昨晚，阿健曾经若无其事地对越小谷说没事，拘留没什么可怕的，顶多受点苦肉之苦，再说这也不是他第一次被拘留。大篷老板不肯花钱赎他，阿健很生气，说等他出来之后，一定要离开这里。至于以后怎么办？阿健向越小谷建议道，打算把她带回老家。阿健说他已经老大不小了，越小谷也不再是小孩子了，应该为他们的将来考虑一下了。他不想再像现在这样整天漂来漂去的，打算在老家找个固定的工作。实在不行就开家小店，反正这些年他也积攒了一点钱。然后呢，他就和越小谷结婚，安安心心地过日子。阿健笑了笑，拍了拍越小谷的脑袋。越小谷没有说话，只是推开阿健的手。

对阿健的建议，越小谷简直不知该如何评价。这几个月来，只要有机会，阿健总是会把越小谷从大篷带到外面的小旅馆里。越小谷虽然不喜欢，却也没有拒绝。越小谷在黑暗中睁着眼睛，看着阿健在自己的身体上忙碌着，常常会误以为阿健是以前的那些男人中的一个，自己是为了钱而和他在一起的。但是，她到底想从阿健那里得到什么呢？是爱情吗？可是，越小谷发觉自己根本弄不懂爱情到底是什么。以前，她总想过一种轰轰烈烈的生活，或者到那些陌生的地方去做一些疯狂的事情。现在她渐渐有些明白过来，这或许只是和爱情相似的另一个谎言而已。

越小谷到派出所的时候，一名值班警察正在打电话，见越小谷进来，便远远地做了个十分威严的手势。于是，越小谷便一动不动地站在那里。越小谷看见派出所院子的角落里有几间上着锁的矮房子，阿健就在其中的一间。阿健正躺在一张光板床上睡觉，床前的地上胡乱扔着几只方便面盒子。阿健的脸上虽然还有些淤青，但他的呼噜声却匀畅而轻松，就好像什么事也没有发生过一样。越小谷忽然又想起了他的那个建议，她难道真的要和面前的这个男人结婚吗？这就是她想要的生活吗？越小谷远远地看着阿健的脸，忍不住有些惶惑起来，几乎有些害怕。不等那个警察打完电话，越小谷便转身离开了。

现在，越小谷终于又是独自一人了。她站在路边，开始思考着自己下一步该怎么办？可是，只要开始思考，一切似乎又在忽然之间变得复杂起来。而且，那些虚无缥缈的未来也完全不受自己的思考影响。越小谷捂着脑袋站在那里，一点也不知道到底该怎么办？但是她知道，是到该离开的时候了。

　　越小谷一步步地向前走，几乎不知道自己正在走向哪里。现在，她已经离开那个小镇了。她把阿健丢在了那里，也就等于是把自己过去的生活扔到了身后。天慢慢地黑了下来，但是她一点也不知道自己现在应该到哪里去？越小谷感觉有些饿，伸手想在身后的背包里找点吃的东西。没想到却摸到了一只药瓶子，里面满满地装着安眠药。那是以前越小谷失眠的时候在药店里买了攒下的。越小谷握着这只药瓶子，忽然决定把这些药吃掉。因为吃药之后她就可以好好地睡一觉，而睡着之后她就不必再思考什么了。

　　越小谷吃完了最后一粒药，依然什么事也没有发生。越小谷躺了下来，小心地呼吸着。周围到处都是尘土，肮脏的碎纸片四处乱飞，空气中弥漫着一股含糊的臭味。越小谷觉得，要是她不动弹的话，生命或许就会这样结束了。或者，过一段时间，她就会溶化在这些垃圾里。

　　但是，那些药片的威力终于还是来了。越小谷能感觉到它的步伐，缓慢而矜持。就好像日积月累的一种倦意，可这倦意实在是太沉重了，像一小股液体的铅，耐心而沉重地钻进她的身体里，把她的身体迅速变成了一团莫明的漆黑。越小谷有些后悔了，她想回去，回到原来的地方。因为那里除了有些无聊，并不像现在这样惊悚恐怖。但是，那团漆黑的东西却已经从越小谷的脚底，升到了胸口处。越小谷感到了从未有过的恐惧，忍不住拼命地挣扎着，大声地呼喊着。她想回去，回到家里。她从没有像现在这样思念过母亲，她能感觉到母亲每一个细小的忧伤和喜悦。她甚至想回到小镇，在那里等阿健从拘留所出来，和他回老家结婚。可是，一切已经来不及了。那团漆黑已经彻底淹没了她。

　　很快，甜蜜的困倦便替代了那团骇人的漆黑。越小谷张开嘴大大地打了个哈欠，终于沉沉地睡了过去。

（原载《大家》2010 年第 3 期）

谋　杀

1

　　金宝是十七岁那年开始长青春痘的。金宝还记得那天他刚吃完外婆给他下的寿面，隔壁的李小治就过来找他。李小治告诉他体育场又在开宣判大会，听说有一批罪犯要枪毙，还有做那种事的女的。金宝一听这话就来了精神，把碗一推，问有几个要枪毙的。李小治摇了摇头，说你还记得高三（4）班的那个"秃瓢"吗？就是复习好几年老是考不上大学的那个。金宝说他怎么了？李小治的眼睛顿时一亮，说你还不知道呀？他犯了强奸幼女罪，这次也是要枪毙的。金宝说走，看看去！金宝拉着李小治朝外跑的时候还能听到外婆在身后喊，别去！杀人有什么好看的？你不想考大学了？外婆还说了一些别的什么，但是金宝一句也没有听清楚。

　　金宝到体育场的时候，里面已经席地坐满了黑压压一片人。正对着大门的地方临时搭起了一个审判台，上面摆了四五张桌子，面对观众坐着些什么人，还有一些穿警服的人荷枪实弹地站在一边。等到那些犯人从大卡车上押下来的时候，人群呼啦啦都站了起来。和秃瓢站在一起的还有几个卖淫女，那是金宝第一次听到"卖淫"这个词，也是第一次见到卖淫女。那些卖淫女看起来和大街上的女人没什么区别，并没有多少人们想象中的那种妖艳。其中一个卖淫女穿一件半旧的黄大衣，长头发盖住半边脸，一直很冷淡地昂着头。金宝听到有人悄声议论，别看现在很普通，晚上在灯光下就不一样了，那些卖淫女里面都是不穿内裤的，要想知道谁是不是卖淫女，一掀裙子就知道了。人群中传出有节制的压低的笑声。金宝很想知道她们现在穿没穿内裤，冬天天冷，就是不穿内裤外面肯定也是要穿衣服的，那么不穿内裤又有什么意义呢？金宝一点也弄不明白这些卖淫女到底是怎么回事。因为人多，又都没有固定的位置，人群便像水似的，一会儿涌到这儿，一会儿涌到那儿。金宝和李小治靠在一截枯死的树干上，这会儿什么也看不见了。李小治的身材比金宝高出一个头来，金宝看见李小治激动地伸出手，说金宝你快看，秃瓢在台上乱挣，挨了一枪拐。金宝伸长了脖子，还是什么也看不见。一会儿，李小治又激动起来，说秃瓢不服气呢，又从地上爬起来了。这鸟人有什么不服气的？死到临头还横什么？秃瓢那时候是从外地转学过来的，比他们县中的应届生都大，已经快二十岁了。因为总是剃一个光头，这才得了这个外号。秃瓢平常看起来阴沉沉的，成绩不好，又不怎么爱说话，打起架来却是不要命的，没几个人愿意搭理他。后来，秃瓢很长时间没有来上课，大家都以为他又转学了，没想到竟然出了这事。

　　好不容易等到宣判结束了，定了罪的犯人分两车被押走。有犯人家属哭哭啼啼地跟在车后追，朝车里扔东西，又被扔了出来。妓女们的身后没有人追，却粘着无数男人的目光。那个穿黄大衣的卖淫女把大衣的前扣解开，很轻捷地跳上了车，然后转过脸来对着人群很空旷地笑了笑。金宝终于看见了秃瓢。秃瓢在一群犯人中间，被两个法警架着，已经站不起来了，一副目光散乱似笑非笑的样子。金宝说吴建国，你怎么回事呀？秃瓢的名字叫吴建国，金宝又喊了一声。秃瓢一副充耳不闻的样子，依旧似笑非笑的，很快便不见了。金宝后来才觉得自己的问话有点蠢，什么叫怎么回事？他是想问秃瓢为什么被枪毙还是问为什么犯罪？不管是问哪一个问题，总归是一句蠢话。对于马上要死的人来说，为什么死显然不是一件很重要的事。

　　金宝就是在那天晚上遗精的。金宝梦见那个穿黄大衣的女人伸手脱他的内裤，内裤上的松紧带很紧，女人朝下脱一点便停一下，然后很有耐心地用冰凉的手指抚摸金宝露在外面的那一点皮肉，再接着脱。金宝感到了前所未有的羞耻和兴奋，终于一泻千里。金宝的粉刺也是从那天晚上开始疯长起来的，粉刺几乎在一夜间就覆盖了脸上的主要部位。新鲜的粉刺像花蕾一样盛开在金宝的脸上，因为覆着一层营养而滋润的油脂显得格外鲜艳欲滴。第二天起床之后，金宝开始只是感觉脸上的皮肤有点发痒，还没有意识到这些粉刺。金宝拿着内裤偷偷摸摸地溜到院子里的公用水龙头前，打算用水洗一下内裤。外婆以为他又要用冷水冲凉，在身后叮咛他当心，别感冒了。金宝不耐烦地回过头来，说你怎么老是这么啰唆呢，别烦了好不好？然后，金宝便看见外婆捂住了自己的嘴。

金宝觉得厄运就是从那天早上开始的。每天清晨，金宝都会有一种脱胎换骨的感觉。粉刺经过一夜耐心地积蓄，白头在薄薄的皮肤下像变了质的乳汁似的，慢慢地发酵、迅速地沸腾，然后，终于按捺不住喷薄而出。金宝每天都有一种无脸见人的感觉。因为粉刺，金宝几乎放弃了所有的体育活动。足球和长跑本来都是他最喜欢的，也忍痛割爱了。每天午后，金宝都能感觉到粉刺在皮肤内悸动时的刺痛。金宝一动不动地蜷缩在教室一角，像死了一样。只要发现有人注意他，马上变得心跳如鼓。脸上的粉刺死了一茬又一茬，很快又重新长了出来，层层叠叠地堆积着，像癞蛤蟆皮似的刺激着周围人的神经。金宝曾经偷偷到医院里看过医生，医生大多是说现在没有办法，长大结婚之后就自然不长了。那时候还没有现在的什么丹参酮、痘胶膏之类的东西，医生偶尔也会给他开一点药，金宝从来都弄不明白那到底是一些什么药。金宝吃完药躺在床上，偷偷摸摸地照镜子，然后静静地等待着自己的脸发生变化。但是吃下去的药除了会感到一点口渴之外，从来就没有任何效果，粉刺照长不误。因为长粉刺，班里的同学老是拿这件事跟他开心，说是因为性欲过旺的缘故，金宝急得几乎要跟他们动刀子。但是他们的话也启发了金宝，既然连医生都说结婚之后就不长粉刺了，那么把能量释放出来会不会有同样的效果呢？金宝开始迷恋上了自慰。手淫对于金宝来说从一开始就不是什么乐趣，而是他治病的一种手段。金宝在黑暗中揉摸着自己的身体，就像是在抚摸一只养熟了的小动物，虽然没有过多的兴奋但也不会过分地讨厌。金宝的性幻想对象总是那个穿黄大衣的卖淫女。黄衣女子温柔地用长发遮住金宝的身体，向他露出那种空旷而忧伤的微笑。黄衣女子的手指像早晨河床上新鲜的冰，放在发热的身体上，凉爽而潮湿。

金宝的成绩一落千丈，考试连连不及格，很快便从高三（2）班被刷到了高三（4）班。中学里分班都是按照成绩排的，到了四班，就等于提前宣告大学梦的破灭。金宝并不像学校里那些普通的差生那样破罐子破摔，依旧上课用心听课，认真做作业。但是这一切对金宝来说并没有什么特别的意义，这就像他每天到操场跑步出一身热汗一样，已经成为一种习惯，金宝从来都不知道那些干净工整的作业本上到底写了些什么。作业做完了，金宝就坐在教室的角落里，在书页的空白处随手画各种人头像。金宝用削得极细的铅笔一笔一笔地勾出轮廓，再一点一点地描出眼睛、嘴唇，显得耐心而温存。金宝笔下画出来的都是清一色的女人，她们虽然面目不同，神态各异，却无一例外的都是长发飞扬。等到金宝高中毕业的时候，各科课本所有的书页空白处都工整地画满了各式各样的长发女人。晚自习的时候，金宝一边哗哗地翻动书页，一边温柔地注视着这些面目冷峻的女人。

考不上大学应该是意料之中的事情，金宝刚从考场出来时就知道了自己今后的命运。金宝并不怎么伤心，对于他来说，不上大学可能会更好些。大学里总会有漂亮女生吧？让那些漂亮女孩子看见自己这样一张脸，这是金宝最不能忍受的事。他宁愿去死，也不愿意让她们看见的。与死相比，上不上大学又算得了什么呢？

金宝成了落榜生。外婆并没有过多地责备他，金宝的父母在他童年时就在一场交通事故中去世了，是外婆把他抚养大的。外婆老了，还靠他养老送终呢，并不指望他能怎么出人头地。能像现在这样整日守着她，反倒是她求之不得的事。金宝心平气和地成了机械厂的一名青工。金宝第一次站在隆隆作响的机床前，就发觉自己来对了。车间里的噪声浓稠得用棍子就能搅出一个个旋涡来，噪声像巨大而细密的帷幕，把金宝严严实实地裹了起来。在这里，金宝觉得自己很安全。

2

机械厂不大，百来个人，是那种很常见的县级企业。两排简单宽大的大厂房，里面稀稀拉拉摆了几十台机器。已经是八月了，大门上欢度春节的标语牌还没有换下来，在外面风吹雨淋的，早已经不成样子了。因为设备陈旧，又没什么技术优势，要不是受到一个从这个县出去的华侨的照顾，日子肯定就过不

25

下去了。厂里替那个华侨在深圳的一家大公司生产螺母。也不是什么了不得常见的螺母，是那种简单而规整的形状，在机床上几乎不需要什么技巧。金宝从来都不知道那种螺母到底是做什么用的，似乎也不需要知道。金宝每天摸弄着那些规整的螺母，感到了从未有过的平静。厂里每两个月到深圳去接一批活儿，数量不多，所以也不必赶时间争进度，有时一天只干两个小时活儿就差不多了。闲下来的时候，金宝就躺在那些码得整整齐齐的螺母上睡觉。

金宝很少跟师傅们扯闲篇，自从长了满脸的粉刺，金宝便不怎么跟别人说话了。他害怕别人拿粉刺开自己的玩笑，也怕别人因此瞧不起自己。金宝现在几乎都不能听带"粉"字或者是带"刺"字的词，一听就感到刺心。如果有人在他旁边议论什么东西脏，他肯定是要竖起耳朵，耳热心跳的。睡觉睡醒了，金宝就开始摆弄一根竹笛。那是金宝在家里刷房子的时候偶然发现的。西屋的套间没人住，一直空着，平常放一些乱七八糟的杂物，到处灰蒙蒙的。过年的时候，外婆一时高兴，让金宝把房子刷一下。后来整理东西的时候，金宝就找到了那根竹笛。金宝的父亲活着时是县里的音乐老师，那根笛子就是他留下的。竹笛的笛膜早已经破了，尾巴上的彩穗也已经斑驳得不成样子。金宝找了块抹布擦了擦，放在唇边试了试，竟然吹出了一声很清亮的 G 音。金宝的心不由一颤。金宝根本不懂音乐，连简谱都不识，没过几天，竟然无师自通地学会了吹笛子。没事的时候，金宝就坐在那堆螺母旁慢悠悠地吹笛子。金宝还没怎么学会运用气息，声音有一点嘶啦嘶啦的，像支气管炎发作时的喘息声。金宝显然没有意识到这些，依旧很投入地吹着。有人听不下去了，便远远地喊一声金宝，累不累呀？歇会儿吧。金宝这才会像刚醒过来似的很敏感地停下来，脸红红的。

见金宝这个样子，陈香就会走过来安慰他，你吹你的，那都是些文盲，别理他们。陈香是跟金宝同车间的女操作工，比金宝早两个月进的厂，平常有事没事老过来找金宝说话。金宝见到她却跟做了贼似的，恨不得钻到地底下去。其实，金宝在心里一点也不讨厌陈香，甚至还有点喜欢她。陈香长得虽然不漂亮，却是那种很耐看的女孩子。瘦长脸，五官长得很工整，眼睛不大，却总是笑盈盈的。可惜陈香留的是短发，不然金宝可能会更喜欢的。有一次，陈香又过来跟他说话时，金宝终于鼓起勇气说，你为什么不把头发留起来呢？陈香笑了笑，说长头发太费事了，干活又不方便。然后便转过脸来问金宝，你喜欢长头发吗？金宝差一点就说出了那个卖淫女的事，但到底忍住了，金宝害怕陈香听了后会不高兴。金宝低下头去，一时没了话。后来，关于留长头发的话便再没有提起过。金宝以为陈香早就把这件事情忘掉了，谁知，陈香却真的把头发留起来了。陈香的头发长到肩膀的时候，金宝晚上的性幻想对象便从那个卖淫女换成了陈香。金宝总是在黑暗中盯着陈香的那双笑盈盈的眼睛，在半空中抚摸她清瘦的脸蛋。陈香的脸在金宝的手心里像水一样，润滑得让他抓不住。

等到陈香的头发长到腰间的时候，金宝已经在机械厂出徒了。金宝学会了机床上车铣冲刨全套手艺，金宝现在早已经不吹笛子了，整天半眯着眼笑嘻嘻地坐在一边听别人聊天。身上松松垮垮地穿一件油脂麻花的工作服，腰间挂着螺丝刀、老虎钳之类的东西，脚上那双运动鞋还是上高二时在学校运动会上得的奖品，现在早已经千疮百孔了。金宝并不在乎这些，他甚至都不像从前那样在意自己的脸了。金宝现在每天都和陈香在一起，只要闲下来就去找陈香玩。他早已经不躲陈香了，和陈香说话也十分自然。两个人虽然还没有正式确定恋爱关系，但这只是早晚的事，周围几乎每一个人都认为他们是一对。金宝还以借书看为由，偷偷把陈香带回家给外婆看过。外婆特别满意陈香的长相，认为陈香丰臀细腰，一看就是一副宜男之相。金宝有点不好意思，说外婆你又迷信了。

如果不是李小治这个时候来到了机械厂，陈香可能真的会嫁给金宝也说不定。厂里也许会分给他们一小间房子做新房，也许不会。不过这没有关系，金宝可以把陈香带回家，把西屋那个套间再粉刷一遍，依旧和外婆生活在一起。做新娘时候的陈香会显得有些娇羞，又有点初做主妇时的生疏，这点不知所措会越发让她显得可爱。但是陈香没几天就会适应的，陈香是个能干的女人，在厂里那么重的活儿都不怵，这点家务算得了什么呢？陈香很快就会做上妈妈的。生完孩子的陈香会像面团一样地发起福来，然后大大咧咧地跟厂里的那些男人们说笑，大声呵气地说话，声音盖得住隆隆作响的机器，一边风风火火地干活，一边飞着火辣辣的媚眼。金宝会在一边悄悄地注视着她，表面上一副不动声色的样子，心里却满是那种甜蜜蜜的安逸。这儿的人都是这么生活的，金宝也愿意和他们一样。金宝已经为自己描画好了一幅今后生活的蓝图，这幅蓝图已经变得栩栩如生，伸手可触了，但是李小治恰恰在这个时候来到了厂里。李小治连续考了两年大学都落榜了，只好极不情愿地来到机械厂上班。金宝记得李小治来上班那天穿着那套中学里发的蓝白相间的运动校服，瘦高瘦高的身材看起来像一棵晒蔫了的豆芽菜。李小治伸出手指堵住耳朵，皱着眉头站在隆隆作响的车间门口，似乎是被意想不到的噪声吓住了。

金宝一点也没有意识到陈香是从什么时候开始喜欢上李小治的。陈香几乎和李小治来上班之前一样，依旧每天过来找金宝说话，只不过现在总是把李小治一起拉上。李小治人长得帅，又会开玩笑，常把陈香逗得一阵阵咯咯咯地笑。陈香笑起来的声音很脆很响，像是在地上撒了一大把带壳的花生，然后用脚踏在上面，咯吱咯吱的。陈香一边笑一边求饶，哎呀，真的要笑死了，别再说了，你怎么不向金宝学学，怎么这么贫呢？李小治却越发来了劲，笑着说我贫吗？你别看金宝不说话，心里恨不得要做的事只是没有说出来罢了。你看看他那一脸的粉刺，小心他吃了你。陈香这次倒是慢慢收住了笑，看看金宝的一脸大疙瘩，又看看李小治的那张溜光水滑的脸，没说话。

已经很久没有人跟金宝开这种玩笑了，金宝听到李小治跟他提粉刺的事，心里还是忍不住一悸。到机械厂两年多了，金宝脸上的粉刺几乎变成了一种标志，厂里的人早已经看惯了这张疙疙瘩瘩的脸。在轰隆轰隆的车间里，所有的东西都在颤抖，连人们相互之间的目光都变成了虚虚的一团，金宝脸上的粉刺几乎和空中飞扬的金属碎片一样，成了车间里的一部分，谁也不会特别在意的。金宝虽然每晚还要温过去做熟了的功课，但那几乎已经变成了一种习惯，没有什么特别的意义。现在李小治又让他想起了脸上这些曾经让自己痛不欲生的粉刺，金宝几乎是下意识地转过脸，那些红疙瘩因为害羞而变得格外鲜艳。金宝并不生李小治的气，自从长了满脸的粉刺之后，金宝便学会了宽容。金宝只是觉得有点对不起人，因为粉刺而对不起所有人。

李小治一点也不像金宝那种胸无大志的样子，他有各式各样数不清的抱负。李小治最无法忍受的就是他们生活的这座小县城和这片小厂，所以他说得最多的一句话就是我早晚是要走的，离开这儿。说这话的时候，李小治显得十分冷峻，似乎是站在一个遥远而神秘的地方，正因为这儿的灰败与龌龊而不敢正眼相看。每当这时，陈香总是一句话也不说，眼睛里蓄满了敬佩。但是李小治在离开之前，显然还有许多事情要做。李小治有许多奇怪的举动，在周围人的眼里显得十分怪异。比如，李小治每天都要熬夜，李小治熬夜的目的不是为了看书考大学，而是因为一些谁也不知道的事情。厂里给金宝和李小治两个人分了一间集体宿舍，有一次，金宝在宿舍里看见他整夜坐在那张到处都有裂缝的书桌前，反反复复地削一支铅笔。削好了折断，然后再接着削。金宝问他要干什么？李小治说我在思考，思考一个连他自己都说不清楚的问题，但是这个问题事关重大，十分重要。金宝不耐烦了，说明天还要上班呢，你他妈的发什么疯？李小治抬起头，很淡漠地笑了笑，并不介意金宝的态度。

　　李小治完全沉浸在自己的世界之中，对周围人的反应一点也不放在心上。李小治曾经站在陈香家的院子外面，一站就是半个多小时。陈香的奶奶不认识他，还以为遇见小偷了。李小治后来说他是在看陈香晾在窗户外面的那块粉红色花手帕，那块在阳光下的花手帕，让他想到了生命。在这样一个沉闷而闭塞的地方，生命兀自灿烂地盛开着，又将无声无息孤独地凋零消失掉，这让李小治感到了无与伦比的悲哀。李小治说他本来是想进去看的，但是老太太死活不让他进门，所以只能站在外面看。李小治不光是看陈香的手帕，还看别的东西。树上成群结队的蚂蚁、地上的蟑螂、仓库里的老鼠，李小治喜欢它们，盯着它们一看就是几个小时。李小治说他思考的问题无所不包，要是把这些东西都想通了，他思考的问题也就迎刃而解了。金宝觉得李小治做这些事简直是发疯，要不然就是脑子出了问题。但是不知道为什么，陈香却十分喜欢。陈香一见到李小治那副如入无人之境的专注神情就受不了。陈香叹息般地说，李小治真像个诗人。虽然陈香从来就没有见到过一个与文学有关联的人，但是却一口咬定李小治就是一个诗人。等到诗人李小治深更半夜再次站在陈香的窗前看她晾在外面的三角内裤时，陈香终于把李小治请进了门。于是，李小治便顺理成章地留了下来。过去金宝与陈香在一起，只限于聊聊天，开开玩笑，金宝连陈香的手都没有拉过。对陈香，金宝多少有点把她当作是自己囊中之物的感觉。既然是自己的东西，早一天取还是晚一天取又有什么关系呢？金宝只是没有想到陈香比自己还性急。

3

    等到陈香和李小治公开双出双入如胶似漆的时候，金宝这才意识到自己彻底输掉了。但是，金宝有时又觉得好像不是这样。从一开始的时候，李小治和他就从来没有竞争过，所以说输给他了似乎也不怎么合适。他只是不明白事情怎么一下子变成了现在这个样子呢？金宝并没有像原来想象的那样伤心，看到陈香挽着李小治的手，把全身的重量靠在李小治的身上，脸贴在他肩膀上，金宝显得十分平静。金宝现在忽然发现陈香长得一点也不好看，脸太长，眼睛却太小，还没结婚脸上已经有了中年女人那种意识到自己什么都见过的满不在乎，无遮无拦肆无忌惮地看人。金宝盯着陈香肥硕的屁股，那屁股像一大摊刚出笼的热豆腐，因为无拘无束而恣肆地伸展着，随着身体的动作而扭曲成各种奇怪的形状。金宝忽然从心底里涌出一阵厌恶。他以前怎么就从来没有意识到这些呢？怎么就从来没有发现陈香长得这么难看呢？他一点也弄不明白自己以前怎么会喜欢上这么一个女人。等到金宝发现自己从来就没有喜欢过陈香的时候，他才意识到自己对陈香的厌恶有多深。陈香的头发长得越来越长了，只是时常能在发丝间发现许多金属屑儿，肮脏的长发在风中飞成一把毛茸茸的蒲扇。陈香的笑声现在在金宝听来也有点像隔日的油炸花生米，散发出一股让人反胃的气息。陈香扭着腰肢从金宝身边走过的时候，把眼睛朝金宝这边转了转，又不动声色地移开了。金宝不禁有几分感慨，原来世界上的喜欢和爱是多么靠不住，倒是厌恶和仇恨要持久得多。

    倒是李小治在金宝面前总有几分尴尬，不时拍拍他的肩，一副欲言又止底气不足的样子。金宝在食堂买了几个卤菜，在宿舍里喝起了酒。等到李小治和陈香从外面回来的时候，金宝差不多已经喝醉了。金宝把酒盅举起来，对李小治说，这酒不错，要不要来点？见李小治不吭声，又想了想，恍然说，你是在外面刚办完事吧？不喝也罢，喝了是要伤身体的。陈香见金宝说得有点不堪，要过来论理，被李小治一把扒拉到了一边，说你回去吧，这儿没你的事。等到陈香悻悻离开之后，李小治这才坐下来，一副推心置腹的样子。李小治说金宝，你喜欢陈香吗？金宝不吭声，连头都不抬，继续专心致志地喝酒。李小治把金宝手中的酒杯一把夺下来，说那个女人有什么好的，值得你这样？金宝睁开泛红的眼睛，说不，不是因为她，我也不知道为什么，就是想喝酒。李小治站起来，像一个在地图前运筹帷幄的将军，在屋子里转了两圈，说那个女人真让人受不了，每天像蛇似的缠着你，凭什么就要我对她的终身负责呢？凭什么？我有这个义务吗？她以为自己已经爱上谁了，可她根本不懂什么是爱。啊，痛苦啊，痛苦！这种令人窒息的空气，这种没有爱情的平庸……李小治的脸在灯光下渐渐变成了一团冷峻的青色。李小治像一个真正的诗人那样，痛苦地抓挠着自己的头发，有一瞬间，金宝几乎要被他的痛苦感动了。忽然，李小治停了停，走上前来，拍拍金宝的肩膀，拍完肩膀再拍胸脯，咱哥们儿没说的，陈香还是你的。金宝不高兴了，说你这话是什么意思？那女人又不是我老婆，再说我就是愿意一个人，这关你什么屁事？李小治盯着金宝的眼睛，说是吗？那你脸上这些红疙瘩是怎么回事？金宝跳起来，当胸给了李小治一拳。

　　金宝并没有想到自己会自杀。金宝与李小治打完架的时候，已经是半夜一点多钟了，李小治捂住血污的脸踉踉跄跄地朝外走，金宝忽然觉得没劲透了。为什么要打架呢？为什么？放在腰间的拳头还在扑簌簌乱跳，无法控制地一阵阵发抖，金宝便后悔了。他真的不知道自己为什么要和李小治打架。是因为陈香吗？可是他和陈香之间其实什么事也没有发生过。陈香对厂里的每一个男人几乎都平分秋色，怎么就能确定她一定是对自己好呢？金宝伸出手摸了摸自己的脸，脸上的粉刺几乎连成了一片，因为喝酒和打架，已经变成了新鲜的褐红色，像是在脸上覆了一层脓血做成的面具，一碰就会流出一大摊肮脏的东西来。这样的一张脸，连金宝自己看着都会觉得恶心，怎么会有女孩子喜欢呢？金宝发觉，自己过去一直生活在梦中。他在梦里和那个喜欢他的女人低声交谈，喁喁情话，彻夜做爱。那个女人看不见他的脸，他却可以触摸她的每一寸肌肤。那些因为夜色而变得格外生动明朗的姣好身体，其实不属于任何人，不管是那个卖淫女还是陈香，她们怎么会有资格拥有那样的美丽？金宝发觉，他爱上了那个女人。可是，当金宝意识到这一点的时候，那个几年来与他寸步不离，在黑暗中与他朝夕相伴的女人便消失了。那个温婉忧伤得像梦一般的女人随着那个黄衣女子，随着陈香彻底消失了。金宝像疯子一样折磨自己的身体，终于还是一无所获。金宝发觉他找不到她了，再也找不到了。

已经是黎明了，大街上隐约传来早起晨练人的脚步声。金宝的额头上流着冷汗，侧着耳朵倾听着外面的动静。李小治还没有回来，屋子里除了偶尔传出几声老鼠打架的声音，一片寂静。金宝在黑暗中坐了起来。因为折腾了一夜，衣服早掉到地上了，金宝伸手拾衣服的时候，手触到了一个纸包。那个纸包是金宝昨天放在地上的，纸包里的药是用来灭老鼠的。这间集体宿舍以前做过厂里的仓库，一大间厂房用三合板隔出一小块地方给金宝他们做宿舍，另外的一大半还放着一些淘汰下来的旧机床、不合格的螺母之类的破烂，里面还堆着车间主任家里的半囤子稻谷。因此，很快便成了老鼠们肆虐的天下，并且很快把地盘扩大到了他们的集体宿舍。李小治对身边的事从来是不屑于管的，晚上睡觉连袜子都不脱，弄得满屋子脚臭都不在乎，但是却偏偏对这些老鼠有兴趣，常常蹲在墙角喂它们吃的东西。那些老鼠见了他就跟见了亲人似的，一阵阵吱吱乱叫，李小治便饶有兴趣地盯着它们一看就是大半天。

金宝的手在那个纸包上停了停。包药的纸稀脏，摸上去却有一种奇怪的柔软，手指一使劲便捅出一个洞来。金宝把手指在里面点了点，再拿出来的时候发现上面已经沾了一层淡黄色的粉末。金宝把手指放在鼻子上闻了闻，然后便把舌头凑了上去。这一系列动作金宝做得十分自然，等到他意识到危险的时候，那一层淡黄色粉末在舌尖上早已经变成了一滴口水。金宝把那滴口水咽了下去。既然已经走出了第一步，接下来的事情便没有什么阻碍了。金宝把那包药倒在碗里，用开水调好。老鼠药并不算苦，却有一点点奇怪的酸。这酸，金宝不怎么喜欢，金宝便把外婆给他买的白糖找了出来。金宝发觉老鼠药加了白糖之后，味道简直好极了。几乎还没怎么意识到，半碗药已经下肚了。这时候，金宝的心里依然十分平静。死亡，这个以前看起来十分遥远的事情如今这么近地站在自己面前，金宝忽然觉得有点可笑。这简直有点像个玩笑，几乎不像是现实生活中发生的事。他真的要自杀吗？在这之前，他从来没有想到过自己会死。为什么要死呢？金宝觉得倒不是自己怕死，而是害怕死之前的那些复杂烦琐的程序。现在，死忽然变成了这么一件容易的事，倒是让金宝感到有点不知所措。金宝咂了咂嘴，像一个高明的品酒师，

32

细细鉴别着口中的余味。这就是死亡的味道吗？似乎并没有多少想象中的恐怖。金宝现在觉得唯一对不住的人就是外婆，要是他死了，最伤心的人应该就是外婆了，外婆把他抚养这么大不容易，吃了不少的苦。但是，金宝忽然又有点不确定起来。因为，就连外婆平常也不是怎么稀罕他的样子。外婆当然是疼爱他的，可是这爱就像是喜欢自己的一件东西，一件珍贵的具有升值潜力的物品一样。只要知道他在那儿，是安全的，便可以了，没有必要在意他心里想什么。对于外婆来说，金宝的快乐和烦恼并不重要，一点也不重要。金宝从小就不记得对谁撒过娇，只要他一撒娇，外婆肯定把他推开，让他到一边去，别挡了道儿。而且外婆现在还不算老，每顿饭的饭量几乎跟金宝不相上下。金宝知道外婆有一笔不小的私房钱，他虽然不知道具体数目，但是可以肯定那笔钱一定不会少。就因为这笔钱，外婆有时候防他就跟防贼似的。金宝忽然一下子变得心灰意懒起来。

窗外的天又慢慢地变黑了。金宝在床上坐了一会儿，觉得有点困，便躺下了。金宝打算再睡一觉，睡完这一觉之后，他可能就不知道自己在哪里了。金宝忽然觉得微微的有些不安，但是金宝把这种情绪克制住了。金宝在睡着之前，又见到了那个女人，那个躲藏在他身体里的女人，那个风情万种柔若无骨的女人。女人在黑暗中轻轻地笑了起来，声音轻得几乎难以确定那会是笑。女人的笑声在金宝的血管里像梦一般轻飘飘地游走着，令金宝昏昏欲睡。金宝感到了前所未有的幸福。然后，金宝便松开手轻声地打起了呼噜。

4

金宝醒来的时候已经是中午了。外面的阳光很灿烂，阳光从窗户里射进来，照在金宝的脸上，把他照醒了。金宝睁开眼睛，脑子里的第一个念头是迟到了，怎么会睡得这么死，下午两点钟还要上班呢。金宝揉了揉眼睛，把手伸到被子外面摸衣服，手指便触到了枕头边那块肮脏的纸头，金宝这才猛然想起了昨晚发生的事。怎么？他竟然没有死？金宝愣了愣，掐了掐手臂上的肉，很疼。又摸了摸脸，脸上的粉刺经过一夜的休整，刚活过来一般，齐刷刷地立着，颗颗精壮。金宝吓了一跳，腾地坐了起来。李小治不知什么时候已经回来了，这会儿还没有睡醒，正轻轻地打着鼾。昨晚被打碎的热水瓶只剩下了一个红色的塑料壳子，碎玻璃碴子散了一地，在阳光下像死鱼眼似的闪着光。白球鞋一只在墙根，一只被踢到了李小治的床底下，被打翻的脸盆也依然倒扣在地上。一切都还是原来的样子，和昨晚没有什么区别。看来这是真的了，他吃了老鼠药，没有死，竟然又活过来了。金宝从床上跳下来，慢慢地穿衣服，心里说不清是喜悦还是悲伤。

在这以后的很多天里，金宝每天都沉浸在这种似喜似悲的境界中。现在，金宝看自己的身体都有一种陌生感，裹在蓝色劳动布工作服中的身体很粗壮，一动便隆出一块块肉疙瘩，只是这些肉疙瘩现在看上去几乎不像是活肉，直僵僵地发硬。挽起的袖管里露出两截黑黄的胳膊，像是刚出锅的油条，看起来简直不像是自己身体的一部分。金宝伸出手，在阳光下细细察看手指上肌肉的纹路。金宝的手指修长，虽然做惯了体力活儿，但依旧十分灵活，只是指关节微微有些变形，像一个个蚕茧卧在上面。金宝不禁有些吃惊，怎么？他竟然长了这样一双手，这样一双秀气灵活的手。金宝抬起手捆了自己一巴掌，掌声在寂静中发出"啪"的一声，像是刚刚挤破了一粒粉刺。金宝又捆了一掌，声音这才变得响亮起来。这声音显然让他感到了乐趣，不到两分钟，金宝的脸便慢慢地红了起来。

已经是隆冬了，再过半个月就该过春节了。今年那个华侨的大公司不知什么原因忽然更换产品了，新产品的配件少，要求也高，不怎么放心这个镇办企业。因为没有活干，厂里一个月前就停产放假了。这会儿，除了留下一个保安，偌大的院子里就只有金宝一个人了。李小治自从跟金宝打架之后就搬出去住了，金宝本来也想搬回家的，但既然李小治走了，少了两个人面面相觑的尴尬，金宝就不想回了，反正回家和住在厂里没什么两样。金宝只跟外婆说厂里有点事要忙，外婆很少出门，还以为他天天在厂里上班呢。金宝现在的睡眠时间每天都超过十个小时，常常从晚上八点睡到第二天上午十点。有时被饿醒了，就随便煮一点挂面，也不放油盐之类的，倒一点酱油在里头，呼噜呼噜吃完了再继续睡。金宝已经很多天不洗澡不换衣服了。金宝每天都能感觉到身体上的污垢与衣服摩擦时发出的嘶啦嘶啦的声音，这声音，让金宝有一种温暖的感觉。金宝坐在床沿上，温柔地倾听着这声音，觉得自己正在变成一只虫子，或者是一只有体味的飞蛾。金宝歪着脑袋嗅自己的身体,动作几乎像一只真正的虫子。有时连金宝自己都有点怀疑,他现在是不是还活着?也许,从他吃老鼠药的那天晚上起,他就已经死掉了,活着的只是一个躯壳而已,一个谁也不稀罕的东西。金宝甚至在黑暗中闻到了自己的身体散发出来的死亡气息。金宝觉得死亡就像一块恶性肿瘤,潜藏在他身体某个隐秘的角落里,与他朝夕相伴,在黑暗中阴冷而忧郁地看着他,幽幽地散发着冰冷的类似某种铁锈的气息。金宝禁不住打了个冷战。外面的月亮很圆、很亮,走在清冷的月光里,金宝慢慢地伸开手臂,就像挥动着两只真正的翅膀,这让金宝有一种梦游的感觉。金宝发现,现在自己特别容易感伤,无缘无故地感伤。李小治以前就说过,普通人和诗人之间的区别就是诗人能看见普通人看不到的东西,会感动。那么,按照这个标准,金宝觉得自己应该是一个诗人了。

金宝决定爬到院子里那座水塔上的时候,只是为了看月亮。水塔大约有四层楼的高度,用红砖砌成,大半个塔体掩藏在树丛中。因为日子久了,颜色早已经斑驳脱落,满面灰尘的。脚手架锈得不成样子,沾了金宝满手的铁锈,金宝一边往上爬一边朝裤子上面抹。水塔看上去不高,但是爬起来却很费力气。等到爬到塔顶的时候,金宝已经开始喘粗气了。金宝有点不满意自己,在狭窄的塔顶上做了两个侧转体动作。塔顶的空间不大,只有一平方米不到,上面还有一只不知被谁留在上面的铁皮桶。铁皮桶已经斑驳得不成样子,但是还可以看出原来应该是一只很精致漂亮的桶,只是在外面放久了,才因为风吹雨淋锈空了。金宝的转体动作碰到了它,铁皮桶发出一阵空洞而陈旧的嗡嗡音。金宝有些奇怪,在水塔上怎么会有一只桶呢?这真有些不可思议。金宝不禁产生几分怜惜,这就像怜惜一个落难的风尘女子。金宝在那个风尘女子疲惫沧桑的脸上看到了她昔日在自家茅屋前打水时羞怯的笑容,显然,这笑容感动了金宝,金宝便像几百年前的书生一样,负起了拯救那个风尘女子的责任。于是,金宝伸出手去,想扶住那只桶,让它不致从水塔上滚下去。就在这时,金宝的身体失去了平衡。金宝后来还能回忆起自己从水塔上落下来时的感觉,眩晕里夹杂着深深的绝望,像是凭空忽然长出了两只坚硬的蟹夹,紧紧攫住了心脏。金宝觉得整个人一下子变得柔软起来,像一根新鲜的羽毛,轻得几乎感觉不到身体的重量。然后,这根轻柔的羽毛被什

35

么东西挂了一下，便慢慢地落下了。

　　金宝是被厂里的保安叫醒的。穿黄大衣的保安用手中的警棍扒拉金宝的脸，喂醒醒，你怎么睡在这儿？出什么事了？昨晚是不是又跟谁打架了？金宝闭着眼不吭声，保安便把金宝扶了起来。金宝站起来，甚至没有什么异常的感觉。等到他发现地上一大摊鲜血的时候，才感到右腿的大腿根有什么东西一挂一挂的，金宝能感觉到断开的骨头上粗糙的刺头，像破鱼网似的刺挠着腿上的皮肉，奇怪的是却没有一点疼痛的感觉。金宝摸了摸腿，又伸手摸了摸脸。额角上破了一块，地上的鲜血大概就是从那儿流出来的。不过现在额角已经止了血，结了一个硬硬的痂。他依旧活着，从四层楼高的水塔上掉下来，却依然活着，好像什么事情也没有发生过一样。金宝知道，没有人会相信这件事。金宝转身去看保安，刚从乡下招上来的保安很年轻，却足有一米八的高度，粗壮结实，脸上挂着一副什么都明白的笑容。不，他不会相信的。换了金宝，金宝也不会信的。可是，这是真的，他掉下来了，没有死，竟然还活着。金宝不禁笑了起来，笑声开始时是轻轻的，有点像耳语，等到金宝意识到自己在笑的时候，笑声才一下子变得响亮起来。金宝听到了自己的笑声，生涩嘶哑，像高烧后的呓语。金宝侧着耳朵听了听自己的笑声，便前仰后合哈哈哈地笑了起来。笑了一会儿，金宝推开保安，然后便回到房间里睡下了。

　　金宝躺在床上，身体依旧一阵阵簌簌发抖。金宝忽然发现，死，原来是这样一件富有乐趣的事情。那么，杀人呢？他要是杀了人会怎么样？杀人是要偿命的，要是他杀了人，就会像秃瓢那样被枪毙掉。既然他死不了，为什么不杀个人呢？对，杀一个人，通过别人的手，让自己去死。只是，这样他就能死掉吗？真的能死掉吗？金宝有点不敢相信。然而，杀人的念头却像一杯毒酒一样，几乎一下子就让金宝兴奋了起来。金宝甚至闻到了一股浓重的血腥味，像溶化了的巧克力汁，从散发着汗酸味的热烘烘的棉被上顺着嘴唇慢慢地流到喉咙里。甜腻而温暖的血腥味，让金宝感到了一种晕眩般的甜蜜。

5

　　春天的时候，厂里终于又开工了。李小治也是在这个季节里宣布要结婚了，新娘当然还是陈香。金宝并没有感到太大的意外，是陈香或者是别的什么人又有什么区别呢？金宝发觉自己现在对这件事一点也不关心，他几乎是用一种欣赏的目光注视着李小治的忙碌和满身的喜气。李小治现在似乎整个变了一个人，身上那套破校服早就不见了踪影，干活的时候连工作服都不穿，而是穿一套质地不错的西服。要是衣服不小心碰到了什么脏东西，还会爱惜地伸出手掸一掸。李小治早就不写诗了，那些曾经困扰他的数不清的问题现在也早已经不算什么了。李小治很满意现在的生活，陈香很崇拜他，对李小治几乎是言听计从。开始的时候，李小治觉得陈香简直像个负担，拼命地想逃。可是他越想摆脱她，陈香就越是死心塌地地跟着他，打都打不走。李小治说陈香，你怎么这么贱呢？你真的发现我与别人有什么不一样的地方吗？陈香说是的，你不知道自己是一个天才吗？那些人都是白痴，所以才会说你怪，只有我才知道你是怎样一个人。为了表达自己的情意，陈香每天都要给李小治送早饭。早饭是陈香亲手做的，陈香的拿手好戏是做煎饼馃子，陈香做出的煎饼馃子皮薄馅嫩，喷香的麻油味老远便能勾起人的食欲。但是李小治似乎对陈香的这一套一点也不感兴趣，李小治嗅了嗅鼻子，看了陈香一眼，说这是什么？这种东西我最不喜欢吃了。陈香说是吗？那你喜欢吃什么？李小治又皱了皱眉头，说我不知道自己喜欢什么，但是我知道自己不喜欢什么。陈香一句话也没说，把手中的煎饼"呼"的一声扔到了窗户外面。只说一声你等着，便出去了。不到十分钟，又给李小治带来了馄饨和豆浆油条。陈香说这些你喜欢吗？不喜欢的话我再扔。李小治不说话，点点头让陈香过来。李小治慢慢地伸出手去，陈香的皮肤光滑柔软，除了手掌上有几块老茧，被衣服盖住的地方都像水磨年糕似的，有一种腻答答的滑润，摸上去几乎有一种不真实的感觉。李小治的手触到了陈香后背上的一块青伤，那是有一次陈香死皮赖脸非要把他带回家，李小治给她留下的。那块瘀青差不多已经被吸收了，巴掌大一块皮肤呈暗淡的褐黄色。李小治不记得自己怎么用力气打过陈香，没想到竟然也留下了这样一大块伤疤，看来女人真的打不得。李小治有些奇怪，他当时怎么下得去手的呢？李小治觉得自己对陈香的爱情就是从这些琐碎无聊的细处开始的，这些细枝末节就像手指间突然长出来的一根尖锐而柔软的骈指，虽然突兀，却并没有多少异类的感觉。因为那是自己朝夕相伴的身体的一部分，连疼痛都是一样地钻心。要是没有这些，他还有什么呢？李小治感到有一种温暖的感觉正从陈香那块暗褐色的皮肤上顺着手指慢慢地爬了上来。

金宝的杀人念头是与李小治的爱情一起长大的。金宝一点也不明白为什么会是这样，为什么呢？他一点也不喜欢陈香，可是看到李小治喜气洋洋的样子，金宝便有点受不了，金宝觉得自己无论如何得做点什么，要不然他一定会疯掉的。晚上十点的时候，金宝终于打定了主意。金宝找到一把杀猪刀，朝牛仔裤的后袋里一插便出去了。杀猪刀是金宝几天前买的，当时只觉得刀口雪亮，快得吹一口气就能从刀背传出一阵轻微的沙沙声，就掏钱买下了。金宝买杀猪刀的时候并没有想到过要派什么用场，直到这一刻，金宝才猛然发现，原来自己想杀人的念头早就有了。金宝几乎被吓了一跳，一边朝外走，两条腿一边不住地打哆嗦。杀猪刀在裤子后袋里轻轻地跳着，隔着一层口袋布贴在屁股上，很凉爽，活物似的。杀猪刀的刀刃很锋利，金宝伸一根手指进去，再抽出来的时候，手指上已经凝了一团血迹。金宝把手指举到眼睛上，一点也不觉得痛。等到血流到指根的时候，金宝便把手指伸到嘴巴里，慢慢地吮吸着。金宝这才觉得心中稍稍平静了些。

小县城不大，沿着主干道走上一个来回也用不了半个小时。金宝放慢脚步，在路边的林荫道上细细地打量着路上的行人。虽然还没到深夜，路上却几乎见不到什么人了，除了偶尔有几个骑自行车的人经过，马路上静悄悄的。金宝等了半天，只有两对恋人推着自行车走过来，偶尔遇到几个单身步行匆匆赶路的，也都是身强力壮的男人。金宝估摸了一下对方的身高，又看了看自己，到底没有敢下手。金宝有点泄气，骂了一声，转身朝湖边走。县城的西边有一个依湖而建的公园，金宝打算到那儿去碰碰运气。金宝到湖滨公园的时候已经是下半夜了，公园里静悄悄的，金宝转悠了大半天也没有找到一个人。金宝几乎有些绝望了，就在金宝打算回去睡觉的时候，忽然听到在湖边的草丛里传出一阵哗哗的声音。然后，金宝便看到了月光下一片白亮的屁股和一个黑乎乎的身影。金宝的心咚咚地跳了起来。金宝悄悄靠了过去，谁知那个黑影却一下子跳了起来。金宝先是看到一把雪亮的水果刀，然后便看到了一张苍老松弛的老妪的脸。老妪一声不吭地盯着金宝，一只手拿着水果刀，腾出另一只手麻利地穿裤子。金宝一时竟愣在了那里。金宝闻到了大便的恶臭和老年人身上特有的那种阴森腐败的气息，这气息在一瞬间让金宝想到了外婆。这感觉几乎把金宝吓住了，金宝猛然掉转身，沿着湖边坑坑洼洼的石子路狂奔起来。杀猪刀在裤子后袋里咯噔咯噔乱跳，金宝能听到脚底下的碎石子在磨薄了的运动鞋下发出刺耳的尖叫声，有点像老妪抑制不住的笑声，咯吱咯吱的。

6

李小治的新房就在金宝他们那间集体宿舍的隔壁。李小治自从打算与陈香结婚之后，便与金宝冰释前嫌了。李小治搬回集体宿舍那天，还特意把金宝拉出去喝了一顿。李小治拍着金宝的肩膀说，过去的事就不提了，咱兄弟还是哥们儿。金宝坐在小饭馆肮脏的长椅上，隔着只酒杯看李小治的脸。李小治的脸在浑浊的液体中显得很红很大，额角上的伤疤因为酒精的作用显得格外醒目。金宝斜着眼睛晃一晃酒杯，李小治的那张脸便像电影里的特技镜头似的，碎成了一个个暗淡细碎的光点。他们以前真的有过冲突吗？这真是一件难以确定的事情，金宝几乎不记得了。要不是李小治额角上的那块伤疤，金宝就对一年前与李小治打架的事没有一点印象了。可是，那块伤疤真的是他留下的吗？李小治的脸上有许多伤疤，据李小治自己说，有的是他小时候跟人打架打的，有的是他自己摔跤摔的。那么，怎么就能肯定那一定是他金宝动手打的呢？不曾察觉或者是忘记了的事就等于从来没有发生过。再说，金宝长得瘦弱矮小，怎么看都不可能是人高马大的李小治的对手。所以说，他金宝那天是不是动了手，是不是真的把李小治打伤了，这仍然是一件不确定的事。而且，李小治与谁结婚，跟他金宝又有什么关系呢？金宝不在乎，金宝发觉自己现在对什么都不在乎。为什么要在乎呢？金宝举起酒杯，对着李小治醉意朦胧的脸笑了笑。

李小治因为准备婚事，几乎每天都泡在厂里，一会儿布置新房想出了个什么绝妙的主意，一会儿又为结婚那天的请客名单跟陈香争论不休。金宝见李小治忙得一头雾水，还时不时地调侃几句。金宝说李小治，结婚到底是为了什么呀，别忙得到时候都硬不起来了。李小治并不生气，拍拍金宝的肩，说咱哥们儿谁跟谁呀，到时候还要请你帮忙呢。金宝说帮什么忙呀？总不会让我在床上帮忙吧。

金宝发觉自己现在几乎变成了两个人。在白天，金宝只是他自己的一个影子，羞怯、内向，眼睑低垂，敏感地对周围人的行为做出反应，在意别人的每一个眼神。金宝偶尔也会开开玩笑，可这玩笑总是因为笨拙和生硬而显得有几分突兀。只有金宝自己才能体味出玩笑中蕴含着的机智和耐人寻味的幽默，金宝独自微笑着，因为欣赏自己的机敏而微笑。然后，便像一只在水中张开嘴呼吸的河蚌，因为警觉又很快把粉红色的肉团缩了回去，只留下一只冰冷而坚硬的外壳。只有到了夜晚，金宝才会重新变得活力四射，激情澎湃。金宝在那张吱嘎乱叫的床上辗转反侧，那个曾经让他彻夜疯狂的女人早已离他而去，金宝现在只在黑暗中寻找那个假想中的替死鬼。金宝闭着眼睛一遍遍地用杀猪刀捅死他，鲜血从那个人的身体中涌出来，生命随着那些暗淡肮脏的鲜血一点点地流失，像一条活泼而新鲜的河，把他们慢慢地淹没掉。金宝睁开眼睛，他觉得自己必须亲手杀掉一个人，不然非憋死不可。只有杀人才可以证明自己，才能证明他还活着。

已经十一点了，李小治还没有回来。平常李小治总是十点不到就回来睡觉的，今天不知什么原因却一直没有回来。要是李小治按时回来的话，金宝可能早就出门找别人了，可李小治迟迟不回来，金宝便走不了了。李小治下午刚把宿舍门上的钥匙弄丢了，特意打电话来让金宝给他留门。金宝骂了一句，躺到床上。但是不到两分钟，又腾的一声跳了起来。金宝感到这间狭小的屋子里简直处处暗藏着杀机，他的身体则变成了一个初临人世的婴儿，敏感而娇弱，周围的一切都在挤压着他，让他感到一种抽搐般的疼痛。他必须时不时地浮出水面换一口气，才不至将手中的杀猪刀向什么东西捅出去。金宝把闹钟拨到了凌晨两点，然后又重新睡到床上。金宝喘着粗气安慰自己，夜里两点的时候李小治总该回来了吧。

金宝是和衣而睡的，等到被闹钟吵醒的时候，金宝发现月光正从窗玻璃上照进来，落在李小治那条红白相间的大花被上。李小治在被子里蜷缩着，把大花被弄出稀奇古怪的形状。刚才闹钟的声音很响，金宝不知道李小治现在是不是已经醒了。金宝轻轻咳嗽了一声，又起来上了一趟厕所。等到他回到宿舍的时候，李小治已经重新鼾声如雷了。金宝在李小治的床前站了一会儿，李小治的嘴半张着，脸皱成一团，平日里还算得上清秀的一张脸，这会儿看上去却显得出奇地丑陋。喉咙像被谁凭空卡住了似的，发出一阵阵没有规律的咯咯声。这是一张痛苦无比的脸，似乎每一分钟都在忍受着无形的煎熬，又因为无处诉说而显得格外触目惊心。金宝几乎被李小治的这副模样吓住了。金宝伸手在李小治的脸前晃了晃，李小治一副无动于衷的样子。金宝推了推他，李小治翻了个身，又重新睡了过去。金宝觉得有点累了，便在李小治的床前坐了下来。然后，金宝便把杀猪刀抽了出来。杀猪刀在大花被上停了停，像是为了试一试杀猪刀的锋利程度，金宝犹犹豫豫地对着突起的那团类似动物肋骨的奇形怪状的东西扎了下去。

金宝记得李小治当时几乎没有挣扎，只是哼了一声，很快又变得悄无声息了。血，并没有金宝原来想象得那么多。倒是李小治的脸一下子变得十分安详，不再像几分钟前那么狰狞恐怖，一直张开的嘴巴这会儿也意外地合上了。有一瞬间，金宝甚至怀疑他是不是真的睡着了。金宝愣了愣，事情做完了。杀人真的是一件很简单的事，从开始到结束还不到二十分钟。金宝有点奇怪，为什么别人没有去做这种事呢？金宝并不觉得害怕，只是有一种想撒尿的感觉。金宝站起身，把杀猪刀擦干净，用报纸裹好塞在床底下。然后锁上门，转身朝外面走。

7

已经是清晨了。很平常的一个清晨，路上的行人不多也不算少，早起进城卖菜的农民已经在桥头摆起了蔬菜摊子。站在桥上，可以看到初升的太阳，新鲜而慵懒的那种。其实，金宝并没有意识到这些，这些每日里雷同的风景金宝早已经熟视无睹了。金宝不停地向前走，像是有什么急事，也有点像是急匆匆赶着钟点的上班族。但是，金宝忽然发现，这天早晨的空气中弥漫着一种气息，一种特殊的腐败而感伤的气息，这气息让金宝感到有些不知所措。金宝并不觉得害怕，而是感到了一种虚弱，一种忽然被掏空了的虚弱，这种虚空感迫切需要什么东西来填补。于是金宝便一刻不停地向前走。嗒嗒的脚步声很清晰地从柏油路面上传过来，像夏夜草丛中成团的蚊子的叫声，疙疙

41

瘩瘩的挥之不去，让人胸口发闷，浑身燥热。

　　金宝坐到去月城的中巴车上的时候，并没有想到自己到底要做什么。中巴车主大声地向他吆喝，金宝就上来了。车主问他要到哪儿去，金宝愣了半天也没有想起该怎么回答，只是直愣愣地看着他。金宝忽然发现中巴车主戴了一顶帽子，在冬天里戴一顶应该在夏天戴的遮阳帽，这真是一件很奇怪的事情。于是，金宝低下头轻笑起来。

　　金宝到月城的时候还没到中午。白花花的太阳照在月城宽阔的大街上，让金宝感到有点眼花缭乱。金宝在树荫下站了一会儿，盘算着下一步该干什么。出门的时候，金宝什么也没有带，兜里的五百块钱还是昨天厂里刚发的工资，金宝觉得首先应该把兜里的钱花掉。金宝在大街上转悠了一个多小时，也没有想出该怎么用这笔钱。直到他经过一家小饭店的门口时，闻到店堂里飘出来韭菜肉饼的香味，才决定了下一步该怎么做。这是一家很普通的小饭店，在一条偏僻小巷的最里头，肮脏而油腻。来吃饭的人也都显得灰扑扑的，多数是些在建筑工地上打工的民工，也有偶尔路过这里的外地人。端盘子的女服务员显然刚从乡下进城不久，腮帮子上的红润还没有完全褪净，人长得也不好看，正抄着手笑嘻嘻地站在门口看风景，显得有点傻里傻气的。韭菜、猪肉与新鲜植物油的香味从小饭店黑乎乎的店堂里飘出来，金宝觉得几乎把他的肠子都熏香了。金宝停下脚步，隔着一条窄窄的马路，饶有兴趣地盯着女服务员围裙上一圈肮脏的污垢。

　　金宝离开小饭馆的时候已经是傍晚了。金宝几乎把小饭馆里所有的菜都点了一遍，又喝下整整二十瓶啤酒。喝酒的时候，金宝摸过女服务员的手，后来又趁着上菜的时候，摸过一次她的胸脯。因此，这会儿金宝虽然感到头晕眼花的，脚底下有点发虚，但是感觉很快乐。金宝摇摇晃晃地走在大街上，对着面前走过的每一个人露出一脸灿烂的笑容。路过集庆路建材市场的时候，一个穿黑衣的女人站在发廊门口向金宝招手。女人身后的玻璃门里射出暧昧朦胧的粉红色灯光，这灯光虽然在傍晚的暮色中有点突兀，照在女人的脸上，却显得十分娇艳。金宝并不知道这里是月城的红灯区，但是女人身后的粉色灯光还是吸引了他。这灯光让金宝想到了某种东西，想到了颓废的享受，糜烂的肉欲，堕落时的呻吟。金宝在简陋的发廊门口站住了，黑衣女人的目光定定地看着他，脸上几乎没有一丝笑容，眼睛里甚至没有做这种生意的女人惯有的火辣辣的勾引。那是一种冰冷的能剥人衣服的目光，见惯了赤裸的肉体之后的那种公允而充满恶意的目光。在这样的目光面前，每一个人都是相同的，褪去了各式各样的外壳，剩下的是同样灰白而模糊的肉体。女人伸出手做了一个暧昧不清的手势，金宝一时没有明白过来。女人忽然一下子不耐烦起来，眉头微微地蹙着，手指向有着粉色灯光的屋内点了一下，说，进来呀。金宝便身不由己地跟了进去，像被施了定身术一般。金宝在柔软舒适的转椅上闭上了眼睛，女人的手指便开始在金宝的发丝间游走，就像穿行在广袤的森林里，熟稔、厌倦，又有一点不容置疑的愤恨。手上的动作便在不知不觉间变得有些粗暴，这让金宝感到了疼痛，可这疼痛又是让他那么地喜欢，金宝不由轻声叫了起来。

金宝这一觉睡得十分香甜，醒酒的时候已经是第二天清晨了。金宝发现自己躺在一间屋子里的一张小床上，墙面上像得了什么癣症似的，到处披挂着干裂的墙皮。屋子里除了这张小床外，什么也没有。黑衣女人早已经不见了，金宝闭着眼睛躺了一会儿，在肮脏得几乎分辨不出颜色的被褥下活动了一下手脚。没问题，他还活着。那个黑衣女人在走之前显然把他的口袋都翻了一遍，金宝记得他吃完饭的时候口袋里还有二百多块钱，这会儿除了一张皱皱巴巴的十元钞票，什么也没有留下。虽然事先讲好的价钱，黑衣女人还是多拿了一百。金宝并不生气，他本来就是要把这些钱花出去。钱对于一个要死的人来说算得了什么呢？

金宝在床上思考着下一步应该做点什么。算起来，他离开机械厂还不到两天，感觉上却像有两年那么久。金宝忽然发现，他开始想家了。这真是一件不可思议的事情，他杀了人，现在竟然莫明其妙地开始想回去了。可是，不回去又该到哪里去呢？金宝把所有他能去的地方在心里数了个遍，结果发现，他哪儿也去不了。金宝离家最远的地方只到过月城，现在，他就躺在属于月城的一张床上，一张陌生而肮脏的床上。但是金宝发觉自己一点也不喜欢这儿。以前到月城来，大多是早上来晚上就赶回去的，从来没有在月城过过夜。现在，金宝忽然发现，月城的夜晚简直有点像个误会。有一刻，他甚至怀疑自己并不是在月城，而是躺在机械厂的那间集体宿舍里。金宝不喜欢这里还有另外一个原因，那就是他在这里第一次发现了自己的软弱。以前，金宝一直以为自己是另外一种样子，至少，他可以做出点什么出人意料的事，比如杀人，比如自杀。可是，直到现在才发现，原来一切都不是他想象的那样。虽然做出那么多极端的事情，他依旧柔弱无比，柔弱得像一个无助的婴儿，任人摆布。那么，去别的地方怎么样呢？去别的地方实际上就等于逃命，但是金宝杀人的目的是想要别人杀了他，要是逃到别的地方去，杀人又有什么意义呢？而且，金宝发觉自己对那些遥远而陌生的地方一点兴趣也没有。不，金宝哪里也不想去。他决定回去，回到那个他生活了二十一年的小镇。等到他决定回去的那一刻，金宝忽然发觉有一股豪气慢慢地涌了出来。

8

外面的风有点硬，把金宝的身上激出一大片鸡皮疙瘩。金宝一边向前走，一边不住地打着嗝。黑衣女人的体味似乎还留在金宝的腋窝里，劣质香水、睫毛膏和冷霜的味道混杂在一起，像清晨吐出来的隔夜的臭气。这是金宝第一次与女人在一起，虽然他早已经无数次地演练过这个过程，面对黑衣女人苍黄的裸体，金宝还是紧张得像个手足无措的孩子。金宝能感觉到女人目光中的鄙视和不耐烦。金宝一点也没有想到,怎么会是这样呢？从十七岁生日的那天晚上，那个卖淫的黄衣女子便开始陪伴他了。金宝在黑暗中倾听她的笑声，注视着她灼灼逼人的双眸，感觉她若有若无的体香。金宝一直以为，她是属于他的，他可以随心所欲地支配她。但是，金宝现在却忽然发现，原来他们相距竟然如此遥远。从黑衣女人的手触到他的皮肤的那一刻起，金宝便知道，这么多年来，他谁也不爱。那个躲藏在他的身体里的黄衣女子其实谁也不是，而是他自己，她只是他自己的一个影子。黑衣女人的手在他的身体上游走的时候，金宝就知道他爱的不是她了。金宝对着晨光轻轻地吐了一口气。

金宝慢慢地朝前走，风顺着后颈上的领口吹进来，沿着后背一路顺下去，金宝并没有感觉到冷。已经出月城了，回县城的路是从高速公路上分出来的一条岔道，金宝把手插在裤袋里，估算着路程。然后，金宝便看到了一支迎亲的车队。一溜四辆轿车的车身上都装饰着大红绶带，车里嗡嗡地放着音乐，音乐声在晨风中传出很远。忽然，金宝在领头的那辆车上看到了装扮一新满身喜气的李小治。李小治显然也看见他了。李小治扭过脸来，冲着金宝笑了笑，又熟络地挥了挥手。

金宝一下子愣住了。这一带是有在清晨迎亲的习俗的，而且，不知从什么时候开始，娶亲的车队还喜欢先到月城的大街上兜兜风，然后再去接新娘。金宝想起来了，李小治的婚期确实就是定在今天。可是，李小治不是已经死了吗？他不是已经把李小治杀了吗？难道李小治没有死？还是他根本就没有杀过人？金宝觉得这些复杂的问题简直一下子把他弄糊涂了，不由蹲在路边，捧着脸，拼命地想从一盆糨糊似的脑子里理出个头绪来。金宝思考问题的时候是喜欢摸着脸上的粉刺的，有时还会顺带着挤掉几粒。可是，金宝猛然发现，脸上的粉刺不知什么时候一下子不见了。手指摸在脸上，光滑顺畅，毫无阻碍。金宝吓了一跳，不由惊得叫出了声。

车队从金宝身边经过时，金宝看见李小治一边笑一边对自己说着什么。李小治从车窗里伸出大半个头，冲着他喊道：金宝，你跑哪儿去了？是不是有意躲出来不想帮忙啊？赶快回去吧，别误了喝我的喜酒。

这一切发生得实在太快了，金宝几乎还没反应过来，迎亲的车队已经在远处消失了。金宝又摸了摸脸，脸上的粉刺确实不见了。金宝来来回回摸了好几遍，心里不禁涌出一股陌生的感觉。似乎手里摸着的不是自己的脸，而是一件刚刚属于自己的别的什么东西。因为新奇和陌生，不禁一遍遍来来回回地摸着。等到金宝感觉到脸上的皮肤开始发红发热的时候，太阳已经升起老高了。金宝这才住了手，疑疑惑惑地站了起来。

现在，一切都结束了，真的该回去了。金宝点点头，活动了一下发麻的手脚，对着空荡荡的路面笑了笑。

（原载《小说界》2002 年第 2 期，被改编拍摄成电影《春花开》，由刘晓庆主演、第六代导演刘冰鉴执导）

暮 色 苍 茫

在史萍的记忆中,父亲史广富几乎是长年不在家的。虽然广富任教的那所小学校离家也就几十里地,但在那时的史萍看来,这样的距离却几乎像无边无际一样遥远。一个月或者是更长一段时间,广富才会从小学校回家一次。每次回家,广富都是骑着一辆破旧的自行车。但那辆自行车虽然破,却是村里唯一的一辆,因此每次回来,都会引来村里孩子的围观。

广富回家时大多是在傍晚,那正是去地里割草的孩子回家的时间。他们身上都背着一只用柳条编的上大下小的背篓,里面装满青草。因为背篓的缘故,所以他们跑不快,只能远远地跟在自行车的后头。史萍通常也在那群孩子中间,不过她从不会跟着他们一起跑,而是慢吞吞地走在最后。广富总是会停下来等她,让她把背篓放到他的自行车后座上。但史萍每次都像是没有听见一样,依旧低着头往前走。广富见状,也就不再坚持了。

史萍到家时,母亲夏银枝还在做饭,广富正在院子里擦自行车。父亲的那辆旧自行车在史萍的眼中就像是个奇迹。虽然既没有铃铛也没有刹车,前轮上连片盖瓦也没有,但它却是威武雄壮的。只是在史萍的记忆里,那辆自行车似乎总是处于修理状态。现在,自行车被倒扣在地上,广富正把自行车的内胎放到洗脸盆的大半盆水里,检查到底是哪里在漏气?弟弟史健和妹妹史芳正头挨头地趴在桌子上做作业。史萍看了他们一眼,依旧没有说话,放下背篓之后,便去锅屋给银枝帮忙做饭去了。

史萍已经不记得自己是从什么时候开始,不再跟广富说话的了。似乎自从银枝在她面前哭诉,广富跟别的女人乱搞的时候,史萍便不再搭理他了。但这其实并没有什么妨碍,因为广富回家的次数根本就是屈指可数的。有一段时间，史萍甚至有些奇怪，银枝很少到广富教书的那所小学校去，有关他跟别的女人乱搞的事，她是怎么知道的？银枝听了，叹了口气，从床上的铺盖底下翻出一封据说是广富教过的女学生写来的信。乡下孩子上学晚，那虽然还是个小学生，估计早已经是大人了。在信里，那名女学生用歪歪扭扭的字迹十分老到地告诉银枝，她与史老师之间已经建立起了深厚的革命友谊，让银枝赶紧与他离婚。史萍十分气愤地打抱不平，说你为什么不去告他？就凭这封信，就能让他到监狱里蹲上几年。银枝见状，赶紧伸出手去捂史萍的嘴，说你少胡说了！我能告谁去？那可是你亲爹！

因为这件事，银枝曾经带着史萍一起悄悄到那所小学校去过一次。因为不想让广富事先知道这事，路又不熟，二人坐了公共汽车，又走了十多里地，直到晚上八九点钟这才找到那所小学。冬天天黑得早，村里大部分人家那时都已经上床睡觉了，四周一片寂静。二人摸黑找到位于村子口的小学校，里面也是黑乎乎一片。好在银枝还记得广富宿舍的位置，便走过去敲门。

银枝的性子虽然好强，平素就是不服输的那种，但在广富面前却一直是收敛的。这次她到小学校来，原本是想向丈夫服软扮小、低三下四求情的，其实并没有想捉奸的意思。当然，私下里也是想看看那个女学生到底长什么样？但现在广富迟迟不肯开门，银枝的心顿时腾地一下绷得紧紧的。银枝推了史萍一把，低声说，快！你到后面窗户底下守着，别让那个小娼妇跑了！

银枝一边继续拍门，一边叫着广富的名字，说你快点开门，要不然我把全村的人都喊过来，看你那张脸往哪儿搁！屋子里依然死寂一片。有一瞬间史萍甚至有点怀疑银枝是不是弄错了房间，这间屋子或许根本就不是广富的宿舍？史萍正踟蹰疑惑着，黑暗中忽然有一只手掀开窗帘，一个女人从窗户里伸出头往外看。见史萍站在窗外，吓得赶紧把头缩了回去。过了一会儿，屋子里终于有了动静。史萍听见广富心虚似的咳嗽一声，低声骂了一句什么。门"吱呀"一声被拉开了一条缝。趁着广富开门之际，一个衣衫不整的女人从屋子里冲了出来。银枝自然早有防备，一把便将那个女人推进屋里，两个人顿时扭打成一团。

银枝长得人高马大的，那个女人根本就打不过她。再加上心虚气短，不敢用尽全力跟她拼，自然是要吃亏的。等到广富好不容易把撕扯着的两个人分开时，那个女人已经差不多是半裸了。史萍在一旁站着，想帮银枝的忙又碍着广富的情面不敢过去。于是便把屋子里的灯点亮，又把门关上，防备那个女人趁乱跑出去。灯光下，那个女人慌慌张张地用衣服遮掩着自己的胸脯。史萍原以为那应该是比自己大不了几岁的女学生，现在却发现原来是个成年女人。但是从女人浅蓝色薄棉袄里露出的深红色小褂，蓬乱的头发遮住的清秀脸庞，仍然能让人感觉到她的年轻漂亮。趁着广富把两个人分开之际，女人转身推开门跑了出去，一溜烟便不见了踪影。

银枝已经把那个女人教训了一顿，也算是出了口恶气，其实并不想把这件事闹得尽人皆知，让广富脸上挂不住。所以只是虚张声势地在院子里跑了几步，任由那个女人消失在夜幕之中。等到女人离开之后，银枝这才绷着脸与广富对峙起来。银枝把桌子拍得当当响，厉声问道，刚才那个女人是谁？你们是怎么搞到一起的？广富自知理亏，只是有些心虚地为自己辩解着，说你这是干什么？好像我真跟她做了什么见不得人的事情似的……银枝便骂，半夜三更的，你们孤男寡女关在屋子里，连灯都不点，还什么事都没有做？没想到广富听了，竟然正色道，你真的是误会了！

已经是深夜了，屋外虽然没有风，却有股巨大而迟滞的寒冷在四周游荡着，让人忍不住想缩起身体，找个什么东西把自己裹起来。不远处，广富的声音听起来显得模糊而缥缈，史萍忍不住一阵阵地犯困。原来，那女学生竟是结过婚的。只是丈夫长年辗转于病榻，也没有孩子。因为一个人过于寂寞无聊，于是便到小学校做起了旁听生。小学校里的老师差不多都是本村的民办教师，只有广富是教育局派来的正式教师，也只有他一个人是住在学校里的。于是，不久那个女人便与广富勾搭到了一起。

银枝忍不住掩面而泣，说，我一个人千辛万苦在家干活儿带孩子，是让你在外面跟女学生乱搞的？广富嗫嚅道，她真不算是我学生，而且我也没有与她乱搞。她身体不好，我是在给她治病。

银枝听了，顿时有些惊呆了。治病？治什么病要深更半夜到床上去治？广富忽然抬起手摸了一把自己的头顶，对着银枝咧开嘴笑了笑，说你不知道我们家是祖传的中医吗？这其中的奥秘，还真不是三言两语就能说得清楚的。

当晚，史萍住在隔壁的另一个房间里，几乎整夜都能听到银枝的哭诉以及二人的撕扯声，直到黎明时分，才渐渐安静下来。史萍原以为，银枝会再去找那个女人的，至少也应该在小学校多住几天才对。可是，银枝第二天中午便带着她回家了。

广富家里姊妹多，共有六个姐姐，他是家里唯一的男丁。因为金贵，怕养不活，都十多岁了脑袋后面还拖着根像猪尾巴一样的小辫子。史家虽然世代务农，却都是心灵手巧的聪明人。广富的祖上粗通文墨，也懂些医术，常给附近的乡邻看病。到了广富祖父这一辈，在当地已有些名气，经常给人接骨针灸、拔脓治疮之类的，据说还特别擅长医治妇科疾病。不过到广富出生的时候，这一切都已经不复存在了。因为是家中的老小，在广富的印象中，祖父只是个终日穿着长袍、戴着老花眼镜看线装书的垂暮老人，而且很快便去世了。到了广富父亲这一辈，只是普通的农夫而已。那时村里早已有了合作医疗诊所，已经没有人来找广富父亲看病了。偶尔有相熟的乡邻过来找他，实在推脱不过的时候，也大多是背着人悄悄地看。即便把病看好了，也是不敢声张的。

广富的父母去世得早，因此他基本上是靠着几个姐姐抚养成人的。因为是家中的独子，一大家子人捧着这么一个掌上明珠，广富打小就有些被宠坏了。有关祖父还有史家的医术，对广富来说都是有些久远的事情。特别是传说中的擅长诊治妇科疾病，听起来更像是一个传说。广富曾经向家里的大姐询问过，祖父到底诊治的是什么样的妇科疾病？大姐也是含糊其词说不太清楚，但是妇科病嘛，无外乎是月经不调、不孕不育之类的吧？据说，以前常会有妇女抱着新生儿到家里来磕头致谢。

虽然并没有接上史家的家传，但家人的宠溺和这些半真半假的传说却滋养出了广富的清高与傲慢。而且，广富觉得自己也是有资格骄傲的。小时候与村里的孩子一起读书的时候，广富的成绩总是最好的。村里孩子一般顶多上到高小毕业就不读了，只有他一直念下去，直到在县里的师范学校毕业。

师范毕业后，广富顺理成章地成了一名小学教师。那时在乡下，连读书认字的人都不多，像广富这种受过正规教育的就更少了，按说原本应该有机会获得更好的发展。无奈，他根本就是个没有进取心的人。当初与广富一同读师范的同学，后来大多改行做了各式各样的领导，最不济也是学校的校长、教导主任之类的。只有广富什么都不是，一直是一名最普通的小学教师。广富的脾气大，眼睛里根本就看不见人的。而且不知什么原因，与周围人相处时总有些疙疙瘩瘩的。因为骄傲和怀才不遇，广富与单位的领导也总是搞不好关系，几乎每年都要在不同的乡镇小学之间调来调去。

不过对于这一切，广富早已经不在意了。因为他很快便找到了自己喜欢的东西，那就是女人。无论怎样破败闭塞的地方，总会有他喜欢的女人生活在那里。他与她们从陌生一点点变得熟悉起来，在偷窃来的欢愉中堕落着、沉醉着，在相拥与碰撞中体味着生命的活力。而且，这一切总是处在一种恰到好处的状态。在不同的小学校之间频繁地调来调去，不仅巧妙地掩饰了广富的行为，也给他的地下情增添了许多意想不到的乐趣。因为还没有等到广富或者是那些女人感到厌倦的时候，他就已经被调到另一所学校去了。

广富年轻时的长相不错，瘦高个儿，脸庞虽然黝黑了些，却是轮廓分明的。要不是脸过于长了些，他看起来几乎有几分英俊。两只眼睛不大，时常眯缝着，却会在某个特殊的时刻忽然倏地一下闪出刀锋般的光芒。当然，这样的光芒通常只是在他遇到自己喜欢的女人时才会出现。平时，广富总是耷拉着眼皮，一副面无表情的模样。

表面上看起来，乡村小学校几乎是不值一提的，但在村里人的眼中却总有几分特别。对于惊鸿一瞥般的广富，这个时常沉默着的男人，村里人常常会用略带吃惊的探究的目光看着他。看着他穿那种有口袋的浅色裤子，黑色皮鞋，把两只手插在裤兜里，紧抿着嘴唇，一个人在小学校的院子里进进出出。那时，衣服上口袋的多少，是区别人们不同身份的重要标志。就连部队的军装，官兵之间的差别也只是上衣到底是四个口袋，还是两个口袋的。但是村里人甚至都来不及记住这个年轻男人的名字，广富或许已经离开这里，到某个他们所不知道的地方去了。

小学校里的课并不多，由于地处偏僻，也几乎没有人对他们有什么特别的要求。农忙时，村里的孩子也是要下地干农活儿的，因此把上午的课一上完，就可以放学回家了。这时，空荡荡的校园里常常只有广富一个人。广富一点也不喜欢读书，而且就是他喜欢读似乎也不行，因为学校里除了教科书和几本参考书，根本就没有什么别的书籍。因此，面对大把的时间，清闲无事的广富简直不知道该如何打发才好。

学生们离开之后，广富便开始给自己做午饭。午饭虽然并不丰盛，却是他一天里最重要的一顿。因此，广富总是做得隆重而缓慢。学校的院子里虽然砌了两口烧草锅，但他毕竟与村里的农民不同，怎么能用草锅做饭呢？广富用的是煤油炉，烧的是村里手扶拖拉机用的那种柴油。屋子里除了一张床、一张书桌，几乎空空如也。煤油炉和炒菜锅之类的都是直接放在地上，饭桌用的是小学校里废弃不用的课桌，大多缺胳膊少腿的。猛一看，屋子里的一切与村里的农民几乎没有什么区别。但是，总会有些什么东西是惹人注目的。比如桌子上散落着的几根白色筷子，亮晶晶的小调羹，立在地上的一小块塑料砧板……虽然一切都是匆忙、肮脏的，但到底会让人感觉有些不同。

吃过午饭，小学校里便没有什么事了。于是，广富会一个人在村子里来回地转悠。虽然是生活在乡下，但广富看起来一点也不土气。头上留着那时在城里才流行的大背头，身上穿的也是乡下不多见的深蓝色或者深灰色卡其布外套。脚上的鞋子虽然是姐姐手工做的松紧口布鞋，但广富在鞋的出边上做了些手脚，用白色油漆刷了一圈。这就让那双鞋看起来显得十分干净、惹眼。

在乡下，广富的这身打扮常常会引来路人的注目，不过倒是与他身上时常飘浮着的那股若有若无的骄傲和谐一致的。在村里坑坑洼洼的土路上，低着头背着手慢悠悠地往前走的广富看起来总有些不伦不类，既像是个吃公家饭的乡村干部，又像是个城里的小知识分子。广富总是故意走得很慢。秋天的阳光温暖而厚实，广富站在路边停了一会儿，抬起头眯起眼睛，感受着阳光落在脸上时那股迟疑的热辣辣的劲道。这常常是广富感觉最松弛的时候，因为他知道，在路旁的院子里或许就有一双看不见的眼睛正盯着自己。因为长年在女人堆里混，广富早已练就了一双火眼金睛。在一大群女人中间，差不多一搭眼就能找出哪个是他能搭讪勾引的，几乎百试不爽。

很快，从路边的院子里拐出一个年轻女人。那是村里新寡不久的女人，广富早就注意到她了。女人长着一张白净的瓜子脸，身上还带着点残留的孝，看人时眼睛常眯缝着，里面会有一道清亮的光倏地一闪，之后便迅即低垂下眼睑。表面上看起来，女人显得十分老实谨慎，但广富仍然能很敏锐地捕捉到她被孝服遮盖住的年轻身体里涌出的一波波看不见的风骚。

女人身上戴的孝，曾经让广富颇有些犹豫，几乎打算放弃了。直到有一次，背着一捆青草的女人从小学校的门前经过，与正无所事事闲逛着的广富几乎撞了个满怀。因为背篓上只有一根窄窄的背带挂在女人的脑袋上，那捆青草顿时被撞到了地上。广富说了声对不起，上前想帮忙。女人见了却红着脸摇了摇头，手忙脚乱地整理着背篓。等到离开的时候，女人忽然转过脸来，大胆地盯着他看。广富那时已经离开了，仍然能感觉到女人的目光一直停留在他的后脑勺上。

下一次，等到女人傍晚时再从小学校门口经过时，广富忽然低声对她说：你过来！女人听了，犹豫了一下，便跟着他进了学校的院子。那时，学校里的学生早已经放学，家住本村的几个教师也都回家去了，院子里只剩下广富一个人。小学校的位置是在村子口，与村民们的屋子还隔着条窄土路。此刻，院子里的几间教室正悄无声息地栖息在暮色中。广富穿过院子，径直走向自己的宿舍。等到推开门，这才转过身来，以不容置疑的口吻对那个女人说，进来吧！

女人听了愣了一下，把身上的背篓放下，抻了抻被压皱的衣服，这才跟着广富进了屋。在屋里，广富几乎没有说话，便开始撕扯起女人的身体。脱光了衣服的女人就像是刚从池塘里拔出来的一截鲜莲藕，光滑、白嫩，带着股新鲜泥土的气息。广富刚一抱住她，便感觉到了彼此的默契。他与女人的身体是如此契合，几乎能感觉到身底下每一寸肌肤的吸引力，亲切而妥帖。广富在女人的怀里寻找着、迷失着，因为被女人的身体和自己的激情所感动，而忍不住低声啜泣起来。女人见状，就像是喂正在吃奶的孩子一样，一把将广富的头抱进怀里。

广富与女人间的隐情就像是冬天野地里散落在各处的过寒菜一样，表面上看起来有些灰头土脸的，一点也不引人注意，但实际上却生脆、新鲜，带着一股不为人知的甜蜜。傍晚时，正是村民们做饭、吃晚饭的时间。一篷篷没有燃尽的饮烟的气息从土路对面飘过来，夹杂着淡淡的饭菜香味。广富忽然无端地觉得有些颓丧，把身体蜷缩成一团，呢喃道，饿了饿了！肚子真的饿了呢，这个又不能真顶饭吃。女人却不知从什么地方变戏法似的摸出块点心，衔在嘴里。生冷的点心又甜又硬，吃在口中就像是嚼着什么没有感情的活物。广富闭上眼睛，忽然觉得有些厌倦起来。

但是，广富却能感觉到女人开始有些动情了。时常变着法子讨好他，曲意奉承着。女人的年龄比广富大，有时还会试探着问起他的婚姻状况。得知广富还没有结婚，越发殷勤起来。

当初，女人刚嫁过来不久，丈夫便生病了。两个人虽然感情不错，无奈丈夫得的却是严重的肺结核。虽说那时抗生素之类的早已经有了，但因为价格昂贵，可不是他们这种地处偏僻的庄户人家能用得起的。丈夫家的家境虽然还算殷实，也曾带着病人去城里的大医院看过，却总是时好时坏的，缠缠绵绵地拖了好几年，最后到底还是没有治好。

丈夫还在卧床不起的时候，婆家人便开始将全部的怨恨都倾泻到女人身上。时常背着她嘀嘀咕咕地，也不知道到底打的什么算盘。传出来的话却是，女人根本就是个狐狸精，索欲无度，这才最终导致丈夫的病怎么也医不好。女人自然觉得冤屈，因为事实上却是她丈夫贪恋床笫之欢。但是，这种事根本就是说不清的。而且，他们两个人感情好也是大家都看见的。有时当着众人的面就开始眉来眼去的，要是到了背人的地方可不要把人给生吞活剥了？

女人的丈夫是个手艺不错的木匠，以前身体好的时候曾经走村串户许多年，据说手里是有些积蓄的。知道自己的病治不好了，两个人缱绻缠绵时，丈夫也曾想过要把钱交给女人，可又担心她太过年轻。而且自己又没有留下一男半女，她怎么能守得住呢？于是，思量了半天还是叹口气，把嘴里刚说了一半的话又硬生生地咽了回去。

女人见状，自然是赌咒发誓一辈子不会离开。为了讨男人欢心，更是衣不解带，日夜陪在床前。医生早就说过，男人的病是要节欲的。婆家人早就不想让女人在一旁侍候了。无奈丈夫喜欢，一直不肯让她离开。现在，女人因为存有私心，更是常常曲意挑逗着。终于有一次，丈夫在尽情贪欢之后，夜里便死在了床上。

丈夫的尸骨还停在院子里的灵棚下没有落葬，婆家人便开始大动干戈了。女人不甘心，硬是跪在披着重孝的人群中，扯开嗓子叫，呼天抢地的哭声盖过一院子的人。有两个人过来拉她，女人挣扎着不肯离去。于是戴孝的人群

53

中便有人说，跟这种女人客气什么？先给她两个嘴巴子再说！女人听了，跳着脚大叫，说你打，你打！有本事你就打死我，但凡我还有一口气，我就饶不了你！人群中忽然有人笑了一声，说你饶不了又能怎样？你个不要脸的女人，又能怎样？

唢呐声在院门口忽然突兀地响了起来，院子里的人开始大声哭泣。女人被两个男人架着，竟然一时噤了声。是的，她能怎样？她又能怎样呢？现在，女人一点也不知道他们为什么要这么拉着她，是担心丈夫临死前私下里给过她什么东西吗？可是，她手里什么都没有，他没有给过她一分钱。女人忽然强挣着往前扑，一边挣扎一边哑着嗓子哭喊道：我的人，我的亲人，你尸骨未寒！你尸骨未寒！

她不知哪里来的力气，竟一下子把两个男人给甩开了。女人向灵棚那里扑过去，半道上被几个女人拦住了，几个人死死地拉着她的膀子。她站在那里，一时竟不知道自己到底是要做什么。是抚尸大哭，还是要冲上去把那个已经死去的男人撕成碎片？他骗了她！没有留给她一分钱。她衣带不解地服侍了他这些年，冒着被传染上肺病的风险，尽心尽力地服侍他。但他最终还是骗了她！

现在，几年前那个破碎而怆痛的清晨发生的事，依旧如一幅褪了色的画似的留在她的眼睛里，看起来生疏而异样。那个清晨里的一幕幕，现在想来还像昨天刚发生过的一样，就像是身上的一小块刚结痂不久的伤疤，被不小心碰到了，顿时扯得皮肉一阵阵生疼。

女人忽然伏在广富的怀里低声哭了起来，眼角凝着泪，不住地呢喃：我的人，我的亲人，你不会像他一样骗我吧……

然而，广富还是违背了自己的誓言，欺骗了那个女人。那个学期刚结束便不辞而别，去了别的学校。广富离开之后，女人曾经偷偷来找过他，每次来自然少不了缠绵哭泣，难分难舍。但是，后来不知怎么忽然就不来了。

不久，广富便与银枝结了婚。

要说银枝年轻的时候也算是村里数得着的漂亮女人。不仅个子高、身材壮实，是下地干农活儿的好材料，人也长得端庄秀丽。广富虽然只是个村小学校教师，一个月挣不了多少钱，可毕竟和村里的农民不同。那时给广富做媒的人很多，村里有不少姑娘想嫁给他。当年，银枝能与广富结婚，也是让周围许多人眼热嫉妒的。

当初，银枝的母亲在生完女儿之后，不知什么原因再没有怀过孕。在乡下，家里没有男丁是要被人瞧不起的，婆家人对她自然不会有什么好脸色。银枝母亲的性格又是那种争强好胜嘴巴不饶人的，自然咽不下这口气。于是，双方便种下了矛盾。在一次激烈的争吵打骂之后，终于被急于想生儿子接续香火的婆家人赶出了家门。

虽然银枝的母亲那时算是与丈夫离了婚，但是离婚不离家，仍旧住在村子里。因为是带着银枝单过，后来虽然没有再嫁，但私底下却是少不了男人的。而且，地里的农活儿实在太重了，每到农忙的时候，家里没个壮劳力帮忙肯定不行。因此，每到地里收麦子、收水稻的时候，村里总会有几个心怀叵测的男人悄悄找上门来，银枝的母亲也总是半推半就地留下他们。这样天长日久的，村里肯定会传出些闲话。银枝的母亲曾经被别的女人扯着头发痛殴过，也被人指着鼻子大骂不要脸，勾引别人家的男人。不过最后都是不了了之，顶多再遭几个白眼。

但是，银枝却在不知不觉间渐渐长大成人了。只是因为母亲的名声不好，村里并没有什么人上门提亲。那时，母亲最大的愿望是想让银枝嫁给一个手艺人。在乡下，那些有手艺的人与种地的农民到底有些不同，手里会有点活络钱。女人嫁给这样的男人，会少受些憋屈。母亲曾经看上过村里做豆腐的，邻村炸油条、卖大饼的，甚至还对摇拨浪鼓走村串巷的货郎产生过兴趣，但不知什么缘故最后都没有成。后来，银枝便遇到了广富。

其实那时广富在村里最先注意到的不是银枝，而是银枝的母亲。广富凭着类似于猎犬一样敏锐的嗅觉，几乎不费吹灰之力便发现了银枝的母亲——他可以与之上床的女人。于是，之后的程式看起来几乎有些老套。广富千方百计寻找机会接近她，刻意地打探，装出漫不经心的样子在村子里随意溜达着，还有经过精心设计的不期而遇……然而出人意料的是，最后广富却与银枝好上了。

广富第一次见到银枝时，是在她家的那几间旧草房里。广富原本是去找银枝母亲的，不知什么原因那天她却不在家。那时银枝虽然只有十六岁，但已经像村里的成年女人一样开始下地干农活儿了，因此身体发育得很好。体态匀称，身材高挑，看起来已完全是一个年轻女人的模样。那正是傍晚时分，屋子里还没有点灯，天色也没有完全暗下来，正处于半明半暗的时候，这让银枝看起来越发显得苗条、漂亮。广富忍不住饶有兴致地盯着她上上下下地看，问道：你叫什么名字？

银枝看了他一眼，说出了自己的名字。广富点点头，嗯了一声，继续似笑非笑地看着她。在广富的目光注视下，银枝并不像一般的乡下女孩那样羞涩，一点也不脸红，只是平静地、不动声色地注视着他。为了让自己看得更清楚些，广富忽然出人意料地把房门打开。屋外半透明的暮色顿时呼地一下涌了进来，落在银枝的脸上、衣服上。暮色掩盖住了银枝身上穿的那件紫红色上衣上的污渍，也让她的脸显得更为深邃、神秘。

对广富的举动，银枝看起来并没有什么吃惊的表情，只是顺从地把身体转向光线较亮的那一面，微微地仰着脸。目光里既没有挑逗，也没有引诱，而是很认真地睁大了眼睛。眼神里则带着一连串若有若无的疑问，就像是在追问广富：他是从哪里来？为什么会在这里？或者，更像是在问他：为什么活着？

广富那时已经快三十岁了。在乡下，像他这样的年龄还没有结婚已是十分罕见。但是，广富倒不怎么在意别人怎么看他。反正，他在一个地方总是待不了多长时间。那时广富也算是在女人堆里混过的，以他对女人的认识，几乎没有哪个女人是不能被带上床的。只要彼此之间存有好感，而且两个人没有身体或者交流上的障碍。只要具备了这几个条件，他几乎从没有失手过。因此，两个人正说着闲话，广富忽然侧过身去，一把抓住了银枝的手。

暮色中，银枝看起来并没有怎么惊慌失措，但却很果断地把自己的手从广富的手中抽了出去。银枝抽手的动作十分自然，一点也没有让他觉得自己被冒犯了。看起来只是很简单地拒绝，就像是在与人说话的时候，用某个微小的动作或是插话来纠正别人的错误。广富看着银枝，心里忍不住有些稀奇、纳闷起来。乡下女孩大多不识字，又是生活在偏僻、闭塞的环境里，难免会有些羞怯、胆小。与陌生男人说话时，更是少有不紧张的。但银枝看起来却有些不同，不仅没有丝毫困窘，身上还有股令人惊奇的镇定。

广富忍不住有些尴尬起来，挠了挠自己的头皮，问银枝有没有读过书？他知道银枝一定没有上过学，他这么问原本是想流露出点自己作为教师的优越感的。谁知银枝却不说话，只是睁大了眼睛看着他，就像农村姑娘打量一个正在她面前炫耀自己力气的年轻小伙子一样，眼神中带着几分戏谑与嘲弄。在银枝的目光下，广富的脸顿时变得通红。

在那之后不久，广富便开始托人向银枝提亲。银枝的母亲自然没有不同意的，两个人的婚事很快便定了下来。直到两个人结婚之后，广富仍然有些耿耿于怀地问银枝，为什么第一次见面的时候会拒绝他？银枝听了，忽然扑哧一下笑出了声，说当然要拒绝了，我那时候还是黄花大闺女呢，哪能轻易跟人上床？再说，要是不拒绝的话，你后来怎么会娶我呢？

自从二人结婚之后，广富便时常以功臣自居，说银枝其实是自己一手调教出来的。要不是他不辞辛劳地挖掘资源、悉心培养，她可能会一无所有，最终逃脱不了成为一名农妇的命运。银枝每次听见广富这么说便气不打一处来，说我嫁给你还不是一样？一样每天千辛万苦下地干活儿？广富在嘴巴里响亮地喷了一声，说那可不一样，你现在就是再苦再累，也是我史广富的女人。我史广富在村里是谁呀？你敢说你没有沾过我的光？

银枝说，沾过什么光？你长年累月不在家，家里家外还有这几个孩子，哪一样不是我一个人在照应着？家里就靠我一个人下地干活儿，哪年不是透支的？不仅拿不到生产队一分钱，还要倒贴人家。我当初要是真嫁个种地的倒好了，晚上至少还有热被窝可钻，哪像现在这样一个人独守空房？银枝顿了顿，忽然有些落寞起来，叹了口气，要说沾光，我倒也沾过你拈花惹草、乱搞女人的光。所以村里总有些不三不四的男人想在我这里占便宜，以为我也跟你似的，是随便上别人床的人。广富听了，这才不吭声了。

结婚之后，广富依旧和从前一样，在不同的学校之间调来调去。银枝则在家里种地带孩子，过着和普通农妇差不多的日子。随着孩子一个个出生，银枝那张丰盈圆润的脸也开始像风干的水果似的微微皱缩起来。衰老，就像是一个行盗多年的惯偷，时常用煤灰把自己的脸抹黑，悄悄潜进屋子里。银枝常常觉得它正恶狠狠地抓自己的头发，伸出手缓慢而耐心地一下下抽自己

57

的脸，让自己变得双颊消瘦，牙齿松动。临走的时候，还不忘偷走她那双曾经漂亮迷人的大眼睛里的神采，吮吸掉她腹腔里的好味道，让她就像是一条刚被痛打过的狗一样，捧着疼痛难忍的肚子蜷缩着蹲在屋门前。

虽然嘴上不肯承认，但其实银枝觉得广富的话还是有几分道理的。在内心里，银枝也一直以为自己跟村里别的女人是不同的。虽然她与她们一样不认得几个字，农忙的时候常常蓬头垢面，衣衫不整。可是，那种若有若无的优越感仍然还是会从她的眼睛里、衣服上，漫不经心地流露出来。屋子里的东西虽然与村里人一样杂乱无章，却总有几件别人家没有的。屋角的立柜上参差不齐地竖着一小排书，那显然是属于广富的。不知是谁吃剩下的药丸，胡乱扔在桌子上。小孩用的不锈钢汤匙丢在地上，在泥土里亮晶晶地闪着光。屋子里的晾衣绳上则歪歪扭扭地挂着银枝的内衣，却是城里女人才穿的白色棉布胸罩。村里的女人是不穿胸罩的，结婚前都是穿紧身衣束胸，结婚后就把紧身衣给扔了，任由两只乳房在衣服里上下蹿动着。直到它们干瘪下垂，像两只布口袋似的一动不动地耷拉在胸前。

所有这一切都显示，银枝虽然每天跟村里别的女人一样下地干活儿，到底还是有些不同的。因此，家里的院门虽然总是敞开着，村里却并没有什么人来串门。偶尔，会有哪个男人悄悄地过来，也大多是图谋不轨的。银枝虽然早已把他们的心思看在眼里，却并不说破，依旧饶有兴致地与他们周旋着。夏日的夜晚总是闷热异常，只有深夜时才会显出几分凉爽。等到几个孩子都睡下之后，银枝喜欢把早已经被汗水浸湿的圆领衫脱掉，裸着身子在院子里走来走去。银枝那时虽然已经不算年轻了，身体却依旧紧致而结实。微凉的夜风吹在身上，银枝觉得自己就是院子里的另外一株石榴树，心里总是会被饱满而宁静的欲望撑得满满的。

连银枝自己都有点不太明白，她是从什么时候开始为村里的那个男人神不守舍的。男人叫白锦城，是村里合作医疗诊所的医生。但他一点也不像别的男人，甚至很少到银枝家里来。因此，大多数的时候都是银枝到诊所去找他。可是，锦城却总是在忙。村诊所就他一个医生，总有人过来找他看病，还会有因为发生意外或是卧床不起的人需要他上门诊治。所以，即便是在诊所里，银枝与锦城待在一起的时间也十分有限。银枝常常只是站在一边，看他不紧不慢地询问病情，给病人开药，清洗包扎伤口。小诊所的医疗条件虽然差，但锦城却是规范严谨的，消毒、引流、缝合，每个步骤都做得一丝不苟。银枝在一旁看了一会儿，便悄悄离开了。

据说锦城原本是生活在大城市里，不知因为犯了什么错误，才被下放到了这里。对于这个城里来的男人，村里人对他并没有多少了解，根本就不知道他的底细。甚至没有人知道他是否结过婚，有没有老婆孩子？他们总看见他是一个人，自从来到村里之后，似乎就再没有离开过。偶尔闲下来的时候，锦城会一个人悠闲从容地散步，就好像整个村庄就是按照他的身高体重特别设计出来似的。村里人私下还传过，说他其实是从国外回来的，也不知是真是假？那时候，从国外回来可是一件不得了的事，那是有里通外国嫌疑的。银枝曾经想找个机会悄悄问问他，不过却到底没敢开口。

小诊所里的药物有限，锦城原本是西医，现在也开始做起了中医。不仅给病人针灸推拿，还时常会为了治疗某种疾病而饶有兴致地研究当地的一些中草药。锦城经常独自一人去山里采药，一去就是大半天，回来的时候手上常常拿着一些谁也不认识的东西。

但即便是在忙碌的时候，锦城看起来也总有几分警觉，又有些颓唐，常常微皱着眉头，忧心忡忡地看着远处。这让他显得有几分神秘，而那些秘不告人的东西就像是时间或者是生命的某种密码，悄悄地隐藏在他瘦骨嶙峋的身体里，潜伏在他的血液中。有时，银枝觉得锦城就像是一个四处躲藏的贪污犯，总是害怕有人会从他用过的水杯、吃过的碗筷上发现某种痕迹。也有点像是个背负重罪的杀人犯，正隐姓埋名地活着。

锦城那时已经衰老了，但稀疏的头发仍然梳理得十分整齐，身上穿的衬衣也打理得很干净。锦城住的屋子离银枝家不远。虽然也是与村里一样低矮的平房，但里面却收拾得干净清爽，而且屋子里似乎还隐藏着许多不为人知的美味。锦城常常一个人独自喝酒，他喝的酒也与村里别的男人喝的不同，是那种酒瓶上印着洋文的葡萄酒。偶尔他也会让银枝喝上一小口，但总有些不太情愿的样子，看起来就像是她根本就不配拥有这样的待遇。

银枝患有妇科病，而且还有心口疼的毛病。有时犯起病来，痛得几乎要在地上打滚。有一次，银枝的病忽然又犯了，疼得浑身直冒冷汗，差点晕过去。锦城只一针下去，银枝皱着的眉头和紧闭的嘴唇便松弛了下来。锦城又用艾绒给她灸了几个穴位，当他温暖的手掌覆在她的小腹上时，银枝原本疼痛难忍的身体顿时平静了下来。也是在那天晚上，银枝留在了锦城的屋子里，没有回家。

但是，锦城把银枝留下的原因只是为了方便观察，他担心她的病情在夜里会加重。锦城几乎整个晚上都在忙碌着，煎煮好草药之后，又一口口地喂她喝下。锦城家只有一张床，因此，夜里银枝就睡在锦城身边。但锦城却只是躺在床上抽烟，或是心事重重地擦眼镜。

有一次，锦城忽然问银枝，有没有吃过青团？锦城说，他以前在家里的时候，每年春天母亲都会让人做青团。用艾草汁加糯米粉揉制出松软的外皮，里面包上细腻香甜的豆沙，吃起来的滋味很不错，软糯清甜不腻口。然而不等银枝回答，他又说起了别的。锦城当然知道，银枝是不可能吃过这些点心的。

银枝也不说话，心里却忽然觉得有些惊慌失措。属于锦城的那个世界离她实在太遥远了，看起来就像他住的这间屋子，干净、细致、秩序井然。某一天，世道忽然变了，于是面前的这个男人从她根本就不懂的那个混乱的世界中逃了出来，在这个村子里重新构筑起属于他自己的新的秩序。餐桌一尘不染，写字台上的书整齐得让人吃惊，就连烟灰缸都擦拭得干干净净。银枝并不知道，这些小小的、精心雕琢出来的秩序，其实是锦城对那个混乱世界的反抗，或者是某种防御。

半夜里，锦城放在桌上的一只老式怀表忽然发出一阵嘀嘀嗒嗒的声音。那声音有点像是一只什么动物吃饱喝足之后正在静静地打嗝。银枝睁开眼睛，觉得自己就像是在做梦，不过却是让人舒适温暖的梦。

锦城已经老了，在他面前，银枝并没有多少渴望。但即便是在热被窝里，她依然能觉出锦城的冷淡。虽然生着病，银枝仍感觉有些羞愧，忍不住面红耳赤起来。

锦城出生于世家，只是在他出生的时候，家世早已经败落了。自从爷爷去世之后，各房便从老宅子里搬出来单过。但在锦城的记忆中，却没有多少父亲的形象。父亲常常是在遥远的南京，更加遥远的重庆，或者是别的什么他所不知道的地方。家里常常只有母亲和他两个人。父亲过两三个月会回来一次，或者是有书信寄回来。但有时一年多也不回一趟家，杳无音讯，就像失踪了一般。母亲似乎也从不抱怨什么。那正是战争时期，父亲又是一名高级军官。

周围到处都充斥着巨大而无序的混乱，人们在听天由命的虚妄中徒劳地奔忙着。虽然锦城与母亲生活的城市暂时还是安宁的，但他仍然能闻到战争的气息在四周悄悄弥漫着。从外地逃难而来的衣着破烂的小贩在路边卖油条炸臭豆腐，旁边则是半个月前被日本人的炸弹摧毁了的废墟瓦砾。人们一边小心地避开它们，一边吃着热腾腾的馄饨，手里拿着暄腾甜腻的糕点，上面有用鲜艳的红绿色点出的梅花形状。

表面上看起来，家里的一切都还像从前一样，慵懒而寂静。厨子和女佣们依旧在屋子里忙碌着。每天按时开饭，家里的每个角落都是干净整洁的。母亲的旗袍上镶嵌着艳丽的滚边，头发烫出一圈圈精致的波浪纹，高跟鞋在木地板上敲出有节奏的笃笃声。但是，锦城依然觉得战争就像是父亲留在家里的那套旧军装一样，早已经悄悄来到他们中间，在卧室和餐厅里停留着。有时,他甚至会有些疑惑,或许家里也有什么东西被远方的那些炮弹炸碎了？

父亲偶尔回来的时候，家里顿时显出几分紧张的生机，仆人们虽然看起来精神了许多，却总有些慌乱。他们都是多年在家里做事的人，对父亲的习惯自然是了如指掌。大衣要干净挺括，裤缝笔直，衬衫不能有一丝乱纹，领带则一定要捏出显眼的褶皱……父亲是一个热爱规则的人，一切事情都要按照规矩去办。打仗时要勇敢，奋不顾身，即便许多天不洗澡、浑身散发出恶臭也没有关系。但是，现在却必须是精致考究的。因为这种近乎病态一般的讲究，父亲有时会忽然无缘无故地发脾气。仆人们常常手足无措地低着头站在那里，而母亲则不知躲到哪里去了，只有锦城一个人在远处忍不住有些困惑地看着他们。

锦城其实早已经察觉到了父母之间的不和与隔阂。仆人们私下里窃窃私语一般的议论，偶尔也会传到他的耳朵里。据说他们以前也曾经相爱过，但在锦城出生之前，母亲不知怎么忽然恋上了别的男人，而那个男人却恰好是父亲的好友。事情败露之后，好友远走他乡，只留下母亲一个人面对这样一个尴尬而难堪的烂摊子。他们原本是要离婚的，但因为母亲那时已经怀孕了，于是父亲便宽容大度地接受了一切。

然而这其实只是表面现象，在内心里父亲从没有原谅过她。在那之后，父亲便离开家参军打仗去了。偶尔回来，他们也永远分住在不同的房间，彼此小心地回避着，犹如陌生人一般礼貌、克制和疏远。锦城那时还只是一名少年，以他那颗还不成熟的心，虽然无法完全理解这一切，但他却看到了父亲身上弥漫着非同寻常的孤独。父亲对他很好，但锦城却对父亲的温柔常常会感觉不自在，有些不知所措。有锦城在场的时候，父亲对母亲总是客气的，态度和蔼可亲，有时摘下眼镜，闭着眼睛听母亲说话。偶尔，还会忽然大声笑起来，突如其来地开几句玩笑。

之后，父亲便会离开家，就像是整个人忽然一下子融进了不可知的黑暗之中。锦城时常会猜想离开家之后的父亲会是怎样一个人？据说父亲身边另外还有个年轻女人，一直跟随着他。但在命悬一线的战场上，家里的安宁，还有家里这个他早已经不爱了的女人，却仍然是他在绝望的生死之间一缕温柔的阳光。然而等到他再次见到母亲那张精致干净的脸时，却忽然发觉过去的一切依旧完好无损地留在家里，什么都没有改变。隔着时光沉重而迷离的帷幕，父亲仍然被重重地激怒了，犹如关在笼子里的困兽一般，渴望逃出去，重新回到战场上杀敌立功。

后来，父亲终于在一次战役中永远留在了战场上。锦城一直以为，父亲的死是他自己选择的结果。有些东西过于沉重，也太让人疼痛，或许只有死亡才可以让他真正解脱。在父亲去世之后，母亲便彻底垮掉了。母亲的身体像吹了气的面团一般迅速地发福，过去所有的衣服几乎都不能穿了。母亲的心被绝望的愤怒塞得满满的，但这样的愤怒却是没有出口的。当初那个优雅而忧伤的年轻女人很快变成了一个脾气暴戾的老妇。母亲几乎把家里所有的仆人都辞掉了，只留下一个贴身女佣。

女佣是很小就从乡下来家里帮佣的。长着一张清秀白净的瘦长脸，有一双漂亮的大眼睛，安静而美丽。女佣就像是一棵小树一样在角落里悄悄生长着，每天到锦城的房间里打扫卫生，帮母亲做些杂事。偶尔碰见，只是低着头回答锦城的一两句问话。在很长时间里，锦城几乎都没有意识到她的存在。

直到有一天，他忽然注意到了她的容貌。

父亲去世之后，锦城的生活便陷入了无序之中。虽然父亲活着的时候也没怎么管过他，但是有父亲在总归还是不一样的。以前锦城无论怎样胡闹，总不会太过分。现在却完全不同，要是不做些出格的事情来，似乎都有点对不起自己了。那时，锦城早已经成年，也已在女人堆里厮混过，但不知怎么却被这个没读过几句书、面目清秀的女佣打动了。母亲那时早已经老迈了，她当然早就看出锦城喜欢这个女佣，按理说应该把女佣赶走才对。但不知什么原因，她却并没有这么做。锦城直到很久之后才仔细猜测其中的缘由。或许，是她想到了死去的父亲，忽然心生怜悯？当然，也可能是母亲希望因为家里有了这个女佣，他会时常回来看她。

无人管束的锦城那时早已变成了一个浪荡子，但他却并没有急切地与女佣上床。因为他喜欢她，她身上有他以前从未见过的某种东西触动了他。锦城那时在外面并不缺少女人，但那些波涛汹涌般的诱惑带给他的只是一种厌倦的满足，随之而来的却是无边无际的空虚。在潜意识里，锦城其实一直渴望有一个女人，能给他带来真正的满足与宁静。那时他以为，或许这个简单纯净的女佣就是这样的女人。所以，锦城最终在众人惊异的目光中与女佣结婚，并带着她去了国外。

然而锦城很快便失望了。锦城直到这时才发现，他之所以娶她，只是因为厌倦了以前做过的那些荒唐事。他其实并不爱她。或者，他对女佣有着太多的期待。他以为她能给他带来些别样的东西，除了激情、美貌或是智慧之外的别的什么。以她那未见过世面的健康蓬勃的身体，让他领略到生命的真相，给他带来某种惊喜与感动。但是，女佣其实只是个美丽而平常的女人，与别的普通女人一样，喜欢漂亮衣服，对珠宝首饰有着异乎寻常的热爱。因为从小在贫穷与饥饿中长大，现在终于有钱了，以前那些隐藏在内心深处的狂热而执着的欲望也随之喷薄而出。衣柜里早已经塞满了漂亮衣服、鞋子、帽子，各式各样时尚新鲜的玩意儿，但她仍然像是被饿了许多天的乞丐一样，带着焦灼的饥渴急切地四处搜寻着下一件。她上气不接下气地跑到商店里，去买之前看中的某件衣服，生怕会被别人抢先买走。然而当她终于把那件衣服拎到手里的时候，它的华丽与诱惑却早已经不存在了。对吃饭的饭店也是

63

一样，毛巾太冷，点心太甜。无论什么东西，总归是不够好。她身穿昂贵的裘皮大衣坐在唐人街的中国餐馆里，只尝了一口便停了下来。她向站在远处的侍者招了招手，礼貌而坚决地说，这道菜你们做得不对，我以前在国内吃过，味道根本就不是这样的。

锦城在黑暗中对银枝说，贫穷真是一件可怕的事！它就像是身上的一道伤疤，无论外面穿什么样的衣服，它总是会永远留在那里。银枝忍不住问道，后来呢？她后来怎样了？锦城很平淡地摇了摇头，说不知道，我是悄悄离开的，至于离开之后她是什么样子就不知道了，也不想知道。锦城伸出手把银枝身上穿的那件半旧圆领衫的领口往上提了提，说现在我连她长什么样都不大记得了。锦城忽然深深地叹了口气，说这真是一件悲哀的事情！但是，女人总是令人悲哀的。

银枝转过身去，没有说话。其实，对面前的这个男人她一点也弄不明白。银枝一点也不知道自己为什么会与锦城在一起，但是待在他身边却让她有一种简单的宁静与快乐。天气实在是太热了，银枝把身上的衣服几乎全脱光了，后背上仍然全是汗。银枝闭着眼睛说，太晚了，我该回去了。虽然这么说，但她仍然躺在那里一动不动。锦城见了，伸出手推了推她，叹息般地说，去吧！你这个令人悲哀的女人。银枝其实根本就没有听懂他在说些什么，可是这并没有什么关系。她转过脸来对着锦城笑了笑，这才有些不情愿地起身离开。

有时，夜里也会有人来敲锦城家的门，那大多是因为有人生了急病，要请他去诊治。村里地处偏僻，又缺医少药的。开始时锦城也常常束手无策，后来便摸索着用当地的中草药给人治病，竟然收效显著。附近的山上生有许多附子，这原本是一味毒药，据说三十克就能毒死一头牛。锦城用它与其他药配伍，竟治好了许多人的病，救了不少人的性命。有一次，邻村有人抬来一个濒临死亡的老太太。刚送来时，老太太的呼吸和心跳虽然还有，胸口也有些微温，但已经测不到血压，摸不到脉搏了。在这之前，老太太在县医院里已经被抢救了一个多星期，因为病危才出院的，家里人已经开始为她准备后事了。但因为一直没有咽气，后来便有人说起锦城。反正死马当作活马医吧，总强似像现在这样不死不活地拖着。于是，他们便把老太太送了过来。谁知锦城破格用大剂量的生附子加在四逆人参汤里，竟然把老太太从死亡线上拉了回来，让她起死回生了。

自此之后，锦城的名声在当地慢慢大了起来。常有附近的人慕名前来找他看病。那些人拎着一篮子鸡蛋，或者是半口袋花生，一小捆蔬菜，微躬着背，谦卑地站在那里。有时，还会有年轻女人带着几分羞涩，由家里人陪着前来致谢。那大多是被锦城治好了痛经、卵巢囊肿之类的毛病，或是吃了他开的药怀上了孩子。

银枝有时也会仰着脸十分崇拜地问他，你怎么会有这么厉害的医术？是在外国学的吗？锦城听了，便会十分不屑地摇头，说你真是幼稚！在国外哪里能学到这些东西？这都是从我们老祖宗传下来的书里学来的，我只不过是用了他们几千年前就使用过的药方，再加上一点自己活学活用的体会而已。

因为锦城的医术高明，名声日渐响亮，连县里的领导也注意到他了。于是，便有人提议将他调到县城的医院里去。锦城听到这个消息，自然也是十分高兴。然而正当他的调动手续已经办得差不多的时候，却发生了一件意外的事。一名病人吃了他开的药，不幸中毒身亡。而那个药方里，就含有大剂量的附子。附子在煎煮的过程中，必须要保证足够的时间量，否则一不小心就有可能会中毒。那个病人在煎药时并没有遵照医嘱去做，于是便发生了意外。而锦城那时恰好因为办理调动手续不在村里。

病人去世之后，家属自然是伤心欲绝。县里原本就有人嫉妒锦城的医术与名声，便撺掇家属去告。很快，上面便有人下来调查此事。这一调查不要紧，原来锦城这些年的用药竟然都是违规的。附子是大毒之物，入药时需要用胆巴水和食盐重新加工炮制，以消解其毒性。但即便是炮制过的附子，仍然还是有毒的。按照《中国药典》的规定，制附子的剂量只能用到三至十五克。而锦城的用量却大得惊人，有时为了救治危重病人，一天就能用掉一二斤，而且使用的都是没有炮制过的生附子。这样的剂量，与恶意杀人有什么区别？

锦城自然不服，忍不住据理力争，说用附子治病并非他的独创，当年医圣张仲景在著作中早有论述。《伤寒杂病论》里用附子的药方有二十首，《金匮要略》中含附子的方子有二十四个。而且那时的附子用量也不小，动辄就要用好几枚，换算成现在的剂量，也早已超出药典规定的很多倍了。对于垂

65

死的心衰病人而言，附子的剧毒正是回阳救逆、祛风逐邪的救命仙丹。

然而锦城到底没有证明得了自己的清白，又因为是被专政的对象，更是罪上加罪。当时曾经有被锦城救过性命的病人专门到县里为他申辩，却仍然没有成功。锦城很快被判了刑，抓进了监狱。当锦城戴着手铐被两名荷枪实弹穿制服的人押着、回村里指认犯罪现场时，几个曾经受过他恩惠的病人不知从哪里得来的消息也来到村里。有人想往他身上塞东西，被喝住了。有个老太太跪在路边给锦城磕头。银枝忍不住号啕大哭，疯了似的在后面大喊，他们凭什么抓你？你是冤枉的！锦城似乎根本就没有听见银枝的哭喊声，只是半闭着眼睛任由别人推搡。押解锦城的汽车已经开走了，银枝仍然跟着车子追出去很远。

锦城被抓走之后，不知从什么时候起，广富开始频繁地殴打银枝。每次回家，要不了多久，广富就开始暴躁起来。无论怎样一点小事，都有可能引发出他的愤怒。广富恶声恶气地叫着银枝的名字，嘴里骂出一长串的脏话。在外面，广富总是一副温文尔雅的样子，但一回到自家的院子里，却立刻变成最下等的农夫。广富的拳头就像是一只只来历不明的飞行物，一下下落在银枝身上。她能感觉到他身体里上下蹿动着的愤怒，那愤怒淤积在他的身上已经很长时间了，因为没有出口而兀自膨胀着、燃烧着，现在终于喷薄而出。银枝时常胆战心惊地担忧，这个男人哪天会不会真的失手把自己给打死？

有时，银枝会忍不住质问广富，为什么要打她？广富却不吭声，只是一巴掌重重地抡在她的脸上。银枝伸出手摸着已经变得青紫的脸，嗷的一声扑过去拼命。可是，她怎么能打得过他呢？她的手臂还没有来得及够得着广富的身体，便已经被推倒在地。等到她从地上爬起来，憋足了劲冲过去时，广富却早已经轻巧地闪过自己的身体。于是，银枝便像是一只巨大的面粉袋一样，咣叽一声摔倒在地。广富也不管她，任由银枝躺在地上，像一条被暴打过的狗一样扯着喉咙大哭。他只是掸了掸身上的泥土，把两只手塞进裤子口袋里，嘴里吹着口哨离开了。

后来，这样的厮打几乎每天都要发生一次，银枝似乎很快便有些习惯了。表面上看起来，似乎根本就没有厮打的理由，但又似乎处处都是理由。广富现在已经上了年纪了，虽然仍旧积习不改，喜欢和女人纠缠，但毕竟跟年轻时不能比，现在已经没有多少女人愿意跟他啰唆了。而且随着社会上的教育水平不断提高，村小学教师的地位也在日渐下降。有时广富明明已经捕捉到远处那个女人眼睛里的落寞与渴望，但当他试图上前搭讪的时候，却被狠狠地吃了个白眼。于是，心灰意冷的广富回到家时，便会找碴跟银枝打架。有时广富喝多了酒，因为高兴或是别的什么原因，也会把她暴揍一顿。

当然，广富也有对银枝温柔的时候。于是，便会带着她去城里买新衣服。可是，那些价格高的衣服他根本就买不起。或者就是买得起，他也舍不得花这个钱。而那些在路边地摊上卖的衣服，银枝穿上之后却一点也不好看。银枝那时早已经不是年轻姑娘了，身材肥硕而臃肿，看起来与村里别的女人几乎没有什么差别。于是广富又一次深深地意识到，原来他的女人终究只是个普通村妇而已。这是他最不愿意见到的，顿时有些愤怒起来。广富说，你他妈的就是个贱货！无论穿什么样的衣服也还是一个贱货！因为是在大街上，银枝怕广富又要动手打人，因此虽然挨了骂，却不敢吭声。于是，愤怒不已的广富便撇下她，一个人兀自离开了。

有一次，广富不知怎么忽然问银枝：你和那个杀人犯是什么关系？你们是不是早就有一腿了？银枝开始时还有些没听明白，说什么杀人犯？谁是杀人犯？广富听了，上去就是一个嘴巴子，说你他妈的还装蒜？银枝从地上爬起来，大声说没有！可是银枝越是这么说，广富越不相信她，手上的力道也越发重了起来。银枝终于忍不住了，朝地上吐了口唾沫，说你也算是个男人？我当初真是瞎了眼跟了你！银枝说，你是不是真的希望我跟他睡觉？

银枝伸出手理了理头发，低下头笑了笑。那笑容看起来就像是一只蝴蝶，在傍晚稀薄的暮色中忽然变得明艳、娇媚起来。银枝说好，等他从牢里出来，我就搬到他的屋里去住！

如今，广富已经差不多是个老人了。村里人的日子越过越富裕，不少人家盖起了漂亮的楼房。广富当年在村里盖的房子也算是数一数二的，现在却早已经变得陈旧破败了。家里的几个孩子陆续长大了，但广富与他们之间的关系却总是疙疙瘩瘩的。广富年轻的时候总是不在家，后来虽然调回村里，但关系依旧没有多少改善。与大女儿史萍就不用说了，一年也说不上几句话。

史萍从小就乖巧伶俐，因此深得母亲银枝的喜爱，无奈学习成绩却一直不好。广富要么不搭理她，一开口就是不绝于耳地训斥。后来史萍因为没有考上大学，早早地就去附近的工厂上班，很快便结婚嫁人了。因此，广富与史萍之间的关系也就这么不咸不淡地维持着。而与儿子史健和小女儿史芳，广富却连这种表面的宁静都有点维持不下去了。

这么多年来，广富虽然落魄失意，但那点骄傲和与众不同却一直顽强地保留着。当年在女人们中间叱咤纵横的风光消失之后，广富忽然变成了最严厉苛刻的家长。不是他有多么爱孩子，渴望他们成才。而是为了证明自己，证明他史广富的子女是一定要比别人家强的。史萍他是无奈放弃了，而且嫁出去的女儿泼出去的水，不管也罢。但是儿子史健和小女儿史芳则不同，那是要担负起他一生的理想与期望的。平日里广富虽然在生活上对他们很少过问，但只要学习上稍有差错，却少不了要训斥、打骂。不让吃饭还是轻的，脾气上来了抢起笤帚疙瘩就是一顿痛打。

因为从小生活在毫无理性的严格管教之中，反倒养成了史健强烈的叛逆性格。上小学时史健的成绩还算不错，到了中学之后，广富的约束力减弱了，便开始偷偷到网吧打游戏，成绩自然也是一落千丈。广富得知情况后，顿时气得火冒三丈，把他的手脚捆上吊起来打。但这似乎根本就没有用，史健在被打的当天晚上便逃了出去，不知去向。广富那时还在气头上，根本就不去管他，两三天之后才开始出去找。但是，连续寻找了许多天都杳无音讯，这才有些慌了神。广富曾经在报纸上刊登过寻人启事，也在路边散发过小广告，却都石沉大海。后来还是一个亲戚无意中在附近城市的火车站里发现了他，但那时史健已经变成了一个蓬头垢面、浑身稀脏的流浪儿。广富闻讯后，急忙赶了过去。因为怕出什么意外，还带了村里的两个壮劳力一起去了火车站。几个人趁其不备一下子扑过去，这才把像疯子一样大喊大叫、拼命挣扎的史健弄了回来。在那之后，史健便没有去学校上过学。

因为有了史健的教训，广富再不敢过分管束小女儿史芳。好在史芳的性格柔顺、听话，广富大声训斥的时候，她从不敢顶嘴。史芳是那种很聪明的孩子，识字很早，从小就会背很多古诗，学习成绩在班上也总是名列前茅。但是她却有个让人难以启齿的毛病，那就是经常尿床。已经快小学毕业了，仍然这样。银枝每天抱着湿漉漉的褥子到外面去晒，广富见了，便有些忍不住了。拉下脸问道，你都这么大了为什么还尿床？是不是成心的？史芳听了低着头不敢吭声，但第二天依然如此。于是，广富便咣咣地敲着饭桌警告她，你如果下次再尿床的话，我就对你不客气了！史芳吓得当晚连饭都不敢吃，空着肚子便上床睡觉了。因为滴水未进，自然不会尿床。但史芳却从此陷入了恶性循环之中，只要哪天正常吃晚饭，夜里必定会尿床。

也是从那个时候起，史芳尿床的毛病变得一天天严重起来。广富越是用打骂的方式不让她尿床，她越是难以克服。银枝后来也曾带她去医院看过，各式各样的中西药吃了一大堆，却几乎一点效果也没有。被尿湿的床单、褥子，铺在床上的丢人现眼的尿布，满屋的尿骚味，还有周围人鄙薄的眼神，这一切几乎快把史芳逼疯了，终日生活在耻辱与恐惧之中。中学毕业时，史芳的高考成绩原本不错，但因为有这尿床的毛病，几乎不敢填报什么像样的志愿，最终上了一所离家不到一百公里的三流大学。因为离家近，她可以经常住在家里，至少能让自己少一些尴尬。

因为自卑，史芳在上大学时根本就不敢谈恋爱。她的长相不错，原本是不乏男孩喜欢的。后来，史芳便开始犹犹豫豫地约会，但每次恋爱都因为她有尿床的毛病而分手。在结束第二段恋情之后，史芳在绝望中割腕自杀，因为发现及时这才被救了回来。出院那天，史芳不知怎么忽然爆发起来。史芳翻出许多年前的旧账，指着广富的鼻子大声说，都是因为你我才得的这个病，你今天必须要向我道歉，如果不道歉的话我就不活了！广富自然不肯，史芳便以绝食相要挟。银枝怕女儿再出什么意外，也与广富吵成一团。广富因为委屈和自责，连饭都没有吃便离开了家。

看见广富被逼得苦不堪言，史芳的心里却忍不住涌出一丝游移不定的快乐，这才端起饭碗吃饭。后来，史芳尿床的毛病虽然没有彻底好，但次数却比以前减少了许多。只是这似乎并没有什么用。现在周围的人都知道她有尿床的毛病，无论走到哪里，都会有一种异样的眼神在她面前飘来飘去。史芳一看见这样的眼神就忍不住心虚气短，过不了多久便会歇斯底里般地发作起来。

像史芳这样的状态，自然没办法出去工作，因此大学毕业后一直赋闲在家。面对这样一个女儿，银枝和广富都恨不得早点把她嫁出去，可又有谁敢要她呢？史芳也早已对自己失去了信心，对恋爱结婚更是恐惧不已。史芳几乎整日把自己关在屋子里，家里谁也不敢得罪她。因为只要与她有一点摩擦，就有可能会引发一场战争。

现在，广富对儿女之事早已经彻底绝望了。于是，伤心失望的广富又开始在外面溜达。广富直到这时才发现，原来他对孩子的事一点也不感兴趣。他其实很喜欢像现在这样，一个人无所事事地闲混。这让他又想起了从前，从前那些简单快乐、无忧无虑的日子。只是现在早已是今非昔比。广富的外套里虽然依旧穿着白衬衫，但那领子却早已经变成了肮脏的黑灰色。脑袋上的头发也掉得差不多了。广富这几年心脏一直不太好，因为长年吃药，身材已变得十分臃肿，步履也日渐蹒跚起来。只有那双眼睛没有太大的变化，眼神依旧十分锐利。但是，已经没有哪个看得上眼的女人对他有兴趣了。广富开始时还有些失望，但很快便释然起来。

广富把两只手塞在衣服口袋里，慢慢向前走着。他的口袋很大，里面鼓鼓囊囊地塞满了东西，很显眼地从身体上突出来。有时有熟人见了，会有些疑惑地问他，你的口袋里到底装的什么？广富听了便会笑，啪啪地拍着，说都是些宝贝呢，是你根本就意想不到的宝贝！

其实，广富口袋里的那些东西一点也不稀奇。除了每天都要用到的香烟和打火机，还有一大堆别的东西：两张百元大钞，一些零钱、硬币，一个他常用的老式手机，一只万能充电器，一张电话卡，一包纸巾，还有一盒有清咽利喉作用的口香糖。有时有人因为好奇翻他的口袋，等到发现只是这些不起眼的东西时，便会失望地骂他吹牛逼。广富听了也不辩解，只是不屑地摇了摇头。那些人怎么会知道呢？这些东西虽然看起来普通平常，其实都是他精挑细选出来的，关键时候是能派上大用场的。

比如，如果他在外面闲逛时遇到了一个女人。一个长相漂亮的女人，或者是一个虽然遭遇到生活的打击但仍然风韵犹存的女人。那个女人微微蜷缩着身子站在傍晚的暮色中问他，哪里有电话可以打？这个女人他并不认识，她有急事要打电话，但却忘记带手机了。那么这时候他就可以微笑着告诉她，如果她不嫌弃的话，他可以把自己的那个老式手机借给她。要是那个女人带

70

着手机，但是手机忽然没电了，而她又没有带充电器，他还可以把口袋里的那个万能充电器借给她用。实在不行的话，他口袋里的那张电话卡也是可以派上用场的。

　　女人站在那里，露出一脸温婉、美丽的笑容。女人低声说，谢谢你！他则会对女人笑着摇摇头。或许，他还可以借机与女人聊上几句。天已经很晚了，风吹在身上有点冷飕飕的感觉。女人在说话的时候，忍不住咳嗽了几声。他从女人的咳嗽声中判断出她有点感冒了，于是又从衣服口袋里掏出那盒清咽利喉的口香糖。女人接过口香糖时，忽然吃惊地笑了起来，说，这真是太奇妙了！你的口袋里怎么会有这么多东西？他很想对她说，是的，他的口袋里什么都有！如果她愿意，他口袋里的钱可以请她吃饭。要是她因为有什么事忽然伤心流泪了，他还有一包干净的纸巾可以帮她擦眼泪。不过他犹豫了一下，到底没有说出口。

　　虽然到目前为止，广富还没有遇到过这个女人，但他相信，这个女人肯定就在这个世界的某个角落里等着他，总有一天他会遇到她的。这个女人就像是他黯淡生活中一个似是而非的奇迹，一个模棱两可的希望。而装在他口袋里的这些零碎东西，则是迈向这个奇迹的崎岖狭窄的通道，一个微弱而渺茫的机会。这样的机会虽然飘忽不定、倏然而逝，而他的人生却因为拥有这样一个机会而变得生动美好起来。

　　广富把手伸进口袋里，慢慢抚摸着这些平淡无奇的零碎东西，忽然忍不住有些感动起来。广富伸出手将了将头顶上那几根毛毛糙糙的头发，对着越来越浓重的苍茫的暮色独自微笑着。

（原载《芙蓉》2018 年第 6 期）

失　明

　　从清晨起我便坐在小屋前，侧着耳朵倾听各式各样的人从身边走过。我喜欢听他们走过时杂乱的脚步声，还有偶尔传过来的说话声。自从黑暗遮蔽了我的双眼，这个世界与我的唯一联系便只剩下这些声音了。这些声音，就像过去在梦里出现过的情景，遥远而生动。现在，周围的人差不多都已经走光了，就连隔壁那几个拾荒的女人也拎着蛇皮袋离开了。我听见蛇皮袋在她们手中发出一阵清脆的叭叭声，便向这声音转过脸去。一个女人说，你怎么还坐在这里？该出门了。我微微垂下脑袋，对着面前的那片空茫牵了牵嘴角，算是微笑。以前我的眼睛还看得见东西的时候，村支书的女儿芮香就曾对我说过，最喜欢我微笑时的样子。一想起芮香，我的脸上便忍不住浮起一丝微笑，不过我知道自己现在的微笑可能更像是嘲讽。见我仍旧一动不动地坐在这里，便有人上来拽我的衣服，尖厉的嗓音就像一把正在挥舞着的用钝了的水果刀，连空气中都翻卷着咝咝的回声。和这声音在一起的，还有一只粗糙冰冷的手，像蛇一样在我脖子后面狠狠地蹭了一下，然后滑到了后背上。旁边便有人咕咕地笑，说瞎子快跑，她想要强奸你。于是，几个女人忍不住哈哈大笑起来。

　　我知道她们并无恶意，仍旧一声不吭地坐着，继续微笑着。在黑暗中，我的微笑就像是一块质地优良的织锦，优雅而魅惑。那几个正在胡闹的女人不知怎么忽然变得安静起来，像是被那块织锦意外地怔住了。不知是谁先走了，于是别的女人便也蹑手蹑脚地离开了。等到那几个女人走远之后，我才慢慢地站起身。

　　我伸开双臂舒了个懒腰，身上的关节顿时发出一阵悦耳的啪啪声。自从眼睛看不见之后，我的身体也发生了许多变化。它们开始像我的眼睛一样，变得柔软而脆弱，但却灵敏而舒展。偶尔碰到什么东西，疼痛先还只是落在皮肉上，很快便像琴弦似的传遍全身。我能感觉到那疼痛，就像小时候村子里那些给死人送葬的吹鼓手。高亢激昂的唢呐、咚咚作响的大鼓、低沉幽怨的二胡，还有叫不出名儿的小鼓、小喇叭，它们都像是不同种类的疼痛，在我的眼睛里、身体上自顾自地演奏着属于自己的旋律。每当这时，我所能做的只是静静地注视着它们，等待它们疲倦时倏地一下消失的那一刻。

太阳落在我凹陷下去的眼皮上，已经变成了一团细碎而灼热的东西，这时通常是上午十点，到我该收拾东西出门的时间了。沿着河边的那条窄马路向前走，拐两个弯，再向前走二百八十步，就到了那家很大的医院门口。汽车的轰鸣声、自行车铃声和各式各样的嘈杂声让马路顿时变得拥挤起来，人流从身边经过时，我能感觉到空气中弥漫着的那股温暖而慵懒的气息。路口的书报亭里，那个说话声音很好听的女人正在卖报纸，似乎也顺带卖些酸奶、矿泉水、煮熟的玉米棒之类的东西。我停下脚步，一边侧着耳朵倾听女人的说话声，一边在人行道上调整着自己的位置。这个位置可一点也不能含糊，既不能离那个女人太近，以免影响她做生意，也不能离得太远，否则我就无法感觉到她的存在了。等到找好位置之后，我便摸索着坐到了地上，摆好事先准备好的一只大搪瓷缸，再把背在背上的二胡移至胸前。

我的二胡还是当年跟村小老师学的。那时学拉二胡只是为了满足虚荣心，为了什么时候能在众人面前露一手，没想到现在竟然变成了我吃饭糊口的营生。我会拉的曲子不多，但是作为一个卖艺乞讨的瞎子却是绰绰有余的。总有人站在不远处听我拉琴，书报亭里的女人也是我的听众之一。有时候，女人会来到我身边，向搪瓷缸里丢一两枚硬币。虽然女人没有说话，我依然知道是她。女人应该很年轻，当她低下头把手伸向搪瓷缸的时候，我能感觉到她脸上小巧精致的五官和光滑紧绷的皮肤。这真是一件十分奇怪的事情，她的眼睛和身体似乎就停留在离我半寸远的空气里，我不用伸出手去便能感觉到它们柔软的质地和微妙的颤动。

我停了下来，把脸转向她的方向，微笑着。女人低声说，你的琴拉得真好，把我的眼泪都拉出来了。我的心忍不住一动，我很想告诉她，我不想让她流眼泪。但我什么也没有说，仍旧微笑着。女人又问，你的眼睛是一生下来就这样，还是后来生病的缘故？我告诉她，一直到二十岁的时候，我还是个健康帅气的小伙子，村里的姑娘们都很喜欢我。要是那时候我娶了她们中间的某一个，或许我的眼睛到现在依旧十分明亮。女人听了，忽然"扑哧"一声笑了起来，说原来你不光会拉琴，还会说故事。说完，便回书报亭继续卖报纸。

我知道她是不相信我说的话。是的，换了我，我也不会相信的。有时连我自己也有些怀疑，过去发生的那些到底是真的还是假的呢？

那时候多好呀，我还不到二十岁，年轻英俊，双目明亮，自以为整个世界都是属于自己的。芮香比我大一岁，长得丰满而迷人。芮香与我是同班同学，由于学习成绩太差，初中毕业后便不再念书了。先是在县里的一家工厂上班，后来在招待所做服务员，不久又在镇上开了一家服装店。芮香是村支书的女儿，村里那些年岁相当的男人差不多都做过把芮香娶回家的梦。这样的梦我却从没有做过。父亲在我上小学时就已经去世了，唯一的姐姐也早已出嫁，只剩下母亲与我相依为命。芮香的父母不可能会让像我这样的人做他们家女婿的。而且，那时候我还有自己的理想。

我那时正在镇中学读高中，是班上成绩最好的学生。我几乎每天都从芮香的服装店门口经过。每次经过服装店时，我总是朝里面匆匆瞥一眼，便低着头朝前走。芮香穿着鲜艳时髦的衣服，坐在柜台后面嗑瓜子。芮香的服装店每个月都会有几天是关门的，那是她去南方进服装去了。小镇每天只有两班去县城的汽车，而我连县城都没去过几次，所以芮香到底是怎么去的南方，在我那时看来几乎是个谜。服装店关门的那几天，我每次路过的时候都会放慢脚步，有时还会在门口停留一会儿。猜测着芮香现在会在哪里呢？但是这样的猜测常常连一点头绪也没有。

重新回到小镇的芮香，身上似乎还残留着属于遥远的南方气息，它们停留在她新染的黄色发梢里和被微微晒黑的脸颊上。那些从南方进来的衣服，大多色彩艳丽，款式新颖。芮香就穿着那些袒胸露臂的奇装异服，十分招摇地坐在那里。芮香看起来似乎是被长途旅行累坏了，终日坐在那把高背椅里，慵懒地扬着下巴向外看。那是多少见过些世面的目光，对眼前的一切有点厌倦，又因为无法离开而生出些许的无奈。因此那目光看起来又是宽容的，像是早已穿越面前这个闭塞狭窄的小镇，沉甸甸地落在远处。每次见她这样，我的心中总会有一种难以述说的感觉。

有一次傍晚放学的时候，芮香忽然叫住了我。那天，芮香穿一件湖蓝色薄纱上衣，斜倚在服装店的门框上，正尖着手指嗑瓜子。我只看了一眼她手上那些鲜艳欲滴的红指甲，便羞红着脸低下了头。芮香忽然笑了起来，伸出右手的小拇指，一边用指甲剔着眉毛一边说雍小朋，你为什么每次见到我总是跑得这么快？你怕我呀？说说看，我到底什么地方让你害怕了？说完，又是一阵咯咯咯的笑声。我站在一边正不知该如何反应，芮香却早已经关上服装店的玻璃门，重又坐回到那把高背椅上。

下次再经过服装店时，我不敢再跑了。芮香在店里看见我时，总是会一边笑一边响亮地吐着瓜子皮。那天的天气真好，天上连一丝云也没有，我几乎弄不清天空到底是蓝色的还是白色的。小镇只有一条街，街上并没有多少行人，几个挑担子的农民正从服装店门口经过，慢悠悠地往前走。我盯着他们被太阳晒得通红的脖子和很久没有梳理过的乱七八糟的头发，忽然觉得他们和这时的小镇看起来就像是一幅潦草的铅笔画。只要一阵微风吹过，就可以飘然而去。但是，这张看起来几乎不值一提的铅笔画，却像一把锋利的刀片，割伤了我的皮肤。只有在冬天的时候，我的心情才会变得好起来。看着那些树叶落尽的光秃秃的树干在寒风中瑟缩着，面目模糊的行人从小镇灰暗的街上慢慢走过，我的心便会在瞬间变得温暖起来，眼睛也有些湿漉漉的。只有肃杀没落的景象才是与小镇相符的。温柔的忧伤像是一小块柔软干净的布，将小镇严严实实地覆盖了起来，就好像黑暗笼罩在大地上。这时的小镇虽然寂寥荒漠，却有种凶险的美丽，像是隐藏着某种难以预料的奇迹。只要一靠近它，便会喷薄而出。

我已经读高二了，学习成绩虽然不错，但小镇中学每年只有很少几个学生能考上大学，所以我一点也不敢懈怠。我最大的梦想就是能考上大学，离开这里。那时的小镇在我眼中只是一个不属于我的暂住地，早晚有一天，是要离开的。为了实现这个目标，每晚学生宿舍熄灯之后，我还要点上蜡烛，挑灯夜战。

不久之后，芮香又在街上叫住我。芮香一边喊着我的名字，一边招手让我进屋。店里只有芮香一个人，那些花花绿绿的漂亮衣服就挂在衣架上，穿在塑胶模特的身上，现在像是忽然变成了什么有生命的东西，让人忍不住有些忐忑不安。芮香就站在那些硬邦邦的模特中间，笑嘻嘻地看着我。然后忽然像变魔术似的，向我伸出手来，说，这个你要吗？在她的手掌心里，是一把电动剃须刀。自从上高中之后，我的胡须便开始十分蓬勃地长了出来。为了这些胡须，我已经烦恼了很久。不知道到底该拿它们怎么办？是继续让它们在我的脸上自由生长，还是索性剃掉？胡须生长的速度不算快，但也犹疑地在我的上唇留下了一圈明显的阴影。我曾打算把它们剃掉，但在我的印象中，剃胡子似乎是大人们的事，要是开始剃胡子，就说明我已经长大成人了。这多少是一件让人有些害羞难过的事情，也是我一直拿不定主意的原因之一。其次就是剃须刀了，那时每个星期除了从家里带一摞母亲烙的煎饼，我常常身无分文。剃须刀只是我偶尔想到的东西，就是兜里真的有钱，也未必会去买。

现在，芮香那只细嫩白净的小手就在离我半尺远的地方，我注意到她的指甲这次涂成了娇艳的浅粉色。就在那一刻，我忽然感觉到了自己的镇定自若。这镇定来得十分突然，就在两分钟之前，我还因为慌乱紧张而心跳加快、忐忑不安。我认真地看了看芮香，微笑着，然后淡淡地问，这是卖给我的吗？这次，轮到芮香脸红了。芮香红着脸摇了摇头，说是送给你的。我看见自己做出一个十分夸张的表情，然后继续微笑着，说真有这种好事？芮香的脸似乎更红了，伸手把剃须刀装到我的口袋里。芮香的身体离得很近，我能闻到她身上发出的淡淡的香味。那一刻，我忽然很想抱住她，做点什么。虽然一时还弄不清到底想做什么，但那欲望却强烈得让人忍不住浑身颤抖起来。离开服装店的时候，芮香忽然大声说，下次来再给你别的东西，想要什么都行。

除了那把剃须刀，我并没有向芮香要过别的什么。但是不久，我便从芮香那里得到了自己更想要的东西。芮香的热情几乎让我难以招架，却令我欣喜万分。芮香的身体不仅让我十分迷恋，也让我在心底生出许多骄傲。虽然一个星期只回家一次，如今走在村里那条坑坑洼洼的土路上，却让我有了完全不一样的感觉。我觉得自己俨然已成为那里的主人。我双手叉腰站在村口的那座小水闸前，老练而温和地与来往的行人打着招呼。我还特意十分巴结地与芮香的父亲说话，虽然他只在鼻孔里哼了一声，并不搭理我。但在离开时，他却十分认真地把我上下打量了一番。我一点也不介意他对我的态度。盯着芮香父亲远去的身影，我忍不住暗下决心：早晚有一天我要把芮香娶到手，让全村人刮目相看。

为了实现这个目标，我甚至不再像以前那样认真读书了。除了上课，只要一有机会便朝学校外面跑。为了不引人注目，我并不是每次都到芮香的服装店里，而是在街上东游西荡。芮香就站在不远处服装店的玻璃门后面，笑吟吟地看着我。我与芮香约好了，要是她穿的是那件枣红色低领 T 恤，就是让我晚上老时间到她的服装店来。要是她穿那件墨绿色的薄纱短裙，就意味着约会地点有变动。要是她穿的是那件鲜艳的浅黄色衬衫，那一定是她遇到了什么不愿意让我出现在这里的事情，我必须离得远远的。

天气好的时候，我喜欢和芮香一起在夜色中漫无目的地向前走。这样的漫步常常走得十分缓慢，因为不时要停下来亲热一会儿。等我们意识到应该继续向前走或者马上回去的时候，却发觉自己已经站在村口了。村子里的人这时早已经睡下了，只有小水闸下的河水还在哗哗地流着。我搂着芮香的腰，昂着脑袋站在那里。平日里看熟了的村子，在黑暗中忽然变得陌生起来。但在这陌生的黑暗后面，却似乎隐藏着一双熟悉的眼睛，正冷冷地打量着我。在这双眼睛的注视下，我的身体忍不住重重地打了个激灵，顿时兴奋起来，一反手便将芮香推到了小水闸的阴影里。芮香不肯，拼命反抗着。我用双手不停地纠缠着，直到她累了这才安静下来。因为这件事，芮香后来好几天都不肯理我。

有一次，我们在路上遇到一群人。他们正在送一个喝农药自杀的女人去医院抢救，但在路上那个女人便死了。于是，几个人坐在路边号啕大哭起来。我和芮香站在不远处，倾听着他们凄厉的哭声。芮香忽然紧紧抓住我的手，叹了口气，说那个女人为什么要死呢？我摇了摇头，说不知道，一个人想寻死，总有要去死的道理吧。芮香的手掌心浮着一层细汗，把我的手紧紧贴在她的脸颊上，说我可不想像她那样死。我把芮香拉得更近些，说你当然不会死，我不会让你去死的。那时候，我简直说不清有多么爱芮香。为了她，我甚至可以毫不犹豫地去死。

虽然表面上看起来我们做得很隐秘，但我与芮香的事还是隐隐约约地传了出去。学校的老师十分焦急，班主任还特意找我谈话。他们一点也弄不明白，原本勤奋努力的我为什么忽然变得如此吊儿郎当。这所中学的升学率原本就不高，要是我放弃了努力，他们的希望可能就更渺茫了。为了让我悬崖勒马，他们还找到我母亲，想让她做我的思想工作。但他们没有想到，母亲根本就不管我。我告诉她，和我谈恋爱的是村支书的女儿芮香。母亲听了，只是吃惊地瞪大了眼睛，之后便什么也没有说。对考大学，母亲其实并不怎么热心。村里从来就没有谁考上过大学，所以母亲对我能不能考上，从不敢抱太大的期望。而且，要是考上大学的话就要离开这里，这也是母亲极不愿意的一件事。现在我与芮香谈恋爱，在母亲看来应该是比考上大学更有面子的一件事，怎么会真的反对呢？

两个月之后，几乎没有任何悬念，我高考落榜了。虽然有些失落，但这对我来说已算不上是什么打击了。我依旧踌躇满志地计划着未来。我知道芮香的父亲肯定不会同意这门婚事，甚至悄悄打算带着芮香一起离家出走。然而，芮香的态度这时却忽然发生了变化。芮香不再像从前那样情意绵绵的，开始对我变得冷淡起来。我从街上经过时，站在玻璃门后面的芮香不再对我微笑，而是一声不吭地看着别处。芮香开始找各式各样的理由爽约，就连做爱时也显得有些心不在焉。看着她伸过来的脚上那些没有修剪的脏指甲和她看我时那种倦怠而不耐烦的眼神，我忽然绝望地意识到，这段感情已经走到了尽头。但是我一点也不知道到底是什么原因造成的，也不知道自己该怎么办才好。为了留住芮香，我开始拼命地纠缠她。现在，我和芮香在一起时除了做爱，几乎连话都不说。芮香也不吭声，只是任由我忙碌着。然而无论我怎样拼命努力，却无可奈何地发现，我与芮香之间的距离正在变得越来越远。有时我甚至觉得抱在怀里的并不是芮香的身体，而是别的什么可有可无的东西。有一次，芮香忽然在黑暗中咯咯咯地笑了起来，把我吓了一跳。芮香光着身子一边笑一边用力推开我，直笑得花枝乱颤，上气不接下气。笑完了之后，便开始手忙脚乱地穿衣服。还没等我回过神来，芮香已经在夜色中消失了。

后来一连许多天没有见到芮香，我以为她又是去南方进货了。直到有一次，我看见芮香与另外一个男人在一起。那男人是来小镇工作不久的大学生，我在那个男人的脸上看到了和自己当初一样的表情。芮香穿着与我在一起时穿过的衣服，牵着那个男人的手，一路咯咯咯地笑着。我感觉自己的心像是被什么东西猛地扎了一下，顿时缩成一团。就在那一刻，我忽然闻到了一股浓烈的血腥味。这味道来得十分突然，我忍不住皱着眉头嗅了嗅鼻子。

我站在那里，不停地倒腾着自己的双脚。是的，应该发生点什么了。虽然还不能确定，但我知道自己一定得做点什么，要不然我宁愿立刻去死。我伸出手摸了一下自己的脸，对着远处淡淡地微笑了一下，然后平静地叫着芮香的名字，说你过来。芮香似乎有些紧张，犹豫了一下，见我并没有要寻衅滋事的样子，便向那个男人说了句什么，然后慢慢地走了过来。

芮香低着头站在那里，也不说话。我便问她，难道我们之间的事就这么结束了？芮香抬起头迅速地看了我一眼，又低下头去，说你不是都看见了吗？我猛地伸出手抓住芮香的肩膀拼命摇晃着，咬着牙根恨道：你这个贱女人，你为什么、为什么要离开我？芮香推开我的手，说你要干吗？你把我弄痛了。芮香蹙着眉头，大声呵斥地发着脾气。我像往常一样，手足无措地站在一边。我忽然感到了委屈，一股强烈的挫败感令我伤心欲绝。我的眼中含着泪水，低三下四地央求着。我说芮香，求求你不要离开我，好吗？芮香忽然十分鄙夷地看了我一眼，冷笑一声。这让她那张原本漂亮清秀的脸顿时变得陌生起来。我很清晰地听见自己身体的某个地方，有个什么东西忽然"嘣"的一声断裂了。

与当初我和芮香的地下情不同，芮香与那个男人在一起是完全公开的。我据此推断，他们之间的恋爱关系肯定早已得到芮香父亲的认可。一想到这里，我不禁痛心疾首。这也让我忍不住有些后悔，要是当初自己继续勤奋努力，肯定能考上大学。要是考上了大学，或许芮香就不会离开我了。

一连许多天，我每天晚上都悄悄跟踪着。看着他们骑着自行车到什么地方去，一起手牵手在小镇闲逛，然后一起到服装店里。看着芮香关上服装店的玻璃门，再把窗帘拉上。我在远处焦急地等待着，等待着那个男人从服装店里出来。半夜的时候，那个男人终于出来了。我的身体这时几乎被寒风冻透了，在大脑还没有反应过来的时候，两条腿已经帮我做好了决定。我决定继续跟踪这个男人。

很快，我的身体变得暖和起来，脑袋似乎也可以思考了。是的，我原本就应该这么做。要不然我在外面等了大半夜还有什么意义？我跟在那个男人的身后，与他一起穿过黑漆漆的街道。街道两旁的店铺早已关门了，街上空无一人，路边只有几只小贩卖菜留下的破箩筐和修锁、修自行车的人留下空荡荡的铁架子。我和那个男人一起经过路边那些大门紧闭的院落，穿过墓碑倾倒的墓地，朝着我所不知道的陌生方向向前走。我皱着眉头厌恶地看着那个男人的后背，看着他一边高一边低的肩膀，一个以前从未有过的念头忽然冒了出来，几乎把我吓了一跳。如果我捡起路边的石头，只需用力一挥，就可以神不知鬼不觉地砸烂他的后脑勺。在这之前，我从没有想过要这么做。但是这忽然而至的念头就像是一针兴奋剂，顿时让我变得亢奋无比。

我深吸了口气，在心里低声告诉自己：我并不愿意伤害芮香，也不是真的要杀了这个男人。我只是想吓唬一下芮香，让她回到我的身边。这让我慢慢变得镇静起来。我打量了一下路边的几块石头，挑选了一块大小适中的。我的右手紧握着那块石头，猛地冲了上去。那个男人只来得及轻叫一声，便躺到了地上。我站在那人身边，开始时还以为他是在和我开玩笑。便骂了一句，你他妈的装什么死？我踢了那个男人一脚，想让他站起来。见他仍旧一动不动地躺着，这才感觉有些害怕。

那一刻，我忽然又闻到了那股血腥味，类似于生了锈的铁和年代久远的黄铜的气息，混杂着我从未见过的贵重的金银财宝的味道。这真有些奇怪，我的舌头从没有碰过这些东西，但我却可以断定，现在在我嘴巴里的就是它们。它们虽然像雾一样完全没有形状，却像我手中的石头一样坚硬无比。我向地上用力吐着唾沫，那股血腥味却仍旧挥之不去。它们像蛇一样灵活地塞满我的嘴巴，肮脏而灵敏，散发着令人窒息的气息，柔软而坚韧地侵蚀着我的身体。我几乎把整只手都塞到了嘴里，仍旧无济于事，终于忍不住大声咳嗽起来。

我趴在地上，嘴巴紧贴在肮脏的泥地上。就在那一刻，我忽然感到了恐惧。恐惧就像夜色中刺骨的寒风，从身上的每一根毛孔中渗入，立时引来一大片砭入骨髓的钝痛。为了躲开这铺天盖地的骇人的恐惧，我扔掉手中的石头，撒开腿拼命地向前跑。路上被什么东西绊倒了，爬起来再继续跑。直到气喘吁吁，筋疲力尽，累得一头栽倒在地。

空气中依旧弥漫着那股令人窒息的血腥味。恐惧就像一只巨大冰冷的手，只需轻轻一挥，便将我摁倒在路边的尘土里。我不知道自己跑到了什么地方，也不知道那个男人到底怎么样了。周围连路都没有一条，荒凉的泥地上裸着一条条黑漆漆的大口子，就像那个男人头上皮开肉绽的伤口。为了躲开这一切，我伏在地上捂住自己的眼睛，像狼一样大声哀号着。我看见自己的号叫声就像一大堆新鲜艳丽的墨绿色呕吐物，散发着污浊难闻的恶臭。

　　我已经不记得自己走了多久，也不知道到底走过多少地方。两个月之后，我终于来到以前从未去过的陌生城市。我知道只有在人多的地方，才不会引人注目，自己才是安全的。但是那些陌生的人群却让我感觉害怕。白天的时候，我总是找个地方躲起来。等到天完全黑下来了，这才像一只受惊的老鼠似的轻手轻脚地走出来。

　　黑暗让我觉得安心。在黑暗中，我的身体开始一点点地松弛柔软，脚步也变得轻快起来。我在黑暗中悄悄打量着这座陌生的城市。那些镶嵌着鲜艳霓虹灯的高楼大厦，里面流淌着梦似的美丽灯光。灯光下那些巨大的广告牌、五颜六色的商品，还有那些正在挑选商品的面色冷峻而美丽的女人，总让我的心中腾起一股淡淡的惊奇和若有若无的爱意。一个穿灰色西装拎公文包的年轻男人从我身边走过。那男人刚从对面那幢写字楼里出来，虽然行色疲惫，却是健康而明亮的。我悄悄盯着他挺拔整齐的后背，心中忍不住一动。表面上看起来，年轻男人十分干净体面，但只要认真打量一下，便能发现这体面只是表面的。男人的裤子已经很久没有熨烫了，膝盖处微微鼓了出来，看起来就像是两只瞪着的眼睛。男人的肩膀上薄薄地落了一层头皮屑，有些脏的鞋后跟已经磨得有些不太平整了，微微地歪向一边，留下辛苦吃力的痕迹。我忽然觉得这个男人有点像自己。要是当初没有与芮香谈恋爱，而是考上大学的话，或许我也可以像这个男人一样，在这座城市拥有一份虽然辛苦却也算体面的工作。这样的想象看起来似乎有点不合情理，现在想来却也不是不可能的。但是，我认真地思考了一下，觉得与芮香在一起仍然是一件很值得的事情。所以我一点也不羡慕这个年轻男人。

　　虽然来到了城市，其实我只是在这座城市的边缘打转转。看着路边大片被围墙挡住的抛荒的土地和大片芦苇，我常常忍不住疑惑，这儿也是城市吗？这里的街道狭窄，粗糙的柏油路已经开裂了。虽然天空中艳阳高照，路上却存着下雨时留下的积水。街道两旁，密密麻麻地垒着许多窝棚和违章建筑，蚁窝似的。街上到处都是垃圾，乱扔着不能用的平板车、没有腿的办公桌、东倒西歪的废弃门窗、烂纸碎砖之类的东西。旁边还有一间没有下水道的公共厕所，粪便淌了一地，苍蝇嗡嗡地飞着。

生活在这里的人们对这一切显然早已经习惯了。有女人蹲在自家的窝棚前刷牙，旁边的煤球炉上正煮着什么东西，一蓬蓬地冒着热气。女人努着嘴含着牙刷，脑门上因为正在思索着什么露出两条深深的横纹。从厕所出来的女人正在整理自己的裤带，眼睛盯着半米远的地方，半天没有动弹。我看见女人穿的黑色踩脚裤的裤脚并没有踩在脚底下，而是像两只吊环似的吊在脚后跟。一只老鼠飞快地从她们身边跑过，钻到了对面的垃圾堆里。她们不动声色地盯着老鼠看了看，又把脸转到了别处。几个像是刚从垃圾堆里钻出来似的孩子正在互相追逐着打架，和他们在一起的，还有两条支愣着毛的脏狗在午后的阳光下懒散地踱着步子。我经过他们身边时，一个正在打架的孩子忽然停住手，向我伸出舌头做了个鬼脸，然后曼声说，先生，要买花吗？

一对穿着肮脏牛仔裤的年轻人站在路边的树影下正抱成一团，身体像章鱼似的彼此纠缠着，贪婪地吞噬着对方。但是只有几分钟的工夫，却忽然互相谩骂起来。男孩伸出手叭叭地打着女孩的嘴巴，看不出是真的动了气还是一种什么特别的调情方式。女孩一边伸手抵挡，一边愤怒地朝地上吐着唾沫。忽然，女孩奔跑起来。女孩的长发在空中飞舞起来，丰满的屁股因为奔跑而格外引人注目。男孩追了上去，二人继续撕扯，很快又像刚才一样抱在一起吞噬起对方来。看着这两个正在热吻的年轻人，我忽然发觉自己开始喜欢这里了。在这里，所有的情感都是含混不清，分不清彼此的。就像那对年轻恋人一样，仇恨和爱欲全像一团糨糊似的搅在一起。我喜欢这里游荡着无名的、莫明其妙的东西。我沿着肮脏的街道向前走，越走越快，当暮色填满荒凉孤寂的角落，连街上东一堆西一堆的垃圾也被覆盖得干干净净时，我觉得已经将自己的罪恶远远地抛到了身后。我侧着耳朵倾听自己的脚步声，感到了一种从未有过的轻松。

我终于把自己变成了一个流浪汉，但很快便病倒了。我发了整整一个星期的烧，眼睛也发炎了。每天头昏脑涨、四处游荡，连个休息的地方都没有。那时候，我还不习惯随便找个地方就躺下来睡觉。我在很长时间都无法伸手向别人乞讨，总是在街上转来转去。有时在垃圾箱里翻拣，想找点什么东西填饱肚子。可是，那里的垃圾箱都已经被别的流浪汉瓜分了，我翻垃圾箱就等于是到别人家的屋子里抢劫。所以，我理所当然地挨了揍。那是我第一次挨打，都不知道是被谁打的。只记得有个黑影向我挥了一拳，便倒下了。我那时正发着高烧，根本禁不起打，只挨了一拳便倒下了。我的鼻子被打破了，流了很多血。正因为流了那些血，虽然眼睛依旧红肿着，我的病反倒出其不意地好了。

病好了之后，我就跟换了个人似的。我不知道为什么会发生这样的变化。等到我不再害怕城市，面对陌生人不再紧张的时候，伸手乞讨便成了一件很容易的事情。我看着他们的眼睛，问他们可以给我一点零钱，让我吃顿饭吗？要不，就直接向他们要吃的。这样，我很容易便把一日三餐解决了。直到这时我才发现，那些无家可归的人离我们并不遥远，他们就在我们身边，隐藏在每一个不为人知的角落里。我很快便与这些靠捡破烂和偷窃为生的人混熟了。白天，他们出入于城市的大街小巷，晚上则龟缩在那些大大小小的窝棚里。那是一个与主流社会完全不同的世界，虽然生活在城市的边缘，却依旧保存着浓重的乡土气息。按照他们原来归属的区域，重新进行了组合，什么××帮、××帮之类，甚至还有更细的某个县、某个乡的划分。这几乎有点类似于一个个旧式大家族，热闹纷乱却又等级分明，只是不具备旧式大家族的凝聚力和严格的道德约束。不同的帮派都有自己的固定区域，他们差不多都在自己的固定区域里活动，因此，基本上相安无事。偶尔也会因为利益或者是某个女人而发生争斗，不过这样的事情很少发生。他们并不像一般人想象的那样好斗，大多数时候，他们只是些目光短浅的农民。

对于身边的城市，他们太熟悉了，几乎称得上是真正的活地图。他们熟悉这座城市每一条最偏僻的街道，知晓隐藏在城市边缘每一座大大小小的垃圾场。虽然在他们身上还保留着许多过去的乡村印迹，比如穿着、说话的口音。但是，只有他们自己知道，他们是真正属于这座城市的。能融入城市，是他们最渴盼的事情。他们在路边摆摊子卖蔬菜，烤白薯，做些城里人不愿意干的下贱行当。他们学着这座城市的方言，耐心地与主妇们讨价还价。他们的脸上总是堆着笑，诌媚地、微弱地一点点地让着步。他们喜欢这样的时候。因为，那是与城里人平起平坐的感觉，从骨子里流出来的一点惬意。当然，他们多是混得像些样子的。虽然依旧住在窝棚里，却有些耻于与拾荒人为伍了。

那些拾荒人就像城市的肌体上额外长出的一块肿瘤。既属于这座城市，又可能随时被切除。在天亮之前，拾荒人和装运垃圾的卡车几乎同时到达垃圾场。那些没有被翻捡过的垃圾，在他们眼中，不啻是一个没有被男人抚摸过的少女，让他们忍不住一阵阵热血沸腾。他们站在新鲜的垃圾面前，用手中的铁钩子轻轻挑开一条狭窄的通道。认真地翻捡，仔细地辨认，就像是面对自己的初恋情人。在这里，他们能捡到各式各样的东西。还能用的旧家具、大半新的日用品，虽然过了保质期但依旧还能吃的食物。偶尔，还会发现哪个粗心人不小心弄丢的心爱之物，装在纸袋里的日记本、旧照片什么的。偶尔，他们也会捡起来翻一翻，评论一下照片上的人的长相。日记他们是不看的，虽然认得上面的字，但是对那里头用文字记下的琐碎复杂的东西不感兴趣。要是能在绵纸团里找到一枚不太值钱的戒指、耳环之类的东西，那就是意外的惊喜了，他们会因此兴奋许多天。

等到他们把那些能卖到好价钱的空酒瓶、塑料罐、旧钢筋、废铜烂铁捡完之后，这堆垃圾差不多就失去了价值。下面再光顾这里的人便不再像他们这么小心谨慎了。几尺长的铁钩子一下子扎进去，再前后左右来回拖几遍，这堆垃圾便完全暴露在日光下了。等到把里面的旧报纸之类的东西一扫而光的时候，这堆垃圾看起来就像是个红颜褪尽、历尽蹂躏的娼妇，摊手摊脚地躺在那里，散发着阵阵难闻的恶臭。

在很长时间里，我与他们一起走街串巷，和他们一同住在垃圾村里。我坐在那些低矮阴暗的屋子里，听他们讲述自己的身世，看着那些皮肤黝黑、鬓发蓬乱的女人蹲在屋角流眼泪。以前，我以为他们最大的烦恼应该是被城里人歧视了，直到现在才发现，这样的想法简直太幼稚可笑。他们早已习惯了城里人的冷漠与白眼，有时还会故意装出一副可怜兮兮的模样，利用城里人对他们的怜悯和厌恶而意外地得到些好处。其实，他们烦恼的是一些别的事情。那座巨大的垃圾场总是会在一夜之间冒出太多的拾荒人，每次去的时候总比别人晚了一步，值钱的东西不知什么时候已经被别人抢光了。而最让女人们揪心的是丈夫的身体弱，在外面老被人欺负，回家之后却把满腔的郁闷发泄到女人身上。于是挨打之后的女人总是放声痛哭着，蹲在窝棚前一条一条地数落着丈夫的不是。可是，等到回到屋里，却和那个该千刀万剐的男人在床上激烈地撕扯，一边摸着身上的淤青呜咽着，一边兴奋地颤抖着。

生活的艰辛早已把他们的情感磨砺得十分粗糙，但有些地方却是不能触碰的，一碰便心惊肉跳地痛。我发现他们每个人都像是一本书，有着诉说不尽的故事。那些故事就像是受潮发霉的旧书，虽然肮脏不堪，却隐藏着许多不为人知的曲曲折折。夜晚，我在黑暗中打量着这条陌生的街道。街上总有彻夜亮着灯光的窗户。这样的灯光，让我备感亲切。窗子里隐约传出说话声，那是从乡下逃出来躲计划生育的女人要分娩了，还是哪个流浪一辈子的男人要去世了？或者，是哪个穷学生租了这里的房子，正在灯下读书？这个世界充斥着太多不可知的秘密，每一个平淡无奇的表面都隐藏着许多种可能。只是这样的可能性我们一般人看不见，或是装作看不见罢了。有时，我甚至以为那个老是在街头转悠的穿制服的男人也是神秘莫测的。我早就知道他是附近哪个单位的保安，但他在灯光下抽烟时的忧郁眼神，却总是让我怀疑他的身份。

当我在熙熙攘攘的人流中伸手乞讨的时候，许多人并不搭理我。直到这时我才明白，为什么流浪汉们的眼神总是那么凶悍而恣肆。那是因为他们总是生活在仇恨之中，只有以眼还眼以牙还牙才能保护自己不受伤害。但是，我一点也不愿意做这样的流浪汉。每天晚上，我总是把身上穿的衣服脱下来洗干净。因此，我的衣服看起来总是干净整洁的。我不愿意像别的流浪汉那样老是穿脏衣服。说真的，我在家里的时候反倒不如做流浪汉时穿得好。我穿的衣服差不多都是别人送的，他们对我很好，虽然我也遭过很多冷眼。有许多人根本就不理我，以为我心怀叵测。有一次，我向一个年轻女人乞讨。她开始时甚至不知道我想要做什么，还以为我是在向她问路，因此不停地问我，你要到哪里去？等到终于弄明白时，年轻女人的脸一下子涨得通红，倒好像不是我在乞讨，而是她自己在乞讨一样。

女人掏出钱包。不知怎么，那钱包上的拉链却怎么也拉不开。我在旁边等着她给我零钱。那时候已经是午后两三点了，可我还没有吃午饭呢，要用她给我的零钱去买点吃的东西。我想，我的眼睛一定像我的胃一样饥饿难耐。我看她的目光不知怎么让那个女人害怕了。等到我伸手去拿她的钱包打算帮她拉开的时候，女人吓得一哆嗦，把钱包一扔，掉头就跑。钱包里的钱虽然不多，但里面有那个女人的身份证。我犹豫了一下，决定还给她。

于是，我按照身份证上的地址找到了那个年轻女人。女人正在给一个婴儿喂奶，见到我时，脸又一次涨得通红。我把钱包还给她，女人的眼睛睁得大大的，半天没有说话。一直等到我离开的时候，女人忽然问，你为什么要把钱包还给我？我告诉她，里面有身份证呢，你需要的。女人点点头，说你这人真是难得。

后来，女人便经常施舍点吃的给我，有时还会让我到她家里吃饭，或者是送给我几件衣服。那些衣服我并不需要，我只要一件当季能穿的衣服，换上之后就把身上那件脱下来扔掉。我从不给自己准备下一季的衣服，因此，总是拒绝的时候多。每次拒绝的时候，女人便显得有点伤心的样子。有一次，女人忽然劝我留下，说要是我愿意的话，可以在她开的小卖部里帮忙。女人的丈夫因为跟人打架伤了人，被判了刑。女人在自家门口开了家小杂货店，有时也需要人帮忙进货什么的。

就在那天晚上，我没有回以前住的窝棚，而是睡在女人家的那张小床上。女人似乎一点也不防备我，穿着睡衣抱着孩子，一边看电视一边与我说闲话，很快便在旁边的那张大床上睡着了。女人睡着之后的样子很可爱，曲着腿弓着身体蜷缩成一团，像极了一个柔弱无助的孩子。女人的身体习惯性地伏在床的一边，留出床上的一大半空间。那一大半空间里，以前一定睡着她还在狱中服刑的丈夫。

半夜里，我忽然感觉女人躺到了我的身边。女人的睡衣不知什么时候早已经脱掉了，微凉的身体紧贴在我的大腿旁。我闭着眼睛没有动，女人以为我还没有醒，便用手指挠了我一下。我翻了个身，一时犹豫着不知该怎么做。自从离开芮香之后，我再没有碰过别的女人。就连当初与芮香在一起时的激情也早已变成一团遥远而模糊的记忆，有时我甚至无法确定那些曾经蚀骨销魂的时刻是否真的存在过？现在，女人的身体正紧贴着我，温热而生动。我犹豫着伸出手抚摸女人柔软光滑的身体。我的手掌坚硬而粗糙，掌心的硬皮擦在女人的身体上，就像坚硬的指甲划在丝绸上。女人顿时蛇似的扭动着。我用尖利的牙齿咬着她的嘴唇、指尖和乳头，女人很快便发出抑制不住的含糊的呻吟声。我侧着耳朵倾听着，平静地数着女人的心跳和我自己的心跳。现在，女人就赤着身体躺在我的唇边，伸手可触，但她又是那样遥远。我几乎本能地感觉到我们之间横亘着一条巨大的鸿沟。留在女人身边就意味着安稳与宁静，但那条遥远而巨大的鸿沟却是我跨不过去的。

　　第二天吃完早饭之后，女人便半认真半撒娇似的对我说，希望我留下来。女人还把隔壁放杂物的小房间收拾出来，搬了一张小床进去。虽然我一直未置可否，女人仍旧细心地在床上铺上干净的床单，还在墙上贴了一幅年历画。看着女人忙碌的背影，我真的有些动心了。但一想到自己是杀害芮香男朋友的杀手，我又犹豫了。我是一名杀人凶手，为了逃离心中的罪恶，必须要做一辈子流浪汉。直到某一天厌倦了流浪，才可能会臣服于自己的罪恶。到那时，或许我会鼓起勇气去派出所自首。但是，现在离那时还很遥远。

　　女人正低着头站在杂货店的柜台前整理东西。我把目光从女人的身上移开，看她身后的那些五颜六色的饮料、堆在一起的一盒盒包装艳丽的口香糖、裹着透明包装纸的涂满奶油的新鲜面包，还有电饭煲里正咕嘟嘟冒着热气的茶叶蛋。如果我留下来，就可以每天吃到这些东西，而不必去翻捡路边那些肮脏的垃圾桶。或许，我还可以娶这个女人做老婆。女人虽然没有芮香漂亮，但却温柔善良、平和安稳。而且，女人从小就生活在这座城市。与她在一起，我不仅会有一个家，还意味着某种出人意料的安全。没有人会想到，一个每天满脸油汗骑着三轮车进货、与女人一起勤俭过日子的男人，竟会是个逃犯。

　　可是，当夜幕降临之后，当昔日的忧伤与痛苦像风一样向我袭来时，我会再次被自己的罪恶压倒的。那时我该怎么办呢？不，那时我的身边不应该有别的不相干的人。他们只会加重我的痛苦，让我更加痛苦不堪。到了那时，身边的这个女人会怎么看我呢？当她知道我并不是平日里那个彬彬有礼、勤勉努力的男人，还隐藏着另外一副不为人知的面孔。她会因惊恐不安而大声尖叫吗？不，我现在并不需要女人，即便拥有再多的抚摸和亲吻，我的灵魂依然死寂一片。可是，这样的理由却是不能说给女人听的。

　　当女人知道我执意要走的时候，忽然一下子发起火，变得凶神恶煞起来。我一点也弄不明白，平日里那么温顺柔和的女人为什么会变成现在这副模样？我在离开的路上仍旧暗自庆幸，幸亏自己拒绝了。后来，我曾把这件事告诉书报亭里的那个女人，还笑着说，我真是不懂女人。笑完了又问她，你知道她为什么要这样吗？那个女人愣了一下，摇了摇头说我也不懂，每个女人都是不一样的。

离开女人后不久，我终于鼓起勇气偷偷回过一次家。

我知道自己早晚是要回去的。虽然这么多年过去了，芮香在我的心中依旧纤毫毕现、真实生动。我几乎一闭上眼睛就可以看见她的脸，感觉到她的皮肤和体温。一想到芮香，我早已坚硬粗糙的心顿时变得柔和起来。虽然我只有三十出头，由于长年流浪，这让我的相貌看起来比同龄人老得多。我觉得自己的心也像我的脸一样，早已经提前衰老了。现在，见到警察、听到警车刺耳的嚣叫声，我甚至不再像以前那样心惊肉跳。我站在路边，闭上眼睛倾听着远处的声音。那声音像是带着旋转冲击波的电钻头，尖锐而耐心地一下下凿着我的后脑勺。但是，我的后脑勺已经不像当初那样脆弱敏感了。它们早已经变成了一块坚硬忧伤的盐碱地，即便是再大的风浪也无法真正伤害到它们。

夜幕降临的时候，我开始像个垂暮之年的老人一样思念自己的家乡。我时常满头大汗地从梦中醒来，之后便再也无法入睡。在梦里，家乡就像是一块浸满水的湿毛巾，柔软而沉重。我看不清它具体的模样，但我知道，那就是它。灰暗的天空永远飘着落不完的雨，冷风吹起地上的落叶，空荡荡的路上见不到一个行人。路边的房屋灰暗而狭小，看起来都是一模一样的。我找遍每个房间，却发现那些黑洞洞的屋子里原来一个人也没有。我发疯似的奔跑着，大声喊着芮香的名字。我的叫声在那些黑屋子里像蛇一样灵活地穿行，因为不断被墙壁挡住而变得像鼓声一样沉闷，隆隆作响。

梦醒之后，我便开始向前走。我穿过熙熙攘攘的人群，把城市远远地抛在身后。我避开高速公路，沿着离它不远的小路向前走。肚子饿的时候，我便向路边的人家乞讨。有时，我也会去一些路边小镇。我穿过小镇的集市，来到那些密密匝匝连在一起的地摊前。小贩们把内衣、长筒袜、女孩子扎头发用的发卡之类摊在地上，大声吆喝着。其中有个年轻女孩却不吆喝，只是冷淡地看着行人的腿，一边飞快地嗑着瓜子。我的心中忍不住一动，女孩的神态不知怎么让我想起了芮香。见我盯着她，女孩向我招了招手。我犹豫着走了过去，女孩忽然对我说，大叔，给你女儿买点什么吧？我愣了一下，女孩看起来应该和当年的芮香差不多大，难道她真的以为我会有像她这么大的一个女儿？我忍不住有些惭愧起来，摇了摇头离开了。我忽然有些惊恐不安起来，要是芮香现在见到我，她还能认出我吗？

我的头发和胡须已经长得很长了。因为急着赶路，几乎讨不到什么钱。因此没办法到理发店去，只好自己用剪刀胡乱修整一下。有一次，我正坐在路边抽烟，有个小学生模样的男孩在离我不远的地方转悠。过了一会儿，那男孩忽然怯生生地走过来，对我说，请问你是诗人吗？看着男孩那张健康干净的脸，我忍不住笑了起来。我不知道男孩为什么会有这种感觉。我从没有见过诗人，除了读过几首当年中学课本上选的诗，再不知道在这个世界上还有别的什么叫诗的东西。现在，就连当年读过的那几首诗也差不多忘光了。难道我现在的模样竟然会与那些我早已忘得精光的诗很接近吗？我伸出手摸了摸男孩乌黑发亮的头发，微笑了一下。男孩也笑了，从书包里掏出一只很大的苹果，递给我，然后高高兴兴地离开了。吃着男孩送给我的苹果，我的心情开始变得愉快起来。我发觉自己其实一点也不老。我在路边飞快地向前跑，不远处的高速公路上，有汽车从身边飞驰而过，我觉得自己跑得像汽车一样快。

我几乎弄不清自己到底走了多少路，只感觉吹在脸上的风变得越来越冷，脚下的路也越来越难走。但我知道，我正在不断接近自己的梦境。回到家时已是下半夜了。虽然奔波了这么多天，我却一点也不觉得累。村口的小水闸还立在那里，只是感觉似乎变小了，不像记忆中那么有气势。我在小水闸前站了很久，一边倾听着河中潺潺的水流声，一边眺望村子里的每一扇窗户，心中充满了模糊的幸福感。我的脚掌心似乎装上了弹簧，那弹簧的性能实在太好了。只要稍微用点力，便可以飞奔起来。

我几乎是奔跑着回到家里。然而当我站在自家的院落前，面前的景象却让我的心顿时冷了半截。这里看起来已经很久没有人住了，大门早已经不知去向，院墙坍塌了大半，院子里的杂草已经长到脚背上了。我迟疑地低低叫了几声娘，这才推开房门。房门原本应该是上锁的，不知被谁弄坏了，我只稍稍用了点力，门便吱的一声开了。一股霉味夹杂着泥土的气息扑面而来，我站在空荡荡的屋子里，忍不住重重地打了个喷嚏。这里的情形与我在梦中看见的景象实在太像了，像得几乎有些不吉利。

虽然这么多年没有与家里联系，但我并不怎么担心母亲。我猜想母亲一定是到姐姐家去住了。姐夫长年在外地打工，家里只有姐姐和几个孩子。以前我还没有离开家的时候，母亲就经常对我说，要是我考上大学离开家，就搬到姐姐家去住。但那多半是母亲开玩笑时说的话，当不得真的。母亲长得人高马大的，身体一直十分强壮，每顿的饭量甚至比我还大。以前我还在镇中学读书的时候，家里的农活儿都是母亲一个人顶下来的。虽然母亲常常会在我面前抱怨，其实她干这些活儿并不算太吃力。那时候，母亲最大的心愿就是希望我能早点结婚，在家里养一大群孩子。孤单寂寞的母亲对我是否能考上大学并不怎么在意，她在意的是我将来能否在村里给她挣面子。我初中毕业时，村里与我差不多大的大多回家种地或是去外出打工了，是母亲坚持让我上高中的。我是村里唯一的高中生，从那时候起，母亲就开始期待着在村子里扬眉吐气的那一天。在我杀了那个男人离家出走之后，母亲一定陷入了痛苦与绝望之中。我能感受到母亲悲愤而凄凉的心境。

在我们那里，女儿是不需要给父母养老的，除非是没有儿子的人家。那些人家大多会给女儿招个上门女婿。那些从外乡来的女婿，大多来自更加贫瘠的地区，生长在更贫寒的家庭。他们改名换姓，低首敛眉地住在媳妇家。周围人开始时还会用异样的眼光看着他们，但很快便将他们看作那些家庭的一员，并不会有太多的歧视。只有那些没有儿子、女儿又远嫁他乡的人家，才会真的被人瞧不起。母亲愿意离开自己家，住到姐姐家去。可见在她的心目中，我这个儿子算是早已经死了去了。

我在院子里呆呆地坐了很久，直到天快亮的时候才猛然意识到，自己不能总在这里坐着。至少，不能让村里人发现自己。我站起身拖着沉重的脚步向前走。其实我一点也不知道应该去哪里，只是茫然地走着。等到我意识到自己应该离开时，发觉已站在芮香家的门前。

芮香家的二层小楼占据着村里最好的位置，在夜色中看起来虽然不如记忆中那么高大气派，但在它旁边又新盖了一幢更加漂亮讲究的小楼。可见，她家的日子过得一定十分舒坦。可是，那幢新楼里现在住着什么人呢？芮香的父母只生了芮香这么一个女儿，按说他们家原来的房子就足够了，为什么还要盖这幢新楼呢？难道他们也给芮香招了上门女婿？如果事实果真如此的话，那个上门女婿会是谁呢？

芮香家虽然大门紧闭，我只轻轻一跃便翻进了院子。等到了院子里，我这才意识到，并不知道自己想要干什么。我犹豫了一下，正想从原路返回。小楼里忽然响起孩子的哭声，吓了我一跳。我赶紧躲到一边，悄悄注视着楼里的动静。但是，有很长时间小楼里除了那个孩子的哭声，什么动静也没有。我侧着耳朵倾听着，那哭声响亮悠长地持续着，夹杂着断断续续的咳嗽声。单纯从声音判断，孩子应该不算太小。那哭声也不像是发生了什么事，倒像是做梦梦到了什么吓人的事情，忽然没来由地哭了起来。过了一会儿，二楼房间的灯忽然亮了，有人踢踢踏踏地起床，伴着女人含混不清的安慰声。那声音听起来遥远而陌生，一点也不像是芮香的。我正疑惑着自己是不是走错了地方，一个女人忽然抱着孩子从楼梯上走了下来。那孩子似乎还在睡觉，抱在怀里比女人的一半还长，女人看起来就像是被那个孩子裹挟着向前走。女人在院子里停了下来，给那个孩子把尿。我的心忍不住咚咚地跳了起来，黑暗中虽然看不清女人的脸，但我知道这个女人就是芮香。

我正犹豫着是不是应该从黑暗处走出来，与芮香搭话。芮香已经给孩子把完尿，又上楼去了。我仰着脸向上看，这幢小楼表面上看起来和城里的房子毫无二致，没想到里面竟是没有卫生间的。我忍不住偷偷笑了笑，看来在我心中一直时髦新潮的芮香，终究还是个乡下人。

我正有些后悔，刚才太犹豫不决，错过了与芮香搭话的机会。忽然，芮香又从楼上下来了。芮香似乎是要上厕所，不过她并没有去位于院子角落里的厕所，而是就地蹲了下来。这真是一次绝好的机会，不能再错过了。我轻轻喊了一声：芮香。芮香吃了一惊，吓得腾地一下跳了起来，一边手忙脚乱地拎裤子一边四处张望着。我又喊了一声：芮香，是我呀，我是雍小朋。芮香愣了一下，慢慢向我走过来。等到确定真的是我时，芮香做的第一个动作就是悄无声息地打开大门，一把将我拉到了门外。

芮香也不说话，只是拉着我快步向前走。等到离开村子有一段距离时，这才停下脚步。四下里黑漆漆一片，只有我和芮香两个人，我们面对面地站在那里。我犹豫着伸出手去，芮香的身体便轻轻靠了过来。激情忽然像排山倒海一样汹涌而至，我能听见自己的牙齿相互碰撞时发出的咯咯声。芮香问，这些年你都去了哪里？我没有回答，只是像从前那样抚摸着她的身体。芮香明显地老了，黑暗中虽然看不清芮香的脸，但脸上的轮廓却比从前大了一圈。身体也不再像年轻时那样结实细腻，肚子上有剖宫产留下的长长疤痕。我的手指在那条疤痕上踟蹰着，心中忍不住升起一种异样的感觉。

　　我停住手，问芮香，他后来怎么样了？死了吗？芮香吃惊地问，谁？谁死了？见我没有回答，芮香在黑暗中忽然轻声笑了起来，说他活得好好的，只不过头上受了点伤，怎么会死？停了停，又问，你当初就是因为他才逃走的吗？这么多年了，连个音讯也没有。可怜你妈妈还以为你在外面早就死了呢。芮香轻描淡写的几句话，在我听来却像遭了雷击一样，忍不住一屁股坐到了地上。芮香见状，有些不忍，叹了口气说，原来你什么都不知道呀。我咬住嘴唇，尽量装出一副若无其事的样子问道，那你现在的丈夫是谁？是他吗？芮香摇了摇头，又点了点头。

　　从芮香口中，我这才得知，在我逃走之后不久，芮香便与那个男人结婚了。但不久，那个男人便离开小镇去外地读书深造了。看来那天晚上我对那个男人的攻击远没有我想象中那么猛烈，不仅没有让他送命，甚至连他的智力也没有多大影响。芮香说，开始时那个男人对她还不错，后来因为在外面有了别人，便提出离婚。芮香自然不肯，吵过、闹过，拖着不离，但最终还是以离婚收场。芮香的服装店的生意也赔得一塌糊涂，后来店里又遭过两次盗窃，终于开不下去了。那时芮香的年纪已经不小了，走投无路的芮香只好回村里招了上门女婿。芮香说她那时曾四处打听我的下落，但没有人知道我到底去了哪里。我的眼皮忍不住一跳，睁开眼睛问道，要是那时候你找到我，会嫁给我吗？芮香十分肯定地点点头，说会，一定会嫁给你的。

　　我不知道自己为什么要离开这里，其实我完全可以留下来，芮香也希望我留下。而且，只要我愿意，我和芮香还可以像从前一样。但是当芮香把我的手放在她的胸脯上时，我却推开了她。芮香见状，三下两下便把身上的衣服剥了个精光，像蛇一样紧贴在我身上。芮香的身体温暖而妥帖，我的下体已变得坚硬如铁，我的手、我的身体很想将那件事做了，但我的心却一迭声地大声叫着不不不。为了躲开芮香的纠缠，我抽手给了她一个耳光。因为吃惊到了顶点，芮香只是大张着嘴巴愣愣地看着我，连哭都忘记了。我似乎也被自己的行为吓住了，但随即心中便涌出一阵狂喜。夜色中芮香的身体看起来臃肿而难看，芮香似乎也意识到了，伸出双手抱住自己的胸脯，低头轻声哭了起来。我转过身去，十分坚决地丢下了她，飞快地向前走。这个女人，这个当年我为了她不惜去杀人的女人。为了她，我背井离乡这么多年，没想到最后却发现竟然只是一场误会。即便是为了这场误会，我连她的一根指头也不应该碰的。

　　离开村里之前，我又站到那座小水闸前。河中的水依旧无声地流着，我的双眼盯着河水时，忽然感到了剧烈地刺痛。我用手掌掩住眼睛，继续向前走。眼睛的疼痛已经跟随我许多年了，似乎是在刚开始流浪不久，一次高烧之后便开始了。反复地发炎、红肿，面前的世界慢慢地变成了一幅遭了雨的水墨画，温柔地晕染成一团。我知道我的眼睛早晚会瞎掉的，但我一点也没有想到，它会如此快地来临。

　　我忍住疼痛，急匆匆地向前走，就好像后面有人正在拼命追赶着。回程的路出人意料地快，我原以为自己会痛苦不安、踟蹰不前的，但除了眼睛的疼痛，几乎没有任何额外的痛苦。我沿着原路往回走，甚至还在那些路边小镇打过几份零工。我用打零工挣的钱给自己买了新衣服、理了发，去药店买了治眼睛的药和眼药水。以前，我从不敢如此大胆地出现在众人面前。现在，我在阳光下宁静从容地向前走。十多年的时光就这样莫明其妙地过去了，我的心中甚至没有一丝感慨。

　　彻底的失明是在一个月之后。那时，我已经回到属于自己的那只旧窝棚里。清晨醒来时，很久以来一直挡在我面前的那块黑色丝绒帷幕终于彻底合上了。以前，它还有轻轻开启的时候，半开半合，或是撩开一条窄窄的缝隙。但从那天起，它便永远地合上了。我坐在那里，瞪着外面的阳光，心中升起一种异样的感觉。

　　它终于来了，就像我早已经预料的那样。我牵了牵嘴角，脸上浮起一团如阳光般温暖的微笑。

（原载《山花》2012年第3期）

石头·剪子·布

　　柴秀英的病是到儿子家之后得的。先是下楼的时候不小心摔了一跤，腿脚就不如以前利落了。不久又添了失眠的毛病，经常整夜睡不着觉。纪锋家住的是七楼，又是在马路边上，外面的车水马龙像水似的一波波地涌进来，柴秀英每次在窗前都有些站不住脚，忍不住心慌犯晕。第二天起床的时候，柴秀英的眼睛肿得跟两只铜铃铛似的，脑袋里就像新养了一窝蜜蜂，扎挠得人浑身不自在。柴秀英翻了个身，闭着眼继续在床上躺着。纪锋的单位离家远，每天天刚亮就得出门。平时柴秀英总是早早就把饭准备好了。虽然纪锋每次都说不需要费这么多事，在外面随便吃点就可以了。柴秀英不答应，还是坚持每天跟纪锋一同起床。早上纪锋见柴秀英仍旧躺在床上，连妈都没有叫，只是远远地问了声是不是哪儿不舒服？便匆匆赶去上班了。柴秀英虽然有点不高兴，为了不让纪锋担心，还是含含糊糊地说没事。

　　等到纪锋走了之后，家里便只剩下柴秀英和儿媳妇赵小玉两个人了。赵小玉蓬着头趿着拖鞋从柴秀英身边经过去上厕所，见柴秀英还在睡觉，脸色便开始难看起来，故意乒乒乓乓地弄出些声响。带孩子的保姆已经来上班了，赵小玉声音粗嘎地在客厅里大声跟保姆交代了几句，又折回到卧室去。孩子的哭声十分尖厉地响了起来，把柴秀英刚刚浮上来的一点睡意顿时搅得七零八落的。柴秀英在被窝里动了动，开始磨磨蹭蹭地起床。

　　纪锋家住的是老式楼房，厕所还是与隔壁的邻居两家合用。柴秀英去上厕所的时候，发现正有人用着。柴秀英伸手推了推，里面传出一个女人的声音。女人说的是方言，叽里呱啦地说了一长串的话，柴秀英没有听懂。于是，便站在门口等着。等了一会儿仍不见动静，小腹却开始坠坠地难受了。柴秀

94

英想起楼下的院子里还有一个公共厕所，便小心地扶着楼梯下楼。无奈，想撒尿的感觉却有点一时等不得一时了。等到柴秀英跌跌撞撞地下楼撒完尿，再一级级爬上楼，这才感觉到两腿发软、胸口发闷，半天缓不过气来。

柴秀英正闭着眼坐在那里。保姆过来问她是不是该给孩子喂辅食了？小孙子已经六个多月了，除了吃奶粉之外，每天还要添加些米粉、果泥之类的辅食。赵小玉没有奶水，孩子一生下来就是吃奶粉。进口奶粉一罐就要一二百块，再加上赵小玉每天吃的老母鸡之类的，算起来是一笔不小的开销。柴秀英看着心疼，把纪锋拉到一边悄悄地说，赵小玉没有奶都是因为嘴太挑了，这也不吃那也不吃哪来的奶水？纪锋解释说，小玉生孩子的时候是剖宫产，出血多，需要吃些有营养的补一补。柴秀英听了，响亮地咂了咂嘴，说当初我就不赞成，年纪轻轻的又不是自己不能生，干吗非要挨那一刀？女人生孩子哪有不疼的？难道就她娇气不成？纪锋说妈，也不光是因为小玉，主要还是为了孩子好，你不懂就不要多说了。柴秀英不服气，说我不懂？这辈子生了这么多孩子，连医院的边都没沾过，不也把你们都养得活蹦乱跳的？见母亲又提起从前的事，纪锋有些不耐烦了，皱了皱眉头。柴秀英见状，这才不再多说什么了。

虽然表面上不说什么，等到纪锋出差的时候，柴秀英却借口不认识路，不能买菜，连续几天每顿只是煮上小半锅鸡蛋面条端过来。柴秀英并没有觉得这么做有什么不对的，想当初自己生纪锋的时候连鸡蛋都吃不上，不是照样把孩子喂得白白胖胖的？再说儿子家并不富裕，省着花钱原本就是天经地义的事。没想到这却把赵小玉给得罪了。等到纪锋出差回来之后，赵小玉痛哭流涕地向他告状，说柴秀英虐待她。而柴秀英则跟在纪锋的屁股后面，不停地抱怨赵小玉的脾气大，难伺候呢。纪锋夹在二人中间左右为难，好话说了一箩筐，赵小玉却无论如何咽不下这口气，从此再没给过柴秀英好脸色。赵小玉还逼着纪锋花钱请了保姆，从此家里的大事小事再不让柴秀英插手。现在，轻闲无事的柴秀英每天唯一的工作就是给纪锋做早饭。本来柴秀英还想把赵小玉的早饭也一同做了，无奈赵小玉根本就不领她的情，柴秀英只好作罢。

见保姆问自己，柴秀英这才想起来，昨天买的水果、蔬菜还放在冰箱里没有清理。柴秀英正想起身，赵小玉在远处大声对保姆说，不是早跟你说过了，这原本就该是你做的，怎么倒推给了别人？你也不看看那是能做事的人吗？保姆有些委屈，说孩子闹得厉害，一放下就哭呢。赵小玉的声音这才放和缓了些，说那就抱到我这里来吧。

保姆抱着孩子踢踢踏踏地离开了。柴秀英愣在那里，半天没有弄明白赵小玉到底是什么意思。赵小玉既不让她带孩子，别的家务活儿也不让她沾边，这到底是孝敬她还是想让她离开呢？柴秀英犹豫着是不是把今天的事跟纪锋说说。从纪锋十几岁刚开始懂事的时候起，柴秀英便习惯了把家里的事都告诉他。就是纪锋考上大学离开家之后，这个习惯依旧没有改变。每次纪锋打电话回家，柴秀英总是在电话里把周围发生的事一件不漏地说一遍。柴秀英其实早就感觉到了纪锋的不耐烦，可她根本就停不下来。这么多的事要是不说出来，非把她憋死不可。现在，赵小玉几乎一句话都不跟她说，纪锋又是整天忙，回家之后，柴秀英还没有说上几句话，赵小玉就开始这事那事地喊他。见柴秀英实在太寂寞，纪锋经常劝她出去走走。柴秀英到楼下的院子里转了转，几个正在晒太阳的老太太只是淡漠地看了她一眼，又开始大声地说着什么。柴秀英在一边远远地站着，一点也听不懂她们在说些什么。见没有人搭理自己，又转身回来了。

孩子的哭声突兀地响了起来，夹杂着含混不清的吞咽声。柴秀英抟挲着双手站在客厅中央，侧着耳朵倾听着。赵小玉正在跟保姆说着什么，说的是跟楼下的那些老太太一样听不懂的方言。有一瞬间，柴秀英忽然觉得，自己大概是走错了门。那个正在说话的女人和哭泣的孩子跟自己毫无关系，她只是偶尔在这个屋子里待一会儿，很快就要离开了。

现在，柴秀英时常觉得自己老了。在来儿子家之前，柴秀英还从没有意识到这一点。柴秀英今年刚过六十，在乡下，许多像她这个岁数的女人都还在地里、家里忙活，少有闲下来的时候。自己原本就比那些女人清闲享福，应该更显得年轻些才对。柴秀英不明白自己这是怎么了？

每次到楼下上厕所的时候，柴秀英总是忍不住想念家里一马平川似的院落。那时候，柴秀英养的鸡鸭鹅早已经送了人，猪圈里的猪也卖给了村里的屠宰户。院子里干净得就像一汪水似的。地上新浇了水泥，角落里种的石榴树也已经枝枝蔓蔓地长了起来。柴秀英早上起床的时候就在地上洒了水，院子扫得一尘不染的。虽说柴秀英是认不了几个字的农村妇女，但因为丈夫是村小学的教书先生，柴秀英的心里一直有点若有若无的优越感，总觉得自己跟村里别的女人不一样的。等到纪锋考上大学在城里安家落户之后，柴秀英更有种扬眉吐气的感觉。每天太阳快落山的时候，不需要干农活的柴秀英便换上干净的衣服，再把大门敞开，然后跷着腿坐在院门口晒太阳。

这时候差不多正是那些下地干活儿的人收工回家的时间，有人悄悄从柴秀英身边经过，也有人远远地绕开了，几乎没有人主动跟柴秀英说话。但柴秀英却并不怎么在意。见后院的女人扛着锄头走了过来，柴秀英便主动打起了招呼，问地里的庄稼长得怎么样了，在城里上班的闺女每个月挣多少钱？那孩子的工作当初还是托纪锋的人情找下的，虽说只是在招待所做服务员，倒也清闲自在，年底的时候还能寄些钱回家。因为欠着柴秀英的人情，女人的表情便有些怯懦，谄媚地恭维道，还是你有福气哟，纪老师是吃公家饭的，儿子又在城里拿大钱。不像我们，穷命呢。说完，又往前凑了凑，说，听说快抱上孙子了，啥时候去城里享福啊？柴秀英一听，脸上顿时乐开了花，说快了，快去了呢。

想当初，柴秀英也算是村里数得着的能干人。那时候，丈夫纪省三还在别的村子教书，家里的事全靠柴秀英一个人支撑着。五个孩子都还没有成人，丈夫的工资又低，到年底的时候，剩下的那点钱刚好够填上生产队透支的窟窿。虽说日子过得清苦，但跟周围人相比，柴秀英倒也没什么可抱怨的。每天和大伙一起出工收工，样样事都不落在别人后头。又因为大多数时候丈夫不在家，柴秀英比别的女人更多了几分自由。就连那几个孩子，柴秀英也没觉着在他们身上费过多少事。

柴秀英的婆婆去世早。柴秀英生孩子的时候，娘家妈正怀着弟弟，几乎是跟柴秀英同时坐的月子，自然无暇顾及她这个做女儿的。丈夫的姐姐那时倒是清闲无事，托人带话说可以帮忙照料。但不久前二人因为分家产的事刚吵过架，柴秀英的脸上一时抹不开，只好冷着脸拒绝了。因此，柴秀英在月子里几乎没有人伺候。柴秀英虽然私下里少不了伤心落泪，不过倒也没觉着有多少不便。柴秀英的奶水充足，两只乳房就像充足了气的皮球。有时，柴秀英觉得自己胸前就像是挂着二眼水井。柴秀英经常能感觉到饱满的乳汁在里头不安地悸动，水似的回旋舒展着。除了感觉自己的饭量比从前大了许多，还没出月子，柴秀英便跟平常一样该干什么干什么了。柴秀英一边吃饭一边把饭菜嚼碎，再嘴对嘴地喂给孩子吃。自己吃完饭，孩子也差不多喂饱了。小孩子当然也会时不时地哭闹，只要不去管他，等到哭累了自然就会停下来。夏天的时候，柴秀英就把孩子脱光了屁股扔在凉席上，屎尿之类的看见了就收拾一下，一时看不见就随他四处乱抹。出去干活儿的时候就把孩子关在院子里，由大点的孩子帮着照应，虽然浑身抹得稀脏，不知不觉间倒也长大成人了。

柴秀英那时只有三十出头，繁重的体力劳动还没有完全侵蚀掉她的容貌。由于疏于打理，头发时常粘着汗液遮住了半边脸，偶尔抬起头来，却仍旧能看出几分残存的美丽。柴秀英喜欢干活儿，无论遇到怎样的烦心事，一干起活儿来，心情自然便平静下来了。柴秀英可以和村里的成年男人一样，挑起上百斤的担子，走起路来就像带着一股风。由于长期负重，两只脚已有些变形，指甲也变得又弯又硬，几乎可以当剪刀一样使唤。腰身和屁股虽然肥大得有些过分，但却十分柔韧有力。就是在平时，柴秀英也习惯性地保持着挑担子走路时的姿态，屁股大幅度地左右扭动着。

这正是村里女人活得最自由自在的时候。生育和劳顿早已洗去了做姑娘时的羞怯，却还没有把女人变成干瘪怨愤的老妪。就连与男人调情也被周围的人默许、纵容，甚至变成了沉闷的乡村生活中唯一的乐趣。每天傍晚，柴秀英嘴里含着半粒青枣、扭着屁股在村子里漫不经心地走着，时常能感觉到有许多看不见的目光落在自己身上。柴秀英喜欢这些意义含混的目光，喜欢从身边走过的男人的嘴角露出来的坏笑。因为丈夫不在家，晚上总有几个好事的男人喜欢到柴秀英家串门。一边坐在院子里说闲话，一边把目光热辣辣地落在她身上，嘴里则开着露骨的玩笑。柴秀英总是装着什么也看不出来的样子，依旧大声呵气地跟他们斗着嘴，你来我往。那几个男人原本就有些见不得人的企图，时常半真半假地凑过来，问柴秀英晚上没有男人暖被窝，身上是不是还有热乎气？一边说，一边摸了过来。柴秀英推了一把，顺势在那人的脸上甩了一巴掌。这

98

一巴掌打得十分讲究。由于手掌是空的，手指上的力量便十分意外地消失了，只是让指甲散乱地落在那人的脸上。这就让这一掌的惩罚意义顿时烟消云散，看起来倒更像是某种新颖而不常见的调情。那人捂着脸半天没有动弹，看不出到底是被打疼了，还是沉浸在意外的欣喜之中。

其实，柴秀英在内心里并非真的讨厌他们，倒是隐隐地有些喜欢。这样的粗野与放肆，不仅让柴秀英的心热辣辣地跳了起来，还让她觉得自己依旧年轻、美丽而充满诱惑。

纪省三教书的学校虽然离家只有十几公里，因为交通不便，几乎很少回来。偶尔回家，脾气也总是出奇地大。纪省三是国家正式教师，年轻时还在县里上过正规的师范学校，不知怎么，却一直蜗居在村小学里。当年和他在一起的同学、同事差不多都改行做了别的，成了大大小小的领导，即便是继续留在小学校的，也大多做了校长、主任之类的。不知怎么，纪省三却什么都不是。因为时刻意识到自己的身份，时刻惦记着自己与周围人的不同，虽然什么都不是，纪省三的骄傲却一直若有若无地保存着。因为骄傲，纪省三与单位的领导总是处不好关系，几乎每年都要被从这所学校调到那所学校。

这些小学校大多建在村口的路边上，几间空荡荡的半旧瓦房差不多就是学校的全部财产了。门口的操场上孤零零地竖着破旧的篮球架，屋前的枯树枝上悬着块生铁，每到上课下课的时候，便会有人走出来敲响它。操场的空地上被村民们稀稀拉拉晒上了山芋干，旁边还卧着头耷拉着脑袋的瘦毛驴。要不是山墙上的黑板和一旁的篮球架，初来乍到的人几乎难以辨认出这是一所小学校。

各式各样的政治运动差不多总是跟这些地处穷乡僻壤的村小学擦肩而过，时代的洪流滔滔向前，裹挟着激情与倦怠，只是将一些残渣碎片丢弃在这些无人注意的角落。院子里的学生们奔跑着、尖叫着，随手将清鼻涕抹在棉袄的袖口上。乡下孩子上学迟，虽然只是小学生，实际上他们当中的许多人差不多已经是大人了。由于过早下地干活，他们的身材大多长得有些矮，不过却是黑瘦而精干的。因此，他们的追逐与呼喊在冬日的清晨便显得格外引人注目。就像泥泞中的一群半大的小兽，貌似稚弱，实际上却隐藏着许多意想不到的力量和几分不动声色的狡黠。不过，现在他们却只是些认不了几个字的小学生，因为笨拙，经常要低着头挨老师的训斥。学生们从课本上阅读着崭新而伟大的时代，却并不知道这崭新与伟大是与自己无关的。每天上完课之后，他们背着书包沿着上学的路，再慢吞吞地返回家中，很快便消失在一间间看起来几乎空寂无人的屋子里。

村里人并不把这个沉默寡言、总是把目光落在远处的教书先生当自己人。而且，要不了多久，纪省三大概又会被调到别的学校去。等到离开之后，甚至没有几个人会记得他的长相。纪省三几乎没有朋友。小学校的老师原本就不多，而且他们大多是本村的，下课之后便回家了，就是纪省三想跟他们交朋友，似乎也没什么机会。纪省三又是那种有些懒惰的人，即便他们就在自己的视野之内，也常常是看不见的。而他们见纪省三总是这么一副如入无人之境的模样，又想起了有关他的传言，于是越发不愿意多说什么了。那些传言大多没有任何实际内容，却又似乎无所不包。在传言中，纪省三是一个与众人完全不同的人。但是，到底有哪些不同，却是谁也说不清楚的。于是，越发小心谨慎起来。身边发生的所有的事都是与纪省三无关的，人们背着纪省三嘀嘀咕咕地商量着什么，见到他走过来便小心地闭上了嘴。纪省三自然早已经感觉到了这样的排斥，这让他的脾气越发变得古怪恶劣起来。

每天等到大家离开之后，纪省三便完全陷入了孤独之中。纪省三把双手插在裤子口袋中，独自在院子里慢腾腾地踱着步子。常常几个小时一动不动，看树上的蚂蚁成群结队地从树梢爬到树根，又从树根爬到树梢；看操场上的小石块在夕阳下闪烁着淡淡的白光。其实，并不是纪省三真的对那些蚂蚁或者石块感兴趣，而是完全沉浸在自己的内心之中。周围的一切都是斑驳而灰暗的，就像一块用了很久的深灰色格子布，村庄和小学校就掩盖在这块灰格子布的下面。偶尔，纪省三会想起周围人的冷淡，但是，这样的冷淡和不理解却常常会在纪省三的沉思中变成一种可以令他骄傲自豪的东西。纪省三坐在那里，内心与周围毫无意义的风景和青草的苦涩气息一起慢慢地流转着，这样的流转让他的心渐渐平静下来，既充实又满足。

除了小学校的几本教学参考书，纪省三几乎从不读书。这不仅是因为在这里几乎看不到什么书，而是书本上的东西在纪省三看来实在是太啰唆，有时简直有些不知所云。而且，当他耐着性子读完一本书之后，常常发觉里面并没有说出什么。纪省三觉得，自己的内心可以比拟任何一本书，甚至比它们更充足、更丰富。虽然他总是独自一人，但是对于这个世界来说，纪省三觉得自己并没有缺席。远处那些看不见的城市里发生的惊天动地的事情，纪省三觉得自己离它们并不遥远。在纪省三看来，每一起重大事件总是与那些看起来微不足道的东西联系在一起的。

　　纪省三在家中排行老小，也是唯一出来工作的。纪省三从小便没了母亲，是跟着几个哥哥姐姐一起长大的。那时，纪省三只有七八岁，大家都觉着他可怜，因此便格外地照顾他。别人家的孩子都早早地离开学校下地干活，唯有纪省三一直在上学。纪省三的学费都是哥哥姐姐们凑来的，就连每个星期带到学校的干粮，也是各家轮流准备的。为了供他读书，大姐甚至放弃了结婚嫁人的机会，主动承担起做家长的责任。在纪省三的记忆中，姐姐就像母亲一样，只是意外地有些年轻。傍晚的时候，姐姐总是坐在灶台前烧火，柴火映红了姐姐的脸，也映出了胸前细小的乳房。纪省三那时正处在青春期，梦里流转的那些暧昧辗转的冲动，总是与衣着单薄的姐姐纠缠在一起。遥远而模糊的哺乳记忆、姐姐浅色的乳房，一个个惊心动魄的意象几乎搅得纪省三彻夜难眠。纪省三甚至曾躲在暗处偷窥过姐姐上厕所，之后又被羞耻和悔恨弄得脸色铁青。有时，纪省三感觉姐姐似乎早已经察觉到了自己的秘密，却故意装着不知道，这让他越发羞耻难当。在炎热的夏季，姐姐似乎依旧把纪省三当成不懂事的孩子，有时还在他能看见的地方换衣服。姐姐的行为几乎激怒了纪省三。于是，便故意冷着脸不理她。纪省三咬着牙别过脸去，却意外地发现姐姐的目光沉甸甸地落在他的后背上，温柔而忧伤，里面既有让人不安的明白也裹挟着小心翼翼的卑微谅解。纪省三的后背顿时起了一片鸡皮疙瘩。

　　当初，一家人都曾对纪省三寄予厚望，至少暗地里希望将来能沾些光的。所有人都没有想到，纪省三竟是这般不长进。他们一点也弄不懂纪省三老是昂着的额头里到底隐藏着怎样的内容，但却本能地有些敬畏。纪省三的落魄和困窘他们都看在眼里，却从没有说过什么。这样的沉默对纪省三来说，却变得日渐沉重起来。坚韧的希望交织着浓重的失望雾似的裹挟着他，让他更多地意识到自己的委顿与失败。纪省三每次回家,姐姐都要对他诉说一遍,说她活着唯一的目的就是希望他将来能有些出息,过得好。纪省三一点也想不通,这过得好到底意味着什么。纪省三觉得自己现在的生活就很不错。与周围人相比,虽然工资微薄,却也不愁生计。就连外人眼中的散漫孤独,在纪省三看来也是快乐的。因此,姐姐的话总是让他既愤怒又无奈。有一段时间,纪省三甚至有意做些让姐姐不满的事。但是每次看见她伤心落泪,又有些不忍心。后来,纪省三便不回家了,甚至逢年过节也不回去。开始的时候纪省三还会内疚,心中时常涌出一种类似于忤逆的感觉。久了,便有些淡忘了。

在很长时间里,纪省三几乎与家中断绝了所有来往。就连姐姐因为跟柴秀英吵架的事哭哭啼啼找上门来,纪省三也是冷着脸一副拒人于千里之外的模样。姐姐一边流泪一边拉着纪省三的手,哽咽着说弟弟,你可要为姐姐做主呢。姐姐的手掌十分坚硬,落在身上就像是一群小虫子在上面窸窸窣窣地爬,这让纪省三忍不住既羞耻又难堪。姐姐身上的汗味弥漫开来,缓慢而坚决地侵蚀着小屋里的空间,湿漉漉地堵在纪省三的胸口窝,让他喘不过气来。纪省三从姐姐手中轻轻挣脱了出来,却忽然发现双手无处可放,于是便将手抄在衣襟底下,顺势蹲到了地上。这样的姿势不知怎么让纪省三又想起了过去,过去那些粘腻而挥之不去的屈辱和不快,眉头便慢慢皱了起来。几个小学生站在远处,好奇地看着这个穿黑色罩衫的女人,不时交头接耳地议论着。姐姐依旧在喋喋不休地说着什么,纪省三忽然不耐烦起来,站起身说,你走吧,要不然天黑之前就赶不到家了。说完,也不等姐姐回答,便转身走开了。

姐姐在身后孤零零地站着。从天刚麻麻亮的时候,她便背着新做的煎饼上路了。一路上,姐姐十分担心弟弟会生气。以前在家里的时候,弟弟总是在生气,她时常弄不懂他为什么要生气。现在,长大成人的弟弟看起来已经走得越来越远,也变得越来越陌生了。姐姐慢慢地向前走,忽然开始忐忑不安起来。起风了,飞沙迷住了她的眼。姐姐低着头站在路边,忽然想起纪省三小时候的模样。那时,瘦弱矮小的纪省三倔强而沉默,无论什么事总喜欢憋在心里。可是,她却几乎知道他的每一件事,只是装着什么都不知道罢了。

纪省三那时虽然小,却很有些心计。当初,上门给姐姐提亲的人并不少,不知怎么都没有成。姐姐虽然相貌平平,但却敦厚能干,这正是乡里人看重的，按理说是不愁出嫁的。姐姐在私下里为这事曾十分伤心，却一直不明白到底是什么原因造成的。姐姐直到很久之后才隐隐约约地意识到，这一切可能都是纪省三捣的鬼。那时候，姐姐早已经彻底断了结婚嫁人的念头。姐姐并不知道纪省三在背后做过什么手脚。而且她也一直想不通，即便这一切都是真的，纪省三又能背着她做些什么呢？

但是，姐姐从没有怨恨过纪省三，就是他后来从不回家，也总是忍不住惦记着他。现在，一股淡淡的温柔从姐姐的心底慢慢涌了出来，让她忍不住想哭。姐姐擤了把鼻涕，在衣襟上擦了擦手，又继续向前走。姐姐一点也没有想到纪省三会这样，她以为，即便纪省三不肯为她说话，至少也能从他这里得到些安慰。但是，姐姐很快就把这样的不快忘记了。姐姐想起纪省三从小就是个与众不同的孩子。她早就应该意识到，他肯定会这样对待自己的。

姐姐离开之后，纪省三便有些后悔了。纪省三能感觉到姐姐坚硬硕大的失望，紧紧地尾随在他的身后。这虽然让纪省三感觉有些内疚，但却意外地安心起来。那些柔软而碍事的感情，原本就是不属于他的，纪省三当然没有必要接受它们。

不仅是对姐姐，就是对柴秀英，纪省三也从没有弄清楚，那到底是怎样的情感。以前，柴秀英也算是村里数得着的漂亮女人。纪省三呢，虽说窝囊无能，到底跟村里的农民不同。而且，纪省三身材高挑、长相端正，柴秀英嫁给他也算是攀上高枝了。当初二人相亲的时候，纪省三对柴秀英并没有什么特别的印象。因此，当媒人把纪省三拉到一边问他的意见时，纪省三只是支支吾吾地答应着。媒人顿时有些不悦，说你到底要找什么样的？别是挑花了眼吧？说完，便拉着柴秀英一同离开了。纪省三原以为，这事到这里就该结束了，也没怎么把这当回事。反正，总有人热心为他做媒，总有村里的女人想嫁给他，纪省三一点也不需要为自己的婚事担心。

但是，出人意料的是，半个小时之后，柴秀英忽然又回来了。纪省三那时正在煤油炉上煮稀饭，稀饭还没有煮好，炉子里的石棉芯却堵住了。柴秀英推门的时候，纪省三正把煤油炉拆开，用手把石棉芯一根根捋干净，弄得满手是油。因为吃惊和羞怯，纪省三只是仰着脸看着柴秀英，半天没有说出话来。柴秀英倒显得十分大方，对纪省三笑了笑，说你别费事了，你门口不是有个灶吗？我来烧火吧。说完，便自顾自到门口刷锅做饭。饭做好之后，柴秀英也不等纪省三邀请，便坐了下来。纪省三低着头一边呼哧呼哧地喝着稀饭，一边琢磨着柴秀英到底想干什么。

那天，柴秀英穿了一件粉红色衬衫、草绿色军裤。只是为了干活方便，裤管挽到了膝盖那里。柴秀英一边吃饭，一边伸出手挠腿肚子。因为用力过猛，腿上顿时浮起一串暗红色的指甲印。挠完腿，柴秀英又把手从领口伸进去，开始挠胸脯，咯吱咯吱的声音一阵阵传过来，连纪省三都忍不住觉得身上有些痒。纪省三看着柴秀英腿上的印子，忽然有些想看看柴秀英的胸脯上是不是也有同样的指甲印。这样的想法似乎一下子勾起了纪省三的欲望，一张脸顿时变成了大红布。柴秀英见状，忍不住咯咯咯地笑了起来。笑完了，忽然把脸凑到纪省三的耳朵边，压低声音说你老是这么看着我干什么？见纪省三不说话，柴秀英一边挑剔地打量着纪省三简陋的单身宿舍，一边咂着嘴说，看你这儿都乱成啥样了。说完，柴秀英站起身，在屋子里来回转了一圈，最后在床前停下了。柴秀英伸手在床沿上推了一把，那张床立即吱吱嘎嘎地呻吟起来。这声音显然让柴秀英感到了乐趣，又连续推了好几下。于是，那床便唱歌似的咿咿呀呀地吟唱。忽然，柴秀英一骗腿躺到了床上，吟唱声顿时戛然而止。

很多年之后，纪省三还能回忆起与柴秀英在一起时的每一个细节。昏暗的灯光下，两个人的眼睛如此近地紧贴着，柴秀英的体温热烘烘地弥漫过来，几乎把纪省三吓了一跳。脱光了衣服的柴秀英与几个小时前几乎判若两人，看起来完全是个不相干的陌生人。头和脖子瘦弱细小，胸脯和屁股却出人意料地丰润，潮水似的一点点侵蚀着纪省三最后的防线。但是，在被这潮水淹没之前，纪省三还没有忘记伸出手把柴秀英的身体上上下下抚摸一遍。柴秀英的胸脯上有一片暗红色的丘疹，上面浮着细汗，摸上去就像是一小块铜版画，隔着半尺远的距离平摊着，粗糙而精细。一切与想象中的十分贴近，却又像是隔着千山万水。纪省三直到最后依旧清醒着，他似乎早已在连他自己都想不起来的什么时候，与什么人体验过比这更为热烈、更令人沉醉的肉欲享受，现实中的一切几乎不及它的十分之一。但是，纪省三却又十分清醒地意识到，眼前的一切虽然让他分不清到底是快乐还是痛苦，却也并非令人讨厌。

　　结婚之后，纪省三的生活并没有发生太大的变化。依旧是待在偏僻的小学校里，整日沉湎于那些外人难以察觉的幻想之中。即便是每个星期回家一次，纪省三的眼神也是笔直的，一望无际地伸展出去，就像面前的柴秀英是个透明人，或者是面对着一大片渺无人迹的沙漠。除了跟柴秀英上床，纪省三便背着手在院子里踱着步子。遇上农忙的时候，纪省三也会帮着干些农活，却总有些应付差事一样。家里的事差不多都是柴秀英在操办，但遇上需要拿主意的时候，柴秀英却从不敢自作主张。表面上看起来，纪省三似乎对什么都不在乎，可要是柴秀英什么地方不合心意，纪省三抬手就是一巴掌。纪省三打柴秀英的时候从不惜力，有时冷不丁一脚扫过来，能把柴秀英踹出一米多远。开始的时候，柴秀英不敢还手。后来见纪省三打得越发厉害，便披头散发地跟他拼命。这时候的纪省三倒显得有些高兴起来。打完柴秀英之后，纪省三似乎这才安心，不再找碴闹事。有一次，柴秀英问纪省三为什么打她？仅仅是这个问题似乎就把纪省三激怒了，纪省三一巴掌掴过来，一边打一边骂，说这个问题是你配问的吗？

　　其实不仅是柴秀英，就连纪省三自己也有些不明白，他为什么要打柴秀英。可是，这却是理所当然、不需要追问的事情。纪省三觉得，柴秀英挡住了他面前的什么东西。正是因为她的存在，他的视野才会变得模糊不清，看不见前方的东西。而他，原本是可以拥有那些东西的。比如，在某个地方正在等待着自己的爱情。就因为柴秀英，他再也不可能拥有它们了。这让纪省三忍不住愤怒起来。柴秀英在纪省三的巴掌之下颓然倒地，也就等于是扫清了路上的障碍。虽然在这之后他的眼前依然空无一物，但却意外地安心了。

　　柴秀英却在纪省三的巴掌下慢慢变得委顿起来。挨打之后的柴秀英整日蓬着头，脸上的皮肉日渐粗糙衰老。但是，在这粗糙和衰老的背后，却是隐藏着些力量的。在和纪省三打架的时候，柴秀英总是拼足了劲，把所有的精气神都预支了一般，平日里人便显出几分呆相。但是忽然在什么时候，那双眼会在猛然间一下子变得闪烁流转起来，竭力想从呆板的皮肉中挣脱出来似的。因此，整个人便凭空地多出几分肉欲的刺激。

　　几个男人正蹲在路边抽烟，见柴秀英走过来，便有人站起身，斜着眼偷偷地看她。欲望从男人们的眼睛里溜出来，探头探脑地向前走，热烘烘直冲到柴秀英的脸上。柴秀英只是装着看不见，低着头看自己的胸脯。胸前突出的两坨肉像是走了很远的路，现在累了、倦了，走着走着便打起了盹，柴秀英伸出手握住它们，拐进了自家的院子。那时候，家里的几个孩子都还没到离手的时候，儿子纪锋还在上小学，几个小的不是刚学会说话，就是正在学走路，小女儿还在襁褓里。家里的东西被拖得满院子都是，整天乌糟糟闹成一团。柴秀英推开牵着她裤脚的孩子的手，劈手就是一巴掌。柴秀英的额角上还有纪省三拳头留下的淤青，这时忽然热辣辣地痛了起来。柴秀英扶住头躺到床上，顺手在枕头底下抽出块花头巾扎在脑袋上。头巾还是以前做姑娘时用的，红底子上撒着碎花。柴秀英把手指伸到头巾里，又想起刚才那些男人眼睛里的神情。那神情是柴秀英熟悉的，从嫁给纪省三之前，一直到现在，她在男人们的眼睛里是一样的。这让她多少感觉到些安慰。

除了时常会打人，纪省三看起来是个十分老实淡漠的男人。柴秀英只要在床上侍候好他，再做好一日三餐就可以了。纪省三并不挑剔，无论怎样的饭菜都会呼噜噜吃得山响。而且，时间总是过得飞快，到星期天下午，纪省三又该回小学校上班了。每次纪省三离开之后，柴秀英都会有一种如释重负的感觉。那时候，柴秀英正悄悄地跟村里的几个男人私下来往着。因为内疚，每次纪省三回家，柴秀英几乎什么事也不让他做，小心侍奉着。好在纪省三似乎什么也没有看出来，或者是看出来了却并不怎么当回事。其实，柴秀英跟别的男人来往是有目的的，那就是想让他们帮忙干点体力活儿。虽然这样的体力活儿纪省三偶尔也能做，但常常干不了一半便扔下了，心安理得地留给柴秀英。柴秀英从不敢多说什么。在柴秀英和村里人面前，纪省三总是放不下自己的架子。而柴秀英呢，即便是自己多吃些苦，也总是心甘情愿小心维持着丈夫的身份。

柴秀英每天下地干活、操持家务，悄悄与村里的男人偷情，每过一两年便怀孕一次。日子就这么一天天地过下去，直到那些男人们日渐老去，而柴秀英的脸也被生育和劳顿剥蚀得变了形。这些年来，柴秀英不知道自己是不是爱纪省三，但她却知道在纪省三的眼里自己是微不足道的。纪省三的世界是她所不懂的，这虽然令她模糊得有些敬畏，却也常常无来由地引来许多愤恨。为了发泄这愤恨，只要有机会柴秀英便会跟村里的男人调情。在那里，她是强悍的，一离开他们，她却只是纪省三脚底一块可有可无的泥巴。

　　只有小学校的纪省三看起来似乎永远不变。身上那件半旧的黑呢子外套，总见他穿着，却好像永远都不会脏。村里和纪省三差不多年纪的大多变成了邋遢老头，纪省三虽然头顶的头发脱落了许多，那张脸却依旧紧绷绷的。除了教书之外，纪省三早已经清楚地知道自己没有任何特殊的才能，但是这样的清醒并不能帮什么忙，反倒让他的孤独和骄傲变得愈发膨胀起来。

　　现在，纪省三几乎把所有的时间都花在了沉思默想上。但是有时纪省三又觉得自己什么也没有想，脑子里空茫茫一片。纪省三独自站在空无一人的校园里，午后的阳光明亮而炫目，让人忍不住昏昏欲睡。小学校的操场上浮着一层薄薄的黄土，走得快时，便会在身后腾起一小片尘埃，雾似的。纪省三经常停下脚步，因此常常会让灰尘迷住了眼。于是，纪省三便站在那里揉眼睛，大半天一动不动。远处的田野里隐隐地传出类似耳鸣一样的声音，听起来几乎像是某种隐秘的呓语，就像是从地心或者是半空中发出来的。纪省三经常去听那些呓语到底在说些什么。但是它们实在是太微弱了，等到他尖起耳朵竭力想分辨的时候，它们似乎早已经在他毫无察觉的时候，悄悄地停止了。纪省三发觉自己正在爱上这种懒惰与悠闲。无论是站在院子里，还是坐在那间凌乱肮脏的宿舍里，纪省三都有一种把自己彻底交给时间的感觉。时间在这时就像是一小股清洁的水，冲刷他的身体，从后背一路顺下去，在小腹和股沟间慢慢地回旋着。这样的感觉，让他喜欢。

　　纪省三正站在院子里发呆，忽然发现有个女人走了过来。纪省三只用眼角扫了一下便发现女人不是村子里的。女人烫着弯弯曲曲的长刘海，穿白衬衣、黑裙子，这样的装束在城里很普通，在村子里却显得十分扎眼。女人有一张苍白清瘦的小脸，一双眼睛却大得有些出奇。因为吃惊和意外，纪省三只是直愣愣地看着她，一时竟不知该如何反应。女人见状笑了笑，说对不起，没有吓着你吧？纪省三没有回答，却忽然没来由地红了脸。

　　纪省三后来才知道，女人是小学校新来的老师。现在，无论周围发生什么事，纪省三都是局外人。学校新来一名女教师，自然也不会有人告诉他。

纪省三直到很久之后才听说，女人是因为出了点什么事，被临时调到这里的。至于到底出的是什么事，却是不得而知的。女人并不住在村子里，每天下班之后便骑着自行车离开了。在这之后的很长时间里，纪省三甚至没有跟女人说过话。但是，女人的一举一动却都在他的视野之内。女人坐在离纪省三不远的办公桌前，低着头改作业；或者，偶尔与旁边的人交谈几句。大多数的时候，女人的眼睛总是落在对面的墙壁上，一个人沉默着。这时候，纪省三便会在女人的脸上发现某种似曾相识的神情。这让女人的脸显得有些异样，像是在哪里见过似的。女人骑自行车离开的时候，纪省三总是悄悄地躲在一边看着她。乡间的土路坑坑洼洼的，女人为了在自行车上保持住平衡，总是弓着背、弯着腰，这让她的身体看起来愈加瘦弱。每当这时，纪省三的心便会被一种柔软的东西塞得满满的。有一次，女人忽然在路上连人带车摔倒了。纪省三远远地看见女人从地上爬起来，拍了拍身上的土，再扶起自行车，一瘸一拐地推着车向前走。之后一连好几天，女人没有来上班。纪省三听见校长跟别的老师说，女人生病了。

那封信就是纪省三在那天晚上写好寄出去的。纪省三写信的时候原本只是想问问女人是不是摔伤了？纪省三的姐姐以前会用当地的一种中草药熬膏药治疗跌打损伤，效果挺不错的，纪省三想送给她试试。另外，他还想提醒女人骑自行车的时候小心些。可是，写着写着纪省三便有些兜不住自己了。纪省三把他这些天由对女人的观察所得来的判断全写了进去。在信中，纪省三完全是一副熟人知己的姿态，他也确实觉得自己跟女人十分熟悉，有一种相濡以沫的感觉。这样的感觉几乎一下子让他的眼眶变得湿润起来。

可是，在那之后女人却再没有在小学校出现，就像这个人根本就不存在一样。纪省三曾经问过别的老师，他们似乎也不知道原因。女人不来，纪省三倒有些放下心来的感觉。要是她来了，纪省三反倒会不好意思，不知道该跟她说些什么了。这些年来，纪省三一直过着与世隔绝的生活，这让他几乎产生一种错觉，认为无论什么事都是可能的、理所当然的。信寄出去之后，纪省三便开始一心一意地等着女人的回信。纪省三从没有想到过，这件事还会有别的结局。半个月之后，校长把纪省三叫到办公室里。隔着张办公桌，校长一声不吭地把那封信递给他。纪省三开始的时候还以为那是女人写给他的回信，愣愣地站在那里。信封上自己的笔迹在一瞬间忽然变得陌生起来。

　　这件事在当地曾引起不小的轰动，但纪省三却总有些像局外人似的。校长花了很长时间和纪省三谈话，追问他与那个女人到底是什么关系。虽然校长十分清楚他们甚至连话都没说过几句，可这只是表面现象，或许他们在私下里有过什么外人所不知道的交道也未可知。要不然，又该如何解释那封信呢？那封信虽然并没有多少实际内容，但纪省三与那个女人之间显然存在着一个巨大的秘密。正因为这个秘密，让他们的关系一下子变得暧昧缠绵起来。然而，纪省三对所有的问题都一言不发。因此，谁也不知道他为什么要写那封信。纪省三一直习惯于沿着自己内心的轨迹向前奔跑，那封信就像他随手扔掉身上那些累赘的东西一样，并没有什么特别的意义。可是，这一切他怎么能跟他们说得清楚呢？而且，就是说清楚了他们也未必相信。不如就这么一声不吭，反倒轻松自在。

　　纪省三很快又开始频繁地在不同的学校之间调来调去。在陌生的环境里，周围对纪省三的猜忌和不信任却是相同的。纪省三低着头，不明白他们为什么总是这么不相信自己。那封信与他和那个女人之间的关系，是彼此孤立、完全不相干的两件事。要说他喜欢那个女人，那也是校长他们自己的判断，与那封信无关。纪省三不明白，这些人为什么要如此纠缠不休呢？因为这件事，纪省三几乎恨起了那个女人，暗暗地诅咒她。然而欲望却在暗处一天天悄悄地生长起来，强烈而持久的欲望让纪省三在黑暗中禁不住浑身颤抖着。纪省三暗自庆幸自己后来再也没有见过那个女人，他担心要是再见到她，会不会做出什么让自己也让别人瞠目结舌的事情来。

　　每天深夜，女人总是悄悄潜入纪省三的梦中。女人瘦削的肩膀和纤巧的臀总是裸着的，苍白的肌肤看起来就像是用牙膏塑起来的，有一种不真实的洁净。纪省三被这样的洁净裹挟着，感觉整个身体忽然变成了一条船，周围涌动着一波波的泡沫，连耳朵里也溢满了。他就在这温暖的泡沫中颠簸着、冲动着，昏昏欲睡。纪省三忽然发觉，这个女人简直就是他的劫难，是地狱也是天堂。他不知道自己是否爱她，但那种贴心贴肉的温暖却让他忍不住有一种想把她一口吞掉的冲动。纪省三整整一个星期都在想象中温习着女人的身体，直到周末见到柴秀英的时候。柴秀英的黝黑健壮和丰乳肥臀恣肆大胆地侵袭着他，属于那个女人的那些弱不禁风的洁净几乎没有立锥之地。纪省三花了一个星期的时间所凝结起来的幻想，被柴秀英用一根指头就捻成了齑粉，这让纪省三怒不可遏。拳头几乎不需要大脑的指挥，便呼的一声挥了过去。直到柴秀英扑过来撕扯，纪省三这才有些清醒过来。柴秀英躺在地上呼天抢地地哭泣着，纪省三甩开手，独自站在黑黢黢的院子里。纪省三忽然发现，那个女人在柴秀英的哭声中早已经悄悄离去了。纪省三能看见女人的衣角在黑暗中留下的类似受了伤的萤火虫一样的消瘦暗淡的斑点。纪省三站在那里，看着那些斑点慢慢地消失，并不打算追上去。是柴秀英赶走了那个总是在他身边辗转徘徊的女人，这几乎让纪省三有些高兴起来。

纪省三似乎就在那时忽然一下子衰老了。那些没完没了的幻觉随着衰老的到来，终于像潮汐一样悄悄地消失了。纪省三胖了，凹陷的双颊鼓了起来，脸上的肉开始往下挂，皱纹从眼角开始，一点点犹疑地拓展地盘，终于大胆地安营扎寨、步步为营，悄悄布下阵势。现在，纪省三虽然还像从前似的常常一个人坐在那里，眼睛里却没有了以前的精气神。因为总是坐着，肚皮也像渐渐老迈的年龄一样，一点点地撑开衣服的下摆。

细微而连绵的变化也在周围悄悄发生着。不时有书读得好的乡下孩子因为考上大学而改变了命运，乡里人也渐渐重视起子女的教育。小学校的规模一年年扩大，校舍翻新、学生增加，教师也多了起来。放学后的小学校里不再只有纪省三一个人，常有刚参加工作的师范毕业生和纪省三做邻居。纪省三发现，自己的宁静被打破了。在年轻人的眼中，纪省三的骄傲和他的怪癖一样令人生疑。纪省三依旧在不远处踱着步子，他知道那些年轻人就在背后看着他。纪省三忽然有点不安起来，感觉身上的那件黑呢子外套穿的时间太久了，领子上的污垢贴在那里，就像脖子上新长出的一块伤疤。裤管打着褶皱缩在腿弯处，怎么撸也撸不平整。纪省三的骄傲因被人识破而露出残破肮脏的内核，就像是已经做好伪装正准备过冬的狐狸洞，忽然被猎人发现了。揭开破败的枯草，真相在瞬间一下子变得丑陋可笑起来。原来狐狸精得以媚人的秘密招数，竟是那股难闻而让人尴尬的怪味。骄傲在黑暗中"啪"的一声摔到了地上，失去骄傲的纪省三几乎在一夜之间忽然变成了一个犹疑猥琐的普通男人。

现在，纪省三早已经不打柴秀英了。孩子们渐渐长大了，纪锋上高中的时候，个头已经差不多快赶上纪省三了。有一次，纪省三又在柴秀英面前举起拳头的时候，纪锋忽然抓住了他的手。纪锋眼睛里的愤怒和鄙薄把纪省三吓了一跳。纪省三有些尴尬地咳嗽一声，放了手。他知道，以后再也不能打柴秀英了，至少不能当着孩子的面打。

柴秀英也渐渐老了。衰老变形的身体滤尽了当年的欲望，只留下一个模糊不清的空壳。长胳膊大腿虽然差不多还是以前的架势，只是因为不再需要跟男人们打交道，派不上用场，大多数的时候总是挓挲着双手，无助地犹疑着。斜睨的眼神和高高翘起的嘴角曾是柴秀英当年跟男人调情时的招牌表情，现在却只在脸上画出两条深深的纹路。由于长期生活在纪省三的暴虐之中，脸上的表情便显得有些悲苦。只有在笑起来的时候，脸还是习惯性地抽着，于是鼻梁上便堆起一小片皱纹。只是里头的娇媚早已经消失了，看起来倒更像是一只什么动物在发情。

纪锋上中学的时候，柴秀英便把他当成大人了。那时候，柴秀英经常能从纪锋的眼睛里看出类似于当年村里男人的表情。于是，偶尔也会半开玩笑似的与纪锋周旋着。因为丈夫总不在家，纪锋几乎就变成了家里撑门立户的顶梁柱。地里的农活儿有纪锋帮着，就用不着那些心怀鬼胎的男人了。而且，柴秀英老了，那些男人的烦心事也一天天多了起来，吃豆腐揩油的心思比从前淡了许多。渐渐地，几乎没有人到家里来了。柴秀英私下里曾伤心失望了很久，把那些男人的祖宗八代挨着骂了个遍，终于委委屈屈地安心过起了日子。

孤独失望的柴秀英很快便意识到纪锋长大了。夏天在院子里乘凉的时候，柴秀英总喜欢一边摇着扇子，一边与纪锋讨论着学校的老师、班上的同学。因此，柴秀英几乎叫得出纪锋所有代课的老师姓名，就连班上同学家里的情况，柴秀英也能如数家珍般地说上一长串。等到纪锋考上大学离开家之后，每次回家，柴秀英依旧喜欢跟纪锋嘀咕着。从纪省三又偶尔偷偷动粗到周围谁生病了，谁家的儿子结婚、添丁生子，事无巨细，总要跟纪锋唠叨一遍。

后来，纪锋参加工作，跟赵小玉谈起了恋爱，回来便少了。偶尔回家一次，柴秀英仍旧习惯性地盘问着，纪锋开始时还只是含含糊糊地答应着，禁不住柴秀英这么死命地盯住不放。而且，家里熟悉的一切又勾起纪锋少年时的记忆，恍惚又回到了从前。夏夜温暖的风从敞开的院门吹进来，蚊子在脚边嗡嗡地叫，不时有啪啪的巴掌声传过来。柴秀英大惊小怪地摸着脖子对纪锋说，要死了，我这儿又被蚊子咬了一口，你快给我挠挠。纪锋仍旧坐着没动，柴秀英的光脚便踢了过来，说人家都说娶了媳妇忘了娘，你这媳妇还没过门呢，老娘就支使不动了？等到纪锋过来抓痒，柴秀英又是这里那里不对，纪锋便有些不耐烦了，问，到底是哪儿痒呀？柴秀英咯吱一声笑了，说这些天有些上火，身上不清爽，要不你给我在后颈上吸两口吧。以前柴秀英发烧的时候纪锋经常用这个方法给她治病，有点类似于中医的拔罐刮痧，偶尔也会有些效果。纪锋站起身，犹豫了一下，这才慢慢把嘴巴凑过来。柴秀英的脖子上顿时浮起两团铜钱大的紫色。

见纪锋还像从前一样温顺听话，柴秀英很高兴，脸上却是不动声色的。柴秀英觑着眼睛叫着纪锋的小名，说你那女朋友到底好不好？纪锋不回答，只是笑，你不是见过嘛，还问我？柴秀英说，这么说那就是好了？柴秀英又往前凑了凑，直看到纪锋眼睛里去，说那你跟妈说说，到底好在哪儿？院子里静悄悄的，纪省三那时还在小学校没有回来，几个大些的弟弟妹妹都在中学里住校，家里只有一个上小学的妹妹，早已经睡下了。纪锋忽然叹了口气，说妈，我真是一点都不明白女人是怎么回事。说完，便一五一十地跟柴秀英说起赵小玉的事。先还只是拣那些能说的，后来说漏了嘴，从赵小玉的生理特征直到两人同居时的种种细节，都一一说了出来。柴秀英一边吃吃地笑一边亲昵地咒骂着。夏夜的闷热把青年男女偶尔的肌肤之亲一下子放大成淫荡放浪，等到纪锋意识到这一切，因为羞耻和悔恨皱起了眉头、狠狠咬自己嘴唇的时候，已经是下半夜了。

下次，纪锋把赵小玉带回家的时候，柴秀英便用那种半是了解、半是嫌恶的目光看着她。弄得赵小玉忍不住偷偷地问纪锋，老太太这是怎么了？纪锋摇了摇头，脸却忍不住有点红。赵小玉虽然一直不明就里，但却本能地感觉柴秀英不喜欢自己。

纪锋与赵小玉结婚之后，纪锋见纪省三总不在家，几个弟弟妹妹也先后离开了家，担心柴秀英太寂寞，便把她接到了城里。因为陌生摸不着头脑，柴秀英开始时还只是在家里老实待着，后来见纪锋孝顺，赵小玉也不太理事，便拿张作势地当起家来。晚上总是躲到纪锋屋里嘀嘀咕咕地说话，见赵小玉过来，便冷着脸停下了。

不久，柴秀英和赵小玉的关系便开始紧张起来。纪锋只好在中间调停，两头说好话。下班之后抢着干家务，不给柴秀英盘问自己的机会。在赵小玉面前则软言相劝，母亲年纪大了，只是在城里住些日子就回去了，还是忍耐些吧。赵小玉虽然不再多说什么，心里的气却没有消。柴秀英遇到机会仍旧要把纪锋拘到一边，说到伤心处，忍不住涕泪横流。纪锋也不敢多说什么，怕赵小玉看见了不高兴。柴秀英虽然一把鼻涕一把泪的，见赵小玉走过来，却能当即收住泪，装出一副没事人的样子。

终于有一次，两个人因为什么事吵了起来。柴秀英推开门站在走廊里，把当初从纪锋那里听来的秘密当众高门大嗓地嚷嚷出来，说还没过门，就跟男人不知睡过多少回了，在人前还装什么黄花大闺女，少现世了。赵小玉先还丈二和尚摸不着头脑，等听明白之后，顿时急红了眼，要不是纪锋在一边拉着，早就扑将过来。赵小玉指着纪锋，说你让她走，赶紧走！她不走我就走！这日子没法过了，离婚！柴秀英也哭了起来，说我千辛万苦把儿子培养成人，现在在儿子家倒不能住了？柴秀英过来拉纪锋的手，说你让她走，这种不要脸的女人留着也是个祸害。纪锋急得团团转，又不知该帮谁说话，只好把她们硬拖进屋。

吵架后的第二天，柴秀英便回了乡下。临走的时候，柴秀英丢下话，说她再也不会进这个家门了。刚回到村里的时候，还常有人问柴秀英，怎么不在城里享福，倒忽然回来了？柴秀英只说在城里住不惯，还是乡下好。后来终于还是忍不住，便把赵小玉的事在村子里四处宣扬，如何不理事，如何不知廉耻，可怜儿子要吃一辈子苦呢。这样的诉说，让柴秀英狠狠地出了一口闷气。唯一美中不足的是，儿媳妇赵小玉不住在这里，村里人也大多不认识她，而且她也看不见赵小玉恼羞成怒的样子，这让柴秀英的快乐减去了大半。

但是，柴秀英与纪省三的关系这时却慢慢变得亲密起来。不久前，纪省三终于从小学校退休了。退休之后，纪省三就像是换了一个人。虽然在村里人面前仍旧把头扬得高高的，对柴秀英却忽然变得十分友好，偶尔还会跟柴秀英说些知心话。对纪省三的事柴秀英虽然弄不明白，但却一直坚信自己的丈夫比谁都强。这念头在纪省三退休之后变得一天比一天强烈。纪省三迟到的温情把柴秀英感动得几乎想哭，柴秀英只是有些遗憾这温情来得太迟了，她现在已经老了，这是柴秀英感觉最对不住纪省三的地方。柴秀英比从前更加勤勉地侍候纪省三，夏天的洗澡水、冬天的洗脚水都是端到床头的。傍晚的时候，柴秀英时常和纪省三合坐一条长凳在院子里晒太阳。自从跟赵小玉吵架之后，柴秀英便把儿女之事看淡了许多。现在，柴秀英发觉她真的爱纪省三，就连从前挨的那些拳头，现在想来也是甜蜜的。

纪省三的退休工资虽然不算高，在村里却是数得着的高收入。不久，家里终于摆上了满屋子的电器，柴秀英的金耳环和手上的金戒指更让不少村里人眼热嫉妒。现在，柴秀英虽然住在乡下，却过着跟城里人差不多的日子。家里连一棵青菜、一个鸡蛋也要花钱买，再加上水费、电费，算起来是一笔不小的花销。每到星期天的时候，柴秀英还要到县城扛一桶纯净水回来。村里人听说连水也要花钱买，忍不住瞪着眼睛大声喷喷着。于是柴秀英便站在路边，半是埋怨半是夸耀地告诉他们，城里人都喝这个，说是卫生。她原本也不愿意花这个钱，以前不都是喝院子里的井水吗？可纪老师不肯，一定要喝呢。

退休之后的纪省三忽然对衣着开始讲究起来。纪省三看不上乡下卖的衣服，总是打电话让纪锋在城里买了寄回来。纪锋是个孝子，自然是有求必应，又不好意思要纪省三的钱，每次都是自己掏腰包。有时碰上手头紧，就把自己正在穿的衣服脱下来寄去。这样几次下来，儿媳妇赵小玉便有些不高兴了。有一次，纪锋去国外出差，打电话问纪省三要不要买什么东西。纪省三犹豫了一下，忽然很坚定地说他想要一根拐杖，就像电影里的大侦探福尔摩斯手中拿的那种。

冬天里，穿黑色长大衣的纪省三，戴着宽边阔礼帽，手里扶着漆金拐杖，悠闲地在村里坑坑洼洼的土路上散步，就像是哪一部黑白老电影中的人物，看起来几乎像是个阴谋。这样的时候，纪省三会忽然发现自己变成了另外一个人，一个素不相识的陌生人。可是，这陌生却是那么地让人欢喜，这样的感觉让纪省三一下子变得愉快起来。纪省三在村里空无一人的土路上急匆匆地向前走，就像是在赴一个约会或者是去办什么要紧的事情。终于有一天，纪省三不再讲方言，开始说普通话。纪省三用不太标准的普通话大声说，早上好，好久不见了，你还好吗？纪省三发现对方就像是受了什么羞辱，忽然一下子涨红了脸。纪省三却并不在意，只是不屑地笑笑，又继续向前走。

每次纪省三出门散步的时候，柴秀英总是远远地跟在后面。柴秀英看着纪省三慢条斯理地换衣服。纪省三把手里的黑色礼帽举起来，撮起嘴唇吹了吹浮灰，再在上面捏出些棱角，小心地戴在头上。然后在门背后摸出块脏抹布，在皮鞋上潦草地擦了擦。等到做完这一切，纪省三便站在院子里响亮地清了清喉咙，子弹似的吐出口浓痰，这才出门散步。

柴秀英看见纪省三把大衣脱下来，露出里面的浅灰色绒线衫。因为热，纪省三总是一边走一边伸手去抹额头上渗出的汗水。柴秀英每次都有一种想上去帮忙的冲动，但每次都忍住了。她知道，要是纪省三看见柴秀英跟着他，肯定会不高兴的。柴秀英发现，纪省三散步的时候，村里人都跟说好了似的，全都悄悄地避开了。那些偶尔遇上的，一定是原本想躲却没有躲得了的。因此在纪省三面前总是尴尬地红着脸，或者一声不吭满脸愠怒。柴秀英知道，村里的许多人都有些嫉恨纪省三。但是，柴秀英跟纪省三一样，一点也不在乎他们。

要不是纪省三突然去世了，柴秀英可能真的会像她当初说的那样，再不到纪锋家来了。可是，纪省三忽然在一天夜里心脏病发作，等到柴秀英手忙脚乱喊来邻居把纪省三送到医院的时候，人已经不行了。纪省三去世之后，柴秀英也大病了一场。对于纪省三，这个一辈子给了她许多磨难的男人，柴秀英简直说不清到底是怎样的情感。年轻的时候，因为总是挨纪省三的打，她几乎是恨他的。因为仇恨，便拼命地跟别的男人偷情，五个孩子中有两个是柴秀英跟别的男人生的。这秘密只有柴秀英一个人知道，纪省三一直毫不知情。因为羞愧，柴秀英总是小心地讨纪省三的好，即便是对纪省三的暴虐也一直竭力忍耐着。现在，这秘密让柴秀英越发愧疚起来。

纪省三去世之后，柴秀英在很长时间里几乎有些不相信，这一切竟是真的吗？直到纪锋把柴秀英再次接到了城里，儿媳妇赵小玉的肚子像小山似的

115

鼓了起来，不久小孙子便出生了，柴秀英依旧有些神思恍惚。现在，柴秀英似乎也染上了纪省三当初的习惯，总是一个人一动不动地坐着。

窗外的梧桐树只能看见些树梢，那些落满灰尘的暗绿色枝条，在空荡荡的天空中看起来就像是村前那座小山包上的景象。马路上的汽车一路轰鸣着向前跑，听起来像是要变天了。柴秀英侧着耳朵倾听，总是疑惑会有些什么意想不到的事情要发生。赵小玉每次见她这样，便把电视机的音量调到最大。柴秀英这才惊醒似的站起身，却又不知道该做些什么。于是便站在客厅的角落里看保姆拖地洗衣服。

小保姆很年轻，看起来只有十八九岁的模样。眼睛里看不见活儿，又常常做得不周全，时常做不了一半便觑着机会偷懒。柴秀英看见了，少不了要吆喝几句，骂她长了一身的懒骨头。小保姆经常被柴秀英骂得眼泪汪汪的，不敢作声。但是，要是小保姆因为什么事没做好被赵小玉数落，柴秀英又会忍不住给她打掩护。这倒不是柴秀英喜欢小保姆，而是看不惯赵小玉那副做派。赵小玉虽然把柴秀英的有意作对看在眼里，却从不与柴秀英多说什么，等到纪锋下班之后，这才一五一十地说给纪锋听。

不久，赵小玉便把小保姆辞退了，换了一名中年女人。中年女人是做惯了保姆的，干起活儿来十分利落。女人一眼便看出在这个家里应该听谁的，对柴秀英也客气地敷衍着。但是，柴秀英时常能从女人的眼睛里看出些没有说出口的轻视。柴秀英原本就是个能干人，岂能甘居人后？而且，那人只是个保姆。于是，便竭力打点起精神，凡事总是抢在前头。可是，柴秀英做的饭菜赵小玉吃不惯，不是嫌太咸就是太油腻。而且量也太多，每次都是满锅满盆地剩。以前，家里养着猪，还有一大群鸡鸭鹅，剩饭正好可以当饲料。后来那些鸡鸭鹅虽然全都处理了，这习惯柴秀英却一直保留着。家里每天都有剩饭，让她有一种富足的感觉。可是，这却让赵小玉十分不满。

赵小玉还在坐月子，因为担心会发胖，吃的东西既要有营养又要控制热量。许多东西柴秀英连见都没有见过，更别说做了。以前过穷日子的时候，柴秀英连炒一个鸡蛋也要放一把盐。后来生活条件好了，柴秀英又习惯多放油，认为这样炒出来的菜油汪汪一片，既好看又好吃。但是赵小玉却一点也不领情，只吃几口便推说不舒服到卧室睡觉去了。见赵小玉离开，柴秀英的脸上不禁露出几分喜色，又跟纪锋唠叨起从前东邻西舍那些陈芝麻烂谷子的事。因为担心赵小玉，纪锋只是低着头吃饭，并不怎么接柴秀英的话。柴秀英却不在意。能有机会跟纪锋单独在一起，她已经十分满足了。

就连儿子家里的东西，柴秀英用起来也总感觉不顺手，不是太小就是挤挤挨挨地靠在一起，施不开手脚。哪像在家里，明敞敞的大院子，一盆水呼地泼出去好几米远。柴秀英嫌洗衣盆太小，便把脏衣服放到浴缸里，等洗好之后，又把纪锋的一双球鞋用肥皂粉泡在里头。然后在胳肢窝里一边夹一个洗衣盆，到阳台上晾衣服。谁知衣服还没有晾，赵小玉便大惊小怪地叫了起来，说内裤怎么能跟袜子放在一起洗呢？还有这件白衬衣也是应该分开洗的，现在弄得白一块黑一块的，还让人怎么穿？等到赵小玉从卫生间里出来，脸色变得越发难看起来，大声喊保姆过来给浴缸消毒。一边喊一边抱怨，马上要给宝宝洗澡了，现在把浴缸弄得这么脏，这不是添乱吗？

因为气不过，柴秀英第二天便躺到了床上。先只是装病，希望能引起儿子的注意，煞煞赵小玉的威风。纪锋自然十分焦急，当即跟赵小玉吵了起来。吵完之后，连忙带柴秀英去医院看病。柴秀英流着泪，指着后背上的一小窝红水疱给纪锋看，说都六十多了身上从没有长过东西，现在竟然出了一身的蛇蛋疮。在医院里各项检查做了七八样，到底也没有查出个所以然来。最后医生只说大概是年纪大了，又因为睡眠不足导致抵抗力下降所致，建议回家多休息。在这之后，柴秀英便心安理得地躺在床上养病。赵小玉自知闯了祸，说话十分小心，生怕柴秀英听了会生疑。后来，竟连话也不跟她说了。柴秀英心中有气，索性继续装病，越发不肯起床了。可是，装着装着，竟然真的生起了病。

因为生病，柴秀英每天只是坐在客厅的长沙发上，看着保姆抱着孩子在面前转来转去，看着赵小玉趿着拖鞋踢踢踏踏地上厕所。柴秀英不明白，小孙子都这么大了，赵小玉为什么还不去上班，总是待在家里？赵小玉在单位请的是病假，可看她那样子哪像是有病？整天尖着嘴吃东西，要不就是戴着耳机听音乐，脸上还经常糊一层烂稀饭一样的东西。柴秀英每次看见，气便不打一处来。而儿子纪锋每天早出晚归，下班之后总是满脸倦容。因为疲倦，对柴秀英的问候也显得有些心不在焉。每当这时，柴秀英的心里便会涌出一股说不出来的滋味。

因为太寂寞，偶尔赵小玉出门的时候，柴秀英便会觑着机会跟保姆说话。从年轻时千辛万苦，好不容易把五个孩子拉扯大，到丈夫纪省三去世，再到现在落下一身的病，还要时不时地受赵小玉的气。说到伤心处，柴秀英忍不住泪水涟涟。保姆也不敢多说什么，只是嗯嗯地听着。柴秀英掏出块手帕揩了揩眼睛，忽然体己地说，你不要以为赵小玉是什么好东西，她做的那些下作事都让人说不出口。说完，便把以前的那些旧话说给保姆听。保姆听了，忍不住咬着嘴唇偷偷地笑。柴秀英顿时来了兴致，越发渲染得有声有色。直到赵小玉从外面回来，柴秀英这才重新躺到床上。虽然说了这么长时间的话，柴秀英感觉有些累，但是心情却变得格外轻松。

没过多久，保姆为了讨好女主人，又把柴秀英说的那些曲曲折折说给赵小玉听。赵小玉一听便炸了，却不敢当面跟柴秀英发作，只是借故摔了几次东西。等纪锋下班之后，窝了一肚子火的赵小玉这才把纪锋拉到一边。赵小玉委屈道，以前的几个保姆都是因为她在里头挑刺作梗，人家才撂挑子走人的。八辈子没用过人，刻薄得没有边了。因为是你家上人，我也不好多说什么。现在倒好，又拿保姆当知己，把家里的隐私四处张扬，这让我以后在保姆面前还怎么抬得起头？晚上，等到赵小玉和孩子都睡下之后，纪锋这才坐在柴秀英床前，但却不知该怎么说，只是让她以后不要跟保姆说太多的话。柴秀英当即红了眼圈，说你媳妇不跟我说话，现在连保姆也不让理我了？见柴秀英伤心，纪锋连忙说不是那意思，有许多事城里跟乡下是不一样的，你又弄不清，就不要多说了。

为了这件事，柴秀英又病了一场。不久，家里的保姆也换了。虽然新保姆对柴秀英十分客气，但柴秀英却再不敢多说什么了。这倒不是柴秀英怕赵小玉生气，而是因为儿子的缘故。柴秀英几乎有些本能地怕纪锋。怕他生气，更怕他讨厌自己。现在，柴秀英几乎整天躺在床上。无所事事的柴秀英唯一能做的就是体味自己的身体，健康与疾病两种意念经常在柴秀英的脑子里打架，弄得她无所适从、不知所措。柴秀英知道，在这个家里，只有纪锋才是真正关心自己的。因此，纪锋在家的时候，柴秀英的病便会忽然加重些，有时甚至连床都起不来。于是，纪锋只好把饭菜端到柴秀英的床前。劝了半天，柴秀英这才哼哼叽叽地坐起身，吃下小半碗饭。纪锋放心不下，又把柴秀英带到了医院。可是，仍旧没有查出什么问题。

但是，柴秀英真的觉得自己生病了。只要一有机会，柴秀英便会把病症说给纪锋听。柴秀英说她在阳台上几乎不敢朝下看，一看便天旋地转头发晕。天气刚刚转凉，柴秀英便开始抱怨身体里有一小股风在里头转悠，那一小股风经常停留在她的脖子上、膝盖处，或者是肩膀的关节缝隙里。柴秀英对纪锋说，这都是从前生孩子时落下的毛病。一说起从前，柴秀英的话匣子便一下子打开了。而且，柴秀英又想起了死去的纪省三，忍不住又要伤心落泪。柴秀英说，看看你媳妇现在享的福，这样的日子我可是一天也没有过过。这样的话被赵小玉听见了，心里自然不痛快。赵小玉对柴秀英总是生病也十分不满。有一次，柴秀英听见赵小玉低声对纪锋说，她这是装的，你回家之前还好好的呢，怎么一看见你，就病成了这样？为了把自己的病证明给大家看，柴秀英索性装起了糊涂，不仅不肯起床吃饭，似乎连别人说话也听不明白了。

纪锋终于害怕了，连夜把柴秀英送到了医院，当晚便住了下来。纪锋放心不下，特意每天请半天假专门陪护。柴秀英在医院住了一个多星期，每天打些营养针，又有纪锋陪在一边嘘寒问暖，心里舒坦了许多。只是纪锋既要上班又要照顾病人，十分辛苦。保姆每天要到医院送饭，只好把孩子丢给赵小玉一个人。赵小玉是清闲惯了的，一时手忙脚乱照顾不周，孩子受凉感冒发起了高烧。纪锋只好丢下柴秀英，再火烧火燎地赶回家，把孩子带到医院去。见一家人被折腾得乱了营，又看见高得吓人的医疗费，柴秀英住不下去了。早晨医生来查房的时候，柴秀英主动要求出院。为了证明自己大好了，已经卧床不起的柴秀英当着医生的面起床洗漱、上厕所，倒把一边的纪锋看得有些目瞪口呆。出院之后，纪锋虽然没有说什么，但是柴秀英从纪锋的眼睛里准确无误地看出了疑惑，而厌倦和无奈似乎就隐藏在这层薄薄的疑惑后面。柴秀英的脊背顿时冒出一层冷汗。

星期天的早晨，柴秀英终于把屎拉到了床上。柴秀英原本是要起床上厕所的，可是，身体忽然一下子变得滞重起来，简直连脚都抬不动。于是，柴秀英便继续一动不动地躺着。她不想动，也不应该动，因为她是病人，躺在床上原本就是应该的。一想到自己正病着，深切而绵长的怜惜便呼地一下袭

119

了过来，几乎让柴秀英落下泪来。柴秀英知道她现在这个样子总会有人照料她，至少纪锋会这么做。纪锋不会知道，她是多么需要他照料啊，就像纪锋小时候她曾经照料过他那样。现在，柴秀英已经想不起来在纪锋小时候是怎么照料他的，可是这并没有什么关系。柴秀英觉得自己早已经变成了婴儿，一个柔弱无助需要别人细心呵护的婴儿。

直到赵小玉大呼小叫喊起了臭，掀开被褥四处查看的时候，柴秀英这才意识到自己做了什么。纪锋并没有过来，只是远远地站着。保姆帮柴秀英擦拭身体的时候，柴秀英忽然感到一阵痛彻骨髓的耻辱。这耻辱来得如此突然，柴秀英几乎在一瞬间忽然泪流满面。

春天来临的时候，柴秀英终于可以起床了。小孙子被送到托儿所之后，家里便不再用保姆了。不久，赵小玉也上班了。家里常常只有柴秀英一个人。独自一人的时候，柴秀英感觉自己好多了。柴秀英慢慢地穿衣起床，独自在阳台上闭着眼睛晒太阳。但是，坐着坐着便进入半睡眠状态。现在，柴秀英早已经彻底陷入孤独之中。赵小玉几乎形同路人，纪锋总是在忙，小孙子又淘气得厉害，一家人的心思都放在他身上。柴秀英的身体不好，又帮不上什么忙，只好在一边一声不吭地待着。纪锋看起来虽然依旧孝顺，但是细心的柴秀英却忽然发现，儿子不知从什么时候也已经变成了陌生人。

村子里的那些事早已经说过无数遍，再没什么新鲜话题。只有偶尔老家有人打电话过来，柴秀英重又变得饶舌起来。柴秀英热心地和他们议论着家长里短，以主人的姿态邀请他们来城里玩。赵小玉见状，便有些不高兴了。以前赵小玉生孩子的时候，纪锋的几个弟妹和家里的亲戚成群结队地过来，住不下便在客厅里打地铺。一群人名义上是来贺喜，实际上是借机旅游的。一住一两个星期，直闹得鸡犬不宁。不仅吃住在这里，连出门的车票也要纪锋掏钱。算起来他们出的那一二百元喜礼钱，根本就不够花销。赵小玉因为这件事早就窝了一肚子火，现在见柴秀英又在那里无事生非，脸上便挂不住了。柴秀英见状，这才讪讪地闭了嘴。

周末的时候，纪锋总算闲了下来。偶尔喝了点酒，又因为柴秀英在一旁，便会在饭桌上想起童年的事。说柴秀英当年做的手擀面如何有劲道，还有那些用半寸长的杂鱼做的小鱼锅贴，如何的喷香可口。每当这时，柴秀英便会兴奋得两眼放光。为了让纪锋重温美味，柴秀英又做了一次小鱼锅贴。谁知纪锋刚吃一口便转身吐了出来。一旁的赵小玉见状，歪着嘴笑道，这么难吃呀？看来所谓的童年记忆完全是靠不住的。赵小玉悄悄附在纪锋耳边说，那些小杂鱼连肚子都没有清理，鱼肠子和鱼鳃都留在里头，脏死了。纪锋有些生气，说那你为什么不早讲？赵小玉委屈道，我哪知道是这样？你当初把这说成是人间美味，我还以为就因为留着鱼肠子才好吃呢。

因为小鱼锅贴的事，柴秀英受到不小的打击。经常一个人一动不动地坐着，一坐就是大半天。反正纪锋和赵小玉中午都不回家，小孙子又在托儿所里，柴秀英索性连午饭也省掉了。柴秀英坐在阳台上的躺椅里，阳光隔着层玻璃稀稀地落在身上。柴秀英闭上眼睛，经常会看见纪省三戴着出门的礼帽在窗外一声不吭地看着她。这让柴秀英十分纳闷。柴秀英说你不是散步去了吗？怎么又回来了？纪省三依旧一言不发地看着她，柴秀英便知道他肯定是因为什么事在生气。以前要是柴秀英做错了什么事，纪省三总是用这种方式警告她。要是柴秀英依旧不知悔改，纪省三就要动拳头了。可是，自己到底做错了什么事呢？柴秀英歪着头拼命思考着，依旧没有想出个所以然来。窗外的阳光已经从柴秀英的身上跑到了阳台的角落里，柴秀英忽然意识到自己一定是睡觉睡过了头，耽搁了做饭，难怪纪省三要生气了。柴秀英在躺椅里翻了个身，打算去做饭。于是，便打了个哆嗦醒了过来。

这样的梦柴秀英后来又做过好几回。每次醒来之后柴秀英都在琢磨这梦到底是什么意思，纪省三是想要她做什么呢？这个问题把柴秀英搅得寝食不安。虽然一直弄不明白，柴秀英却隐隐约约地意识到，在她的生活中或许要发生点什么事。她虽然不知道那到底是什么事，但却有点恐惧地期待着它。就连纪锋和赵小玉也有些察觉到柴秀英的反常，但因为知道她有病，也没怎么当回事。

现在，柴秀英在家里几乎什么事也不用做。偶尔赵小玉因为什么事来不及回家做饭，柴秀英才会简单地做些饭菜。赵小玉早上出门的时候就说过，下班之后还有别的事情，可能要晚点回家，让柴秀英把饭先做上。柴秀英在水龙头下淘米做饭的时候，又想起赵小玉说这话时的表情，那种不想说又不得不说的厌倦与无奈。现在，这厌倦和无奈就趴在半米远的墙壁上贼眉鼠眼地看着她，柴秀英忍不住有些愤怒起来，劈手把淘米筐扔到了地上，然后在客厅的沙发上躺了下来。

柴秀英躺了一会儿，这才慢慢地坐起身。淘米筐滚在厨房的水泥地上，柴秀英弯腰去捡，于是便看见了散落在水龙头下的那些老鼠药。这几天，老鼠在夜里咬破阳台上的纱窗，跑到厨房里偷吃东西，闹得一家人不得清静。纪锋昨天买了些灭鼠药回来，柴秀英还没有来得及把它们做成诱饵，只是随手扔在那里。看见那些药，柴秀英忽然有些心慌意乱起来。柴秀英弯腰想把它们捡起来，手却哆嗦得几乎拿不住，于是只好一动不动地蹲在那里。柴秀英在大腿上狠狠地掐了一把，却心慌得越发厉害了。柴秀英觉得自己得做点什么，要不然她肯定会被憋死的。于是，柴秀英呼地一下站起身，把那些药全都倒进了电饭锅里。

这个动作几乎把柴秀英吓住了。柴秀英举着勺子愣愣地站在那里，然后犹犹豫豫地把勺子放到锅里慢慢搅了起来。一股类似于炒熟的花生米的香味，在屋子里弥漫开来。柴秀英歪着脑袋嗅了嗅，这样的香味让她很满意。柴秀英一边嗅着这香味，一边干起活儿来。先用抹布把灶台擦洗干净，又把厨房的地来回拖了好几遍。等到做完这一切之后，柴秀英已经慢慢平静了下来，几乎忘掉了刚才发生的事。有一瞬间，柴秀英忽然意识到，纪锋下班之后会喝锅里的这些粥。那么，他肯定是要中毒的。中毒之后的纪锋一定会被送到医院去，这样，柴秀英就有机会照顾他了。一想到纪锋躺在医院里，而她在一边端水喂饭，这样的情景几乎让柴秀英高兴起来。

天色一点点地暗了下来，该去托儿所接小孙子了。柴秀英锁上门，下楼的时候，看见几个孩子正在院子里玩石头、剪子、布的游戏，清脆的童声在暮色中传出很远。石头砸剪子、剪子剪破布、布来包石头………忽然有个孩子大声喊：不对不对，怎么是你赢了呢？再玩，再接着玩！

（原载《长江文艺·好小说》2013 年第 11 期）

逃　离

　　有漾来日本时已是人到中年。那正是流行出国淘金的年代，有漾也被裹挟在这股潮流之中不能自已。像那时的许多人一样，挖空心思想出国。那时，有漾申请过许多国家的签证，不知怎么都没有成。最后总算是费尽周折，以日本一所偏僻地区的语言学校留学生的身份来到了这个陌生的国家。

　　有漾那时刚离婚不久。虽然没有孩子，但因为二人大部分时间都是分居两地，前妻花钱又一向大手大脚的，因此并没有多少财产。离婚时，家里不多的一点积蓄都留给了前妻。为了出国，有漾向亲朋好友借了不少债。但到了日本之后才发现，那所位于北海道的语言学校，里面有一多半的学生都是中国人。那地方原本就人烟稀少，当地的年轻人常常中学一毕业便纷纷离开去大城市读书、工作，留下来的都是些上了年岁的老人、妇女。他们自己找工作都有困难，更别说像有漾这种连语言都不怎么过关的留学生了。出国时，有漾原本打算一边读书一边打工赚钱的，至少把当初借别人的债给还上。现在看来，这样的愿望根本就不可能实现。眼看着身上的钱变得越来越少，有漾开始变得有些坐立不安了。

　　那所语言学校自然十分清楚自己的处境。当初把这些留学生招进来，就是想让他们给当地增添些活力，甚至希望能就此带动当地经济的发展。所以一律严加看管，生怕他们会因为这里太过荒凉而离开。然而有漾却早已下定决心，一定要离开这里，到大城市去。

　　有漾悄悄计划了很久。在一个周末的傍晚，终于趁人不备带着简单的行李偷偷溜了出去。为了掩人耳目，有漾把手提箱放在车站旁一个不引人注意的角落里，装出漫不经心的模样在附近慢慢踱着步子。刚刚下班的人群从电车上下来，四散着走开了。有漾知道，等到这些上班族离开之后，站台上就几乎没什么人了。但是，这时的电车也差不多快到停运的时间了，他必须赶上最后一班车离开这里。有漾已经能听见远处的电车正隆隆而至，他的心也忍不住咚咚咚狂跳起来。手提箱还放在十几米开外的角落里，就在电车即将离开之际，有漾大步冲了过去，一把拎起手提箱，一路狂奔着踏上电车。还没等他站稳脚步，最后一班电车已经呼啸着离开了车站。

第二天傍晚，有漾终于辗转来到东京。当他拎着行李站在东京繁华热闹的大街上时，心中忍不住一阵阵无来由地发慌。身边到处都是飞驰的车流、华丽的店铺，从身边走过的脚步匆忙的人群，几乎无人看他一眼。有一瞬间，他甚至怀疑自己逃离语言学校的决定是否真的正确。但这样的怀疑却是转瞬即逝的，几乎难以存身。现在，他最要紧的任务就是在这里再找个地方，把自己安顿下来。

然而，不知什么原因，有漾在东京找了好几所语言学校申请转学，都被拒绝了。眼看着自己的签证就要到期了，有漾心急如焚，他一点也不知道自己到底该怎么办才好。但既然已经出来了，不混出点样子来断没有回去的道理。可是，眼前的事实却是，如果他一直找不到合适的学校，就将面临变成黑户的危险。

黑在这里，成为一个没有身份的人。这个选择对于有漾来说并没有原先想象的那么困难。反正在来日本之前，他就已经离婚了，现在算得上是无牵无挂。除了家中的父母，国内几乎没有谁是让他割舍不下的。当初前妻离开他的一个理由，就是嫌他太过窝囊。离婚后，有漾曾经认真反省过，自己到底什么地方窝囊呢？然而这样的反省就像他在东京那些难以入眠的夜晚一样，漆黑一片，几乎毫无结果。

有漾与前妻是大学同学。大学里的恋情原本就是最靠不住的，常常因为毕业后的天各一方而顺理成章地结束。但他们却有些不同，虽然经历过许多曲折，却最终坚持了下来。前妻那时各方面的条件都比他好，原本可以有更好的选择，却最终嫁给了他。为此，有漾在私底下一直有点心存感激。结婚后，二人依旧生活在不同的城市。妻子在另一座城市的一家外企做管理工作，有漾则在市教委过着清闲自在的办公室生活。

婚后不久，妻子便怀孕了。因为是分居两地，二人悄悄去医院做了流产手术。虽然这是他们商量之后共同做出的决定，但有漾的岳父母在得知这件事之后却十分不满，认为这完全是他的无能所致。

在有漾的记忆中，妻子是有些纤弱的女孩。但不久，有漾便意识到了她的变化。做完流产手术之后的妻子看起来就像是换了一个人，忽然变得丰腴起来。就连原本有些偏黑的皮肤，也变得白皙细润了。就像是一只蝴蝶，原本是裹在茧中的，现在则一下子挣脱开来，因为忽然发现面前还有一个以前从没有见过的全新世界而犹豫地欢欣、颤抖。每次妻子回来的时候，有漾都能发现在她身上发生的些许变化。这真有些不可思议，有漾一点也不知道到底是什么东西导致这样的变化。有漾悄悄注视着妻子，看着她因为完美而变得有些陌生的脸，忍不住伸出双手拥住她，摸着、吻着，暗自惊叹着。

因为人变漂亮了，妻子的性情似乎也发生许多改变。不再像以前那么乖巧可人了，而是像许多漂亮女人一样，显得有些蛮横、不讲理。不久，二人分居两地的问题便解决了，但回到身边的妻子却像是变了个人。除了工作之外，妻子总是沉浸在时装、发型和美容瘦身之间。跑美容院，参加各式各样的聚会，没完没了地翻看着那些花花绿绿的时尚杂志。而这些东西，则是有漾完全弄不明白的。

有漾悄悄注视着她，看着面前的这个女人似乎变瘦了，看着她的脸变得更加白皙生动。有时，他甚至弄不清那到底是美丽抑或是丑陋？他一点也不明白妻子到底想要做什么，为什么如此不辞辛苦地折腾自己？因为对于他来说，她是胖是瘦、是黑是白其实一点也不重要。在内心里，他倒是宁愿她比现在更胖一些才好。但是，他不敢把自己的观点说出来。因此，每次妻子穿着新买的衣服，歪着脑袋问他漂亮不？他总是很认真地点点头，并不多说什么。其实，那些衣服在他看来总有几分滑稽，既漂亮又有些可怜兮兮的。有时那根本就不像是衣服，而像是别的什么他完全弄不明白的东西。有漾发现，让妻子快乐的都是些无足轻重的东西，而这些东西却常常让他感觉十分沮丧。

有漾依旧在机关里过着清闲自在的日子。下班后看看闲书，或是找人下棋。有一段时间，有漾忽然迷上了养花侍鸟。因为总在周末逛花鸟市场，不久又对市场里的古玩地摊产生了兴趣。虽然那里卖的大多是赝品，但有时也会夹杂着些真东西。有漾很快便有些着迷了，整天摆弄着从地摊上淘来的不知真假的东西，沉浸在它们的所谓包浆、沁色之类的细微变化之中。有漾原本就是那种有些淡泊的性格，现在更是一副与世无争的模样。

渐渐地，妻子开始不满他的平庸和安于现状。与朋友聚会时，总喜欢把有漾带上，想让他多认识些人，有时还想把他扯进那些盘根错节的关系网里。开始时，有漾勉强去过几次，后来便有些厌烦，开始直截了当地拒绝。但是，他根本就拗不过她。妻子是个有主见的女人，家里要是遇上点什么事，大多是她拿主意。当初二人顶着巨大的压力恋爱、结婚，其实那也基本是照着妻子的意思做。她一直认为有漾很优秀，只是暂时被埋没了。她执拗地相信，只要他愿意改变自己，美好的未来就在不远处等着他。

有一次，妻子逼着有漾去见一个她不知在哪里拐弯抹角认识的领导。妻子打扮停当后，又指挥着让他换西装、打领带。因为不愿意去，有漾的脸色一直很难看。两只手握成拳头塞在裤子口袋里，在屋子里转来转去。二人站在路边等公交车时，一想到自己就像个傻子似的被面前的这个女人领着，去见那个他根本就不想见的领导，还要赔着笑脸任由别人盘问着，有漾的脸便一点点变得铁青。一种忽然而至的沮丧就像是一只滚烫的手，粗暴地揉捏着他。有漾觉得脖子上的那根领带忽然变成了一条蛇，勒得他透不过气来。妻子正怡然地从包里掏出化妆盒给自己补妆，对着镜子独自微笑着。有漾皱着眉头看着她，忽然产生一种想挫挫她锐气的冲动。于是便把脖子上的领带一把扯下来，揉成一团，塞进裤子口袋里。再伸出手，三下两下便把在理发店里打理得十分妥帖的头发扯得乱糟糟的。

妻子"啪"的一声收起化妆盒，瞪着眼睛说，你这是什么意思？存心想让我难堪？你现在的样子看起来就像是个吊儿郎当的小流氓。有漾把脸转向别处，恨恨地说，你别以为那个劳什子领导能帮你什么，他根本就不会在乎我是谁，身边的这些人更不会在乎我是谁！妻子愣了一下，说，至少你应该知道自己是谁吧？有漾向妻子走近些，两只眼睛直勾勾地盯着她，说，你不知道自己早就弄错了吗？我根本就不是你想象的那样。我原本就是个笨蛋！说实话，你当初就不应该嫁给我。有漾把脸转向别处，忽然轻声笑了起来，说我觉得现在就很好，我就愿意过像现在这样平庸的生活。

妻子看着他，忽然伸出手重重地扇了他一个耳光。有漾捂住脸愣在那里，他原本想冲上去教训妻子一顿，或者也回敬她一个大耳光，但却只是红着脸站在那里，呼哧呼哧喘着粗气。不远处，一对情侣正搂在一起，像蛇一般互相腻着。一个腿脚不便的老人在角落里低着头大声咳嗽着，低沉而耐心的咳嗽声就像是要把肚子里的五脏六腑也一同咳出来似的。有漾转过脸看着他们，过了一会儿，这才低垂着脑袋快步离开了。

日子就这么一天天慢悠悠地过着。有漾每天慢条斯理地上班、养花遛鸟，周末的时候四处去淘老物件，乐此不疲。但妻子却变得日渐唠叨起来。在有漾的印象中，妻子以前是个清新脱俗、志向高远的女孩，他不明白她为什么忽然变成现在这副模样？在家里，妻子似乎总是会因为什么事愤愤不安着。因为鄙夷和不屑，那张精致漂亮的脸会在忽然间皱缩起来，看起来就像是一只怀有心事的猴子。

妻子正在说着什么，有漾侧着身子看着她的嘴巴。这时候他的样子既像是在倾听，又像是身处什么遥远得看不见的地方。有漾把手里的报纸举起来，又退回到自己的意识深处。面前的报纸忽然变成了一汪水，上面的铅字一串串漂浮起来。大门在异常遥远的地方打开了，只有他拇指般大小的妻子正站在那里，对着他激烈地诉说着什么。有漾觉得妻子的话就像是一大团温暖的泡沫，正温柔而耐心地环绕着他。当他觉得自己虚弱无力、无法对抗周遭的一切时，只要让自己淹没在这一大片泡沫之中，就会一下子变得安全起来。

如果妻子是个自私、冷漠的泼妇，有漾或许会觉得好受些。可是，她却是个漂亮文雅的女人。有时，他甚至希望妻子能有外遇。但是，这样的希望总是一次次落空。妻子偶尔也会说起似乎有哪个男人喜欢自己，在怎样的场合夸自己年轻漂亮。妻子一边咕咕地笑，一边伸出尖尖的指甲挠他的后背。有漾知道，这其实多半是她用这种方法来激将自己，想让自己有压力而变得更加努力、上进。有漾每次只是淡淡地笑笑，什么也不说。

独自一人的时候，有漾有时觉得妻子的愿望其实并没有落空。实际上，他发展得似乎也不算差。有漾是在农村长大的，父母都是老实巴交的农民。

他从小就知道别人帮不上什么忙，一切都要依靠自己努力。读书时，有漾的成绩在班上一直出类拔萃，是村里为数不多的大学生之一。由于天性沉静，喜欢读书，有漾认为自己并不算是个愚蠢的人。结婚后，虽然妻子庸俗势利，满脑子的小心思，但他却摆脱了偏见，没有被冷酷的现实打垮。最让他满意的是，他从没有被那些让人眼花缭乱的虚幻东西所蒙蔽，也没有受制于专横的妻子，反倒可以客观冷静地看待她。因此，他能够十分清晰地意识到内心深处隐藏着的那股力量，而这股力量却是妻子完全无法撼动的。

在私下里有漾一直有些遗憾，妻子后来再没有怀过孕。他觉得要是他们有个孩子，她的精力或许会转移到孩子身上。就不会像现在这样，整天急吼吼地盯着他了。他曾经和妻子谈起过这件事，她却不动声色地哼了一声，未置可否。直到很久之后，有漾才意识到，这一切或许只是由于妻子的固执和野心。二人吵架的时候，妻子曾恨恨地说，她不想要孩子。因为要是有了孩子，他就更有理由不思进取了。有漾笑了笑，说你难道到现在还没有弄明白？我根本就是个农民，就喜欢老婆孩子热炕头的生活，也只配过这样的日子。

有漾完全没有察觉，妻子是从什么时候开始变得沉默的。她不再像以前那样激烈地谴责他，不再苦口婆心地诉说什么，甚至不再唠叨了。现在，妻子的那张收拾得十分光滑精致的脸，总是绷得紧紧的。或是把自己关在屋子里，兀自忙碌着。妻子出门的时候变得越来越多，因为害怕她又要拉他一起去，有漾几乎从不多问。有时妻子彻夜不归，他也不打个电话问一声。顶多在第二天看似无意似的问一句，昨晚在哪里玩的？玩得高兴吗？妻子的脸忽然激烈地抽搐了一下，似乎想说什么，却到底什么也没有说。

后来，便隐隐约约地传出妻子与什么人关系暧昧的闲话。有漾听了，心里忍不住一噤。那人他是认识的，只是个在官场上混的普通男人。相貌平平，倒是口才极佳，无论在怎样的场合，总是风趣抢眼，应对自如。有漾与那人见过几次，他每次都弄不明白那人滔滔不绝说的那些到底是真的还是假的？有漾总有些不相信，妻子竟然会喜欢上这样一个人？

有关那个男人，有漾从没有问过妻子。其实在内心里，他一直希望妻子会主动否认这一切。然而，妻子却什么也没说。直到有一天，妻子提出离婚。有漾一下子愣住了。看来，以前的那些闲话竟然都是真的了。有漾沉默着，过了一会儿，这才艰难地咽了口唾沫，问道，是因为他吗？妻子抬起眼睛，定定地看着他，点点头又摇了摇头。妻子说，我早已经厌倦了现在的生活，说过的那些话也不想再重复了。我现在还不算老，不想一辈子生活在绝望和无助之中，不想因为愤怒而变成一个怨妇。妻子忽然大声哽咽着，失声痛哭起来。

泪水大滴大滴地从妻子的眼中涌出来，滚过脸庞，落在她的衣服上。由于伤心过度，妻子忍不住一阵阵抽泣。有漾一点也弄不明白，到底是什么事让她如此伤心欲绝？但是一个女人，一个他至今仍然还爱着的女人，在自己面前如此伤心痛哭，让他心里很不好受。有漾伸出手想安慰她一下，却被妻子很坚决地挡住了。妻子抽出张纸巾，小心地把脸上的泪水擦拭干净，又掏出化妆盒把那些被泪水冲开的妆仔细修补整齐。等到她做完这一切的时候，脸上的表情便又恢复到了原来的状态，冷冷的，淡淡的。有漾在一旁静静地等待着，等到妻子终于又抬起眼睛看他时，这才点点头说好，就照你的意思去做吧。

不久，二人草草地签了份离婚协议。有漾将家里的所有财产都留给了妻子。妻子曾提出过异议，被他拦住了。其实，有漾是打心眼里觉得对不住她，对不住这个跟了自己许多年的女人。以前自己只是个穷学生，妻子却一直不离不弃。后来虽然有了份看起来还算不错的工作，无奈自己根本就不思进取。当年的同学、朋友，差不多都变成单位里的头头脑脑，成了一言九鼎、说话管用的人。只有自己依旧是朝九晚五混日子的小职员，在单位里被人吆三喝四地使唤着。

有漾觉得自己完全能体察到妻子的心境和她那种恨铁不成钢的沉痛。妻子原本是个心性骄傲的女人，不惜拉下身段，身先士卒替他打前站，无奈他根本就是个扶不上墙的阿斗。因此，这些年来有漾对妻子一直心怀愧疚。即便她后来有了外遇，他甚至也没有多少恨意。有漾觉得就是妻子不提出离婚，早晚有一天他也会提出来的。

现在，有漾正站在马路边，一边抽烟一边皱着眉头思考着自己接下来的路到底该怎么走？身边的一切都是那么出人意料，有漾本能地警觉着，惶恐不安地提防不知什么时候在什么地方就会突然发生点什么事。而那些事，或许就莫明其妙地与自己有关。

路上的行人看起来就像水似的，前面的人刚刚消失，后面的不知从什么地方忽然又涌了出来，一波波地往前走。不时有人在往行人的手里塞广告纸巾，几个身披广告衣的面目模糊的男人一动不动地站在路口，看起来沉默而执拗。有漾忍不住仔细端详，觉得他们既像是活物，却又让人有些拿不准似的。远处的高楼闪烁着柔和美丽的灯光，霓虹灯清冷地眨着眼睛，看起来就像是一个意味深长的邀请。穿着入时的女人正一边抽烟一边漫不经心地对着镜子化妆。一个年轻女人站在不远处打电话，有漾忍不住尖起耳朵仔细倾听着。女人正在与什么人商量着约会地点，似乎是嫌那里太远，要倒好几趟车。而她脚上的鞋跟太高，脚痛呢。年轻女人忽然嘟起嘴，压低声音，妩媚而诡秘地笑了起来。之后的话便有些听不清了。

正是吃晚饭时间，有漾虽然觉得有些饿，却并不想吃饭。现在，他的首要任务应该是找个地方把自己安顿下来。可是，在这个偌大的城市里，哪里才是属于自己的一席之地？一想到这里，有漾便有些焦躁不安起来。

他忽然莫明其妙地想起小时候第一次玩弹弓时的情景。那似乎是过年时一个亲戚送给他的。弹弓做得很漂亮，把手的木棍上刻着精细的花纹。虽然拿着这把漂亮弹弓，有漾却不知道应该朝哪个方向用力。那时，他的口袋里已经装满各式各样尖锐的石子，正因为力气不够，拉不开弹弓上的皮带而愤怒。后来，忽然有个不认识的男人走了过来。开始时还只是在一旁不动声色地看着他，后来便伸出手认真指导起来。那人拿起弹弓为有漾做示范：把装石子的那一头放在外面，用力往外拉，有多少力气就用多少力气，让弹弓像船上的风帆一样鼓起来。然后对准自己的眼睛，把装石子的那一头猛一下松开就可以了。

有漾照着样子比画着，果然像那人说的那样，弹弓很轻松便被拉开了。那人大声说对，就这样，松开手。有漾仍然犹豫不决。这时，他忽然想起亲戚当初教他的时候，弹弓拉出的方向似乎与这人说的完全相反。于是，便犹豫地住了手。男人见状，忽然愤怒起来，照我教你的那样做！松开手，快！有漾愣了愣，终于很坚决地收起弹弓，放进自己的口袋。有一瞬间，他忽然发现那人的脸上腾起一团杀气，但那股杀气只一闪便熄灭了。那人在远处冷冷地看着他，过了一会儿便消失了。

直到很久之后，有漾才意识到危险。如果当初自己真照那个男人教的那样做，那他的一只眼睛肯定早就瞎了。可是，他一直有些弄不明白。他与那人素不相识，无冤无仇，他为什么要害他？或许，是他自己弄错了？那个男人教他的是与亲戚教的完全一样的，只是他的记忆在许多年之后出现了偏差？现在，有漾忽然又想起那个男人的眼睛，看起来冰冷而热烈，里面透出刀一般的锋芒。那样的锋芒他甚至能从身边走过的某些人的脸上捕捉到。有漾忍不住暗自打了个冷战。或许，他现在一不小心也会陷入与当初相同的困境。

有漾就是在那时忽然感觉到一种奇怪而熟悉的虚弱感。有点类似于饥饿，又像是被来自虚空之中的一只手凭空打了一拳。这种感觉自从他来到日本之后便出现了，他一点也弄不明白自己是怎么了？那些看起来十分美味的面条、精细而干净的饭团，越过他的喉咙，像风中的树叶般落入空荡荡的胃里。他的胃看起来就像是一只干瘪的布口袋，羞涩而紧张地遮掩着它们。他认真而费力地咀嚼着，又像是用整个身心抗拒着，很快便吃不下去了。但饥饿感仍旧顽固地残留在他的身体深处，黏腻在他的骨头缝里，挥之不去。

以前他的胃口多好啊！无论是怎样的食物，总能吃得津津有味。前妻偶尔下厨房做出的最简单的饭菜，食堂里坚硬的米饭、馒头，那些过于油腻、散发着奇怪香味的粗劣饭菜，他都能在几分钟之内便将它们一扫而光。有许多人不喜欢吃食堂，有漾却有些不以为然。食堂里嘈杂的人群和肮脏油腻的环境一点也影响不了他的食欲。他太喜欢吃东西了，那些简单而粗糙的食物与他的胃竟是如此契合。食物在唇齿之间上下翻滚滑动时所涌出的那种踏实质感，很快便让他感觉到惬意、满足与舒坦。饥饿感很快便消失了，随之而来的是一种难以言述的宁静。他放下筷子，伸个懒腰，再把身体横在椅子上不出声地打个饱嗝。屁股下面的塑料连椅顿时发出一阵阵吱吱嘎嘎欢快的声响。

然而这样的宁静在这里根本就没有立足之地。饥饿的时候，有漾时常觉得自己简直能吃下一整头牛。但当那些陌生的食物摆在面前时，他却觉得自己就像是在吞食寡淡无味的牙膏。他始终处于饥肠辘辘的状态，却几乎什么东西都吃不下。有时，这种感觉倒也不算坏。至少，可以省些钱。他的钱原本就不多，现在几乎不需要在吃的问题上花费心思。大多数的时候，他总是绷着脸不说话，饥饿感似乎变成了一股沉默的力量，在他的身体里连绵不绝地聚集着、升腾着。他知道，总有一天，它们会从他的身体深处喷薄而出。他时常心慌意乱地注视着它们，胆战心惊地等待着它们的到来。

现在，绵长而恼人的饥饿感就像是一大团乱七八糟缠绕在一起的丝线，将有漾严严实实地裹了起来。他甚至可以用手指触摸到它们，伸出舌头就可以感觉到它们的存在。要不是遇到利小芬，有漾简直不知道这种无边无际的饥饿感还要持续多久？或者，它们什么时候才会从他的身体深处奔涌而出，而他又将做出什么出人意料的事情？

那时候，利小芬还是一家中餐馆的老板，正一边在吧台前给顾客结账，一边在餐桌和厨房间一路小跑着。虽然天气并不算热，利小芬却只穿了件短袖 T 恤，胸前围条大围裙，动作十分麻利。小饭店只有一小间门面，里面摆着几张圆桌。这里虽然比有漾以前吃过的那些食堂干净许多，但粗劣的饭菜却相差无几。他惊喜万分地注视着它们，心中忍不住一阵怦怦乱跳。而且不知怎么，这里所有的饭菜都是又咸又辣的，十分劲道。那种咸辣的滋味刺激着他空荡荡的胃，没过多久，多日来因饥饿而有些干瘪的身体顿时变得丰盈起来。有漾简直说不清那些菜是好吃还是难吃，唯一的感觉就是充实。那天晚上，他几乎把小饭店里所有的菜都点了一遍，直到撑得快站不起来了，这才作罢。

有漾后来才知道，小饭店是利小芬和丈夫一起开的，但她的丈夫却在半年前因一场车祸意外去世。丈夫去世后，利小芬原本要再找个厨师的，但在很长时间都没有找到合适的。以前丈夫活着的时候，利小芬偶尔也跟着下过几次厨房。现在，在新厨师没有到来之前，都是利小芬自己亲自上阵。所以有漾吃的那些菜，实际上都是利小芬的手艺。

小饭店的墙上挂着几张制作粗糙的招贴画，地上铺着有些变色的地板革。饭碗看起来已经用了很久，里外泛着陈旧的暗黄色。手里的筷子像是没有洗干净，看起来有点油腻腻的，盛菜的盘子上也有几个零星磕碰的痕迹。有漾一边吃饭一边四下打量着，这里的一切都让他有一种似曾相识的感觉，像是在哪里见过。因为这种似曾相识，这些天他第一次有了安心的感觉。熟悉的物品、熟悉的环境，让他的心慢慢变得踏实安稳起来。他抬起头发一会儿愣，再低下头继续喝酒吃菜。

不远处，利小芬正低着头记账。夜已经很深了，面前的这个男人仍没有要离开的意思，还在慢条斯理地喝着啤酒。利小芬好几次在吧台前抬起头，微笑着问，先生还需要点别的吗？实际上，也是有点催促的意思。无奈那个男人看起来根本就没有听懂，只是似笑非笑地摇了摇头。男人的脸上有一种飘忽不定的表情，似乎正处于半醉状态。利小芬忍不住偷偷笑了起来。原来她还有些担心自己的手艺不行，压不住阵势。现在，不管面前的这个男人是真的喜欢，还是喝多了酒顾不上计较饭菜的口味。他这副狼吞虎咽的模样，倒让她有些放下心来。

后来，有漾成了这里的常客。每个星期总有那么一两次，在这里泡上大半天。每次来，都要点上一桌子菜。有漾也不挑剔，无论什么菜，都吃得津津有味。只是这里离他做清洁工的那家医院太远，实在有些不方便。不过这对于有漾来说，似乎也没有多大妨碍。每天，他在胸前挂一只粗布清洁袋，扫地、擦洗厕所，忍受着一阵阵似曾相识的饥饿感。在一个星期里他都吃得很少，有时一整天只喝一点清水，再啃几口面包。饥饿感就像是一只只新鲜的桃子，沉甸甸地落在空荡荡的胃里，静静地铺展着。有漾悄悄注视着它们，却没有一点想吃东西的欲望。他将在这一个星期里积攒下来的饥饿感小心折叠起来，以便带到那家小饭店里去。

当有漾坐在那间狭小的店堂里，面前又摆满饭菜的时候，忍不住轻轻叹了口气。有漾大声咀嚼着，只是偶尔停下来，侧着脑袋倾听着。他能听见身体深处发出的那种细若游丝的叹息声，虚弱而满足。随着这些叹息声的到来，囤积了一个星期的疲惫和饥饿感顿时烟消云散。

有漾几乎没有意识到他与利小芬是怎么走到一起的。一切看起来都是那么理所应当，简直毫无疑义。

那时，利小芬脸上的雀斑依然像是不小心被什么人结结实实地扔了一大把浅褐色芝麻粒在上面。以前，利小芬最在意的就是这些雀斑和身上的狐臭味了。她时常会有些愤愤不平，为什么只有她有这些东西，别人却没有？因为雀斑和恼人的狐臭，她顺理成章地变成了灰姑娘。即便正值青春年华，也几乎没有人追过她。不久，利小芬便与母亲一样，成了一名纺织女工。利小芬从小就是个能吃苦的孩子，纺织厂的工作虽然辛苦，但因为年轻、身体好，倒也不怎么觉得累。每天下夜班之后，除了睡觉还会有大半天的空闲时间，这让她觉得很满意。

几乎每一个晴朗的上午，利小芬都在睡梦中度过。醒来之后，独自吃着母亲留在桌子上的早饭，那常常是已经变凉的稀饭和两根又长又脆的油条。利小芬低垂着眼皮，大声喝着稀饭。因为意识到自己的能干和辛劳而恣肆地放纵自己的身体。喝稀饭呼噜呼噜的声音在午后的阳光中听起来似乎有几分惊悚，利小芬忍不住犹豫地停了一下。有时，她会让那声音在自己的耳朵里停留一会儿，接着更加大声地喝了起来。

利小芬在纺织厂一干就是四年。在这四年里，当初与她一同进厂的小姐妹大多有了自己的归宿。有的因为嫁人或是别的什么关系，做起了清闲自在的工作。利小芬却仍然与当初一样，整日在流水线上三班倒。因为脸上的雀斑和狐臭，利小芬谈过好几个男朋友，都以分手告终。那时，雀斑和狐臭几乎变成她的某种标志。只要与男人在一起，便会时刻警觉，担心他们会闻到她身上发出的气味。而那些雀斑就像是一大片浅褐色的薄雾，几乎让人睁不开眼。利小芬手足无措地站在那里，因为痛苦和绝望，两只腋窝顿时变得湿漉漉的。古怪的气味从腋窝里喷薄而出，开始时只是稀薄的几缕，灵敏而警觉，但很快变得迟滞起来。就像是一条条腐败而艳丽的丝带，细密地裹挟着她。被狐臭笼罩着的利小芬就像是一大片空荡荡的沼泽地，看起来诡异而空茫。

那些男人原本并非特别在意的，现在见她这样，忍不住重新打量着。淡淡的狐臭味忽然一下子变浓了，就像是一把用钝了的刀子，耐心地侵蚀着他们的承受力。而那些雀斑则是一个做工精良的面具，结实而精巧地阻挡在他们中间。结果，无论他们怎样努力，都是徒劳无益的。

只有站在纺织厂的流水线前，利小芬才觉得自己是安全的。车间里隆隆的噪声就像是一头体形巨大但却无踪无迹的怪兽，随意揉捏着身边的每一样东西。不过利小芬却一点也不怕它，她与这头怪兽相处融洽，相安无事。在浓稠的噪声里，她时常会觉得自己一下子变得身轻如燕。密不透风的噪声像一只结实而安稳的巨手，将她稳稳地托了起来。于是，她就像是一小张薄薄的相片，在车间隆隆的噪声中上下飞舞，随意飘荡。

因为长期熬夜，睡眠不足，利小芬的脸色早已有些憔悴。不过由于那些雀斑的缘故，倒也不怎么看得出来。偶尔，利小芬会忽然感觉到一阵无来由的虚弱与厌倦。但这样的时候并不多，几乎转瞬即逝。只要再睡上一觉，一切疲惫与不快便会烟消云散。清晨的空气清新而慵懒，利小芬虽然早就醒了，依旧一动不动地躺在那里。先在床上吸一口气，再伸个懒腰。顿时，一股强劲的气流像风一般将身体鼓得满满的，利小芬觉得自己又重新充满了力量。

对现在的生活，利小芬虽不是有多喜欢，却也并不讨厌。要不是因为一个偶然的机会来日本做研修生，这样的生活或许还会一日日持续下去。有一次，厂里的一个同事告诉她，外面有家中介公司正在招去日本打工的研修生，据说有人到那里一个月就能赚上万元呢。利小芬听了，心里忍不住一动。

利小芬在家里排行老二，上面有个哥哥，下面还有个妹妹，平时是最不受宠的。父母从小就教育她要努力争气。小时候因为成绩好，倒也没觉得自己与别人有什么不同。谁知到青春期的时候，她的命运却发生了变化。利小芬的狐臭就是那时忽然变得严重起来的。原本几乎闻不到什么味，现在却浓烈得有些呛人。有时，她自己都能闻到身上散发出的那股气息，就像是陈年腐烂变质的粮食，又像是庄稼地里某种令人讨厌的虫子。她时常一个人坐在那里，低着头静静地嗅着，心里说不出是喜欢还是厌恶。

班上甚至没有人愿意跟她坐同一张桌子，利小芬只能一个人远远地坐在教室后面的拐角处。因为离上课的老师远，有时即便不认真听课，老师顶多只是看几眼，便不再注意她了。有时遇到不喜欢的老师，利小芬就偷偷在课桌底下看闲书。为这事，她还被叫到办公室里过。但那个年轻的任课老师很快便放弃了，只是皱着眉头挥了挥手，便让她回去了。

利小芬从此被打入自卑的深渊。直到这时，她才意识到自己脸上的雀斑竟如此严重。利小芬的成绩一落千丈。因为整日沉湎失落与绝望之中，再无力量重整旗鼓，人也一下子变得十分委顿。对利小芬的命运，父母一直心有不甘，曾带着她四处求医问药。各式各样的内服药、外用药都用过，甚至还做过两次小手术，但狐臭依旧顽固地停留在她的身上。对父母的辛劳，利小芬虽然心怀愧疚，又有几分怨恨。因为，她的狐臭就是从母亲那里遗传来的。

利小芬很认真地想了想。去日本打工赚钱总是件好事情，至少可以让父母觉得有些面子，也会让周围的邻居另眼相看。于是，便悄悄报了名。研修生的名字虽然听起来好听，其实只是出苦力打工的。利小芬是在一家洗衣厂上班。虽然洗衣差不多都是使用机器，但布草的分拣、消毒、熨烫等等，都需要人工处理。由于工厂地处偏僻，条件又有些恶劣，几乎没有日本人愿意来这里工作。里面的工人差不多都是像利小芬这种从中国和其他东南亚国家招来的女工。洗衣厂的车间很大，无法安装全封闭的空调，里面热得几乎让人透不过气来。实在受不了的时候，只能靠那种俗称冷风机的点式空调来调节。利小芬身边也有一个，但由于移来移去太麻烦，也有些影响工作效率，只能抽空到冷风管前凉快一下。平时，女工们都是拿的计件工资。不到万不得已，她们甚至舍不得浪费吹空调的那几分钟。

洗衣厂的工作虽然并不轻松，但与以前在纺织厂时相比，利小芬觉得也没什么可抱怨的。开始时加班都是免费的，后来她们便拒绝加班，或是消极怠工，厂里这才象征性地给些加班费。虽然不多，一个月下来，倒也足够生活开销了。算起来，利小芬每个月差不多有十万日元的收入，除去中介公司收取三万日元管理费，还能存下不少。她们住的宿舍都是厂里提供的，水、电、煤气之类的也是免费使用，利小芬只要花钱买些大米、蔬菜和日用品就可以了。这样算下来，比她当初在纺织厂时的收入强多了。

利小芬觉得自己还算幸运。那时，常听说有别的研修生受到日本企业歧视虐待的事。研修生们大都在偏远地区工作，从事的差不多都是"3K 行业"（即危险、肮脏、劳累，这三个日语单词发音的第一个字母都是"K"）。受歧视几乎是普遍现象，至于是否会受到盘剥，则要看自己遇到的雇主人品了，一切几乎全凭运气。

离洗衣厂不远有一家缝纫厂。据说那家缝纫厂每月都要从研修生的工资中扣除五万日元，其中包括明文规定禁止征收的住宿费、照明费之类的，还有用处不明的管理费。有一次，利小芬偶尔在超市遇见一名在缝纫厂上班的女工。他乡遇同胞，自然感觉格外亲切，忍不住谈起各自的遭遇。让利小芬意外的是，缝纫厂的女工竟然十分羡慕她们的高温环境。女工悄悄告诉她，缝纫厂根本就不供暖。她们每天都要在寒冷和疲惫中加班，甚至连加班费都没有。每天只有四五个小时的睡眠时间，有时困得恨不得就睡在地上的布料堆里。女工说她们都是北方人，习惯吃面食。为了省钱，都是下班后自己蒸馒头，做好后再带到厂里。谁知厂里的老板竟然认为吃馒头比吃米饭慢，太耽搁时间。于是，干脆规定要在十分钟之内吃完饭，否则一律扣工资。至于馒头之类的，则一概不让带。

利小芬说，他们凭什么这么对待你们？简直没有天理了。不行就告他们去！女工苦笑道，我们连日语都说不利落，到哪里去告？再说，当初刚到厂里的时候，他们就让我们写了一份自愿无偿加班的材料。当时他们说只要到厂里上班就必须写，我们以为不写会被遣送回去，糊里糊涂就写了，现在后悔也来不及了。他们手上有这份材料，就是去告也告不赢的。女工压低声音告诉利小芬，那个老板不仅心肠黑，还是个大色鬼，经常色眯眯地盯着她们中间那几个长得漂亮的。有一次喝醉了酒，还半夜三更闯到她们宿舍里来掀被子。后来她们气得集体罢工，那家伙这才道歉，不过却狡辩说只是例行检查而已。

利小芬听了，也忍不住愤怒起来。他们怎么能这么胡作非为？难道就没人能管他们？女工摇摇头没说话，眼泪却忍不住涌了出来。利小芬也不知道该怎么安慰她，只是劝道，不行就回去算了。女工长叹了口气，说是啊，她也想回去呢。可是，她的护照、存折还有印章都被他们拿去了，说是怕弄丢了，统一保管。所以，她就是想回也回不去呢。而且当初为了来日本打工，家里借了四万块钱作为押金交给了中介公司。要是她现在提前回去的话，这四万块钱肯定就要打水漂了。所以没办法，无论他们怎么对待她，也只能打落了牙齿咽到肚子里，忍了。二人咬着牙骂了一会儿日本的黑心老板，又相互安慰了几句，这才恋恋不舍地离开。

那时，大多数研修生来日本的目的都很明确，那就是挣钱。因此大家都是省吃俭用，能省则省，即便休息时也不怎么出门。一来是工作地点地处偏僻，再就是日本的交通费过于昂贵，他们舍不得花这个钱。于是，那些不多的闲暇时间便有些难熬了。周围一个人也不认识，工作又十分辛劳。就连电视节目也不怎么看得懂，随身带来的一两本小说都翻过好几遍了，几乎能背出来。而那些无边无际的孤独与寂寞，却一日日变得蚀骨难耐起来。

为了打发时间，有的男研修生在宿舍周围种起了蔬菜。这既能补贴日常生活，也能排解寂寞，倒也两全其美。可利小芬根本就不会，只有眼馋羡慕的份儿。由于实在太寂寞了，后来便传出有附近的男女研修生私下里偷情的事。只是，这种私下里的交往其实并不容易。研修生们的居住条件大多很简陋，差不多都是四五个人住一个房间，有的甚至七八个人挤在一间屋子里。那些偷情的男女只能到外面去约会。而且，属于他们自由支配的时间实在太少了。只能在星期天相约着一起逛超市，或是偷偷到情人旅馆开房间。

与利小芬住同一间宿舍的一个女孩，便与另一家工厂的一个男人谈起了恋爱。女孩很年轻，长着张孩子似的胖圆脸，腮帮子上总是挂着两团红晕，看起来健康而茁壮。利小芬每天下班后总是感觉十分疲惫，有时累得连话都懒得说。女孩却似乎一点也不觉得，不仅应对自如，似乎还有余裕。总是在屋里屋外步履轻捷地忙碌着，一边与身边的人搭话，一边大声哼着歌。

每到周末下班时，女孩便不见了踪影，通常要到第二天中午才会重新出现。开始时倒也相安无事，后来不知怎么，女孩忽然怀孕了。眼看着月份一天天大了起来，女孩心急如焚。在日本，法律规定是不能公开做流产手术的。无奈，她只好找个借口向厂里请假，星期五晚上回国，星期六在国内做手术，星期天再急行军似的赶回来继续上班。由于根本就无法休息，女孩的身体在很长时间都没有恢复，一直断断续续地出血。女孩又舍不得花钱去医院看病，那个男人似乎也不肯出这个钱。于是，只能悄悄忍耐着。

有一次，晚上加班时，女孩忽然晕倒了。几个相熟的女工把她扶到宿舍休息了一会儿，喝了碗糖开水，又回来继续工作。为了赚钱，女孩和别的女工一样，干着繁重的体力活儿，每天加班至深夜。现在，女孩看起来就像是换了个人，经常捂着肚子、低着头一声不吭地坐在那里。因为这件事，女孩与那个男人的关系也早已走到了尽头。利小芬时常悄悄注视着她，眼看着女孩那张银盆似的圆脸一天天委顿下去，上面的两小团红晕也早已消失殆尽，却不知该说些什么。

然而，这一切却与利小芬无关。因为那些雀斑和狐臭，即便是在寂寞无聊时，似乎也没有人打她的主意。对这一切，利小芬反倒安之若素。反正她从小就已经习惯了，并不觉得有什么难以忍受的地方。利小芬每天按时上班，除了睡觉吃饭，就是去附近闲逛。看哪里有便宜的蔬菜，买回来之后便自己动手做，一做就是一大锅。日子虽然过得十分忙碌，倒也感觉很充实。

利小芬把赚来的钱都小心存了下来。眼看着口袋里的钞票一日日多起来，利小芬很高兴。一个人的时候，常常忍不住盘算着，该怎么花这笔钱？想来想去，觉得还是回去开家店比较好。利小芬甚至考虑过用手中的这笔钱给自己治病，再把脸上的那些雀斑弄掉。利小芬觉得，要是能让身上的狐臭味消失，脸也变得和其他女孩一样，无论花多少钱都是值得的。可是，她一点也拿不准这是否真的能做到。当初，为了给她治病，父母已经花了不少钱，可她的狐臭却变得越来越严重。把雀斑弄掉，似乎也有些不可能。以前在报纸、电视上看到过许多美容失败的例子，有的女人因为爱美而把自己的脸弄得一团糟。要是花了钱她的狐臭却依旧治不好，那些雀斑也弄不掉，又该怎么办呢？

但是，利小芬并没有真的被这些烦恼困扰住。那些雀斑从她记事的时候起就在脸上了，早已成为她身体的一部分。而狐臭呢，也像自己的贴身密友一样，跟随她许多年了。有时利小芬甚至觉得，要是没有了雀斑和狐臭，或许自己便不存在了。

有一次，利小芬的母亲忽然打电话来，说利小芬的父亲骑电动车的时候不小心摔了一跤，小腿骨折，急需手术。利小芬一听便急了，问是不是需要用钱？母亲在电话那头犹豫了一下，说这事原本不想跟你说的，可过年的时候你哥家刚生了个儿子，那女人就像是立下了头等大功，现在根本就不想出这个钱……利小芬知道母亲与儿媳妇的关系一直不好，便说，我这边虽然苦些，钱倒是能挣一些的。你看手术需要花费多少？要不，我帮你凑一下吧。

第二天，利小芬拿出自己攒下的钱，又向同伴借了些，便急火火地赶到银行汇款。没想到在汇款时却出了问题。银行里的人看了她的身份证明之后，又要她提供打工证，以便证明汇出的钱是自己的合法收入。可是，当初厂里并没有给她们办什么打工证。利小芬那时的日语还很蹩脚，根本就表达不清自己的意思。只能眼巴巴地看着他们，一遍遍地央求着。那些银行职员开始时还好言相劝，后来根本就不搭理她。利小芬无奈，只好再换一家银行。可另一家银行也是如此，任她说尽好话，根本就不为所动。到第三家的时候，利小芬终于忍不住了，眼眶里含着泪，用夹杂着中文的日语和他们吵了起来。

就在利小芬与银行闹得不可开交的时候，一个腿有残疾的中年男人出现在她的身边。问明利小芬的情况之后，便用很熟练的日语与银行交涉起来。男人说，你们为什么这样对待顾客？银行又不是警察局，怎么能随便审查别人的收入？你们对外国人都是这么审查的吗？还是专门针对中国人的？你们的经理在哪里？

见事情有些闹大了，一个身材肥硕的男人急匆匆地跑了过来。那人见男人的态度有些强硬，马上换成一副笑脸，一边鞠躬一边解释道，这是我们银行的规定，凡是持研修生身份来汇款的顾客，都要提供合法收入证明才可以办理相关业务。我们当然不是警察，即便他们非法打工也无权干涉。但是，如果他们使用我们的服务汇款，那就另当别论了。这是我们行里的规定，实在是没有办法。抱歉啊！

任那个男人如何解释，经理只是这几句话，再不肯通融。利小芬后来才知道，按照日本的相关规定，以研修生身份入境的人每天打工时间不得超过两小时。然而，她们每天的工作时间早已远远超出这个限制。在日本，也没有哪条法律要求汇款人一定要提供收入证明。但这些属于私人企业性质的银行却甘愿冒着侵犯他人人权的风险，制定这种匪夷所思的内部规定。

男人摇了摇头说，看来真是没有办法了。要不这样，你要是信得过的话，就让我来帮你汇款吧。利小芬一听，赶紧答应下来。二人就这样认识了。利小芬后来才知道，男人是当地一家中餐馆的厨师，已经来日本许多年了。据说，男人的手艺很好。虽然腿有些残疾，但这除了让他走路有些难看之外，似乎并没有太大的妨碍。只是由于残疾的缘故，男人的年纪已经不小了，现在依然是单身。

后来，二人便慢慢来往起来。开始时，利小芬遇上什么自己办不了的事，便会给他打电话。男人很热心，总是尽力帮忙。一来二去的，便熟了起来。因为总是请男人帮忙，利小芬觉着有些过意不去，提出要请他吃饭。男人听了笑笑，说我是厨师，整天闻着那些饭菜的味道，都快被熏死了，哪里还想让人请我吃饭？要不，哪天有空时你请我出去玩吧。那正是秋天看红叶的季节，利小芬便提议去山上看红叶吧。男人也没有异议，一口答应了下来。利小芬后来才意识到自己有些莽撞，约一个腿有残疾的人去爬山看红叶，这不是成心想让人难堪嘛。可是，她又不好意思取消约会，担心他或许会觉着没有面子。但那天爬山时，男人的动作虽有些迟缓，倒也没怎么落后。利小芬见状，这才忍不住松了一口气。

利小芬结束研修生生活快要回国的时候，有一天，男人忽然对她说，要是她愿意的话，就留下来嫁给他吧。利小芬听了，忍不住一惊。其实，这个建议她在心里早已想过不知多少回了，只是一直不好意思开口。现在由男人主动提出来，倒让她长舒了口气。利小芬认真考虑了一下。这几年她虽然赚了些钱，到底数量有限。倒不如留下来嫁给这个男人，至少安稳饭是有的吃的。而且，能留在日本嫁人总是件很风光的事。反正她那一身狐臭已让不少人望而却步，那人虽然腿有残疾，看起来倒也与自己般配。而且，就因为那人腿脚不便，年纪偏大，模样又有些难看，这样的人反倒是让人放心的。

婚后不久，丈夫便从上班的地方辞了工。二人一起来到东京，开了这家小饭店。夫妻俩勤勤恳恳打理着小店，虽然发不了大财，倒也安稳妥帖，令人羡慕。因为忙于生意，二人在很长时间都没有要孩子。这两年手头宽裕了些，利小芬正计划腾出时间生个孩子。没想到，丈夫却在一次凌晨进货时遇车祸去世了。

现在，每个周末到利小芬的小饭店里吃饭，已变成有漾生活中一件十分重要的事。有漾每次都要待到深夜才离开，店里常常只剩下他一个人。每次，利小芬总是静静地坐在吧台后面，也不知在忙些什么。

四下里安静极了，周围的一切都像是被夜晚的寂静催眠了。店堂里的吸顶灯发出柔和的淡黄色灯光，身边的圆桌、椅子和远处的吧台也像是在梦中一样，忽然变得笨重起来。远处，有一小团阴影落在利小芬的脸上。原来屋子里一直弥漫着的音乐声，现在早已经停下了。夏夜的寂静不知什么时候悄悄溜了进来，熟门熟路地四处游荡着。可是，在这寂静中总有几分让人不安的成分。有漾很快便感觉自己的脊背有些发冷，就好像四周隐藏着某种说不清道不明的危险东西。那东西虽然悄无声息，但却十分沉着冷静，让人忍不住心慌不安，必须要做点什么才好。

有漾把杯子里的啤酒一饮而尽，伸长脖子打了个饱嗝，忽然变得饶舌起来。开始时还只是试探着说些闲话，利小芬在一旁有一搭没一搭地接上几句。后来不知从什么时候，有漾忽然开始说起自己的事。从上大学时与妻子谈恋爱，好到两个人吃一根冰棍也要你一口我一口地一起吃。大学毕业后二人如何分居两地，却依旧不离不弃。如何顶着各种压力，最终修成正果。可是却由于他的不思进取，最终以离婚收场。再到他因为过于颓唐和萎靡不振，弄得在单位里几乎混不下去了，最后只能一走了之。这些陈芝麻烂谷子的往事，有漾总是一边喝酒一边耐心地诉说着，里面还夹杂着许多这些年积攒下来的感慨与评判。

有漾平时并不是个喜欢说话的人，一口气说这么多话对于他来说也是件很新鲜的事。可是，看着自己忽然变成另外一副面目，倒也十分令人鼓舞。有时，他会在滔滔不绝中忽然停下来，侧着耳朵倾听着，倾听自己的声音在屋子里慢慢回荡。那声音虽然十分轻柔但却尖厉无比，就好像胆小怕羞的人第一次在众人面前大声唱歌一样。虽然明知道唱不好，但一首歌既然已经开了头，断没有停下来的道理。而且，在他轻声诉说着的时候，那些以前从没有想到过的念头像水似的一波波地从嗓子眼里涌出来，既让人心醉神迷，又令人惊恐不安。有漾很快便感觉到一种奇异的安宁与轻松。

远处忽然响起隆隆的雷声，不一会儿，雨水夹杂着潮湿的青草气息慢慢涌了进来。有漾皱着鼻子嗅了一会儿，忍不住闭上双眼。现在，雨水肯定也在敲打着他那间狭小的出租屋。过不了多久，他就该躺到床上，像现在这样闭着眼睛倾听着。疲惫繁杂的清洁工作早结束了，惬意享受的晚餐也进入尾声。很快，他就要回到那间小屋，先在那只像大口袋似的淋浴袋里洗澡，然后上床睡觉。他会把两条胳膊温柔地盘在一起，蜷缩起身体，享受着与这里一样的无边无际的温暖与寂静。

不知什么时候，利小芬已放下手中的活儿，坐到有漾的对面，一起喝起酒来。有漾越过手中的酒杯，觑着眼睛看着她。酒杯里的那张脸完全变了形，看起来俏丽而神秘。有漾闻到了利小芬身上飘出的气味，高档香水夹杂着一股幽暗而深远的味道，像是开了许久却无人问津的鲜花，因为寂寞无奈而完全失去了耐心，于是，便连那香味也变成了别的什么匪夷所思的东西。可是，那味道却并不让人讨厌。不仅不讨厌，简直令人沉醉。有漾忍不住放下酒杯，深深吸了口气。等到他觉得那味道充满整个胸腔，身体就像一面鼓得满满的风帆的时候，有漾终于忍不住大叫一声。由于过于兴奋和沉醉，终于一头栽倒在地。

二人结婚后，有漾曾许多次问过利小芬，为什么会看上他呢？因为那时他还只是个没有身份的穷小子，而利小芬呢，怎么说也是个小有资产的女老板。开始时，利小芬只是笑笑，并不回答。有一次，忽然定定地看着他，半开玩笑地说，谁让你那么会哄人呢？有漾低着头认真地想了想，说没有呀，我怎么不记得曾经哄过谁呢？

其实，有漾是打心眼里喜欢利小芬。不仅喜欢她的能干，就连对她的长相也十分满意。有漾发现，除了那些雀斑和若有若无的狐臭味，其实利小芬算得上是个很漂亮的女人。身材高挑，五官端正，笑起来的时候尤其好看。但是，这只是在她没有意识到那些雀斑和狐臭的时候。只要一意识到这些，利小芬在一瞬间便被击垮了。脸上的雀斑顿时变成让人头皮发麻的黑黢黢一片，腋下的汗水让狐臭变得愈加浓重，几乎每一个靠近她的人都会落荒而逃。利小芬缩着肩膀站在那里，重又变成一个自卑、委顿的女人，恨不得立刻让自己变成透明人，或是一粒无人问津的尘埃。

有一天深夜，二人边喝酒边聊天。谈兴正浓时，有漾忽然附在利小芬的耳边小声说，别那么轻易让别人改变自己，你现在这样就很好。利小芬一时没有听明白，疑惑道，什么？有漾又凑近了些，说你没有发现吗？你其实长得很漂亮。利小芬顿时有些脸红了，过了一会儿，这才低声说，你不是在取笑我吧？这些雀斑，还有……有漾不等她说完便伸出手捂住她的嘴巴，十分认真地说不，雀斑是你脸上最出彩的部分，你简直不知道我有多喜欢。而且，我也喜欢你身上的味道。说完，便把利小芬轻轻扳了过来，慢慢亲吻着。有漾的脸在灯光下看起来就像是一则高深莫测的谜语，上面弥漫着一层暗淡的光泽。有漾低声呢喃着，这个世界到处都充满着愚蠢与偏见，别听他们的，你要听我的。

利小芬原本还挣扎着想推开他，最终还是放弃了。那天晚上，利小芬忍不住哭了起来。她不知道自己为什么会哭，可是涕泪滂沱地大哭，让她的心变得轻松了许多。那一晚，利小芬哭得昏天黑地，几乎快把白床单打湿了。以前，丈夫虽然从没有说过什么，利小芬却总有些疑惑，其实在心里他是有些嫌弃她的。只是这种情绪被他很好地掩饰了起来，并没有流露出来。二人刚结婚的时候，有许多次她从梦中醒来，总是发现丈夫坐在那里抽烟。丈夫平时几乎没什么烟瘾，只是偶尔抽上一两根。她不知道他现在这是怎么了？直到很久之后，利小芬才意识到，丈夫其实是想用香烟驱赶她身上那股难闻的气味。

有很长一段时间，二人甚至分床而居。利小芬的心里虽有几分歉疚，更多的却是不可遏制的愤怒。为了激怒丈夫，有时她故意不在身上喷香水，甚至不洗澡。利小芬一点也不明白丈夫到底是怎么想的。他从不在她面前提及狐臭，就好像它们根本就不存在似的。因为自己的残疾，丈夫将所有的厌恶与不满都悄悄忍下了。但是，那股刺鼻的气味和黑黢黢的雀斑却从没有消失过，它们依旧严严实实地挡在他们中间。

以前利小芬曾幻想过，总有一天，会有一个人是真正由于欣赏和喜爱而与她在一起的。虽然她从没有遇到过，但这念头却如磐石般坚硬。青春期时，因狐臭遭同学嫌弃，利小芬甚至曾试图自杀，被母亲劝住了。母亲抱着痛哭不已的利小芬，一边拍着她的后背，一边安慰道，别哭了，哭有什么用呢？什么用都没有。总有一天，会有一个人，他不在乎你脸上的雀斑，也根本就闻不到你身上的气味。那个人，就是你的男人。

那时，利小芬曾对母亲的话深信不疑。因为她的父亲就没有狐臭，但他与母亲亲密无间地生活了几十年，从没有表现出过任何异样。利家的儿子遗传了父亲，两个女儿虽然都长得身材高挑，面目清秀，却都和母亲一样，生有令人讨厌的狐臭。有一次，父亲在喝醉酒之后甚至曾打过利小芬，一边打一边恶狠狠地骂她没出息。父亲打她，是因为她的学习成绩太差，而她的成绩差则是由于狐臭的缘故。父亲几乎有些痛心疾首，说那算什么呢？什么都不算。你却把这看得比天还大！利小芬一边哭一边大声地喊道，我讨厌你们！也讨厌自己！

可是，这么多年过去了，利小芬从没有遇到过像母亲说过的那种男人。她甚至曾与一个同样患有狐臭的男人交往过。她原以为那个男人与自己一样，彼此就没有什么可嫌弃的了。但在第一次约会之后她便与那人分了手。那个男人身上散发出来的强劲的刺鼻气味让她忍不住落荒而逃。

但是，利小芬在内心里始终抱着某种模糊的希望，一直认真等待着。但那张她期待中的脸却从没有出现过。有时在深夜里，她一边倾听丈夫时高时低的呼噜声，一边悄悄幻想着那张脸的模样。那张脸的五官应该与别人一样，却又如此与众不同。既像孩童般稚纯，又像阅尽世事的老人，智慧而安宁。有时，它对她充满浑沌的爱恋与关切。有时又像某个她喜欢的明星，骄傲而冷淡。大多数时候，它看起来是清晰而明确的，有时却又模糊而遥远。对于利小芬来说，那张脸早已十分熟悉，几乎伸手可触。但在忽然之间，又会被那些浓稠的灰黑色雀斑和恼人的气味所淹没。于是，她会重新变得绝望起来。在绝望中，她总是在人群中搜寻着，或是在小饭馆的食客中小心观察着，寻找着那张与想象中相似的面孔。每当这时，她总是会惊恐地发现：面前的每一张脸都是迥然不同的，看起来就像是因为竭力要隐藏什么不为人知的秘密，而一下子变得十分诡异。利小芬几乎已不再抱什么希望了。现在，她却忽然在有漾的脸上看见与那张脸完全相同的表情。这期待已久的发现令她既兴奋不已，又羞愧难当。利小芬终于忍不住放声大哭起来。

有漾与利小芬结婚后，利小芬便把小饭店盘了出去。然而开始时的创业并不顺利，也走过许多弯路。他们开过一家中文书店，由于只是卖些普通书，位置又过于偏僻，很快便开不下去了。他们甚至尝试过做进出口贸易，开始时似乎也能赚些，然而由于对相关的贸易法规不熟悉，对其中的技术问题更是一窍不通，生意很快便做不下去了。后来，还是利小芬提醒说，你以前不也算是个文化人吗？为什么不在这方面想想办法？有漾有些不好意思，说我算什么文化人？只是在上大学时写过几首诗，后来虽然写写杂文、随笔之类的，又能派什么用场？利小芬兴奋地说，这不就成了？现在在日本的中国人有几十万呢，我做研修生那会儿，哪个不想看点中文书？可根本就看不到。再说，许多人的日语根本就不行的。要不，你就办张中文报纸吧，肯定会受欢迎的。有漾想了想说，这个想法倒真是不错。

二人当下便合计了一下，又做了些市场调研。虽然中文报纸在日本早就有了，不算什么新鲜事。可到底数量有限，总还有生存空间。而且，报纸上可以刊登广告。等报纸有些影响，他们还可以做些专门针对在日华人的生意。有漾以前在国内就喜欢舞文弄墨，现在做报纸编辑，也算是驾轻就熟。又招了个兼职打工的留学生，负责版面设计，这摊子便算是搭起来了。外联和广告业务则由利小芬一手操办。

有漾原本就是一个有些思想的人，以前少有机会表现自己。现在有这样一个平台，自然如鱼得水。报纸头版的左上角用日语印着：中国と世界のニュース 中国語で読む（用中文阅读中国和世界新闻）。这既是办报宗旨，也反映出有漾的某种野心。他针对国内的种种时弊以及在日华人关注的热点，撰写犀利的时评。或是针对某个新闻事件，推出与国内舆论完全不同的述评，显露出自己的独立思考与见解。首期报纸出版之后，虽然没有赚钱，倒也没怎么赔钱。利小芬鼓励他，他们现在还在积累经验，再过一段时间肯定会慢慢好转的。果然，半年之后，报纸的广告业务渐渐多了起来。眼看着公司业务一天天地红火，利小芬乐得几乎合不拢嘴。

当初是由于利小芬的关系，有漾才解决了自己的身份问题。要不是利小芬，说不定他至今仍是个没有身份的"黑人"。因此，在私下里有漾对利小芬一直有些心存感激。现在，公司的业务已完全离不开她了。利小芬后来又做过一次手术。虽然在近旁仍能闻出些异味，但困扰多年的狐臭问题总算是基本解决了，人也变得自信许多。利小芬原本就是个很能干的女人，现在越发显得干练成熟。就连满脸的雀斑似乎也淡了许多，不再那么显眼了。

为了提高报纸的影响力，每到新年时，公司都要举办在日华人卡拉 OK 大赛，在中华街举行舞狮表演。中国人原本就喜欢扎堆凑热闹，这些活动总能在华人圈里引起反响。甚至会有一些"黑"在日本的人打电话来，询问是否可以报名参赛。参加舞狮表演的大多是些在校学生。为了迎合当地人的趣味，狮子的外形已做过许多改良。不再是浓墨重彩的，而是由红白二色组成，看起来倒也十分有趣。因这些活动大多涉及两国间的文化交流，常有人主动提出赞助。

有时，公司还会邀请一些流行歌星来日本演出。筹备这些活动其实十分麻烦，除了联系演出场地、组织售票，还要邀请日本媒体进行采访，上娱乐节目之类的。那些歌星在国内据说常会要大牌，在这里却只算是无名小辈。

146

因为想在日本有些影响，也不敢开太高的价码，只能任由利小芬摆布。这些活动虽然并不赚钱，但公司的其他业务却得到了扩展。除了报纸，他们又办了一份杂志，开班教日本人学习中文。后来，又办起针对在日华人的导游学习班。由于利小芬的公关能力，参加学习的人还可以拿日本的导游资格证。因此，人气顿时变得兴旺起来。

现在，公司的业务已是一天天蒸蒸日上。转眼间，二人的儿子也已经上小学了。

由于在报纸上发表的那些文章渐渐产生些影响，有漾在日本的华人圈中也慢慢有些名气。经常被邀请出席一些活动，朋友也比以前多了许多。开始时，有漾还有些不习惯，但很快便习以为常了。现在，有漾已完全是一副成功男人的模样。身穿一套深灰色西服外套，里面一件立领白衬衣，看起来干净而整洁。戴一副深色近视镜，一头灰发也梳理得一丝不苟。在公司每天的晨会上，有漾几乎不说话，差不多所有的事情都由利小芬去处理。公司的大部分员工都是日本人，所以利小芬说的是日语。

虽然在日本生活了这么多年，由于一直用中文写作，有漾对日语时常会有一种很奇怪的感觉。那些优美铿锵的语句就像是一片片洁白的羽毛，从利小芬的口中升腾而起，在空中优雅地停留片刻，又一片片飘落下来。它们轻飘飘地落在有漾的头发里，落在他打理得十分妥帖的西服肩膀上，与那些几乎看不见的细小的头皮屑混杂在一起，让人忍不住既吃惊又有几分嫌恶感。有漾在一旁侧耳倾听，心中不禁升起一团含混的敬意。他发觉自己以前真有点小瞧了这个女人。

现在，报纸的编辑工作差不多还是有漾亲自做。利小芬见他辛苦，想另外招人，有漾却总有些不放心。利小芬劝他，公司现在又不靠报纸赚钱，那么认真做什么？你现在大小也是个老总了，是有些身份的人。就算给自己放个假，休息一下吧。有漾说我这人忙惯了，不忙反倒有些不舒服。利小芬无奈，只好由他去。直到有一次有漾忽然生病了，在医院里躺了一个多星期。利小芬没有跟他商量，便把人招了进来。有漾这才不再作声。

自从有了专门的编辑，有漾只需在一旁把把关便可以了，甚至不需要每天去上班。一下子清闲下来，这让他觉得很不适应。虽然每天还是习惯性地在公司里转来转去，却常常没什么事情可做。因为心中有气，有时有漾便故意不去上班，一个人待在家里睡懒觉。但是，有漾很快便喜欢上了这种状态。这样的清闲自在又让他想起从前在机关上班时的情形。

虽然公司的效益现在已经很不错了，但由于利小芬一心想要扩展业务，把规模做大，因此他们并没有买大房子，仍旧住在以前的普通公寓里。儿子上的又是寄宿学校，家里常常只有有漾一个人。早晨从睡梦中醒来时，利小芬早已经上班去了。有漾一个人懒懒散散地吃完早饭，便没什么事情可做了。

有漾翻了几页闲书，想写点什么。可脑袋就像是被什么东西卡住了，里面空荡荡的几乎什么也没有。而且，现在就像利小芬说的那样，报纸几乎赚不了什么钱。由于网络越来越普及，平面媒体的读者日渐萎缩。有漾花费许多心血写出来的那些文章，也几乎没有什么反响。况且那些文章大多属于空谈，看起来既八股又老套，又有多少价值可言呢？一想到这里，有漾便有些泄气。于是便将笔扔到一边，呆呆地发愣。

有一次，一个朋友来家里拉有漾去看一个小范围的麻将比赛，据说参赛的选手都是来自世界各地的华人。有漾那时还不会打麻将，但架不住朋友拼命地劝。而且那天他确实无事可做，于是便一道去了。看完比赛，几个人又找了家麻将馆继续玩。有漾不会打，没过多久便提出要走。朋友不让，说这玩意儿简单得很，一学就会。有漾拗不过情面，只好坐下来。果然，有漾很快就学会了。几圈下来，便打得有模有样了。朋友见了笑了笑，说到底是有文化的人，学得快呢。

下一次，朋友又来邀他，有漾便有些犹豫。总觉着打麻将是那种游手好闲的人玩的，自己要是沉湎其中总有些不合适。朋友似乎早已看穿他的心思，说知道你是文化人，有些清高。不过你可别小瞧了麻将，麻将里头蕴藏的智慧可不是你我之辈能挖掘得尽的。它看起来非棋非牌，却又兼而有之。把古代的钱、拴钱的绳子和数字单位分解成三种牌，再加上东南西北风中发白和绘牌春夏秋冬，虽然只有一百四十四张，却能在斗智斗勇中按牌规组合出无穷的变化。你现在还在门槛外呢。

果然，等学会了十三张的打法，有漾这才慢慢体会到乐趣。开始的时候，光是记住那几番几番就有点头昏脑涨了。等到熟练之后，可以设定方向盘算未来，一旦如愿以偿做成一副牌，在那一瞬间倒真有一种心满意足的感觉。这样，几次下来有漾便有些上瘾了。朋友见状，说你现在总算是出师了。今晚就庆祝一下吧，咱们另换个地方，玩点带些花头的。

平时几个人都是在麻将馆里玩，属于娱乐性质。晚上，朋友带他到了个隐秘的去处。开始时有漾只知道那里是有奖金的，并没有意识到自己是在赌博。那天他的运气好极了，身上的几个口袋都被赢来的钞票塞满了。同桌的几个人瞪着眼睛盯着他，看起来恨不得要把他生吞活剥了。一个陌生男人站在身后看了一会儿，忽然转过脸对有漾的朋友说，他这牌技，没有几十年的工夫断然达不到这样的火候。朋友没有搭话，只是高深莫测地笑了笑。

后来，有漾成了那里的常客。有时跟朋友一道来，有时独自一人前往。虽然输的时候多，却也赢过不少。有漾现在早已不算是穷人了，即便不让利小芬知情，输掉的那点钱也能付得起。但是，他实在是太想赢了，总有些心浮气躁，因此常常会失算。有漾是个不肯服输的人，他认真反省一下失败的原因，发觉那大多是因为自己跟自己较劲的缘故。为了把自己修炼得气定神闲，有漾来得越发勤勉了。

很快，有漾便对打麻将有些痴迷起来。他发现，在麻将面前，根本就没有什么高低贵贱之分，只有心理素质的不同。不管注大注小，是输是赢，有人视死如归，有人则赢了喜形于色，输了摔牌骂娘。有漾觉得自己的牌技或许不如别人，却有属于自己的秘密武器。他总是能敏锐地感受到对手眼神的变化和牌桌上凝滞的气氛，甚至能捕捉到他们脸上的肌肉、呼吸的变化，并能根据这些变化及时做出调整。这样的变化与调整，总是令有漾兴奋不已。

因为打麻将，有漾已完全不去公司上班了。以前那些指点江山、气势如虹的文章，现在看来也早已不值一提。有时，利小芬会有些奇怪地问，最近怎么不见你写文章了？有漾忍不住笑了笑,说那些狗屁文章根本就没人看的，不写也罢。即便是公司有什么事找到他，有漾也是能推就推。利小芬这才意识到事情有些严重。她悄悄跟踪过几次，之后便对他发出警告：必须要把麻将戒掉，再也不能打了。有漾一听便急了，说打麻将怎么了？你看全日本有多少家麻将馆？这是正当娱乐！利小芬冷笑一声，说你别跟我说这个，是不是正当娱乐你心里最清楚。到现在为止，你到底输掉了多少钱？有漾听了，这才不吭声了。

由于利小芬的缘故，有漾不敢再像以前那么肆无忌惮了，但依旧偷偷摸摸地打。有时利小芬看得紧了，有漾便让朋友给家里打电话，说是一道去哪里聚会。利小芬碍于情面，也不好过于阻拦。在这期间，有漾的牌技有了突飞猛进的发展。虽然打麻将的输赢算得上是三分牌技、七分运气，有漾依然觉得自己在这方面十分富有天赋。这三分牌技，就是他日积月累的综合素养的反映，靠的是心灵的感应和天生的智力水平。也正因为有了这三分悟性，他才会留意身边的一切，不会轻易放弃任何一个细小的机遇。而一旦得手，这或许就是他梦寐以求的运气了。

但是，随着有漾的牌技日益炉火纯青，倒是输钱的时候多了。有时，他与牌技生疏的人一起打，竟是那些生手赢得多。究其原因，多是由于他把心思放在如何做清一色和一条龙上，一门心思力克对方需要的牌。而那些生手却常常不按常理出牌，只要能胡就行，这样反倒打乱了他精心布设的防御和阵脚。输钱输得有些肉痛的有漾忍不住感叹：这麻将打到一定境界，竟常常是输钱了。

利小芬开始时还好言相劝，无奈有漾根本就不听她的。利小芬忍不住有些痛心疾首，说原以为你是有文化的人，没想到却沾染上这种下流坏的恶习。有漾扑哧地笑了一声，说你懂什么？伟人早就说过，中国对世界有三大贡献：第一是中医，第二是曹雪芹的《红楼梦》，第三就是麻将了。千万不要看轻了麻将，你要是会打麻将，就可以了解偶然性与必然性的关系，就会知道麻将牌里是有哲学的。利小芬不屑地翻着白眼，冷笑道，你是伟人吗？伟人会像你似的一天到晚离不开牌臭？快别恶心我了。

二人为这事吵过无数次的架，甚至动手打过。利小芬亲自去找有漾的朋友，怪他不该将他拉下水。朋友不服气，说麻将是他自己要打的，输赢原本就是很正常的事，哪里怪得了别人？利小芬高声说，他以前哪里会打什么麻将？还不是你硬拉他过去？你明知道这是害人的东西，为什么还撺掇他？因为话说得有些难听，二人当即吵了起来。

利小芬曾请人上门劝说过，还曾釜底抽薪，断了有漾的经济来源。这些招数似乎都有些效果，却都没能真正把他拉回来。利小芬见有漾如此不可救药，渐渐有些绝望。反正公司里的事情多，利小芬一忙起来，便有些把他给忘了。

因原先私存的小金库早已经输光了，除了每天的午饭钱，利小芬连一分钱都不多给他，有漾似乎安稳过几天。但麻将就像是他肚子里新长出来的一条虫子，一日都不让他消停。有一次，忽然有个陌生人来到家里，说是朋友介绍过来的，可以借钱给他。有漾那时正因为无法打牌急得抓耳挠腮的，二话不说，扯起来人的袖子，跟着便走。有漾从此又开始整日在麻将桌前昏天黑地地玩，有时回家比利小芬还晚，经常彻夜不归。利小芬有些狐疑地问过他，有漾连眼珠子都不转一下，根本就不搭理她。问得急了，便说你问那么多做什么？你又没给过钱，管得着我去哪里吗？利小芬以为他是心里有气故意做给她看，便也不再搭理他，只当根本就没有这个人。

直到半年之后，债主找上门来要钱，利小芬这才知道有漾原来是在外面借了高利贷。利小芬忍不住又急又气。有漾自知闯了大祸，早已不见踪影，打他的电话也不接。利小芬气得浑身直打哆嗦，知道就是找到了也根本就指望不上。不过她到底是个能干女人，很快便镇静下来。帮有漾还了一部分欠款，客客气气地将债主打发走之后，便去见了律师。律师告诉她，日本的法律规定，谁欠的债由谁还，并没有所谓夫妻共同债务之说。不过律师提醒她，要是有漾还有其他财产的话，债务人可以提出执行申请。

现在家里住的房子还是利小芬以前与前夫一起买下的，前夫去世后，便归利小芬所有。但是，目前公司在名义上还是属于有漾和利小芬两个人的，这肯定极不安全。利小芬联系到有漾之后，第一件事便是让他签署文件，放弃公司的资产。有漾害怕那些债主接下来还会找他的麻烦，肯定也会让利小芬和儿子不得安宁，几乎没有任何犹豫便同意了。在这期间，债主又开始三番五次地上门逼债。因为找不到人，有时索性就坐在门口等着。利小芬有些害怕，只好在外面租房子住。

等到有漾躲过了风头，终于敢再露面的时候，发现家里的房子早已经搬空了。有漾赶紧给利小芬打电话，询问究竟。因为这几天着急上火和伤心绝望，利小芬的嗓子已有些沙哑，只在电话里告诉他，看在二人夫妻一场的情面上，已经替他还了一些债，剩下的她就管不了那么多了。利小芬在电话里告诉有漾一个新地址，不过却警告他，不到万不得已千万不能来，否则那些债主肯定会找她麻烦的。利小芬停顿了一下，又疲惫地补充道：你放心，儿子我一定会尽力扶养成人。有漾听了吃了一惊，说你这是什么意思？我又没有死……利小芬在电话那头叹了口气，大半天没有说话。过了一会儿，便挂了电话。

在经过一段东躲西藏的日子之后，有漾的神经渐渐松弛下来。现在，他算是彻底自由了。这是他以前曾刻意追求而不得的事。那时，他常常会对利小芬心怀怨恨。如今，却几乎很少想起她。现在，他甚至根本就弄不明白自己为何会落到如此境地？在这几个月里，为了躲债，有漾换过许多地方。有时实在不知道自己要到哪里去的时候，就在车上坐着，任凭飞驰的列车将他载到某个陌生而意想不到的地方。有漾站在那里，注视着陌生的街道和街道两旁的建筑，还有从身旁匆匆走过的行人，心中忽然生出几分喜悦。他发觉自己几乎有点喜欢这样的生活，并没有多少想象中的逃亡痛苦。

有一次，有漾在垃圾箱里捡到一顶别人丢弃的蓝色帐篷，又捡了一条不知曾属于谁的薄棉被，便很轻松地将自己在公园里安顿了下来。那个帐篷虽然很旧，又有些脏，但并没有破。撑在公园的围墙边，倒也十分合适。白天，有漾便收起帐篷，睡在公园的长椅上。总会有好心人送些吃的给他，或是给他一些零钱。有时，他也会像别的流浪汉一样，去捡别人扔掉的易拉罐，攒起来去换零钱。有漾发现，就连公园里的流浪猫都被人照顾得很好，所以倒也不怎么担心自己的生活。

正午的阳光很温暖，有漾躺在长椅上很快便睡着了。醒来之后，差不多已是傍晚了。有漾继续在椅子上躺了一会儿，这才决定去散一会儿步。他低着头在马路上慢慢往前走。有一小块粉红色糖果包装纸不知从哪里飞到脚下，有漾忍不住停下来看着它。一群身穿和服、额上扎着白色头巾的人从身边走过，他们排着队，手中拿着彩旗，举着宣传牌，一边走一边向路边的行人发放传单。有人也给了有漾一张。传单上印着：返せ北方領土（还我北方领土）！下面还画着地图和一小段文字说明。有漾认真地看了一会儿，依然没有弄明白南千岛群岛究竟在哪里？这陌生的南千岛群岛，对于刚才走过的那群人又意味着什么呢？

　　游行的人群离开之后，路上重又变得安静起来。有漾在路边的一条长椅上坐下来。直到这时，他才意识到自己已经快一整天没有吃东西了，可是却一点也不觉得饿。这让他忍不住又想起以前初到东京时的情形。饥饿的感觉虽然有些恼人，倒也并不十分讨厌。但是，空荡荡的胃却让他觉得很疲惫。有漾把脑袋靠在椅背上，沉重地闭上了眼睛。可是一闭上眼，利小芬正对着他怒目而视的脸便又重新出现在面前，就好像他以前曾竭力摆脱掉的某样东西忽然又一下子回来了。它们像风一样劈头盖脸地刮过来，拼命撕扯着他的身体，把他的心一下子揪得紧紧的。过了一会儿，又像退潮的海水一样，在不知不觉间便倏地一下消逝而去，不留一点痕迹。

　　不远处，一个相貌英俊的外国青年正抱着吉他在唱英文歌，一边唱歌一边用双脚热热闹闹地敲打着一架小型架子鼓。有漾有些好奇地走过去，不明白他是怎么做到这一切的，那架子鼓上是不是有什么机关？为了弄清真相，有漾一直一动不动地站在那里，一边盯着他的脚，一边认真琢磨着。一个老太太在向那个外国青年的帽子里丢了几枚硬币之后，也在有漾的手中放了一枚五百日元硬币。有漾有些不好意思，连头都没有抬，只是低声咕哝了句谢谢。他将目光转向老太太手中的拉杆包和她身上的那条半身裙，看见两只苍白的肿胀变形的脚正穿在一双灰色平底鞋里。

　　有漾捏着那枚硬币，慢慢从围观的人群中退出来。他用这枚硬币给自己买了一块面包和一杯饮料。把这些东西吃完之后，一种熟悉的踏实感从心底缓慢而犹豫地升了出来。为了捕捉住这转瞬即逝的感觉，有漾忍不住停下来，看着自己的脚和脚边的河水。明净晴朗的天空落在寂静的河水里，极深极阔地伸展出去，延伸至神秘而不可知的远方。里面同样有高大的楼房、茂盛的树木，太阳滤去了刺目的白光，像一头打瞌睡的什么不知名的动物，正慵懒地侧着身子，半躺半卧在遥远的地方。白云静静地浮在极深处，隐约显现出邀请的意味。这阔大的风景让有漾忍不住有些心情激动，忽然很想到那里去，那个悠远恣肆、大开大阖的去处。直到他伸出手去，手指触到水里，一大片涟漪顿时打破了宁静，他这才痛心而惋惜地惊觉过来。过了一会儿，涟漪消失之后，风景重又出现。有漾才猛然意识到自己实在是太过渺小，并非真的

153

属于那里。

有漾蹲在河边静静地看着自己。河水里有一张疲惫而心事重重的脸，头发与胡须已经很蓬勃地长了出来。有漾用一根皮筋把头发扎了起来，胡须也只是用剪刀胡乱修剪出个轮廓。这让他乍一看有点像是个行为不羁的艺术家，只是他的肮脏和那双疲惫而缺少光泽的眼睛出卖了他。有漾盯着自己看了一会儿，这才慢吞吞地站起身来。

寂寞无聊时，有漾也曾打算找件什么事情做。为此，他曾下过无数次决心，回家去看看。为了鼓励自己，他不断给自己打气，甚至对自己说，只是回去看看儿子，最后仍然放弃了。有漾其实并不怎么害怕那些债主。这些天来，他虽然没有回家，似乎也没怎么刻意躲藏。要是那些人用心寻找的话，应该不难发现他的踪迹。因此，他时常会觉得并没有什么人认真找过他，不管是那些债主还是利小芬。

现在，家和利小芬几乎有点像是那些河中的景象，虽然近在咫尺，却已经是与他无关的另一个世界了。有时，有漾竭力回忆着儿子的长相，却几乎什么也想不起来了。偶尔，他会想起儿子刚出生不久时的模样，却也只是红通通不成形的一大团肉。或者儿子大笑时眯成一条缝的眼睛，要不就是冬天因为只穿着短衣短裤而冻得通红的耳朵。但是，这些零碎的记忆根本就拼不成块。只有利小芬依然是鲜活生动的，只要一想起她，有漾的心中仍然会泛起一阵隐隐的钝痛。

其实，流浪并非像人们想象中那般艰难。有漾发现，只要将那些无用的虚荣心抛掉，生活就会变得简单而纯粹。有时，他只需要一杯清水、一小块饭团，就可以度过一整天。如果觉得时间实在太多有点难以打发，有时也会到河边去捡破烂。虽然那些破烂对于他来说根本就没有用，最后总是被重新扔掉。做这一切的时候，他的心情十分平静。有漾发现，其实自己与那些身穿干净整洁的西装在高级写字楼里上班的人之间并无多大差别。这其中的差别多半只是人们想象出来的。

很快，有漾便积累了一些在户外生存的技巧。比如如何在黑暗中照顾自己，在哪里可以领到免费食物，在睡觉时怎样保护随身物品，以免被人偷走。有漾还把少得可怜的一点零用钱积攒起来，买了几件防雨工具。因为他很快便发现，露宿街头最可怕的不是寒冷，而是下雨。要是被雨淋湿的话，多半是会生病的。为了方便转移，流浪汉除了穿在身上的衣服，身边常常只留一两件，一只手提包就可以装下所有财产。因此，忽然而至的降温和冬天的雨雪总是会让人有些措手不及。

平安夜那天，天空忽然下起了小雪。公园里一下子来了许多志愿者，他们带来了热汤和很多好吃的东西。有漾的晚饭还没有吃，于是也跟着别人一起去排队。但是，不知从哪里忽然冲出一群人来，他们有的扛着摄像机，有的手拿照相机。空气中响起一片相机的咔嚓声，蛇一般游走的闪光灯在这群衣冠不整的人的脸上闪烁着，把他们的邋遢和落魄通通暴露无遗。有漾厌恶地皱了皱眉，转身想走。这时，一个衣着时髦的女人追上来拦住了他。女人把话筒伸到他面前,问道:请问您有家吗？结过婚吗？您以前做过什么职业？

有漾能闻到女人身上飘出的香水味，很好闻。淡淡的、细若游丝，却像一大把布满倒刺的小爪子似的抓挠他的身体。他忽然意识到自己早上没有刷牙，或许他身上正散发出一股令人生厌的臭味。于是，本能地往后缩了缩身体。女人却不依不饶地跟了上来，继续问道，请问您为什么不回家？为什么要住在这里？

为了不让那些想象中的臭味从他的嘴巴里飘出来，有漾拼命屏住呼吸。他觉得自己几乎快要窒息了，这让他的脸呈现出一种奇异的表情。充满着溺水者的绝望，却又有几分难以克制的兴奋。女人又往前跨了一步，她衣服上的皮毛已经蹭到了他的脸，那种冰冷而毛茸茸的感觉几乎把他吓了一跳。

有漾忽然有些被激怒了，瞪大眼睛愤怒地看着她，因为憋得太久而忍不住大口大口喘着粗气。女人见状愣了一下，有些不知所措。趁这个机会，有漾忽然伸出手猛地推开她。女人脚底一滑，同时发出一声尖叫。幸亏被身后的人扶了一把，这才没有摔倒。有漾胡乱推开几个挡住他去路的人，拼命往外跑。奔跑中，他忽然意识到自己的左手还端着一碗汤，碗上完好地盖着盖子。于是，有漾放慢脚步，一边跑一边努力去喝碗里的汤。由于用力过猛，一次性纸碗几乎被他捏碎了，碗里的汤有一半洒到了衣服上。

跑出公园之后，有漾终于觉得安全了。身旁的店铺依然灯火通明，里面有人正在安静地吃饭。因为喝了那半碗汤的缘故，现在他已经不那么饿了，却忽然感觉委屈无比。有漾又想起刚才那个穿毛皮大衣的漂亮女人，女人絮絮叨叨问他的那些话。他哆嗦着伸出手去摸自己的脸，两行热泪顿时夺眶而出。就在这时，有漾忽然感觉有些想家了。他从没有像现在这样想家、想儿子，甚至想念利小芬。他一边流泪，一边拼命往前跑。当他奔跑的时候，路上来往的车辆像是忽然放慢了速度。看起来就像是一只只被什么人远程操纵着的玩具，忽然被集体调慢了一挡。迎面而来的行人自动让开一条道，以便让他的奔跑变得更为顺畅。这让有漾忍不住有些奇怪，为什么会这样呢？难道他们怕他吗？他有什么让他们害怕的呢？

回到家时已是深夜。有漾站在楼下往上看，估摸利小芬告诉过他的那个地址会在哪个位置。他顺着楼梯大着胆子往上走，一边走一边习惯性地在口袋里摸钥匙，自然没有找到。终于，有漾站到了门前。他正犹豫着要不要按门铃，却忽然发现门根本就没有锁。

有漾慢慢推开门，这才发现屋子里竟然一个人也没有。几件旧家具摆在陌生的房间里，看起来几乎有几分怪异。他费了很大的劲才认出来，原来那都是自己以前曾经用过的东西。有漾很快便找到利小芬和儿子的房间。他先在儿子的房间站了一会儿，又来到利小芬的房间里。然后，他便闻到了一股刺鼻的怪味。

利小芬是个爱干净的女人，有漾一点也弄不明白，这到底是什么味道？这味道是他以前从没有闻到过的，却几乎让他差点呕吐出来。有漾只在那里站了几秒钟便退了出来，但他的脑子里忽然浮出一个词：狐臭。是的，是狐臭！与利小芬生活了这么多年，他竟然从没有闻到过。现在，他终于见识到它的庐山真面目了。

从屋里出来的时候，有漾用力把门带了一下。听到锁簧发出的一声清脆的咔嚓声，他忍不住微笑了一下。有漾知道，自己以后再也不会回来了。

（原载《创作与评论》2015年5月号上半月刊，《小说选刊》2015年第6期转载）

跳 舞 吧

　　赵彩云到县吕剧团后不久，便感觉有点不对劲。赵彩云发觉，老有人在背后打量她，似笑非笑的，看得她心里直发毛。可是，等她转过脸来的时候，他们却早已把目光移开了。赵彩云低着头咬了咬嘴唇，赶紧逃似的离开了。

　　那些人的目光，赵彩云早已经读懂了。她知道自己长得不好看，剧团里的人都有点嫌弃她。可是，难道那些笑话她的人就是天生该吃唱戏这碗饭的吗？于是，越发在暗地里较上了劲。

　　赵彩云是那种看起来很茁壮的女孩，五官长得很开，皮肤微黑，倒是十分地细腻。因为过于丰满，笑起来的时候脸上的肉便一块块地努了起来，嘴唇也有点微微地往前冲。又因为舍得出力练功，腰上和腿部的肌肉过于发达，人看起来便显得有些笨。这样的长相原本是不适合当演员的，不知怎么，竟然吃了唱戏这行饭。

　　赵彩云的嗓子也不好，有点沙，又有点直、有点飘，唱到高音的时候就像是凭空被人在腰上掴了一巴掌。因为意外和着急，一时乱了方寸，于是那唱出来的声音便一下子变成了烟卷里飘出来的一小缕轻烟，扭着身子忽悠悠地往前冲。让听的人也跟着着急，恨不得冲上去和她一起使劲。

　　在剧团里，赵彩云从没有演过主角，甚至连配角也没怎么演过。有时，整场演出只是举着旗子在台上转几圈，权且充当个活道具。但是，赵彩云对这样的冷遇看起来倒也并不怎么当回事，依旧每天按时到练功房练功。劈腿下腰吊嗓子，直到出一身热汗这才停下来。

　　赵彩云发觉自己实在是太爱唱戏了。从到剧团的第一天起，她便喜欢上了这里。色彩艳丽的戏服，有着高高鞋底的云靴，还有那些被灯光映照得五彩缤纷的头饰，赵彩云简直说不出有多喜欢它们。有时，赵彩云一个人躲在剧团的贮藏室里，站在那些陈旧的戏服面前，盯着它们一看就是大半天。

贮藏室的光线很暗，因为无人打扫，各式各样的道具上落了一层灰。赵彩云偷偷穿上戏服，戏服的宽袍大袖扫起贮藏室里积年的尘土。赵彩云一边轻声咳嗽着，一边在高低错落的道具间走起了碎步。

到剧团有演出的时候，赵彩云更是一场不落。所有的演出她都百看不厌。铿锵的锣鼓声催着人的心跳，然后，咿咿呀呀的琴声便响起来了。那些平日里看起来并不怎么起眼的男男女女，穿着艳丽的戏服，脸上抹着桃色的腮红，在灯光下完全变成了来自另一个世界的陌生人。每当这时，赵彩云的眼睛里便忍不住汪起一层薄薄的泪花。没有人知道，她是多么喜欢这一切。赵彩云觉得，自己天生就应该属于这里。有时，她真愿意变成一支飞枪、一把刀，或者是那些千娇百媚的才子佳人头上的一根花翎。

赵彩云是吕剧团从乡下招来的。据当年招她的人说，那时候他们在乡里设考场，赵彩云一大早便赶了过来。他们见她长得不好看，连名都没有让她报。赵彩云也不吭声，在考场外面足足站了两天。直到他们收摊子要回县城的时候，这才慢慢地从外面蹭进来，期期艾艾地说，能不能让她试一试？

赵彩云一直站在外面的大太阳底下，他们早就看见了，都有点心软。于是，就让她唱支歌试试。赵彩云便唱了，唱的是那首《学习雷锋好榜样》。问她为什么要唱这首歌，回答说她只会唱这个。

几个人也不说什么，坐在下面闲闲地听着。赵彩云的嗓子显然一点也没有经过训练，就像冬天山涧里偶尔流出来的水，尖锐而生硬，和赵彩云一样，完全是一副没有见过世面的模样。不过，声音倒是十分洪亮，要是站在舞台上唱歌，肯定连话筒都不需要。

等唱完了歌，连赵彩云自己都觉着有点不好意思。但是赵彩云到底是乡下长大的孩子，有股子韧劲，不甘心就这样便被打发了。于是又红着脸说，她还会跳舞呢，是跟着电影里学来的。

反正现在该招的人都已经招完了，还剩下点时间正不知该如何打发。原本说好送他们回县城的车子迟迟没有来，他们已经等得有些不耐烦了。于是，他们又点点头说好，你跳吧。

赵彩云站在那里，先舒展一下手脚，然后便开始跳舞。他们做梦也没有想到，赵彩云跳的竟然是脚尖舞。赵彩云脚上穿的是布鞋。那是一双普通的黑布鞋，出边，手工纳的鞋底，簇新的鞋底上还有一圈毛茸茸的线头留在上面。赵彩云就穿着这样一双鞋子，竟然立起来了。立起来的赵彩云微微地喘息着，黑布鞋在干燥的泥地上腾起一小圈轻微的尘土。然后，赵彩云在空中一跃，倏地停了下来。

赵彩云的舞蹈惊得他们半天说不出话来。那不是好或者不好可以评价的，那甚至不能算是舞蹈。立起的脚尖让平庸的身体在陡然间变得出挑起来。赵彩云轻快地跳跃着，把身体扭曲成各种出人意料的形状。那是没有章法的，又因为不懂规矩，没有条条框框，反倒有一种恣肆的奔放。

那一瞬间，他们被她彻底感动了。反正剧团偶尔也会演一些歌舞节目，正缺人。于是，便把她额外地收下了。激动得热泪盈眶的赵彩云不知该怎么感激他们，立即趴在地上叭叭地磕了两个响头。

但是，这是第一次也是唯一的一次，赵彩云让他们感动了。到了剧团之后，赵彩云因为学会了练功，知道女人在舞台上应该妩媚，反倒变得不会跳舞了。虽然她依然可以将脚尖高高地立起来，但身体却因为懂得而变得羞怯起来。羞怯的赵彩云终于耻辱而无可救药地暴露出她的难看，就像这是她送给观众的礼物似的，明知道不堪却又不得不拿出来给别人看。于是，越发地羞耻不安起来。

别人都有点为她着急，赵彩云更是急得睡不好觉。睡不着觉的时候，赵彩云就悄悄爬起来到练功房练功。然而，她的勤奋却带来了完全相反的效果。赵彩云开始发胖了。以前在乡下的时候，因为吃得不好，一直看不出来。现在剧团的伙食虽然还是不好，但大米白面却是可以敞开肚皮吃的。

发胖可是演员的大忌，赵彩云越发着急起来。开始控制着不吃，可总是抗不住饥饿。又因为运动量过大，吃一次都是狠叨叨的，要将不吃的那些补回来似的。这样饥一顿饱一顿的，每吃一次都像是要在肚子里贮存下三四天的食物，于是越发地胖了。后来，连赵彩云自己都失去了信心，只好任由自己继续胖下去。

没人的时候，赵彩云常常偷偷站在练功房的镜子前，一边悄悄地打量着自己，一边伸出手狠狠地揪着浑身上下的肉。对这些圆滚滚的厚肉，赵彩云实在是爱恨交加。但是，她发觉自己一点也做不了自己的主。赵彩云从小在乡下长大，对粮食有一种天然热爱。现在忽然有了不要钱的饭，不吃实在是太亏了。她下意识地不愿意吃这个亏。

　　剧团里很快便对赵彩云彻底失望了。赵彩云明显不是演戏的材料，团里的人都有点歧视她。赵彩云当然早就看出来了，却一点也不知道该怎么办，只好听之任之。伤心失望的赵彩云发觉，只要能让她继续待在剧团里，便已经十分满足了。要是让她在戏里担任一个小角色，哪怕是端茶倒水只露一次面的小丫鬟，赵彩云都可以兴奋很多天。每天晚上，赵彩云自觉地到练功房里，一遍遍地对着镜子认真地练习，直到浑身上下的衣服被汗水浸得湿漉漉的。

　　但是，就连这样的小角色，也不容易得到。因为兴奋过度，赵彩云经常会出差错。有一次，还在舞台上摔倒过，打翻了手中的茶杯，引得观众一阵哄堂大笑。为了能争取上台演出，赵彩云总是跟导演软磨硬泡。剧团里只有一个导演，只要排新戏，赵彩云便寸步不离地跟着他。笨拙地暗示，只要给她一个角色演，她可以跟他上床。导演已经有些老迈了，年轻的赵彩云跟在他后头，就像是执拗的孙女在向祖父讨要什么东西。那东西原本早就答应了的，不知怎么却临时变了卦。做孙女的不甘心，却又毫无办法，于是只好寸步不离地跟着。

　　赵彩云在离导演十几米开外的地方，也不说话，就这么站着。要是导演到屋子里，赵彩云就耐心地在外面等着。等导演出来之后，再继续跟在后头。导演已经上了年岁，走不快，所以赵彩云一点也不用担心会跟不上他。

　　开始的时候，导演十分愤怒，还曾经破口大骂过。但是赵彩云并不生气，依旧笑嘻嘻地看着他，说导演你骂吧，想骂就骂，怎么痛快怎么骂，只要能让我上台参加演出。导演气得竟一时说不出话来，无奈，只好不再搭理赵彩云，任由她在后面跟着。

　　赵彩云就这样跟了半个多月。后来，导演不知怎么忽然动了心，真的跟赵彩云做了那事。于是，剧团里很快便传出许多有关导演与赵彩云的种种笑话。那些笑话有着各式各样的版本，在各种场合在不同人的嘴里传来传去，几乎让人辨不清真伪。

再后来，这几乎变成了一种习惯，每次导演需要赵彩云演什么角色，便把她拉到哪个隐蔽的地方。或者赵彩云想参加演出，便主动找过去。即便那个角色根本就没人愿意演，给赵彩云也像是一种恩赐似的，而赵彩云竟一声不吭地接受了。

那些笑话很快便辗转传到了导演的耳朵里。导演因为这些被大家传来传去的笑话而愤怒，又因为赵彩云总是像条虫子似的跟在自己后头而愤怒。这愤怒在老迈的导演身上，看起来便有点像是别的什么情感，打情骂俏或者是怜惜之类的东西。众人看在眼里，于是又添油加醋地编到了那些笑话里。

反正剧团已经好多年不排新戏了，即便是排了也没人愿意看。现在所谓的排戏，只不过是在原来的基础上修修补补而已。大家心里都窝着一肚子的火，就是把导演也嘲笑一把又如何？

但是，这样的嘲笑却是来无影去无踪的，几乎无法找到对手。因此，导演只能兀自仇恨着。导演很快便把这仇恨转移到了赵彩云的身上。反正，一切都是因为她的缘故。于是，这恨便是该当的。

导演发泄仇恨的方式，便是和赵彩云做爱。有时，他们甚至连话都不说，只是激烈地撕扯，纠缠在一起，就像两个不共戴天的仇人。导演拍着赵彩云腰上一块块突出的厚肉，恶声恶气地咒骂着，啪啪地吐着唾沫。可是，到了下一次，依然会把她按到地上。

让众人瞧不起的是，赵彩云不仅和导演睡觉，还跟别的对她表示好感的男人上床。据说，只要哪个男人夸奖她是块演戏的好材料，只需不断努力，就一定会有所收获。这样的话是赵彩云最喜欢听的，因为感激，便会对那个男人以身相许。

虽然这都是私底下的行为，不知怎么，团里的人却差不多都知道。剧团这种地方，原本对那种事还是宽容的，但是像赵彩云这样明目张胆地下贱，还是让众人打心眼里瞧不起。他们对赵彩云的不屑甚至都不愿意掩饰，几乎没有人愿意搭理她。剧团因为这事曾经打算处理赵彩云，只不过因为导演是剧团的副团长，碍于情面，这才没有把赵彩云赶出去。

吕剧团已经很有些年头了，据说当年也曾热闹红火过。下乡演出的时候，十里八村的人都争相跟着看。还闹出过有人因为爱上了哪个唱小生或者是唱花旦的而追到团里的事。那是个激情复活的年代，团里的老人们一谈起那时的光景，眼睛里便充满了向往。那时候，男人们穿着紧身的喇叭裤，袖管挽到了胳膊肘那儿。女人们的额前烫着弯弯曲曲的长刘海，衬着两只水灵灵的大眼睛。许多人的身上都穿着改良过的绿军装，腰身那里被精心地挖掉了些，熨帖地合着腰肢。裤子当然是又肥又大没有形的，却在膝盖那里被稍稍地收了一点，于是身体的曲线便完全凸显出来了。

　　样板戏那时早已没了市场，新东西却一时还没有出来。人们的一只脚已经急不可待地跨出了门，半个身子却还停留在原来的地方。因为匆忙和毫无准备，脸上还残留着些挣扎和惊吓的痕迹。内心的惶恐就像门外尖厉的风，刀子似的有些割人。吕剧的铿锵和意外的凄婉正与那个时代合辙押韵，诉说着人们浪漫的激情和莫名的哀痛。

　　那时候，团里还真有几个能压得住阵势的角儿。据说有个唱花旦的，朝台上一站，还没有开口，便能赢得满场的叫好声。这么多年过去了，许多人依旧忍不住感叹，说那真是个天生该吃唱戏这碗饭的女人。嗓子好，扮相也俊，一上台两只眼睛便在台上台下飞。眼神在人群中一扫，便能撩得人心里痒痒的。只要听说有她的戏，台下总是人山人海的。就连几百里之外的邻省的一个吕剧团都被惊动了，特意到他们这里挖人。但是，花旦那时正跟团里的一个小生热火朝天地谈着恋爱，虽然对方提供的条件优厚，到底也没有把她挖走。

　　只是后来不知发生了什么事，那小生忽然娶了别人，闪电般地成了县里某个领导的乘龙快婿。小生本人也很快调到了县机关，走上了仕途。小生调走之后，花旦虽然一滴眼泪也没有流，但是每次在台上唱《秦香莲》的时候，却总是哭得花容失色，肝肠寸断。凄婉呜咽的唱腔让台下的观众也忍不住落泪。人们一边抹眼泪，一边感叹，这女人唱得真好呀。

　　花旦这样哭了几次，忽然说不想唱戏了，谁劝也劝不住，执意回了老家。听说花旦离开后不久便去了邻省的吕剧团，很快成了那里的名角儿。团里的老人们都说，自打花旦走了之后，剧团便开始败落了。走的走了，嫁人的嫁人，要不就是改行做了别的，剧团的好日子也到头了。

如今，当年的辉煌早已经成了过去。县里的年轻人现在一提起剧团便不屑地摇头。人家大城市的剧团，那里头都是身怀绝技的艺术家。他们算是什么呢？充其量是个草台班子而已。

团里的戏服和行头都还是当年置下的。也不是用的什么好面料，又是天长日久堆在贮藏室里，除了上上下下压出来的抹不掉的细碎的褶子，还有一股子若有若无的怪味。好在乡下人看戏也不讲究，每次到乡下演出，只要带上些戏服和不多的几件道具就行了。随便在村子口搭个台子，也不要幕布，就这么在半空里悬着。台后再搭上个帐篷，权且充当演员化妆换衣服的后台。音响设备也不讲究，要是路远或者是忘记带的时候，就用当地村子里的扩音器。实在不行就什么也不用，只凭演员的嗓子，也不管台下的人是不是能听清楚。反正演的戏还是几年前排的，词都是烂熟的。偶尔心不在焉忘了词，台底下的人因为听不清楚也没什么反应，混一混也就过去了。

这样的演出大多是因为村子里出了什么喜事。谁家的儿子娶媳妇啦，谁家的孩子考上了大学之类的。要不就是逢年过节的时候，农民们闲着没事，于是村里领头的人便动了请剧团来唱出戏热闹热闹的念头。费用都是各家各户凑的份子，数目当然不大，好在剧团也不怎么挑剔。反正蚊子也是肉，总比在家里闲着强。

除了唱戏，剧团有时也会排演些流行歌舞，等那些乡下人看完戏的时候作为加演的节目，以此吸引观众。这样的节目因为是额外的，当然要另外计酬。乡下人见的世面少，难得看到这些花里胡哨的东西，有时这样的节目反倒比那些老掉牙的才子佳人戏更受欢迎，因此拿到的酬劳也更多些。有一段时间，剧团几乎变成了专演这种节目的歌舞团。

后来，电视普及了，什么样的大腕都能在电视里看到，大城市的歌舞团也放下架子常出来演出赚钱，剧团演的那些半调子流行歌舞很快便没有了市场。因为缺少能压住阵的角儿，经费又成问题，好多年都排不出新戏。唱来唱去就那么几出，很快便没人听了。不久，剧团便陷入了半瘫痪状态。

没了吃饭的饭碗，团里的人只好各找各的出路。长相漂亮些的女演员大多是到机关里干打字员、资料员之类的活儿，反正她们嫁的差不多都是县里的干部，利用丈夫们手中的权力在机关里安插个把人也不是什么难事。男演员中年轻的大多改了行，或者是离开这里另闯生路。还有的跟着草台班子走江湖去了。赵彩云原本也想跟他们走，可是没有人愿意要她。

现在，剧团里已经没有几个人了。剩下的大多是老弱病残或者是脑筋不活络、没有门路的，还在这里继续留守着。这留守的几个人当中，多半是唱了一辈子戏，别的事做不了或者不愿意做。要不就是丢不开唱戏这一行，是真的打心眼里喜欢。因此，虽然现在剧团只剩下了个空壳子，练功房里依旧每天按时响起悠扬的旋律。只是，音乐声虽然热热闹闹地铺满了一屋子，其实里头并没有几个人，常常只有赵彩云和另外一个唱老生的。老生早已经退休了，权且把练功当成锻炼身体，隔三岔五地来一次。实际上真正坚持练功的，只有赵彩云一个人。

赵彩云自幼父母双亡，是跟着哥哥嫂子一起长大的。现在既是已经离开了乡下，自然没有再回去的道理。而且，关键是她喜欢这里。团里现在每月只发几十元生活费，还不是按时的，常常一拖好几个月。好在赵彩云并不是很在意，只要不让她挨饿，再让她继续待在这里，便已经很知足了。

可是，就连这样的愿望也有点快保不住了。赵彩云以前住的是剧团的集体宿舍，现在宿舍被派了别的用场，不能再继续住下去了。正在赵彩云一筹莫展的时候，一家理发店的小老板帮她解了燃眉之急。小老板是个戏迷，虽然赵彩云连台都没怎么上过，到底还算是剧团的人。既是因为崇拜也是因为同情，小老板主动提出，让赵彩云住到理发店去。赵彩云千恩万谢地搬了过来。因为感激，当晚便与小老板上了床。

小老板原以为把赵彩云弄到手还需要费些事，没想到竟是这般容易。吃惊之余，不免暗自得意起来。小老板在黑暗中大胆地伸出了手，窸窸窣窣地抚摸着。当手指掠过赵彩云身上的一块块厚肉时，忽然用力抓了一把，扑哧一声笑了起来。因为毫无防备，赵彩云痛得忍不住叫出了声，一边扯着身上的衣服，一边说你笑什么？小老板又是咯吱一声，说平时看那些演员穿着戏服站在舞台上，都跟青葱似的，原以为是怎样的杨柳细腰，没想到竟是这么粗，像水牛一样。

赵彩云顿时羞红了脸，好在二人都在黑暗中，小老板看不见她脸红。过了一会儿，小老板停了手，又说，要不，你唱几句戏文听听吧。赵彩云推脱道，白天跳了一天的舞，有些累了。小老板不依，依旧坚持着。赵彩云见推脱不过，便清了清嗓子，唱道：

> 兰瑞莲挑水桶自思自叹呐，
> 想起了终身事好不伤惨。
> 我舅舅图钱财把我来卖，
> 卖进了周家门，受尽熬煎。
> 兰瑞莲我今年一十八岁，
> 我丈夫他今年五十单三，
> 生就的狠心肝，性情残忍，
> 每日里回家来，打骂于俺……

四下里静悄悄的，黑暗中只有些影影绰绰的暗影，看起来就像是一群正听得入迷的观众。赵彩云见状，忽然来了精神，原本还是半靠在床头上，现在竟立了起来，声音也一下子高出了许多。小老板吓得赶紧过来捂她的嘴，一边捂一边笑，说得了，你别唱了，听得我头皮都麻了。要不是知根知底，我还真不敢相信你是个唱戏的。

因为失望，小老板对赵彩云的兴趣很快便消失了。不过，倒是让赵彩云继续住在理发店里。理发店的生意不错，几乎每天都顾客盈门。为了多赚钱，不把最后一个客人送走，是不会关门的。因此，赵彩云每天都要到十二点之后才能睡觉。等到理发店关门之后，赵彩云就开始给店里打扫卫生。先把落在地上的碎头发清理干净，把案台上的理发用具整理好，洗好客人们用过的脏毛巾，再把沾满污垢的水池冲洗干净。这样，等店里的人第二天来上班的时候，马上就可以接待客人了。这也是赵彩云得以继续住在这里的代价，权且充作房费。

把这一切做完之后，赵彩云这才拿出藏在柜子后面的铺盖卷，在店堂的地上铺好，躺了上去。赵彩云在硬邦邦的被褥上伸了个懒腰，并没有感觉到疲倦。虽然白天在练功房里跳了一整天，现在又在理发店忙活了半天，赵彩云依然感觉自己浑身有使不完的劲。

空气中弥漫着一股烫发水的味道，虽有些刺鼻，却有种意外的温暖。墙上的镜子里映出赵彩云横躺着的身影，就像是在剧团的练功房里一样。这样的感觉，让人喜欢。赵彩云忍不住尖起手指，对着镜子里的人飞了个媚眼。

然后，赵彩云便平静而幸福地闭上了眼睛。她发觉，一切都是那么美好。而且，等到天亮之后，她又可以跳舞了。

练功房以前是县里的会议室，已经十分陈旧了。除了撤掉原来的桌椅，几乎还保留着原样。四下的窗户都已经封上了，只在沿墙镶了一圈镜子。因为少有人来，房梁上已经挂起了蜘蛛网，地板上也已经铺了一层的灰。赵彩云每天总是先坐在地板上听一会儿音乐。音乐像一锅刚烧开的热水，在她的胸腔里上上下下地翻腾着，赵彩云很快便感觉到浑身发热，像打摆子似的微微颤抖起来。然后，赵彩云便站起身，跟着音乐跳起舞来。这时候，赵彩云常常会忘记了自己。那个随着音乐飞舞的身体似乎是属于别人的，腰上、腿上和胸脯上的东西，一块块的肉都是活的，一动便像水面上的涟漪似的颤动着。

从练功房的镜子里看上去，这样的颤动一点也不美，反倒有一种莫名其妙的癫狂在里头，看起来多少有点滑稽。但是这颤动对于赵彩云来说却是醉人的，赵彩云敏锐地捕捉到了这样的变化，脸上忍不住溢出笑容来。

县医院的外科医生李海青闯进练功房的时候，赵彩云正处于这样的癫狂状态。

李海青从小就是在县城长大的。上的是城里最好的小学、中学，然后，顺理成章地去外地上大学。大学毕业后，又成了县医院的一名外科医生。生活从一开始就在李海青面前铺出了一条笔直的路，李海青不需要为自己的未来操心，一切似乎都已经安排好了。李海青也从小就是个乖孩子，从不需要父母和老师费太多的事。

李海青当然也有自己的心思。李海青喜欢唱歌，梦想着有朝一日能做一名歌手。那些穿着鲜艳的演出服在舞台上引吭高歌的演员，总是让李海青羡慕不已。李海青最不满意的就是当初考大学的时候，父母不让他报考艺术院校。那时候，李海青的父母认为考艺术院校的都是成绩不好考不上大学的学生最下策的选择，像李海青这样出类拔萃的孩子是不应该走这样的旁门左道的，因此执意让他上了医学院。李海青至今一谈起这事依然忍不住痛心疾首，摇头叹息道，偏见呀偏见，偏见毁了一个天才！

为了圆自己唱歌的梦，李海青不放过任何能够一展歌喉的机会。各式各样的业余文艺演出、卡拉 OK 大奖赛，甚至是周末大街上一块钱点唱一首歌的街头自助，李海青也乐此不疲。唱歌是李海青的梦，但既然是梦，就会有空想和不切实际的成分在里头。李海青自己也知道，唱歌不可能成为他谋生的职业。

在小县城里，要想靠唱歌吃饭，只能是到剧团唱地方戏。可剧团的人除了逢年过节的时候到偏僻的乡下混点银子，平日里根本没有人看他们演出。几个月拿不到工资是常事，连吃饭都成了问题，哪如做一名医生体面风光？因此，李海青在内心里也并不怎么在意是否真的能做一名歌手。

但是，这并不妨碍李海青总是隔三岔五地朝剧团跑。剧团的那幢有着宽大天井的二层小楼在李海青的眼睛里总是风情万种的。在里面进进出出的男男女女们在李海青的心目中也显得有些特别，与周围的普通人不一样的。李海青一听到剧团的院子里传出的琴声便激动不已。先是到剧团看演员们有一搭没一搭地练功，后来去得多了，便跟他们混熟了。有时，也跟着一起吊吊嗓子、踢踢腿，偶尔缺人的时候，还跟着跑过几回龙套。

李海青已经在练功房的门口站了很长时间，赵彩云始终没有发觉。直到终于跳完了，这才看见了他。见有陌生人在看着自己，赵彩云连忙伸出手擦了擦额头上的汗，侧拧着身子，有点不知所措。李海青对赵彩云笑了笑，说你跳得很认真，都没有看见我。

赵彩云的脸腾地一下红了，嗫嚅着笑了笑，就好像自己在这里跳舞是一件十分令人羞耻的事似的。停了停，又有点为自己辩解似的说，我没有别的事可做。

李海青忍不住笑了起来，赵彩云的样子让李海青感觉有点不忍。为了让赵彩云不必过分紧张，李海青说，你跳得很好。赵彩云并没有听出李海青的夸奖只是出于礼貌，又笑了笑，有些感激的。

李海青说，那下次我也来吧，我唱歌，你跳舞，行吗？

李海青这么说多少有点开玩笑的意思，谁知赵彩云竟然当真了，眸子一下子亮了起来，说，那你什么时候来？

李海青后来又去看过几次赵彩云跳舞。下一次，等下了夜班之后，李海青果然带来了伴奏带。李海青唱歌，赵彩云和着节奏跳舞。李海青唱累了，就在一边看赵彩云一个人跳。赵彩云的体力很好，跳了一个下午依然毫无倦意。赵彩云跳的舞大都是她自己编的，里面有大量的扭胯送腰和跳跃动作。李海青能听到练功房的地板上发出一阵阵空洞的咚咚回声。

不久，李海青便和赵彩云混熟了。有关赵彩云跟谁都睡觉的事，是早就在县城里传开了的。现在既是熟了，李海青便又想起了那些传言。有一次，李海青忽然半开玩笑地问赵彩云，知不知道别人对她的那些议论呢？

那时，赵彩云正把脚尖勾在镜子前的扶手上，一遍遍地下腰。赵彩云不动声色地说，是说我和谁都睡觉的事吗？

李海青原以为赵彩云会因此跟他翻脸的，没想到她竟然毫不在意。这倒让李海青感觉有点讪讪地，一时不知说什么好了。赵彩云笑了笑，转过脸来看了李海青一眼，说当然不是谁都可以，不喜欢的人当然有。不过，不喜欢也是要通过了解才知道的。

李海青禁不住好奇起来，说怎么了解呢？通过跟他们睡觉吗？

这一次，赵彩云没有肯定也没有否定。却伸手按下录音机的开关，转身开始跳起舞来。李海青也不说话，只是悄悄打量着赵彩云扭动着的身体。李海青忽然发现，赵彩云的舞蹈乍一看有点滑稽可笑，看得久了，竟然有一种让人感动的东西在里头。赵彩云的肥硕、健壮，还有那些类似赘肉一样臃肿的肌肉，不知怎么，总让李海青感觉有些特别。李海青想了半天才想出一个词：绝望。对，赵彩云的舞蹈让他感到了绝望。那样激烈地扭动虽然丑陋，却是忘我的，有一种绝望的执着在里头。李海青发觉自己忽然有点被感动了。

李海青转身把放在地板上的录音机关上，对赵彩云说，你别跳了，好吗？

后来，李海青曾经无数次回忆起那天下午在练功房里发生的事，竭力想弄清楚那件事到底是怎么发生的，却总是一无所获。李海青只记得自己向赵彩云讲述了他的感动。李海青说得十分具体，一边说一边伸出手比画着，指着赵彩云不均衡的身体，告诉她，那正是让他感动的地方。赵彩云的眼睛里含着泪，一直一声不吭地注视着他。

然后，李海青便什么都不记得了，只记得那令人眩晕的翻滚。赵彩云强壮的身体带着他，向前翻滚着，狂热而不容置疑。李海青被裹挟着，像浪涛中的一株稻草，很快便被淹没吞噬掉了。这个裹挟的过程短暂而漫长，却是令人快慰的，只到二人"嘭"的一声碰到了墙上的镜子。

李海青松开手，镜子里的人看着自己。李海青在那个镜中人的眼睛里看见了自己赤红的脸、蓬乱的头发和赤裸的身体。李海青就是在那一瞬间，忽然感到了羞耻。他不知道自己为什么会感觉羞耻。这一切发生得实在是太快了，李海青几乎没有反应过来，就被那个汗涔涔的身体覆住了。可是，不是他把录音机关上的吗？赵彩云原本只是在跳舞，并没有要勾引他的意思。那么就是说，是他李海青勾引了赵彩云？

李海青看见自己关上录音机，走上前去，伸手拥住了赵彩云健壮的腰肢。可是，要是这样的话，他为什么又会有如此深重的羞耻感呢？这真是一件很奇怪的事情，他为什么会感到羞耻呢？是因为赵彩云长得难看吗？还是纯粹是因为勾引这件事？

赵彩云还躺在地板上，流着热汗，腮帮子上沾了一大块土，头发纠结在一起，吼吼地喘着气。李海青不由有些感慨，她长得真难看呢。而且，这种事她肯定不是第一次发生了。李海青能看出来她是真的喜欢唱戏，喜欢跳舞。只要能让她上台演出，她什么事都愿意做。可是，她为什么要和李海青在一起呢？他并不能帮她圆她的舞台梦。难道只是因为他告诉她那一瞬间的感动吗？

李海青费了好大的劲，才把赵彩云推开。李海青站起身的时候，依旧忍不住浑身颤抖着。李海青一边穿衣服，一边咬着牙根连声说，对不起，对不起。然后，边穿衣服边往后退，等到脚后跟"咚"的一声碰到了门框，这才转身一溜烟跑掉了。

李海青的歌手梦就是从那时候开始破灭的。至少，再也不敢朝吕剧团跑了。李海青现在甚至不能听音乐，一听到音乐声便感觉心惊肉跳。那天下午在练功房里发生的一切似乎悄悄潜入了音乐里，伴着激情和肉欲，令他羞愧不安，坐卧不宁。

但是在那之后，赵彩云并没有来找过李海青，就像那件事从来没有发生过一样。李海青也不知道赵彩云现在是否还像从前似的，每天到练功房练功。偶尔，李海青还能在大街上遇到赵彩云，但总是刚看见人影就吓得躲到一边去了。

半年之后，吕剧团终于彻底解散了，就连那座破破烂烂的练功房也卖给了一家企业当厂房。练功房易主的时候，赵彩云忽然在一夜之间消失了。那时候，剧团已经没有什么人留在这里了。就连那个理发店的小老板也说不清，赵彩云到底是回了乡下还是去了别处。

知道这个消息之后，李海青大大地松了口气，可同时又有一点说不出口的失落。与赵彩云的那件荒唐事，虽然常常让李海青感觉羞愧难当，但事后却忽然发现，竟然还有许多值得回味的东西。

这样的回味是需要时间的。只要有充裕的时间，一切都是可以改变的，情节、感觉、记忆等等。至于事实到底如何，倒变得不那么重要了。

（原载《天涯》2008 年第 5 期）

外　　遇

籍小婧是在大四快毕业的时候认识终鸣的。

终鸣是籍小婧毕业论文的指导老师，是由学校里指派的，所以她并不认识他。籍小婧上的是一所很烂的民办大学，里面的老师差不多都是别的大学来兼课赚外快的，总是三天两头换人。籍小婧有时甚至连那些代课老师的姓名都来不及记住，便已经换了新面孔。籍小婧开始时并没有拿终鸣当回事，把自己从网上胡乱抄来的论文让同学带了过去，便把这事忘到了脑后。

籍小婧那时正蠢蠢欲动地想当模特。她的身材高挑，在一般人眼中算得上是个美女了，但要是以模特的苛刻标准来衡量，身体条件却并不算好。虽然有一米七五的身高，但长相普通，骨架偏大，三围的比例也不太理想。大腿过于粗壮，臀部太肥，这样人看起来便有些臃肿。即便如此，籍小婧仍然积极努力着。每天都坚持跑步，不过吃得却很少，晚饭只喝一小瓶酸奶。由于经常处于半饥饿状态，籍小婧常常会感觉头晕，脑子也有些反应不过来似的。籍小婧几乎把有关毕业论文的事完全忘记了。但是，一个星期之后，终鸣却打电话把她叫到了办公室里。

那是籍小婧第一次与终鸣见面。终鸣看起来有四十多岁的模样，身量不高，五官倒是轮廓分明，下巴结实有力。要不是头发过于稀疏，人也有些发福了，他看起来几乎有几分帅气。终鸣的办公室很大，不时有人在里面进进出出的。终鸣低着头坐在办公桌前，面前摆着籍小婧的论文和另外一本打开的杂志。终鸣抬起头看了她一眼，忽然笑了笑，将那本杂志递给了她。籍小婧只看了下文章的标题，脸便腾地一下红了起来。她的论文与杂志上的那篇文章几乎一模一样。

籍小婧站在那里，低着头倾听终鸣训斥。终鸣的声音低沉而柔和，即便是在批评人的时候，也似乎有一种不易察觉的温暖。这声音不知怎么忽然让她想起了自己的父亲，虽然她已经有许多年没有见到父亲了，但这声音却让她忍不住想缩起身子，钻到终鸣衣服上那只扣着扣子的大口袋里。等到再抬起头来的时候，籍小婧的眼中已浮着一层薄薄的泪光。终鸣见状吃了一惊，不由停住了话头。过了一会儿，便挥挥手示意她回去。

后来，籍小婧又与终鸣见过几次，谈的都是有关毕业论文的事。每次终鸣看她的论文，都会忍不住发脾气，籍小婧的笨拙与天真常常把他弄得哭笑不得。有时实在不耐烦的时候，便会摇着头妥协，说算了，这一段你就抄吧。有一次，二人正在谈话的时候，终鸣忽然走到一边接起了电话。籍小婧在远处倾听他低沉有力的声音，看着他脸上忽然荡漾开来的微笑，猜想着电话的那一端一定是个女人。那会是他的妻子还是女儿呢？一想到这里，籍小婧便忍不住咬了咬嘴唇，心也莫明其妙地颤动了一下。

论文答辩通过那天，籍小婧与几个同学去饭店请终鸣吃饭。开始时他没有答应，不过后来还是去了。那天晚上，终鸣喝了不少酒。虽然并没有人派他，他却依旧自顾自一杯杯地喝着。籍小婧一点也不知道他为什么要这样喝酒，但是终鸣喝酒时那副不管不顾一脸无辜的样子，又让她想起了自己的父亲。深夜里，籍小婧把喝多了的终鸣送回去。终鸣大着舌头说自己并没有醉，让籍小婧不要管他，赶紧回去。籍小婧没有听他的，坚持把终鸣送到了他家楼下。

后来，终鸣又给籍小婧打过电话，让她到他的办公室去一趟。那天，那个总是人来人往的偌大的办公室里不知怎么却只有他一个人。终鸣像是要为那天晚上的事情道歉，含含糊糊地说了一句：有时候，成年人看起来比孩子还要脆弱。籍小婧看了他一眼，忽然忍不住咯咯咯地笑了起来，虽然这句话听起来一点也不可笑，可她几乎控制不住自己，就是想笑。籍小婧站在他的对面，用双手支着办公桌的边缘，直笑得浑身发软，几乎直不起腰来。等笑完了之后，她才发觉终鸣的脸忽然变得红扑扑的，正用那种既得意又害羞的目光看着自己。

籍小婧的父母在她读小学时就已经离婚了。在她生活的那座沉闷而闭塞的小县城里，离婚还是一件很重大的事情。籍小婧曾经问过母亲，父亲为什么要离开她？母亲开始时不肯说，后来便用那种既仇恨又蔑视的口气，说他在外面有人了。在籍小婧的记忆里，父亲只是每个月可以见上一面的陌生男人。但是，几乎没有人知道她是多么喜欢这个男人，甚至连母亲也不知道她有多么爱他。每次与父亲见面的时候，父亲总喜欢把脸凑过来，微笑着一声不吭地看着她，或者是低声叫她小可爱、小鸽子。父亲温柔地问她想要什么，想吃什么？籍小婧开始时总是一言不发，于是父亲便会牵着她的手在街上慢慢地往前走。父亲给她买冰激凌、巧克力，还有各式各样五颜六色的棒棒糖。这些东西母亲永远都不会给她买，母亲总是把它们叫作垃圾食品。籍小婧一个上午都过得很开心，但是到下午的时候就开始莫明其妙地发脾气、扔东西。籍小婧说想要奶油蛋糕，可是只吃了一口便说一点也不甜，随手扔到了地上。父亲虽然皱着眉头站在那里，却什么也没有说。

　　随着傍晚的临近，离分别的时间也越来越近，籍小婧变得越发烦躁不安起来。每当这时，籍小婧的心中便会忍不住升起一团捉摸不定的恨意，她发觉面前的这个男人一点也不懂她。他一点也不明白，她的乖戾和不讲理，其实只是为了要想方设法留住他。因为无法留住父亲，有时她甚至连母亲也恨了起来。

　　籍小婧的母亲是个没什么文化的女人。当初丈夫与她离婚的理由之一就是二人没有共同语言，这曾令她愤怒不已。母亲年轻时是那座小县城里远近数得着的漂亮女人，离婚时虽然有些老了，但仍风韵犹存。为了挽救自己的婚姻，母亲哭过、闹过，甚至跪在地上一把鼻涕一把泪地央求过，但丈夫还是毅然决然地离开了她。离婚后，母亲活着的唯一目的就是去对抗自己的没文化。因此，她总是竭力让自己的生活充满着派头和她所理解的文化。她认真地研究时装杂志，几乎把所有的积蓄都花在穿衣服上。她看不上小县城里卖的东西，总是想方设法去外地买，或者是托人带回来。因为不适合或是没有试穿过，那些花花绿绿的时髦衣服穿在她的身上，看起来就像是临时借来的属于别人的东西。她还喜欢连篇累牍地看电视连续剧，在别人的生活中体味着属于自己的情感体验。为了保持年轻的心态，每天都去看那些只适合二十岁的小青年们看的综艺节目。然而这一切对于母亲来说，其实都是拿不准的。因此，她的眼中总是笼罩着一层不知所措的迷茫，脸上飘浮着女人受过伤害常有的那种若有若无的隐忍伤痛。

母亲后来一直没有再婚。不是没有机会，而是没有再遇到过合适的。虽然母亲每次总是拿籍小婧当借口，说是害怕那个人会对她不好，怕她会受委屈、不开心。但是籍小婧知道，其实只是因为那些愿意娶她的男人，在父亲的眼中都像母亲一样没文化。这是母亲最不愿意见到的事情。

籍小婧常常会觉得母亲有些可怜，有时却又觉得可恨，因为她竟然放走了父亲。随着籍小婧一天天长大成人，这种感觉也变得越来越强烈。但是，父亲后来很快便娶了别的女人，而且又生了一个女儿。父亲与籍小婧见面的机会也变得越来越稀少。有时，她甚至会忘记自己还有一个父亲。那时候，她还在读中学，正值躁动不安的青春期。因为孤单和自怜，有一段时间籍小婧甚至一门心思想要离家出走，或者是到什么地方去当小流氓。然而，这些念头要是真正实行起来却并不容易。

籍小婧那时最喜欢上的是地理课。世界上不同的地貌，冰川、森林、山谷、河流，那里栖息着的各式各样不同的生灵，总是充满着神秘气息。还有那些遥远而陌生的国度里不同肤色的人们，他们到底是怎么生活的呢？籍小婧总是对他们怀着无穷无尽的好奇心。每天中午，籍小婧在吃完母亲为她准备的盒饭之后，离下午上课还有一小段时间。这一小段时间足够用来填塞她的那些计划与梦想了。空荡荡的教室里几乎空无一人，屋子里充满着墨水、橡皮和修改液的味道，夹杂着若有若无的苹果和饭菜的香味。籍小婧就在这些令人昏昏欲睡的味道中，悄悄设计着自己的出走计划。

可是，出走去哪里呢？表面上看起来似乎可以去任何地方，可是她认真地考虑了一下，却发觉那些地方没有一个是真正适合她的。去做小流氓吧，似乎也不行。小县城里的流氓并不多，而且那些流氓大多是些上不了台面的无业青年。大多数时候似乎也见不到他们做什么坏事，总是无所事事地在外面闲逛。趁着夜色成群结队地在街上乱吼一气，或是偷偷去摸那些年幼无知的小女生们的胸脯。籍小婧打心眼里瞧不起他们。于是，这些念头最终还是犹犹豫豫地放弃了。

籍小婧与母亲之间的关系并不算好。籍小婧不是那种聪明孩子，人又有些疏懒。母亲对她说的最多的一句话就是，你一定要好好学习，长大以后不能像我这样。虽然母亲看起来十分在意她的学习，但却常常像是将她完全忘记了，总是独自沉浸在那些嘈杂而冗长的电视节目中。而且母亲脾气暴躁，几乎毫无耐心。要是籍小婧犯了什么错，母亲经常一个巴掌掴过去，之后大半天也不搭理她。高中毕业时，几乎没有任何悬念，籍小婧没有考上大学。父亲原本想让她上当地的一所卫生学校，毕业后去他工作的医院做护士的。但母亲却死活不同意，她下决心要让女儿做个城里人。于是在母亲的坚持下，籍小婧最终来到上海，上了这所民办大学。

籍小婧当时还并不十分明白，这些不同的选择对于她来说到底意味着什么？但是如果不是来到上海，不是上了这所很烂的民办大学，她就不会遇见男朋友止岩，就不会与他恋爱、分手。而且，要不然她怎么会认识终鸣呢？籍小婧发觉，现在只有这件事才是确定无疑的。籍小婧忍不住微笑了一下，对着镜子里的自己慢慢飞了一个媚眼。现在，她的心中忽然生出一个十分强烈的愿望，她想要他。虽然终鸣已经四十五岁了，几乎与她父亲的年纪差不多大，她依然想让他成为自己的男人。她知道他喜欢自己，虽然他会毫不留情地嘲笑自己的笨拙，自己却很清楚这嘲笑其实是毫无恶意的。她经常能感觉到他悄悄注视自己的目光中隐藏着的一股若有若无的欲望，在远处像水似的温柔地一波波地拍打着自己的身体。她装出若无其事的样子，把桌子上的书整理好，再慢慢地抬起头来。他根本就不知道，她其实很喜欢他这样。

可是，籍小婧几乎一点也不了解终鸣，只知道他在另一所大学里教书。那所大学当然是好大学，不会像她上的这所民办大学这么烂。此外，她还知道他有妻子、儿子。除了这些，她对他就什么都不知道了。但是，只有这些就已经足够了。如果她不理会他那像小山一样微微凸起的大肚皮，对他额头和眼角的皱纹视而不见，她几乎可以看见他年轻时的模样：英俊、风趣、善解人意……一个有着无限可能性的男人。她悄悄注视着他的脸。时光像水似的从这张脸上流过，犹豫地在上面驻扎着，在这里、那里留下些痕迹。因为还没有完全站稳脚跟，一切都还带着匆忙的痕迹。她很想伸出手去，抚摸一下这张脸，就像小时候她曾经用自己的小手指抚摸过父亲那样。她已经很久没有见到父亲了，但在她的想象中，父亲就应该是终鸣现在的样子。

但是，籍小婧发觉自己对终鸣几乎没有任何欲望，她只是想紧紧地抱住他。这真是一件十分奇怪的事情。与男朋友止岩在一起时就完全不同了。每次约会他们差不多都是泡在屋子里打游戏或是看碟片，要不就是没完没了地做爱。止岩比籍小婧大三岁，大学毕业后在一家公司里上班，两个人谈恋爱已经两年多了。止岩有一米八几的身高，人长得结实而健壮。平时，两个人除了一起疯玩、吃东西、做爱，便再没有别的内容了。与止岩在一起时，他们从不需要讨论什么，一切似乎都是理所当然的。而且，止岩脾气温和，有事总是让着她，两个人甚至连个像样的架都没有吵过。

那时候，籍小婧还在车站附近的一家便利店里打工。便利店正对着地铁口，里面每天都是人来人往的。许多人到店里来买矿泉水、口香糖或者是面包、茶叶蛋之类的，经常会有人一边吃东西一边往地铁车站跑。籍小婧的胸前系着一件白色小围裙，站在柜台后面，一边麻利地扫着条形码，一边飞快地报出商品的价格。眼睛还要时不时地瞟一下对面墙上的防盗镜，防止有人偷窃。这样的忙碌差不多要持续到晚上八点多钟，随着下班的人流慢慢减少，籍小婧这才能稍稍松一口气。

虽然有些累，籍小婧仍然很喜欢这份工作。喜欢嘈杂拥挤的人群从她的身边经过，去不远处乘坐地铁；喜欢那些忙碌紧张的上班族来店里买东西，然后坐在旁边的那张小桌椅上，一边吃一边懒散地打着哈欠。籍小婧甚至喜欢穿在身上的那套店里发的紫色工作服，还有头上戴着的紫色工作帽。虽然她的个子太高，衣服穿在身上就像是一只正在表演童话剧的布娃娃，但她依然觉得那有些稚拙的颜色很适合自己。籍小婧站在店里，看着玻璃门外一对刚从便利店出去的恋人正在路灯下依依不舍地告别，忍不住对着他们微笑了一下。是的，这就是她的工作。虽然一切看起来几乎不值什么，可这就是她的生活。简单而明快，充满着不言而喻的快乐。她实在是打心眼里喜欢。

止岩与籍小婧就是在便利店里认识的。那时，止岩几乎每天都在同一个时间段出现在店里，开始时只是买些小东西，后来便是买盒饭之类的。因为便利店里的东西比超市里的要稍微贵一些，有时止岩也会自己带东西来店里吃。每当这时，止岩便会显得有些不好意思的样子。看着这个大个子男孩微微地红着脸、一副手足无措的样子，籍小婧每次总是装着什么都没有看见。

后来，籍小婧便与止岩谈起了恋爱。与止岩在一起时，几乎不需要花费任何心力。就像是一只上满发条的玩偶，一切都像是事先安排好的程序，她只需迈开步子向前走就可以了。两个人热恋的时间差不多持续了一年。那时候，他们一有机会便腻在一起，如胶似漆一般。籍小婧几乎弄不清他们是从什么时候开始变得冷淡起来的。有时，她会觉得认识止岩许多年了。这常常会让她产生一种相濡以沫的感觉，又会让她有一种难以克制的厌倦。她不知道止岩对自己是不是也会有同样的感受，但是止岩到便利店来的次数越来越少了，就连做爱时的表情也变得日渐平淡起来。

籍小婧直觉地意识到这段感情已经走到了尽头，却不知道到底该怎么做。于是，只好听之任之。终于有一天，籍小婧在止岩的屋子里遇见了别的女孩。那时候，籍小婧已经有一个多星期没有见到他了。止岩只是告诉她，说他生病了，却又不肯让籍小婧去探望。反正她有止岩房间的钥匙，为了给他一个惊喜，籍小婧开门时的动作很轻，手上还特意捧了一束鲜花。就在这时，籍小婧忽然听见了屋子里的动静。随后，一个半裸的女孩掩着胸脯从里屋跑了出来。籍小婧看着那个女孩，依然没有弄明白到底发生了什么事。直到止岩在屋子里懒洋洋地喊了一句：跑什么跑？别跑！女孩这才停住了，一边大声地咳嗽一边手忙脚乱地穿衣服。

籍小婧捧着鲜花站在那里，直愣愣地看着他们。那个女孩终于穿好了衣服，低垂着脑袋一声不吭。女孩现在就坐在止岩的身边，正伸出手抚摸他那条光溜溜的左腿，轻轻地扯着上面粗重的汗毛。籍小婧觉得那个女孩应该赶紧离开，至少应该表现出羞愧不安才对。可是，她却冷着脸坐在那里，看起来就像是因为籍小婧打扰了他们而微微地生气。籍小婧看了止岩一眼，又看了看那个女孩，然后便走上前去，打了那个女孩一个耳光。女孩跳起来，想与她对打。但籍小婧的个子比她高，动作也快了许多。还没等女孩完全反应过来，籍小婧已经在地上吐了口浓痰，骂了一句"狗男女"，然后迅速地转身离开了。

终鸣从没有想过，自己真的会与籍小婧在一起。那天，籍小婧打电话给他，说是从老家带了些土特产来要送给他。那时学校已经放假了，终鸣是一个人在家。妻子爱凤那几天恰好带着儿子回乡下去了。终鸣便在电话里犹豫了一下，说好，你来吧。籍小婧把东西送来之后，原本已经离开了。但那天她送的东西是已经做得半熟的小龙虾，需要冷藏保存，而且不能直接吃，还需要再加热，放些调料之类的。那几天的天气恰好热得要命，食物很容易腐烂变质。于是，籍小婧又折回来叮嘱了几句。终鸣在家里从没有做过饭，籍小婧三言两语又说不清楚，索性亲自到厨房里帮忙做。

　　籍小婧的身上系着爱凤的围裙。原本宽大的围裙吊在她的胸前，看起来又瘦又小。终鸣在一旁见了，忍不住暗自有些吃惊。籍小婧在煤气灶旁忙碌着，为了干活方便，头发在脑袋后面高高地绾了一个髻。终鸣能看见她颀长白皙的脖颈和上面覆着一圈茸茸的汗毛。籍小婧做饭的时候，终鸣就在一旁站着，一边懒散地翻着报纸。晚报上登了一则社会新闻，两个亡命之徒抢劫了一家金店之后逃走了。目前，警方正在全力缉拿凶犯。终鸣看了，忍不住笑着摇了摇头，说这两个歹徒实在太傻了，抢了那么多金子，虽然价值连城，但是怎么出手呢？出不了手的金子跟铁疙瘩有什么区别？然后便问籍小婧，要是你有许多钱，你会做什么呢？籍小婧歪着脑袋想了想说，要是有很多钱的话，她或许会去周游世界，或者给母亲在上海买一套房子。

　　饭做好了之后，籍小婧理所当然地留下来吃饭。二人一边吃饭一边说着闲话，籍小婧不知怎么忽然说起了她的男朋友止岩。虽然早已分手了，但籍小婧至今仍有些耿耿于怀。说起她去看他时遇见的那个半裸女孩，说着说着便感到了委屈。这真有些奇怪，她一直以为自己是不在乎这一切的，即便止岩与别的女人在一起，她也不会真的在乎。可是，在那一刻她忽然发觉，事实完全不是这样。籍小婧的眼中蓄满了泪水，忽然猛地放下筷子，然后伏在桌子上大声哽咽起来。终鸣开始时并没有动，过了半天这才犹豫着将手放在籍小婧的后背上。但籍小婧一点也没有停下来的意思，终鸣便将她轻轻地拥到了怀里。终鸣的胸脯结实而温暖，籍小婧越发想哭了。于是，便忍不住放声大哭起来。接下来的事就像是在一瞬间发生的，终鸣的脑子里几乎混沌一片。他能感觉到籍小婧脸上的泪水都是冷的，但她的舌头却在十分焦急地寻找着他的，温热而生动。

籍小婧离开之后，终鸣在很长时间依然沉浸在激动、兴奋与悔恨之中。他把床单扯下来放进洗衣机里，把沙发上的垫子翻过来，还把籍小婧用过的碗和杯子用洗涤剂仔细清洗了一遍，甚至把他刚才看过的报纸也整齐地叠好。可是，等到他把这些事情全部做完之后，他依然无法抑制住自己的慌乱与不安。爱凤离开家的时候，说好了今晚就要回来的。不知什么原因，直到现在仍然不见人影。有一瞬间，他忽然感到了害怕，不知道以后该如何面对自己的妻子。

终鸣简直弄不明白自己为什么会做出这种事情。但是，他很快便妥协了。现在看来，这一切就像是一场劫难，他根本就逃不脱的。有了第一次之后，他便开始寻找各式各样的机会与籍小婧在一起。籍小婧虽然偶然会耍些小脾气，却从没有真正拒绝过他。终鸣觉得自己就像是一粒柔弱无助的小球，猛然间被抛进一条高速旋转的轨道，根本就不可能依靠自己的力量停下来。有许多时候，他会一边浑身颤抖地流着汗，一边低声谴责自己，真是堕落了。可是，这样的堕落却是那么令人兴奋，让人欣喜不已。于是，他就在这如梦似幻般的堕落中挣扎、妥协。

终鸣觉得自己从来就不缺乏对一流女人的鉴赏能力，尽管她们似乎从没有在他身边出现过。他当然知道，籍小婧并不属于她们之列。那些一流女人在他读高中时的中学里有过一两个，虽然她们那时和别的女生一样，身上穿着臃肿难看的校服。但他知道，她们早晚有一天会成长为一流女人的。在大学里，终鸣也遇到过几个。只不过她们大多出现在学校艺术团演出的舞台上，美丽得就像是一阵匆忙刮过的微风。而且，她们的目光从来就没有在他的身上停留过。后来，那些一流女人有时正衣着华丽地走在高档商场的门口，或是正弓着身子上出租车，只留下惊鸿一瞥的美丽背影。而且，在那些女人的身旁，总是陪伴着别的男人。他们虽然年貌各异，却一律殷勤而得体。终鸣在一旁绝望地看着他们，猜测着他们会不会与自己一样，也曾有过青涩不安的青春？

终鸣发觉自己的一生就像是一场误会，几乎一切都错过了点。小时候，他的发育一直有些迟缓,别的男生情窦初开开始蠢蠢欲动地谈论女人的时候,他却总是在一旁看书,或是玩那些还属于小男孩们玩过的游戏。上大学时,终鸣在很长时间都被自己的贫困与羞怯所困扰。那时候,贫困就像是一张顽固而无形的标签牢牢地粘贴在他的脑门上,无论怎样用力撕扯都是扯不脱的。因为穷,买不起像样的衣服,几乎让他丧失了追求女孩的勇气。而且,那些看起来他可以追的女孩也总是有着这样那样让他不满意的地方。一个女孩的身材过于矮小,另一个的腿却太粗,还有一个随便遇上点什么事,总喜欢咧开嘴哈哈大笑,看起来就像是个没有文化的农村妇女。

后来他便遇到了爱凤。爱凤是唯一一个反过来追他的女孩。他一点也不明白她到底看上了自己什么?终鸣的父母都是偏远地区老实巴交的农民,他是家中的老大,下面还有好几个弟弟妹妹。父母把他培养成大学生已经算是了不起的功勋了,巴不得他现在就能赚钱养家,自然没有闲钱给他派别的用场。由于长期营养不良,终鸣的身材看起来有些矮。身上那套半旧的西装总是皱巴巴地吊在身上,脚上的皮鞋也已经开裂了,一走便吱吱地响。可是,爱凤竟然喜欢上了他,这让他忍不住又惊又喜。

爱凤的家里也很穷,但是爱凤最大的本领就是可以让终鸣完全将这件事忘掉。终鸣后来曾认真思考过原因,觉得那是由于诗歌的缘故。那时候,他们都还是热爱诗歌做着文学梦的文艺青年,心中充满着年轻的激情与梦想。两个人一起逛街、看学生专场的便宜电影,一起在僻静的小巷里激烈地争论着刚看过的什么书。这是终鸣第一次也是唯一的一次恋爱。因为没有任何比较,有时他甚至觉得这简直不是恋爱,而是他完全叫不出名字的别的什么行为。

大学毕业后不久,两个人便结婚了。开始时他们并没有这个打算,可是爱凤却意外怀孕了。爱凤告诉他这个消息的时候,终鸣几乎一下子惊呆了。他的第一个反应是赶紧逃走,让自己消失得无影无踪。可是爱凤却安慰他说,她明天就到医院去,听说药流很方便,没什么痛苦,而且花不了多少钱。爱凤咬了咬嘴唇,勉强微笑了一下。她让他不要担心,她会把一切都处理妥当的。终鸣低着头站在那里,静静地倾听着。就在那一刻,他忽然做出了一个大胆的决定:他要与爱凤结婚。在两分钟之前,他还惊慌不安,不知所措。

但是现在他却大声地指责她，说你为什么要杀死他，杀死我们的孩子？

婚后不久，爱凤便辞职回家带孩子。爱凤开始时并不同意，是终鸣坚持她这么做的。两个人的父母都在乡下，几乎帮不上什么忙。而且，终鸣也不放心将孩子交给他们。爱凤是那种很朴实的女人，终鸣没费多少唇舌，她便答应了下来。终鸣从此承担起一个丈夫和父亲的责任。他做得不错，即便是后来到外地读书深造，依然在外面兼职，辛苦地赚钱养家。

日子就这么不疾不徐一天天地过着。转眼间，儿子已经读中学了，终鸣也已四十出头。年轻时的那些梦想虽然还在，却早已渐行渐远。终鸣的诗早就不写了，虽然那些迷人的冲动偶尔还会在梦中出现。半夜醒来时，他独自坐在书桌前，手中紧紧攥着笔，想写点什么。但是，那些曾在梦中纠缠他令他辗转反侧、激动不安的东西却早已消失不见了。有时运气好的时候，那些东西停留的时间会长一些。他焦急地注视着它们，用自己的心温柔地抚摸着它们。他能感觉到它们柔弱娇嫩的质地，散发着梦一般若有若无的气息。他将鼻孔张大，用力抽动着鼻子，努力想将这气息留住。他觉得自己就像是个走火入魔的侦探，寸步不离地跟随着它们，只是想弄清楚它们到底是谁，要做些什么？可是，他很快便失望地发现，它们的变化太快了，要想看清楚它们的真实面目实在是一件很困难的事情。而且，他发觉它们其实什么也不想做。他几乎还没有来不及记住它们的模样，那些灵敏、稚嫩得像精灵一样的东西便倏地一下消失在了黑暗之中。于是，在余下的那些夜晚里，终鸣的心总是会被痛苦与失望揉捏得生疼。

诗情与灵感消失之后的现实是粘腻而冰冷的。终鸣在大学里打发着那些在外人看来悠闲自在、对他自己来说却乏善可陈的日子。论文、职称、升迁，每一样都像是套在头上的一个不松不紧的紧箍咒，令人沮丧。有时，他会忽然觉得自己老了，人生就这样到此为止了。衰老的恐惧与那些灵感的消失一样，给他带来了巨大的压力。他经常会恐慌害怕得像是个孩子，但却没有人可以安慰他。

爱凤现在已完全变成了一个家庭妇女。由于长期生活在衣食无忧的安逸之中，她的容貌猛一看还很年轻，仔细观察之后便会发觉那种从身体深处自然流露出的憔悴与哀怨。儿子长大之后，爱凤曾许多次试图重新工作。可是，她很快便绝望地发现，几乎没有哪个看得上眼的单位愿意收留自己。爱凤后来做的几个工作差不多都是临时性的，大都需要起早贪黑，辛苦而忙碌。而且，收入也很微薄。终鸣见了，有些不忍心，忍不住劝道，算了，还是我在外面多兼些课吧。爱凤开始时不同意，仍旧咬牙坚持着，可是现在的就业市场早已变得十分冷酷，虽然她也曾是大学毕业生，却早已人老珠黄。即便她自己仍旧心有不甘，却再没有人愿意给她机会了。

心灰意冷的爱凤把全部的愤恨都发泄到了终鸣身上。想当初要不是他的坚持，她是不会将工作辞掉的。这一切的罪魁祸首就是终鸣。与终鸣不同，爱凤一直没有离开过诗歌。失落、自怜与绝望，将她身上的每一根神经都磨砺得灵敏而尖锐。她常常会觉得自己简直就是一首诗，这首诗虽然阴冷而沉痛，却像是一把刚开刃的刀子，锋利无比。有时，她甚至觉得自己就是一只被囚禁在诗歌中的精灵，终日无法脱身。于是，她就在这永无宁日的困厄中欣喜、悲伤。

可是，终鸣其实也是憋了一肚子苦水。他只是一个普通的工薪族，其实根本就没有能力让老婆做清闲自在的家庭主妇。这么多年来，无论怎样疲惫和厌倦，他一直在外面兼职赚钱。兼职的工资微薄，还常常要受委屈。这其中的酸甜苦辣只有他一个人才能体味。可是爱凤根本就不领他的情，还常常会不通情理，无理取闹。有时，终鸣甚至会觉得那个终日在屋子里悄无声息地走来走去的并不是个活人，而是一个浓重的阴影。或者，只是他自己留下的阴影而已。这个阴影了解他所有的困惑、失败与不安，充满着艰难的困顿和迷人的诱惑。他曾伸长脖子打算一探究竟，但每次都被那副深不见底的阵势给吓住了。深夜里，看着黑暗中那个闭着眼睛熟睡的女人的模糊面孔，终鸣常常会有一种忍不住想逃出去的冲动。

要不是因为有了籍小婧，终鸣简直不知道这样的日子还能坚持多久？他十分清楚籍小婧只是一个单纯幼稚的女人，甚至有些愚蠢。可是，每次与她在一起时，一种光明快乐的感觉便会油然而生。那是自己喜欢的电影即将开场时的轻松愉快，也是一次充满快乐的远足的开始。他们一起在狭窄的马路边排队，在拥挤不堪的小吃店里吃牛肉面，只因为那里的面条据说用的是老卤。他们站在路边一人一块吃着刚出锅的馅饼，籍小婧会因为终鸣嘴角沾着的一块残渣而大笑不已。甚至终鸣在路边的小摊上给她买耳环，也会让她欣喜不已。那些耳环虽然夸张时髦，其实都是塑料的，根本就不值钱。籍小婧却兴奋地举着镜子照来照去，连声说好看。在籍小婧看来，每一件微不足道的事情都是那么充满乐趣，令人惊奇与感动，她总是旁若无人地沉醉其中。与籍小婧在一起时，终鸣觉得每一天都像是过节一样，虽然庸常得令人发笑，但每一件事都意味着实实在在的快乐。

而且，与籍小婧在一起时，终鸣会彻底忘记那些有关衰老的恐惧。他开始穿那种年轻小伙子们喜欢穿的运动衫、小裤脚的牛仔裤、花哨时髦的风衣，西装上衣里则是一件颜色耀眼的粉红色衬衫。虽然在外人看来，这些衣服与他的年龄一点也不相称。但终鸣的感觉却完全相反，这些衣服让他变得年轻，也更加自信了。

有时，终鸣会在籍小婧面前施展自己的口才。从过去的经历到最近的社会热点，三言两语便将现代教育制度批驳得体无完肤。他还用那种冷嘲热讽的方式与她一起探讨社会问题，用哲学和诗歌给籍小婧摆起迷魂阵，让这个高个子女孩忍不住睁大了双眼，发自内心地感叹着：你是这个世界上最有意思、最有才华的男人。终鸣平静地微笑着，用那种宽容而体贴的目光看着籍小婧。他从没有意识到过，自己竟然会这么能说，口才竟会这么好。面前的籍小婧正一点点地远去，虚幻缥缈得像是一团雾。他只是虚弱而忧伤地微笑着，为自己在籍小婧面前所营造的形象而感动。那是一个虽然梦想破灭但却意志坚定的已婚男人的形象。为了责任与道义，正悲伤而勇敢地与周围的一切顽强战斗着。

终鸣低下头悄悄打量着籍小婧那张因激情与崇拜而有些变形的脸，忽然忍不住害怕起来。躺在他怀里的这个女人还很年轻，但她早晚有一天会长大的。是的，每个人都会成长，会发生变化，因为他自己就是如此。即便是在几年前，他觉得自己都不会爱上籍小婧。他喜欢的是那种知性的女人，受过良好的教育，或许并不漂亮，但却有着强大而丰富的内心世界，眼中时常闪动着迷人的光彩。可是现在，他却被籍小婧的单纯与幼稚真诚地感动。他喜欢这个时常滑在他的怀里、黏腻得让人有些厌倦的女人。她柔软而紧绷的身体让他觉得自己依然充满了活力。

这原本是个糟糕透顶的日子，阴冷而潮湿。寒风吹在脸上，几乎让人睁不开眼睛。可是，终鸣却一点也不介意。他迎着寒风大步流星地向前走，寒冷的空气就像是忽然在面前分开了一条不大不小的缝隙，只是为了让他通过。路边的每一样东西都在张开双臂迎接他，它们或是美丽，或者丑陋，或是平淡无奇，却都是那么牵动人心。寒风吹在身上，硬邦邦的，终鸣却一点也不觉得冷。他能感觉到自己的心里正藏着一团东西，那东西热烈而温暖，简直让人不知如何是好。他真想跳起来，把灰沉沉的天空撕出一只大口子，或是对着什么东西拼命地大吼几声。

　　不远处一个盲人正在拉二胡，拉的竟是时下正在流行的红歌。琴声虽然生涩，听起来倒也有几分悦耳，终鸣忍不住有些想笑。他在盲人面前站了一会儿，往面前的那只白瓷碗中扔了一枚硬币。盲人说了声谢谢，终鸣又扔了一枚。盲人停了下来，把已经被白翳完全覆盖住的眼睛往终鸣的方向转了转，忽然咧开嘴笑了起来，露出一口黑黄的烂牙。

　　籍小婧毕业后做过许多工作，售楼小姐、公司的文秘、前台的接待员之类的，却大多时间不长，几个月之后便因为这样那样的原因离开了。后来还是终鸣托的关系，将她安排到了一家广告公司。为了约会方便，籍小婧还在终鸣的学校附近租了套房子。当然，房租是终鸣付的。

　　每个星期差不多有一两天，终鸣会与籍小婧在一起。每次他都要告诉爱凤一个冠冕堂皇的理由，说是晚上要去哪里上课，路太远，回不去了。要不就是与朋友聚会，喝多了酒，无法开车。那时爱凤正弯着腰在厨房里洗碗，洗碗槽里的水哗哗地响。爱凤就像是没有听见他说的话，只是自顾自洗着碗，什么也没有说。所以终鸣在很长时间都没有弄明白，不知道她是没有意识到他在撒谎，还是根本就不在乎他到底去了哪里？

　　在籍小婧这里，终鸣觉得自己完全变成了另外一个人。籍小婧总是把家里弄得乱糟糟的。只穿过一两次的衣服换下来之后，随手扔在床上、沙发上，桌子上堆满了刚看完的时尚杂志、忘了扔掉的快餐盒，各式各样吃了一半的零食、方便面的空袋子。终鸣每次看见，都会有将这里来一次彻底大扫除的冲动。终鸣甚至还学会了做简单的饭菜。这让他觉得自己有点下贱，但却意外地获得了一种正在谈恋爱的年轻感觉。

有一次，籍小婧开玩笑似的叫他爸爸。后来叫开了头，便一直叫了下去。开始时终鸣还有些不好意思，后来也不怎么当回事了。有时，终鸣会真的觉得籍小婧就是自己的女儿，很多年前失散了，现在不知怎么忽然又回到了身边。这常常会让他的心中升起几分捉摸不定的怜惜和莫名的兴奋。终鸣从学校回来时，常常会因为什么事情绪恶劣。籍小婧也不理他，由他去。有时，终鸣会忍不住得意道，那些学生简直就是一群笨蛋，你只要把自己的生活经验稍微讲出一些，他们便会瞪大了眼睛，就好像从来就没有听到过一样。籍小婧看了他一眼，说他们当然没听过你讲的那些。你难道不知道自己是个好老师吗？我就从你那里学到过很多东西。终鸣听了，便有些兴奋，说真的吗？你从我这里到底学到了什么？籍小婧听了，忍不住歪着嘴角笑了笑，说，学到了一切。当然，还有如何做爱。

二人在一起时，终鸣总是会喝许多酒，一根接一根地抽烟。因为籍小婧说过，喜欢他抽烟喝酒时的模样。而且，终鸣很快便体会到了烟酒的好处，可以将那些烦心事忘得一干二净。籍小婧开始在广告公司里只是做些杂活儿，后来便与别的女孩一起跑些无关紧要的场子，偶尔还会参加一些拍摄活动，渐渐忙碌起来。有时终鸣晚上过来，甚至会见不到她。而且终鸣发现，以前单纯可爱的籍小婧开始慢慢地发生许多变化。衣着日渐讲究起来，开始心安理得地让他为那些昂贵的时装买单。为了面子，终鸣虽然表面上装出一副若无其事的样子，经济状况却变得日渐窘迫起来。

深夜里，浓妆艳抹满身香水味的籍小婧回到家中，只是淡漠地看了终鸣一眼，便自顾自去卫生间里洗澡卸妆。终鸣在背后静静地看着籍小婧，看着她扔掉高跟鞋，脱去紧身衣裙，用卸妆纸擦脸；看着她坐在镜子前慢条斯理地梳头发，一边对着镜子空漠地微笑着，一边大声地唱歌。终鸣忽然凭空地感到了陌生。面前这个艳丽时髦的女人到底是谁？还是当初那个伤心无助趴在饭桌上哭泣的女孩吗？她刚才是与谁在一起？一想到籍小婧或许刚与哪个他不认识的年轻男人约会回来，他的心便会被嫉妒与仇恨一下子揪得紧紧的。终鸣忍不住悄悄叹了口气，他真的喜欢她吗？他到底为什么要与她在一起呢？

然而，这样的疑问却是转瞬即逝的。肉欲的快乐强劲得几乎让人睁不开眼，令他既厌倦又沉醉。它们就像那些烟酒一样，明知道对人有害无益，他却已经越来越离不开它们了。终鸣甚至曾带着籍小婧参加过几次朋友聚会，籍小婧的年轻漂亮让他挣足了面子。那一晚，醉得一塌糊涂的终鸣忽然对籍小婧说，你知道吗？你现在看见的根本就不是我。见他这样，籍小婧不耐烦地推开他，说你这是什么意思？我看见的不是你是谁？难道还是别的什么人？终鸣一把抓住她的手，双目顿时变得灼灼发亮。终鸣说是的，我多么希望你是在许多年前遇见我，那时候的我坚强有力，知道自己到底想要什么。我把身边的一切都安排得井井有条，虽然辛苦，却是快乐的。哪像现在，我就像是个没有思想的行尸走肉，根本就不知道自己的未来在哪里。终鸣忽然捂住脸哭了起来，一边哭一边断断续续地说，我那时多年轻啊，而且，也不是四十五岁。

　　籍小婧看着他，看着这个低声哭泣着的男人，忽然感到了厌恶。面前的这个老男人平庸无奇，缺乏自信，连自己的生活都不敢面对。她几乎能看见他的下半生，那将是在喋喋不休的怨愤和永无休止的自恋中度过。她知道自己早晚有一天会离开他的，但这对于他来说已经算不上是一件很严重的事了。她离开之后，他肯定还会去找别的女人。那或许是他的学生，或许是别的哪个他偶然遇见的女人，谁知道呢？他会在她们中间耗费着早已空空如也的才情。他会在她们面前谈论自己吗？她几乎可以肯定，一定会的。他可能会活很久，也可能会早早地离世，但他的一切却再不会与自己有什么瓜葛了。这样想着，籍小婧的眼睛忽然变得有些湿润起来。于是便伸出手去，轻轻抚摸着终鸣的脸。

　　冬季来临的时候，籍小婧发觉自己开始变得越来越倦怠。夏天时剪短的头发已经长长了，被寒风一吹，直朝脖子里灌。路边的店铺、行人，在灰蒙蒙的天空下也变得日渐单调起来。籍小婧总是把自己严严实实地裹在帽子、围巾和手套里，这样会让她觉得自己安全。晚上下班之后，她没有立即坐车回家，只是漫无目的地朝前走。外面的风干燥而坚硬，她几乎能感觉到被衣服遮住的身体上那些柔软而美丽的曲线。籍小婧走得很慢，不时有人从身边走过。于是，她便猜测着在那些人中间哪些人是学生，哪些是农民工，哪些又是城里人？她在路边的便利店里买了一块巧克力，巧克力的表面铺满了厚厚一层果粒，竟是出人意料地好吃。于是籍小婧便站在地铁站台上，慢慢地吃着那块巧克力。在吃巧克力的时候，她错过了两趟列车。等到吃完之后她才意识到，其实她根本就不想回家，不想回到终鸣的身边。

自从与止岩分手之后，除了终鸣，几乎没有别的男人追过她。广告公司里女多男少，不多的几个年轻男人看起来并没有谁对她有兴趣。这让她忍不住有些颓丧。有时，她会有一种跑到大街上对着人群大喊大叫的冲动。或者，把衣橱里的那些漂亮衣服全都拿出去烧了，把手上的戒指和脖子上的项链也扯下来一起扔出去。要不就是到哪里喝得烂醉如泥，与随便哪个看得上眼的陌生男人一起鬼混。这样，或许就能摆脱痛苦了吧？籍小婧觉得自己现在的生活简直就像是一锅粥，得到的东西总是会失去，而那些她想扔掉的却总也扔不干净。

籍小婧在广告公司的工作并不算多，不过倒是会有些机会认识外面的人。她与那些萍水相逢的人一起工作，中午休息时与他们一起吃着简单的盒饭，谈一些无关痛痒的话题。籍小婧的脸上化着妆，站在商场熙熙攘攘的人流中，身上则穿着属于童话中的人物的衣服。她不知道他们为什么总喜欢把自己打扮成一个孩子，她一点也不喜欢自己现在的模样，看起来就像是个任人摆布的玩偶。但籍小婧做得很认真，努力向身边的每一个人微笑着。一天下来，她的整张脸都是木的，几乎没有任何感觉。

与终鸣的关系仍旧若即若离地维持着。有时终鸣会一连好几个星期不见踪影，就连电话也没有一个。一个人待在家里的时候，籍小婧的心里常常会莫明其妙地发慌，做什么都感觉不对劲。于是便会翻出手机里的电话号码本，想找人聊天。可是，在这些人中间几乎没有一个是合适的。最后她常常是给母亲打电话，打通了却不知道该说些什么。母亲已经一个人生活很多年了，籍小婧不知道她是不是也会有与自己相同的感受？这样的时候，籍小婧有时会盼着终鸣甚至是止岩来找她。可是，他们仍旧没有出现。等到她差不多有些绝望，以为终鸣大概也和止岩一样，就这样悄无声息地消失了。不知什么时候他又会忽然出现在她面前，黏腻着一整天不肯离开。籍小婧的心里虽然并无热情，却从没有真的拒绝过他。

有时，母亲也会打电话给她，说不了几句话便开始关心起她的婚姻大事。问身边有没有合适的人选？要不要托熟人给介绍一个？籍小婧每次都十分不耐烦地让她别操心了，因为她就是操碎了心也是一点用处没有。母亲在电话那头沉默着，像是在思考着什么，但很快又拾起原来的话题，不依不饶地追问着。籍小婧便不再吭声了，只是将话筒挪得离耳朵远一些，任母亲唠叨着。

　　为了这件事，母亲还特意从老家来过一趟。籍小婧带着母亲逛南京路、豫园。在拥挤的人流中，母亲看起来真的已经老了。当初的怨愤与悲伤早已经消失殆尽，脸上挂着小地方出来的人常有的那种克制的好奇和谨慎的微笑。籍小婧很想问问她，到底是怎么做到这一切的呢？母亲忽然笑了起来，说年轻时总是钻在那些事情里出不来，整天昏天黑地地恨呀、伤心呀，把那些激烈的感情都耗费光了，所以现在反倒没有什么让她仇恨的了。籍小婧忍不住好奇道，那些感情到底是怎么耗费光的呢？母亲看了她一眼，歪着脑袋想了想说，还真想不起来了，就这么不知不觉地就耗费光了。籍小婧记得母亲以前是很喜欢说的，几乎向她认识的每一个人倾诉自己的痛苦与不幸。籍小婧有些不明白，是不是她的痛苦也随着那些话一起倾吐出去，并最终消失的呢？

　　晚上，两个人一同回到籍小婧的住处时，母亲又重新开始了盘问。母亲不仅关心她的婚姻大事，还对她的职业有些耿耿于怀。虽然那些在舞台上光鲜亮丽的模特们收入丰厚，令人羡慕，但籍小婧要想跨入她们的行列却几乎是不可能的。她现在的工作只是在那些装潢华丽的商场里转来转去，几乎与一个活动衣架没什么区别。虽然也能挣些钱，但在母亲看来到底算不上什么正经职业，于是便劝她回老家算了，至少在那里可以有个体面的工作，还能风风光光地嫁人。籍小婧觉得母亲真是越老越糊涂了，忍不住冷笑一声。她很想反问一句，难道回老家就万事大吉了？你就是在那里过了一辈子，生活得怎么样呢？不过籍小婧一想到父亲自从再婚之后便很少管自己，这些年都是母亲一个人抚养自己，很不容易。母亲不仅花了许多钱，也吃了很多苦。于是便低着头盯着桌子上的饭碗，不再说什么了。

　　冬天快结束的时候，公司里来了新的经理。籍小婧也调换了工作，变成了一名办公室文员。新经理虽然早已经成家有了孩子，看起来却比原来的经理要年轻许多。经理的办公室在大办公室的最里边，正对着籍小婧的桌子。

隔间里的百叶窗打开的时候，籍小婧能看见经理的脸。偶尔抬起头来的时候，还能发现经理匆忙转开的眼睛。经理有时也会因为什么事把籍小婧叫到隔间里，慢慢地对她说着什么。经理的身体离得很近，她几乎能闻到他的身体散发出来的气息，就像是那些上了年纪的书本的味道。籍小婧说不上喜欢，却也并不讨厌。

她能隐约地感觉到经理有些喜欢自己，有时会忽然觉得他们之间似乎会发生点什么事。虽然她并不希望一个有妇之夫喜欢自己，却也并不打算拒绝。对于未来，籍小婧几乎没有任何打算。虽然也曾热切地期待谈一场刻骨铭心的恋爱，却又觉得那是很遥远的事。而且，即便是这期待，现在看来也有些不太确定的样子。心情倒是一点点变得宁静安逸起来。清晨醒来的时候，籍小婧看着窗外明媚的阳光，会一下子变得快乐起来。她站在阳台上的阳光里弯腰踢腿，锻炼身体，感觉自己的身体在运动中变得格外结实有力。于是，心中便会忍不住生出些感叹：现在多好啊！她真希望自己永远这么年轻，不受世事的羁绊，就这么静静地活下去。

天气渐渐暖和起来，虽然还穿着冬装，籍小婧却觉得自己的身体变得更轻盈了。早晨离开家的时候刚洗的澡，头发还没怎么干透，现在正随意地披在肩膀上。走在大街上，籍小婧感觉自己的身体几乎是透明的，一阵微风吹过，就可以像一片羽毛似的飞起来。路边的梧桐树已抽出些绿叶，空气中弥漫着一股温暖怡人的气息。籍小婧伸出手抹了一下脸，她能闻到自己脸上的化妆品的香味。她在路边站住，伸出双手捂住脸，忽然忍不住有些害羞。她发觉自己特别想让那个新来的经理闻闻自己的这个味道。

与经理正式约会后不久，籍小婧便开始计划着搬家。籍小婧独自在屋子里整理东西，把被子和冬天的棉衣之类的放在阳台上晒，再打包装箱。新的生活就在不远处等着她，虽然并无多少新奇之处，却是令人期待的。而且经理对她说过，会对她负责任的，还答应她要给她在上海买一套房子。籍小婧当时虽然没有吭声，心里却忍不住生出些暖意。

然而就在搬家的前几天，终鸣却意外地出现了。籍小婧已经许多天没有见到终鸣了。他看起来有些瘦，像是刚从哪里的荒郊野地里钻出来似的，脸色也变得黑沉沉的。终鸣看着屋子里散乱一地的行李，忽然阴阳怪气地说，看样子这是要搬家呀？怎么不告诉我一声？我也好来帮个忙呀。停了停，忽然又说，而且你别忘了，这里的房租还是我帮你付的呢。籍小婧听了，顿时有些生气，说你还好意思说这些？这些天你都跑哪儿去了？连电话也不打一个。再说，你有什么资格指责我？我们俩是什么关系？路人。我爱搬哪儿就搬到哪儿，你管不着！

籍小婧原以为终鸣会与自己大吵一架，然后夺门而出的，可没想到他却沉默着坐了下来。晚上，终鸣还低声下气地去厨房做饭，曲意奉承着。籍小婧咽了口唾沫，冷着脸对他说，我已经有男朋友了，以后我们别再联系了。终鸣就像是早就知道这个消息了，平静地抬起头看了她一眼，这才淡淡地问道，谁？他是谁？见他如此冷淡，籍小婧的心中忽然涌出几分恶意。她歪着嘴角说，他是谁并不重要，他当然是个老男人，像你一样的老男人！他一点也不比你优秀，可我就是要离开你，我讨厌你！

终鸣终于被激怒了，重重地甩了一个耳光过来。籍小婧见状，顿时兴奋起来。籍小婧捂着脸，开始搜索着大脑里的记忆，把她知道的所有刻薄恶毒的骂人话全都一股脑地骂了出来。她讽刺挖苦、嬉笑怒骂，三言两语便将终鸣的体面与尊严撕扯得一干二净。那些骂人话急不可待地从她的脑子里蹦出来，在她的舌头上停留了一下，然后便铺天盖地涌了出来。籍小婧感觉自己就像是手中正握着一大把细碎的沙子，她几乎来不及看清它们的面目，便恶狠狠地撒到了终鸣的脸上。籍小婧一边骂，一边大声诉说着。她从没有如此大胆地暴露过自己，将自己的恶毒、虚弱和内心的惶恐与愧疚全都一股脑地扔了出去。她的头发乱成一团，双目灼灼逼人，后背上全是汗，身体不受控制似的微微颤抖着。她从没有感觉到像现在这样，如此酣畅淋漓，通体舒畅。有一瞬间，籍小婧忽然想到了母亲。她不知道，母亲是否也曾有过像她现在这样的时候？

兴奋与狂乱中，籍小婧模糊地看见面前的终鸣正瞪着眼直愣愣地看着自己，就像是看着一个陌生人。籍小婧还在激烈地说着什么，那些话就像是一大堆粘腻沉重的石头，正毫无意义地倾泻而下，噼里啪啦地翻滚而出，终鸣身上的每一寸皮肤都被砸得别别地痛。然后，终鸣便看见了那把剪刀。剪刀就放在籍小婧的枕头边，是她用来修剪刘海的。平时一般都是放在桌子上的，那天不知怎么却放到了床上。终鸣稍稍犹豫了一下，便将剪刀握到了手中。

开始时终鸣只是想吓唬籍小婧一下，想让她闭嘴。面前的这个女人，这个正在喋喋不休的年轻女人，他简直不知道自己对她到底是怎样的情感。是爱、是恨？抑或只是可有可无的淡漠？但他知道，正是面前的这个女人毁了自己的生活，让自己陷入了穷困落魄、毫无尊严的窘境，让自己对一切都变得心灰意冷，自甘堕落。她不仅毁了自己的事业，还葬送了自己与爱凤的感情。一想到昔日里那个狭小宁静的家，他或许再也回不去了，终鸣的心便一下子变得生冷起来。

籍小婧低低地叫了一声，一小缕鲜血从她的额头上流了出来。终鸣见状顿时清醒过来，本能地伸出手去，想替她擦拭。籍小婧狠命地推开他，等到她看见额头上的鲜血时，似乎也被吓了一跳。但是，她并没有意识到危险。终鸣的反应让籍小婧愤怒不已，那一小缕鲜血既让她害怕，也让她有些兴奋。她一边大声喊叫着，一边去抢那把剪刀。终鸣用力一推，籍小婧便像一只巨大的布娃娃，重重地摔倒在床上。就在她即将摔倒之前，那把剪刀也随之落了下来。直到这时，终鸣仍然只是想吓唬她。可是，那把剪刀就像是自己会飞一样，自顾自地扎了出去。他几乎没有听见籍小婧的叫声，血便一下子涌了出来。剪刀扎下去的时候，他甚至能听见那种微小而舒畅的扑哧声。有一瞬间，终鸣觉得这扑哧声简直美妙无比。为了倾听这声音，不由又多扎了几下。

现在，一切都结束了。终鸣长长地舒了口气，放下剪刀。四下里安静极了，他第一次感觉到了疲倦。这疲倦就像是长时间地等在那里，温柔地舒展着他皱缩成一团的胸口，揉捏着他痉挛僵硬的四肢，将他的眼皮沉重地压了下来。于是，终鸣忍不住张开嘴大大地打了个哈欠，然后便在籍小婧的身边躺了下去。

（原载《小说月报》（原创版）2013年第8期，《北京文学·中篇小说月报》2013年第9期转载）

微　　光

　　倪秋芳到祝家做保姆时，前面已经有好几个保姆离开了。祝修龄的儿媳妇纪小英向秋芳解释说：她们两个都不是对工资待遇有什么意见，只是因为祝修龄的脾气有些古怪，晚上经常不睡觉，把她们闹得有点受不了，这才离开的。秋芳听了，嘴上虽然没说什么，心里却忍不住一惊：她们都受不了，难道我就能受得了吗？

　　其实说起来，照顾祝修龄的活儿并不算重。纪小英告诉秋芳，每天除了一日三餐，按时服药，照应着祝修龄上厕所，再做点杂活儿就可以了。秋芳开始时还有些稀奇，不给老太太洗澡倒也罢了，怎么连每天的刷牙洗脸都省去了？冬天天冷，晚上连脚都不给洗，不难受吗？可是，这些事不用做不是正好省了自己的麻烦？秋芳迟疑了一下，也乐得装聋作哑。

　　以前，秋芳在别的地方当保姆时，都是因为人家嫌她手脚慢，做事不麻利，要不就是因为她不爱干净，没干多久便被辞了。弄得秋芳都有些灰心了。自己也是五十多岁的人了，自然和那些年轻人不能比。以前丈夫还在家里的时候，她在村里虽然算不上有多么出挑拔尖，可也不能说有多埋汰。秋芳的丈夫去外地打工的时候，比村里别的人家都早。那时她还只有三十多岁。丈夫先是在城里的建筑工地打工，后来渐渐成了气候，做上了包工头。家里那一溜大瓦房就是用丈夫寄回来的钱盖上的，当初曾经让村里多少人看着眼热嫉妒啊。可是让秋芳没想到的是，自从有了钱，丈夫便在外头姘上了别的女人，很少回家了。

　　那时她还不算老，也有人私下里劝她，离了算了。秋芳虽然表面上依旧骂声不绝，心里也有些泄了气。要不是丈夫忽然遭遇的那两场车祸，这个家

192

肯定早就散了。秋芳至今都有些想不明白，这一切到底算不算是天意？第一场车祸是在丈夫第一次起诉离婚之后。那天，丈夫带着那个女人去给什么人送货，刚从车上下来，便被一辆摩托车给撞倒了。当时他自己并没怎么当回事，到医院检查时人却走不动路了。第二场车祸看起来更加蹊跷，是在丈夫第二次起诉离婚，去法院开庭的路上发生的。丈夫的那辆小面包车不知怎么就把路边正在晒太阳的一个老太太给撞了，那老太太的家人直接就把车给扣下了。因为出了车祸，急急慌慌地处理那些后续的事，离婚的事也就因此耽搁下了。

不知是不是因为这两场车祸的缘故，丈夫后来再没有向秋芳提过离婚，不过也再没有回来过。为这事，秋芳还特意在屋前的院子里放过两挂鞭炮。那时，秋芳的儿子还在上中学。虽说儿子一直跟着她，秋芳倒也没觉着在他身上费过多少事。儿子上了高中之后就在县城住校，只有到周末的时候才回一趟家。丈夫这些年虽然不管秋芳的死活，儿子的教育费用倒是给的。秋芳除了每个星期给儿子蒸上一锅馒头，带上些生活费，除此之外，似乎并不需要她操太多的心。儿子从小就是个乖巧听话的孩子，上小学时就会自己刷锅做饭，甚至还能炒一两个简单的菜。所以有时秋芳在村里跟别人打牌不在家，儿子回家时见不到她，似乎也不怎么当回事。

秋芳就是在那时，整个人都垮了下来。以前秋芳就是个不怎么讲究的人，现在变得越发邋遢起来。经常头不梳脸不洗，身上穿的衣服还是好几年前的，她也不当回事。整日趿着拖鞋，无所事事地在村子里闲逛。村里年轻点的差不多都出门打工去了，留下的不是老人就是孩子。秋芳觉得自己就是想跟什么人乱搞估计也没有合适的人选。而且，秋芳年轻时就姿色平平，又生性疏懒，根本就不喜欢这些。

如今，家里原本宽敞结实的大瓦房早已经塞满了粮食和杂物，里面到处都是灰。因为大多数时间都是秋芳一个人在家，她连吃饭都有些不太正常。常常是早上起来煮一大锅稀饭，可以吃上一整天。

村里也有人替她不值，当初要是和丈夫离婚，再找个人嫁了，兴许现在又是一家人了。哪像现在这样，把自己弄得人不人鬼不鬼的？秋芳自己却是没什么感觉，整日和村里几个无所事事的老女人一起打牌，坐在路边晒太阳，扯那些鸡零狗碎的家长里短。秋芳觉得，自己那时其实是快乐的。晚上睡觉时呼噜打得山响，而那些忽然爆发出来的平滑而坚硬的笑声，就像是一大把尖锐的小刀，在阳光下闪烁着纷乱、逼人的光芒。秋芳一边笑一边不住地摇着头。秋芳觉得这个世界上最靠不住的恐怕就是男人了，连自己的丈夫都这样对她，更何况是那些萍水相逢的陌生人呢？

好在秋芳的儿子一天天长大成人了。儿子高中毕业后，考上一所职业专科学校，毕业后在城里的一家工厂上班。以前秋芳一直梦想着，等儿子结婚之后，她可以去帮忙带孩子，当然也就顺理成章地住到了儿子家。但秋芳的这个愿望很快便破灭了。儿媳妇坐月子的时候，秋芳也去住过几天，帮忙做些杂事。可是，她在乡下早已经懒散、邋遢惯了，就连家务活儿也生疏得很。又是在新环境下，难免丢三落四、手足无措。儿媳妇见状，顿时有些嫌恶起来。而且虽然秋芳做事不灵，但因为有她在，儿媳妇的父母担心跟她不好相处，也不肯过来帮忙。于是，那个刚出生不久的小孙女到底该由谁来带，顿时成了问题。

晚上，儿子坐在秋芳的床前大半天不说话。秋芳也知道他的难处，主动对儿子说，你看我总是笨手笨脚的，做事情也不行，要不还是回村里去吧。儿子听了，只是低着头不说话，过了大半天这才站起身，有些歉疚地给她掖了掖被角。

回到乡下之后，秋芳忍不住长舒了口气，终于可以不用把自己拘束得跟坐牢一样，还要讨别人的嫌了。很快，秋芳的生活又恢复到了从前的状态。除了农忙时在地里干些农活儿，就是打牌、睡懒觉，跟村里的女人们一起嚼舌根。这样的生活说不上好，可也说不上不好，因为这原本就是她早已经习惯了的。要不是这时忽然冒出个有关婆婆的赡养问题，这样的日子可能至今还会继续下去。

秋芳的公公已经去世许多年了，婆婆的身体倒还算硬朗，一直一个人单过。但在年前因为不小心摔了一跤，人便有些糊涂了，生活也难以自理。几个儿子商量了一下，决定轮流接回自己家赡养。秋芳因为丈夫长年不在家，又不给她付生活费，便不肯把婆婆接过来。几个兄弟媳妇却不答应，说你又没有真离婚，不是直到现在都还没有办过手续吗？秋芳说只要你们有本事让那个死鬼回家，我倪秋芳该怎样就怎样，绝不会说半个不字。那几个兄弟媳妇便冷笑，说你自己都没本事，我们哪来的能耐让他回来？你这不是成心要赖嘛！几个人虽然拿秋芳没办法，但还是忍不住想给她出个难题。说你不想管婆婆的事也可以，除非跟你男人一样，也不在村里住。

这些年，秋芳早已经过惯了天马行空一样的日子。连当初在儿子家都不肯受一点憋屈，哪里还能忍受这样的约束？走就走，她还就信了，活人还能让尿给憋死？只是秋芳根本就没有认真地想过，出来之后她靠什么生活呢？在城里，像她这种一大把年纪又没有文化的农村妇女能做的工作，实在是屈指可数。除了打扫卫生、在饭店洗盘子这样的体力活，稍微轻松一点的就是当保姆了。而当保姆需要的却是她并不擅长的家务活儿。可是，开弓没有回头箭。即便是最不擅长的，也要硬着头皮去做。而且，让秋芳觉得有些庆幸的是，总会有人家要请保姆照顾老人。而他们大多只看保姆是否有力气，怕不怕脏？倒不太在意她的家务活儿到底做得怎样。比如，就像现在的祝家。

祝修龄是单住，一套三室一厅的房子，里面除了祝修龄和秋芳，并没有其他人。这一点，让秋芳很满意。祝修龄又是脑子糊里糊涂的不太清楚，所以根本就没有人嫌弃秋芳早上睡觉睡过了头，做出的饭菜不好吃之类的。只是到了祝家后不久，秋芳便发现，照顾老人并不算是轻松的活儿。虽然白天的时候祝修龄大多是坐在电视机前不时地打盹睡觉，但晚上却闹腾得厉害。一遍遍地喊她过去，要喝水、上厕所。秋芳把祝修龄从床上拉起来，穿好衣服，连拖带拽地弄到卫生间里。但到了卫生间之后，却发现老太太又没有尿了。秋芳很生气，说你没有尿大半夜的喊什么？等到把她侍候着重新睡下，自己躺下来刚迷迷糊糊要睡着的时候，祝修龄又开始叫了。

秋芳翻了个身不理她，继续睡。但是，那叫声忽然一下子变得尖厉急迫起来，一声声地直朝人的脑袋里钻。秋芳忍不住有些吃惊，没想到平时看起来干巴瘦弱的老太太，身体里竟然隐藏着这么大的能量。秋芳无奈，只好披衣起床，再把祝修龄从床上弄起来。可是，人还没有来得及走到卫生间，屎尿却早已经拉到了裤子里。于是，秋芳只好再到屋里去找换洗的衣裤。等到她张罗着让祝修龄换好衣服，再到床上躺下，大半夜已经过去了。

195

可是，折磨人的地方还不止这些。祝修龄经常会拉着秋芳的手，颠三倒四地问长问短。但说着说着，又会说到别的地方去了。由于腿脚不利索，长年不出门，再加上脑子糊涂，祝修龄早已经分不清早晚时辰。白天的时候呼呼大睡，晚上却常常喊秋芳起床做饭，说是肚子早就饿得咕咕叫，该到吃饭的时间了。秋芳开始时还耐心跟她解释，但祝修龄根本就不听这些，只是把手腕上戴的那块老式手表伸到秋芳面前，说你看看，这都几点了？秋芳白了她一眼，你的手表有多长时间没上发条了？根本就不准的。说着，就想给手表上劲。祝修龄的手在半空中忽然恶狠狠地一掌掴过来，说你撸我的手表干吗？想偷啊？秋芳听了顿时有些生气，站起身回自己屋子睡觉去了，不再搭理她。可是，祝修龄依旧不肯善罢甘休，一声声地叫，不让人清静。无奈，秋芳只好到冰箱里拿几块点心给她。但是祝修龄只吃了一口，便把点心扔到了桌子上。说居家过日子哪有这样的？连饭都不做，拿什么劳什子点心来糊弄我！

祝家的几个子女差不多都在外地上班，留在月城的只有小儿子祝成。祝成因为从小就患有先天性心脏病，几乎什么事都不能做，长年在家养病。儿媳妇纪小英自从嫁给祝成之后，就从没有上过班。秋芳曾暗自有些奇怪，既然纪小英是个没有工作的家庭妇女，为什么不让她来照顾祝修龄却还要花钱请保姆呢？不过，这个问题秋芳只是放在心里，从没有问过。

有一次，祝修龄在纪小英从家里离开之后，忽然问秋芳，刚才走的那个女人是谁啊？怎么看着这么眼熟？秋芳便逗她，说你看像谁啊？是不是有点像纪小英？祝修龄听了，忽然长叹了口气，说我这辈子做的唯一一件错事，就是让祝成娶了纪小英。这个女人我养了她这么多年，就跟养了一条狼一样。说着，祝修龄便一五一十地告诉秋芳，当初因为祝成的身体不好，在城里找不到媳妇，便托人到乡下介绍了纪小英。那时他们家穷得叮当响，纪小英的父母都是大字不识的农民。祝修龄也不嫌弃，掏钱给他们在村里盖起了新房，又把纪小英娶到了城里。

祝修龄的丈夫去世得早，儿子祝成的身体又不好，原本指望着找个农村媳妇可以帮忙照顾他，也帮着做些家务。但祝修龄很快便发觉自己做出了一个错误决定。当初，原本是有好几个乡下姑娘可供选择的。为了保险起见，

196

祝修龄特意挑选了身材不高、长相也不漂亮的纪小英。可是，让她没想到的是，纪小英却不是个贤惠女人。

这么多年过去了，祝修龄似乎从来就没有瞧上过纪小英，总认为她好吃懒做，心术不正。因为不像以前在乡下时那样下地干活儿，结婚生了孩子之后，纪小英就像是一只发面馒头似的迅速发起福来。祝修龄时常忍不住抱怨，说我每个月都是给纪小英发工资的。她一个农村妇女，又没有文化，拿着我给她发的工资，却成天什么事都不做，就会跟我顶嘴吵架。祝成又是个没用的废人，根本就管不了她……最后，祝修龄总是忍不住长叹一声，这都是命啊！

要说祝修龄也不是普通女人，也是大家庭出身，当年在女子师范读书时就出去参军了。后来转业到地方工作，因为家庭出身的缘故，虽然没什么大发展，一直在机关里做普通职员，但是待遇还是有的。退休后，每个月还有一笔专门请保姆的护理费。祝修龄一辈子要强，从小就教育孩子要努力、争气，因此几个子女都发展得不错。到最后留在身边的，只有这个从小就脾气古怪又没有出息的祝成。

那几个在外地工作的子女虽然也常回来看她，可到底还是不方便。家里要是有个什么事，是根本就指靠不上的。自从退休之后，祝修龄的身体便一天不如一天。纪小英嘴上说是为了方便照顾，其实是觊觎祝修龄正在住的这套房子，顺势便搬回了家。趁着这个机会，纪小英还想让祝修龄把工资卡也交出来由她来保管，安排家里的生活开销。祝修龄当然不肯，说，不行！这么多年你在我这儿拿的钱还少吗？莫非到老了你还贪心不足，还想来管我？纪小英嘴上虽然没说什么，不过照顾老人时却不像以前那样上心了，时不时拍桌子打板凳地甩脸子给人看。虽然每个月拿着祝修龄给她的生活费，却常常不去菜场买菜。常常只是下点面条、煮点速冻水饺，要不就是蒸几个水鸡蛋或是拿几块点心外加一杯牛奶，便算是做好了一顿饭。那些节省下来的生活费，自然就落到了自己的腰包。

纪小英是从农村出来的，原本就能吃些苦。而对这样的待遇，祝修龄却有点接受不了。吵架当然是少不了的。只是现在纪小英早已今非昔比，根本就不把这当回事。祝修龄的身体原本就不好，哪里禁得住这样又病又气？经过这番折腾，人变得越发虚弱起来，时常精神恍惚。祝修龄的几个在外地的子女看不下去，特地回来商量对策。纪小英开始时还有些害怕，但很快便镇静下来，不时放声大哭装可怜。你们说这里不好那里不好，住院的时候我千辛万苦端屎端尿一个人在医院陪夜怎么没人看见？祝成又是个废人，我原本就是在替他尽孝。你们呢？老人生病的时候，有谁回来过？几个人听了，竟是一时语塞。纪小英见状，越发放肆起来，说我就这点能耐，谁有本事谁就把人接走，我是巴不得清闲自在。

这年月，各家都有本难念的经，把一个正在生病的老人带走照顾哪是那么容易的？祝修龄又是在家里住惯了，哪里都不肯去。而且，即便他们能把她带走也不行，因为涉及异地医保无法报销医药费的问题，所以这个方案根本就是行不通的。无奈，几个人最后还是决定给祝修龄请保姆。反正祝修龄有自己的退休工资，就此花掉也是应该的。

可是，要想找到合适的住家保姆却不是那么容易的。年轻点的保姆大多不愿意干侍候老人的活儿，嫌脏。上些年岁的，却又大多是老油条。纪小英借口跟祝修龄处不来，自从请了保姆之后便不肯来了。可是，把家里的一切全扔给一个不知底细的陌生保姆，总让人有些放心不下。于是，只好再央求纪小英时不时地回来照应一下。纪小英自然是有私心的，虽然表面上答应着，但心里却惦记着祝修龄的钱，不时在中间因为什么事挑拨着。在秋芳之前的几个保姆都是因为纪小英的缘故，才离开不干的。

对于这样一个泼皮无赖样的纪小英，祝家人的心里虽然有些恨，却又有点少不了她。纪小英自然早已经将自己的处境看得一清二楚，越发打横、使绊子。只有在见到钱的时候，那张总是紧绷的脸才会一下子笑开了花。

祝修龄原本就不喜欢纪小英，现在见她如此嚣张跋扈，自然是憋着一肚子气。但是毕竟年岁不饶人，自己又是卧病在床，还要指靠别人照顾。看见纪小英心安理得地花着自己的钱，还时不时地给她脸色看，祝修龄忍不住忧愤交加，却又无能为力，于是只好时常闭上眼睛装糊涂。可是，装着装着竟然渐渐变成了真的。精神日渐迟钝、沉寂，很快便陷入了迷离恍惚的混沌状态。

现在，祝家的人都说，祝修龄患有老年痴呆症，不认识人，糊涂着呢。

可是，秋芳却总有点疑惑，觉得根本就不是这样的。有时家里有客人来，祝修龄虽然时常弄不清楚自己与客人之间到底是什么关系，但一般过一会儿就能想起客人的名字。只有对纪小英，祝修龄似乎是把她彻底遗忘了。无论秋芳如何努力地提示、一遍遍地告诉她纪小英是谁，祝修龄依然很坚决地摇头，说不，我不认识她。

纪小英曾经因为祝修龄对她的遗忘而愤怒不已，还私下里使用过许多伎俩。比如在前一个保姆已经离开，而后一个保姆还没有到位的空档期里，不给祝修龄做饭吃。有一次，纪小英还趁着家里没人的时候悄悄扇过祝修龄一个耳光。那天，平日里看起来弱不禁风的祝修龄忽然像疯子一样扑过来，枯瘦的手指就像是一根根坚硬的生铁，死死地扯住纪小英的手臂便不肯松开。一边歇斯底里地大叫，一边责问她是哪里来的贼？快把偷走的东西拿出来！吓得纪小英赶紧求饶，以后再不敢轻举妄动了。

自从祝修龄不认识人之后，她的身体似乎也开始发生一系列奇妙的变化。祝修龄患有多年的糖尿病、支气管哮喘，还有许多老年人时常会有的心脑血管疾病。现在这些疾病虽然时常会发作，发作的时候就要到医院去住院治疗。但是，这些疾病看起来似乎只是她身体里的过客，很快便消失不见了。虽然在某一个完全意想不到的时刻，它们又会忽然折回来，重新将她击倒，把她折磨得奄奄一息。但是现在，祝修龄的脸色却慢慢变得红润起来，声音洪亮，双目有神。由于记忆力衰退，周围的一切就像是一大片沙沙作响而又浩渺无边的潮水一样纷至沓来，但很快便又悄无声息地消逝而去，只把斑驳而模糊的水迹和污渍留在她的脑袋里。因此，祝修龄的脸时常会被某种激烈而纯粹的情绪占据着。有时她会指着秋芳身上穿的花棉袄说，这花色太丑了，我简直就没见过还有比这更丑的衣服。祝修龄对正在厨房里洗菜做饭的秋芳招了招手，说你过来。然后便皱着眉头掀起秋芳的衣服角翻来覆去地看，但看着看着却忽然忍不住哈哈大笑起来。祝修龄一边笑得直流口水一边说，你看这衣服上的针脚，丑得都让人觉得漂亮了。

与以前相比，祝修龄的饭量也明显变大了。吃饱喝足之后的祝修龄坐在电视机前，会忽然口齿不清地轻轻哼唱起来。那些忽高忽低、飘忽不定的曲调，都是秋芳从没有听过的。祝修龄兴致勃勃地告诉秋芳，这都是她年轻时候唱的歌。那时候多好啊，海阔凭鱼跃，天高任鸟飞。头上戴的是大盖帽，下面利落地打着绑腿，军服外面扎着条宽皮带，真是飒爽英姿，说不出的漂亮、帅气。有时，祝修龄还会让秋芳到屋子里把她以前穿过的旧衣服拿过来。可是，秋芳几乎把衣柜翻了个底朝天，也没有找到。祝修龄伸出双手比画着，偏襟、收腰，衣服领子上还镶着一圈漂亮时髦的深紫色貂皮毛。然后，祝修龄又让秋芳找另外一件。黑色半身裙，宽宽的裙摆上细细地打着褶皱，上面用丝线绣满了一只只五彩斑斓的蝴蝶。

可是，这些衣服秋芳一件也没有找到。祝修龄忍不住歪着脑袋疑惑道，怎么会没有呢？那可都是上好的绸缎啊，那条裙子还是香云纱的呢，一走起路来就会沙沙作响。祝修龄的脸看起来就像是被大风刮皱的一大盆水，上面忽然腾起一波波的皱纹。祝修龄转过脸来，把两只空洞的眼睛直勾勾地盯着秋芳看，一句话也不说。初夏的傍晚，天还不算太热，外面的风从敞开的窗户里吹进来，就像是有什么看不见的东西也一起跟进了屋，正用看不见的虚空中的手指一下下触碰着屋子里的人。祝修龄忽然有些愤怒起来，忍不住骂道：畜生！都他妈的像畜生一样！然而这样的愤怒来得快，去得也快。要不了多久，祝修龄就会把有关那些衣服的事忘得一干二净了。

后来，秋芳因为这事还特意问过纪小英。纪小英听了，嘴里顿时咳的一声，说那是个患老年痴呆症的人，她说的话你也信啊？

秋芳后来听说，之前在祝家做保姆的那几个人，其实也并非都像纪小英说的那样一无是处。祝家人对其中的一个保姆曾经特别满意。据说那人不仅家务活儿做得好，对祝修龄照顾得也很不错。祝修龄虽然脑子糊涂不清楚，不知怎么却与那个保姆有些投缘。那时，纪小英因为没有从祝修龄那里拿到多少钱，有很长一段时间都不肯过来。但家里也没有像她想象的那样乱了套，里里外外倒也干净清爽。祝修龄的胸前挂着只白围嘴，正坐在饭桌前吃饭，头脸收拾得也很整齐。

纪小英见状，便有点坐不住了，开始三天两头往家里跑。果然，很快便发现了问题。纪小英发现，那个保姆虽然利落能干，但女人的丈夫却是在附近的什么地方打工。因为家里没有别的人，周末的时候，女人便把丈夫带回家来。等把祝修龄照顾好之后，女人再重新炒菜，与丈夫一起开桌吃饭，过起了小日子。有一次，纪小英还撞见女人的丈夫正坐在桌前悠闲自得地喝着小酒。看到纪小英，女人忍不住有些尴尬，说她丈夫吃的饭菜、喝的酒，到月底的时候就从她的工资里扣吧。

如今能找个合适的保姆并不容易，一般人家遇到这种情况，大多装着没看见，但纪小英却不肯善罢甘休。平时，纪小英就总想显摆自己在这个家里有多重要，现在更是时不时地在中间挑拨。什么保姆总是把丈夫带回家来住啦，还把家里那些吃的喝的东西顺手牵羊偷偷拿走之类的。祝家的几个子女都是在外地，对家里的情况并不了解。虽然知道纪小英是怎样一个人，但说得多了，也难免将信将疑。于是，只好把那个保姆辞了，再换一个。

开始时，纪小英因为这么多年被祝修龄忽视、瞧不起，现在终于有了当家做主的机会，自然张扬跋扈得不成样子，对保姆总是百般挑剔。可是，总是走马灯似的换保姆，似乎也不是个事。而且看祝修龄现在的状况，虽说脑子糊涂，身体倒还算硬朗。这让纪小英忍不住暗自有些着急起来。当初，为了避免以后会有什么争端，祝修龄曾经说过，只要祝成和纪小英孝顺，等她百年之后，家里的这套房子就会留给他们。可是，这以后的事谁又能说得准呢？而且，那只是祝修龄当时随口说说而已，并没有白纸黑字地写下来。现在她连人都不认识了，自然写不了遗嘱。到时候谁还肯认这笔账呢？祝成和纪小英又都是没本事的人，别看纪小英平时咋咋呼呼的，只要有什么不满意，就撒泼耍赖躺在地上不起来，可要真的争起财产来，她根本就不是那些人的对手，还不是任由人家说了算？一想到这里，纪小英的心里便忽然凭空地涌出一股热腾腾的焦灼，真不知道该怎么办才好。

于是，等到下次再找保姆时，纪小英便不像以前那样用心了，也不再挑剔。当初秋芳之所以能到祝家来，其实只是因为她是孤身一人，不会偷拿家里的东西。至于她的家务活儿做得如何，能不能照顾好祝修龄，倒是不必考虑的。

秋芳来了之后，纪小英回来的次数并不多。偶尔过来，也只是跟秋芳发牢骚，说祝修龄从年轻时候起就脾气古怪，没人缘。要不就是抱怨祝修龄不怜惜她，这些年她在这个家里吃了多少辛苦。祝成又是个废人，连自己都照应不过来，自然顾不上管她纪小英的死活。比如当初纪小英生孩子的时候，祝修龄就是把她一个人扔在产房里，虽然她痛得大呼小叫的，身边却连个人影都见不着。

其实纪小英最气愤的还不是这些，而是祝修龄瞧不起她，从来都不把她放在眼里。就是对纪小英生的孩子，祝修龄也是百般的不满意。而且那孩子也不争气，不仅学习成绩差，还从小调皮捣蛋，根本就不成器。祝修龄后来便忍不住骂，说这都是遗传，和他妈一样蠢笨、没出息。

按说这么多年祝修龄并没有亏待过纪小英，每个月都要给她一笔不菲的零花钱，吃穿用从来都没有把她落下过，但纪小英依然认为自己在祝家的日子过得暗无天日。遇有亲戚上门，时常会半真半假地哭诉自己的不幸遭遇。这虽然都是私底下的事，有时纪小英却有意让祝修龄看见她哭红的眼圈。因为当着亲戚的面，祝修龄只能佯装不知，心里却越发厌恶起来。纪小英的母亲去世的时候，按照乡下的习俗，作为亲家母的祝修龄是应该到场的。但祝修龄却只是轻描淡写地皱着眉头摆了摆手，多给了纪小英点钱，便把她给打发了。纪小英指了指正半闭着眼睛坐在沙发上打盹的祝修龄，压低声音对秋芳说，你别看现在不行了，其实心里毒着呢。虽然祝修龄现在早已经不认识她了，但纪小英每次见到，仍然不自觉地有些惧怕。

因为心里藏着恨，纪小英便明里暗里地撺掇秋芳，让祝修龄多受些罪。秋芳做家务活儿不行，人又是邋遢惯了。要是在早先，纪小英是根本就瞧不上眼的，肯定早就找碴让她离开了。但是，这一次却有些例外。纪小英明摆着就是想让秋芳不管祝修龄，但是这样的话却又是说不出口的，否则家里请保姆又有什么意义呢？

但是对纪小英的心思，秋芳却早已经看明白了。秋芳在老家时就是轻闲惯了，出来当保姆之后，因此常常遭人嫌弃。现在纪小英不仅不嫌弃她，还怂恿她不干活儿，秋芳自然没有不愿意的。下一次，祝修龄再在夜里喊她，秋芳便装着听不见，任由她在一旁一声声地叫。无奈，祝修龄只好一个人去上厕所。冬天天冷，祝修龄从床上爬起来，再摸索着到卫生间去，早已经咳喘成一团。有时实在憋不住，又手脚僵硬不利索，于是屎尿就弄到了裤子上。祝修龄又是爱干净的人，虽然脑子不清楚，却本能地掏口袋里的手绢去擦。

202

第二天，秋芳看见祝修龄浑身抹得稀脏，又有些觉得心软。因为夜里受了委屈，祝修龄早晨一见到秋芳，便扁了扁嘴，像个孩子似的哭了起来。秋芳见状，赶紧给祝修龄擦眼泪，再帮她换衣服，到卫生间洗漱。

　　秋芳一个人在水龙头前洗衣服的时候，很认真地想了想，觉得自己还是不能像纪小英说的那样做。算起来，她来祝家也已经一年多了，在这期间，并没有什么人亏待过她。相比以前在别人家的时候总是遭人嫌弃，秋芳对祝家人还是心存感激的。毕竟拿着人家给的工资，却昧着良心做出这样的事情，总让人感觉有些于心不忍。而且，现在秋芳在祝家也算是有了归宿。要是祝修龄真的不在了，让她到哪里去找这么不挑剔又合自己心意的人家呢？

　　于是，下次再照顾祝修龄时，秋芳便又多用了些心思。而当纪小英在家的时候，就什么都不做，由着纪小英在一旁吆三喝五地胡闹。所以每次等纪小英离开之后，祝修龄都会被折腾得生病住院。祝修龄的几个在外地的子女回来探望时，当然少不了要责问几句：上次不是还好好的吗？这才离开几天啊，怎么就变成了这样？于是，心虚气短的纪小英便会把责任都推到保姆的身上，抱怨秋芳懒惰、肮脏、不干活，整天就知道在家里看电视、睡懒觉。总之，是因为秋芳照顾不周，祝修龄这才生病的。祝家人便说，既然你说保姆不好，那为什么不换一个呢？

　　纪小英虽然嘴上答应着，却并没有真的去做。等到他们离开之后，这倒又成为纪小英要挟秋芳的一种手段了。秋芳虽然低着头不吭声，心里却忍不住一惊。因为害怕丢了工作，秋芳对纪小英自然不得不敷衍着。但在心里又有点担心祝修龄，怕她吃不消这样的折腾。因此，秋芳的心整日都是悬着的。

　　纪小英年轻时，家里的兄弟姊妹多，她是排行倒数第二。因为孩子多，父母又重男轻女，因此几乎被所有人忽视。在纪小英的童年记忆里，只有贫穷，赤裸裸的不体面的贫穷。那时候，纪小英经常会被母亲支使着去邻居家借一小碗米、半瓢面，或者是拿着父亲喝酒用的酒盅，去借一小酒盅盐。邻居不说不借，却也不说借，于是纪小英就站在门口等着。邻居家的孩子在纪小英的身旁从屋子里进进出出。平时都是相熟的，现在却不与她说话，只是用有些鄙薄的眼神看着她，轻笑着跑开了。

纪小英家不仅穷，父亲还是个酒鬼。而且纪小英的两个哥哥从小就不学好，不到二十岁就因为盗窃罪被抓进了监狱。因此在村里人的眼中，他们一家人都有小偷小摸的嫌疑。父亲几乎每天都是喝得酩酊大醉。喝醉了酒的父亲经常会与母亲打架，或者是找碴打孩子。纪小英从小就知道，父亲喝酒的时候千万不能招惹他，要躲得远远的。于是，每当父亲喝多了的时候，家里总是没有人，空荡荡的屋子里一个人都没有。于是喝醉了酒的父亲就独自坐在路边，睁着一双浑浊的眼睛，似笑非笑地看人。

　　村里的孩子一般到上学的年龄都去学校读书，只有纪小英的父母不肯让孩子去。因此，村小学校的校长每到开学的时候都会到家里来做工作。纪小英的父母无奈，只好同意让他们上学。但是，纪小英比班上所有的学生都大，而且又是半道上插班进来的，根本就跟不上课。班里的同学都有点瞧不起她，不跟她说话，也不跟她玩。纪小英原本就有些笨，再加上紧张、不适应，越发时不时地出差错。上课的老师似乎也有点歧视她，经常在回答不出问题的时候对她冷嘲热讽，惹得全班人哄堂大笑。纪小英很快便有些受不了，只上了不到一个学期，便死活不肯去了。

　　父母原本就对孩子上学不热心，现在既然纪小英不肯去，正好。别的与她差不多大的孩子都还在上学的时候，纪小英就开始下湖割草。十三四岁的时候，就和村里的成年女人一起下地干活，挑担子种地。那时正是长身体的年龄，纪小英却整天负重吃苦，因此身高明显比同龄人看起来矮，不过却是敦实有力的。

　　对这一切，纪小英自己倒是没有太多的感觉。大多数的时候，纪小英都是快乐的。其实，干农活儿也并不像一般人想象得那样沉重。除了农忙时累些，平时倒也有许多的乐趣。早晨，等生产队长的哨子响过之后，纪小英就带上自家的工具，开始与村里的女人们到河堆上集中，一起下地干活。在她们中间，纪小英是年龄最小的。女人们在干活儿时自然少不了说闲话，那些话题虽然闲散，却常常是酷烈的。谁家的儿媳妇与婆婆的关系不好，经常吵架。谁家的女孩到了待嫁的年龄，因为哥哥找不到媳妇，正要跟邻村的什么人家换亲。要不就是压低声音议论谁家的丈夫背地里偷人，被老婆当场堵在了屋子里。

到了农闲时，村里的男人和女人们都在一起做一样的活儿，那就更热闹了，话题也会更加丰富多彩。这时候，刚嫁到村里一两年的新媳妇常常会成为目标。要是哪个新媳妇刚生养过不久，正在奶孩子，男人们会更加放肆。他们的眼睛里带着笑，一边开着露骨的黄色玩笑，一边趁其不备伸出手在女人硕大的乳房上蹭来蹭去。到了休息时，更是把新媳妇追得到处跑。有时甚至还会公然把她们拖到背人处，也不知到底做了些什么。等到回来时，只看见新媳妇不停地摘捡着落在身上的草屑，脸上的表情几乎分不清到底是哭还是笑，红扑扑一片。

　　纪小英那时还是情窦初开的时候，总是脸热心跳地注视着眼前发生的一切。对于她们，纪小英的心里其实是有几分艳羡的。因为那几个女人看起来明显受宠，干活儿时总有男人暗地里讨好相帮着。在女人们面前，她们的脸上虽然挂着几分嫌恶的微笑，却也掩饰不住暗藏着的得意。只是，这样的宠幸总是短暂的。很快，新媳妇又会重新怀孕。娃儿们就像小猪崽一样，一两年便生出一个。由于生育和劳顿，要不了多久，女人的身体就像是被泥沙淤积的河床，变得臃肿、迟滞，原本红扑扑的脸蛋也一点点地松弛、垮塌，渐渐失去水分，皱纹和雀斑开始在上面恣肆纵横。女人嫁的丈夫老实无能，孩子又多，家里的日子总是过得磕磕绊绊的。女人虽然要强，却也只能在狭小的空间里拼命挣扎着。短暂的青春就像是天空中偶然呈现的一道弧光，很快便消失不见了，幽怨与愤恨占据了原本柔软多汁的心。要不了多久，她们就会迅速地老去，变成一个个老气横秋的黄脸婆。

　　要不是后来发生了一件意外的事，纪小英的命运原本应该和那些女人们差不多的。有一次，村里有人给纪小英的姐姐介绍对象。媒人在纪小英家喝完红糖水之后，便开始介绍说，城里有户人家正在托村支书在乡下找儿媳妇，条件那是千好万好的。可就是因为条件太好了，所以带话过来，要多给介绍几个，到时让人家挑一挑。媒人希望他们来相亲那天，让纪小英的姐姐也一道过去。

　　纪小英的母亲几乎没有考虑便随口答应了，反正城里人眼界高，就是去了人家也未必就能看上，只当是撞大运吧。可是，没想到在相亲那天，纪小英的姐姐却死活不肯去。纪小英后来才知道，姐姐那时刚认识了邻村的一名男子，私下里正热恋着呢，自然不肯去。那天，纪小英恰好背着一捆青草刚从地里回来。媒人便指了指纪小英，对母亲说，就让她去吧。纪小英那时还小，还要过两年才到谈婚论嫁的年龄。见母亲有些犹豫，媒人便说，就算是去充个数吧。

于是，纪小英便洗了把脸，换上件姐姐的新衣服到村支书家去相亲。因为觉得自己是代替姐姐去的，因此纪小英一点也没有感觉到紧张、羞涩之类的，整个人看起来倒是落落大方的，并不怎么像是不认识几个字的乡下姑娘，与祝修龄的交流也十分顺畅。因为知道回去之后姐姐肯定会问得很仔细，纪小英对坐在一边的祝成还特意多看了几眼。纪小英只记得他的瘦弱矮小，还有那种在乡下十分少见的苍白，就像是受到了什么人的虐待。在整个相亲过程中，祝成一直没有说话，都是祝修龄在问她：今年多大了，读过书没有，家里都有些什么人？纪小英犹豫了一下，也是照着姐姐的情况做了回答。

纪小英很快便把这件事忘到了脑后。但半个月之后，没想到媒人却十分隆重地来到家里，对纪小英的母亲说，城里的祝家看上了你家的闺女。母亲还有点不相信，疑惑道，是看上谁了？媒人推了她一把，说当然是看上你家小英了。

祝家很快便下了聘礼，入冬之后就开始张罗婚礼。结婚那天，祝修龄还特意在村里摆了几桌酒席，连平时架子十足的村支书也出席了。婚礼的场面虽然说不上有多么隆重，却也是体面风光的。

纪小英出嫁之后，便开始不时地贴补娘家。倒也不是因为她有多么爱他们，而是为了证明自己。证明自己虽然没有读过几天书，却仍然是有出息的。祝修龄后来还出钱给他们家盖起了新房子，更是让左邻右舍羡慕不已。虽然祝成有病，肩不能挑手不能提的，可毕竟是城里人。而且，手脚又健全，从外表根本就看不出什么的。所以，纪小英的这桩婚事几乎赢得了村里所有人的赞誉。

在内心里，纪小英其实一直觉得有些羞惭，认为是自己抢了姐姐的丈夫。姐姐的长相比纪小英要漂亮得多，人又从小就要强、能干，原本应该有更好的归宿的。姐姐嘴上虽然没说过什么，估计心里也是有几分芥蒂的吧？后来姐姐嫁到邻村之后，日子过得并不舒心。可是，她却从不要纪小英给的任何接济。自从结婚之后，二人之间的来往便日渐稀少起来，常常只是在过年回家的时候才见上一两次。纪小英每次都是一个人回去。祝成除了那次相亲，再没有到村里来过。姐姐每次见了都会问，妹婿怎么没有来？纪小英总是笑笑，不说什么。

姐姐的脖子上围着条鲜艳的大红围巾，脸上还残留着夏日里酷烈的阳光和冬天寒风的痕迹。丈夫和好几个孩子站在她的身后，每个人的身上都穿着新衣服，看起来既热闹又拘谨。姐姐和姐夫都已经是中年人了，脸上带着庄户人家克勤克俭的自尊与辛劳。纪小英每次见到，心里都会忍不住涌出几分感慨。这感慨里既有庆幸，也有几分自得。要不是因为那个偶然的机缘促成了她与祝成的婚姻，她的命运应该也是与姐姐一样的吧？可是，有时纪小英又觉得不是这样。她现在的生活就一定比姐姐好吗？纪小英的心里其实是一点也拿不准的。或许，她与祝成的婚姻根本就是个错误？要是时间可以倒流的话，纪小英简直不知道自己还会不会答应这门婚事。

有时，纪小英甚至都有点弄不明白她与祝成的儿子是怎么生出来的。祝成的身体不好，即便是大夏天也要穿上厚厚的棉衣。晚上，纪小英时常会觉得自己是和一坨干巴巴的冻肉睡在一起。因为长年生病，祝成的脾气也变得十分古怪。虽然不能做剧烈运动，不知道什么时候就会憋得口唇发灰，喘成一团，但人却极为挑剔、难侍候，少有满意的时候。夜里，纪小英时常会被他掐得浑身青紫。要是依着纪小英的性子，早就一个兜心脚过去，直接把他给揣到床底下去了。可是她不敢，她怕惹恼了祝成，下次又会翻出什么新花样来折磨她。而且，她也怕祝成会到祝修龄那里去告状，那她在祝家的日子就难过了。

于是，纪小英只是一声不吭地闭着眼睛躺在那里。灯影里，那个瘦小苍白的男人正耸着肩、驼着背坐在床沿上，伸出一只手到贴身的睡衣里去挠痒痒。她知道，明天他肯定又会像个孩子似的，涎着脸凑到她跟前。纪小英的心里忍不住涌出一股热辣辣的恨。她恨他，恨这个畏葸而软弱的男人。他根本就是个永远都长不大的孩子，个子看起来还没有纪小英高，就连相貌似乎也永远定格在了过去的某个时刻。时光的流逝对眼前的这个男人似乎格外缓慢，只是犹豫地在那些工整细小的五官上留下些细纹。或许是冥冥中那只万能之手被这个孩子似的人形迷惑住了，才一时疏忽放过了他？有时纪小英甚至觉得，正因为光阴对祝成过于宽容，所以才会对她尤为苛刻，犹如剥皮抽筋一般。在那些冬日寂静的午后，纪小英能看见光阴的影子从屋子的角落里缓缓地滑过去，她甚至能听见它们发出的一连串细碎而尖锐的骇笑声。

无论遇到什么事，祝成的第一反应永远是去找祝修龄。不管是该说的，还是不该说的，她与他的私房话，或者是床第之间的事，他都会一股脑地说给祝修龄听。有点得意，有点厌烦，又点像是炫耀；有时则是为了推脱、撇清自己，或者只是为了向祝修龄邀功请赏。纪小英不知道，祝修龄听了那些话之后会是什么反应？表面上看起来，似乎并没有受到任何影响。平时，祝修龄总是耷拉着眼皮，连看都不看她一眼。可是，纪小英能从祝修龄眼睛里偶然的闪烁流转中看出些别的东西。纪小英有时觉得那根本就不是看人的，而是看穿着衣裳的牲畜的眼神。新奇、恶心、厌恶，却又有点无可奈何。

纪小英恨祝成，恨这个不像男人的人，他就像是一只巨大的虫子，一点点地吞噬着她的血肉，又像是一块永远都融化不开的冰，无时无刻不在抢夺、吸取她的热量。有时，她甚至觉得他根本就不是人，只是徒有人外表的别的什么东西。这东西刁钻、龌龊、不合情理，她甚至觉得他活在这个世界上的唯一目的就是折磨她，直到某一天置她于死地。

纪小英把身上的被子往上拉了拉，盖住了自己的脸。两行冰冷的清泪从眼睛里缓缓地渗出来，她伸出手悄悄去抹，心里忍不住生出些怜惜。因为自己现在的隐忍，也因为当初的牺牲。可是，这牺牲其实根本就是没有名目的。以前并没有人逼过她，逼她嫁给祝成。而且，在村里人的眼中，甚至是在她姐姐看来，她都算是时来运转，幸运地攀上了高枝。在家里，纪小英早已经变成一个有能力的人，成了一家人的主心骨。虽然离得远，家里要是遇上点什么事，总是会特意告诉她一声。

后来，纪小英的两个哥哥在出狱之后都曾经来找过她，当然每次她都少不了要给些钱。在私下里，他们还央求过纪小英，问她能不能在城里给他们找份工作？纪小英虽然没有答应，却也没有一口拒绝。但纪小英并没敢直接去找祝修龄，只是晚上在被窝里对祝成说过这事。纪小英原本是想让祝成去和祝修龄说的，谁知祝成这条扶不上墙的死狗，根本就不肯去。无奈，纪小英只好看着哪天祝修龄心情不错的时候，把那些话又期期艾艾地说了一遍。

祝修龄那时正在屋子里刷衣服，听了纪小英的话忽然停了下来，竟像是平白受到了什么侮辱，一张脸顿时皱缩成了一团。祝修龄从牙缝里发出"哧"的一声，过了大半天这才说，你真是个贪心的女人！祝修龄用手里的刷子啪啪啪地拍打着衣服上的灰尘，于是那些金色的灰尘便像是一簇簇有生命的活物，在阳光下欢快地上下飞舞着。祝修龄依旧耷拉着眼皮，说我养了你这么些年，还在乡下给你父母盖了房子。除了每个月雷打不动给你零用钱，逢年过节还要额外给你补贴娘家的费用。难道这些还不够？

祝修龄的声音忽然变得有些激烈起来，她并不看垂着手站在几尺开外的纪小英，像是自言自语，又像是独自对着什么看不见的虚空说话。纪小英在远处很认真地看着她的脸，分辨着祝修龄是不是真的生气了？可是，她却什么也没有看出来。祝修龄把手里的刷子啪的一声扔到对面的沙发上，然后便转身到别的屋里去了。

其实对于祝修龄，纪小英的心里并非只有恨，那完全是一种说不清道不明的情感。纪小英心里其实是明白的，祝家并没有谁真的亏待过自己。自从生完孩子之后，纪小英便开始不可收拾地发胖了。祝修龄为这事曾经旁敲侧击地说过好几回了，让她注意一点，免得将来得一些因为肥胖而导致的疾病。纪小英当然也不希望自己太胖，现在她简直没有哪件衣服是能穿得进去的。她还不算太老，这种突如其来的肥胖让她自己都有点猝不及防。可是，祝修龄特意这么对她说，纪小英却有点不乐意了。而且，她实在是太喜欢吃东西了，总也控制不住。以前在乡下时，因为家里穷，根本就没有什么好吃的。现在终于有了免费的长期饭票，摆在面前的又都是些以前吃不到的东西，不敞开肚皮吃个痛快，她会本能地觉得自己吃亏了。而且，家里家外总有太多让人窝心的事，而这些事都是纪小英根本就做不了主的。不光是祝成的、孩子的，甚至是纪小英自己的事，都是祝修龄一个人说了算。她每天都要敛眉蹙额地听人吩咐，任人使唤，甚至连个不字都不能说。这一件件的窝心事，就像鱼骨头一样总是卡在纪小英的喉咙口。只有吃饱喝足之后，才能让她的心里感觉舒坦些。

209

不过，纪小英觉得这浑身上下的肥肉有时也未必就是一件坏事。比如，自从生了儿子之后，祝修龄对纪小英的态度就明显发生了变化。这一半是因为她给祝家传宗接代立下了一大功，另一半呢，纪小英则认为应该归功于自己的发胖。因为有了这一身让人既爱又恨的肥肉，让纪小英自觉有了与他们作对的本钱。在饭桌上，纪小英看起来总是既霸道又恣肆。无论是玲珑精致的小菜，还是电饭煲里的稀粥，抑或是装在笼屉里的包子、馒头，纪小英都像风卷残云一般，要不了几分钟便能把它们一扫而光。在敞开肚皮大快朵颐的时候，那些丝丝缕缕的快乐会从纪小英的心底一波波地涌出来，眼睛里顿时被逼出两团湿漉漉的东西，雾似的。纪小英在椅子上换了个更舒服些的姿势，伸了个懒腰，又响亮地打了个饱嗝。然后龇开嘴巴，用牙签草草地剔了几下牙，再把那根牙签"啪"的一声折断、扔掉。纪小英把笨重的身体从桌子边慢慢地挪开一点，推开屁股下面的椅子，再缓缓地站起身，然后长长地舒了口气。纪小英觉得，自己似乎从来都没有像现在这样痛快淋漓过。虽然她能感觉到祝修龄尖厉的眼神，正从不远处像箭一般冷冷地射过来。可是现在这眼神却早已经失去了往常的杀伤力，似乎连不满都没有了存身之地。纪小英忍不住转过脸去，独自微笑了一下。

　　自从祝修龄生病之后，纪小英在家中的地位与以前相比便不可同日而语了。祝家的人在心里虽然仍旧瞧不起她，却不敢再像以前那样明目张胆了。即便纪小英飞扬跋扈地当家做主，张狂得不成样子，他们也大多装着看不见。纪小英常常许多天不照面，每次来却都要闹出许多的动静。不是把保姆支使得团团转，就是发脾气骂人，抱怨这里、那里没有弄好。但是等到保姆照着纪小英的意思去做，还没有做完呢，她却又像是早就把自己说过的话给忘了。

　　于是，下次无论她说什么，保姆都是既不吭声也不动弹，任由她大声呵气地骂着。但这却引起纪小英更大的愤怒，上来就给了她一个耳光。保姆自然是不肯吃这个亏，顿时与纪小英撕扯成一团。虽然保姆的个头比纪小英大，打起架来肯定要占上风，但心里还是有些怕的，看见纪小英被摔倒在地，便拎起行李想走。纪小英从地上爬起来，两手叉腰像一面墙似的堵在门槛上，说你敢走！要是敢出这个门，这个月的工资你就别再想要！保姆一听，顿时蔫了下来，扔下行李拍手顿足地哭号起来。

就连纪小英自己也有些弄不明白，为什么只要一到这个家、一见到祝修龄，她的心里就会涌出那么多的憋屈与愤怒？那些积年的委屈、伤痛与无名的愤恨，就像是一大团乱麻线，总是丝丝缕缕地纠缠着她，让人视线模糊，胸口发闷，几乎透不过气来。纪小英站在客厅中央，看起来就像是一条被人虐待过的狗，因为仇恨和不知所措而不住地倒腾着自己的双脚。

虽然祝修龄现在早已经不认识人了，纪小英依旧不敢过分造次，于是就拿保姆开刀。每次都把家里搅得鸡飞狗跳，不得安宁。直到家里的保姆换成秋芳之后，纪小英的行为才算是稍稍有些收敛。但是，纪小英仍然觉得胸口窝有一股子气出不来。纪小英看着正在厨房里做饭的秋芳的后背，大口大口地喘着粗气，不知道自己下面还会做些什么。

傍晚时，秋芳做好了饭菜，喊纪小英过来吃。纪小英一边低着头呼噜呼噜地喝稀饭，一边皱着眉头盘算着，心里就像是刚塞进去一块又脏又皱的旧抹布，怎么都舒展不开。最近祝修龄的病情变得越发沉重起来，这几天更是常常咳喘成一团。秋芳担心自己夜里照顾不过来，也有点怕祝修龄忽然一口气上不来，自己一个保姆担不起这个责任。于是便跟纪小英商量，让她晚上也住在家里。纪小英原本是要拒绝的，但犹豫了一下，忽然又答应了。

夜里，祝修龄照例又开始大声叫了起来，秋芳从床上爬起来，手忙脚乱地照应着。因为有纪小英在，为了要做给她看，表明自己平日里有多辛苦，秋芳差不多一整夜都没有睡好。第二天，纪小英原本是要回去的，秋芳不肯，说你在这里我就有了主心骨，要不然老太太要是有个三长两短的，我可承担不起呢。纪小英听了没说话，心里却忽然没来由地咯噔一下。

就这样连续好几天，两个人都有点熬不住了。纪小英想把祝修龄送到医院去住院，这样她就可以理直气壮地让祝修龄那几个在外地的子女回来陪夜了。但是，门诊的医生却只给开了些药，说祝修龄并没有什么大病，医院里住院的床位又紧张。无奈，两个人只好把祝修龄又带了回来。

现在，秋芳推着轮椅带祝修龄到外面散步去了，纪小英一个人孤零零地站在客厅里。平常祝修龄总是坐在那儿打盹、看电视的长沙发忽然空了下来，于是屋子里那些乱七八糟的杂物便显得格外触目。祝修龄每天都要用的药瓶子、吸氧机，用脏了还没有来得及洗的白围兜、脏抹布，擦嘴的纸巾、吐痰用的小垃圾桶……把屋子里塞得满满当当的。各式各样的药物、吃饭的油盐酱醋和长年生病的老年人身上特有的气味混杂在一起，搅和成一股奇特而持久的味道。纪小英张开鼻孔慢慢嗅着，忽然有些厌烦起来。这样的日子什么时候才是个头呢？纪小英真有些不明白，祝修龄这么多年来虽然一直病病恹恹的，为什么生命力却这么顽强？难道自己的一生都要与这个老女人纠缠在一起吗？在心里，纪小英不止一次盼着祝修龄早点死去，虽然即便祝修龄死了之后，她也不一定就有什么好日子过。可是，那又有什么关系呢？那些未来的事都是看不见摸不着的，当然也就不需要管那么多了。而且，未来无论怎样虚无缥缈，总应该比现在强吧？现在，她觉得自己简直要疯掉了，真不知道该怎么办才好。

但是，总归要想个什么办法才行，一定要想个办法。否则，就是祝修龄没有死，她也会被逼死的。不需要别人，纪小英自己就能把自己给逼死。纪小英忽然猛地飞起一脚，把身边的垃圾桶"嘭"的一声踢到远处。然后把攥紧的拳头塞进衣服口袋里，暗暗下定了决心。

夜里，等到祝修龄又开始大声叫唤、不让人睡觉的时候，纪小英对着睡眼蒙眬的秋芳说，她明天有事不能待在家里，今晚就让她来照顾祝修龄吧。秋芳睁开眼睛，点了点头。这几天秋芳实在是累坏了，还没有来得及答应一声，呼噜声便又响了起来。

纪小英到厨房里四下看了一遍，发现锅里还有点晚上喝剩下的肉汤，便把汤盛到碗里，端到祝修龄的房间。祝修龄正半闭着眼睛一声声地叫着，根本就认不出进来的是保姆秋芳还是纪小英。平时祝修龄晚上不肯睡觉的时候，秋芳都会给她吃上一粒安眠药，顶多两粒，现在纪小英却把大半瓶安眠药一股脑地全倒进了汤里。等到那些药全部溶化之后，纪小英又把卫生间里的一瓶敌敌畏拿了过来。那瓶敌敌畏是家里用来灭蟑螂的，已经很久没有人用了，一直扔在卫生间的角落里。纪小英犹豫了一下，也倒了一点进去。然后，纪小英就把祝修龄的脑袋扳过来，像喂婴儿一样，一口口地喂。祝修龄不肯喝，纪小英便用力硬朝嘴里灌。但是，祝修龄的力气太大了，虽然灌进去一点，但大部分都洒到了地上。纪小英怕秋芳听见会过来，也不敢过分坚持，只好放弃了。

可是，事情既然已经开了头，怎么能停下来呢？要不然，她的行为肯定就要暴露了。纪小英把心一横，伸手把祝修龄平时用的针筒拿过来。祝修龄患有糖尿病，每天都是要注射胰岛素的，纪小英以前也给她打过针，因此并不陌生。纪小英在针管里吸了些药，便朝祝修龄的肚子上扎下去。祝修龄看起来已经累了，挣扎了一下便不动了，任由纪小英摆布。打完针之后，纪小英还用酒精棉球给祝修龄仔细擦拭了一下身体。然后伸出手拍了拍祝修龄的脸，说她这次很乖，表现不错。

等到做完这一切之后，纪小英才发觉自己的额头和后背上全是汗。纪小英伸出手擦了一把汗，这才感觉到疲倦。于是长长地呼了口气，打算回屋继续睡觉。可是，当她刚把房门拉开时，却忽然感觉门后似乎有个身影倏地一下消失了。纪小英握着门把手站在那里。这套房子里现在只有纪小英和秋芳两个人，那么那个身影不可能是别人，肯定是保姆秋芳了。要是这样的话，那她刚才的行为岂不是已经暴露了？一想到这里，纪小英的心顿时皱缩成一团，忍不住重重地打了个寒战。

天已经快要亮了，外面的天空虽然还是灰色的，但窗前的树枝上已经有微光落在上头。秋芳的呼噜声忽然从另一个房间里传过来，听起来均匀而平稳，音乐一般。纪小英瞪着眼睛，直愣愣地站在那里。难道是自己刚才看错了？或许门外根本就没有人，只是自己的幻觉？

但是，纪小英忽然感觉到了恐惧。铺天盖地的恐惧像风一般裹挟着她，几乎让她站立不住。在密不透风的恐惧中，夹杂着丝丝缕缕的软弱。纪小英觉得自己完全被击垮了，顿时泪流满面。现在，她的身体忽然变得沉重万分，几乎连脚都抬不起来。纪小英伸出手扶住墙壁，对着远处大声叫了起来：秋芳，快起来！老太太快不行了。秋芳、秋芳……

（原载《山花》2018 年第 3 期，《小说选刊》2018 年第 4 期转载）

圈　套

　　爱凤是中午离开家的，那时母亲还在屋子里睡午觉。

　　客厅里的电视仍然开着，爱凤正在看一部电视连续剧。昨晚爱凤的情绪忽然莫明其妙地有些低落，早早便睡下了，没有把电视剧看完。今天正好有重播。她其实并不怎么喜欢看电视剧，里面都是些家长里短、鸡零狗碎的小事，充斥着离婚大战、婆媳矛盾，职场上赤裸裸的金钱交易。可是，要是不看电视又能做什么呢？每天除了买菜做饭、打扫卫生，剩下的时间她简直不知道该如何打发才好。

　　卧室里传出母亲时断时续的呼噜声，咯吱咯吱咬牙的声音和尖厉的呼吸声混杂在一起，听起来就像是两个不相干的人正在愤怒而耐心地争吵。爱凤把电视的音量调高了些，呼噜声像是被惊扰了，停顿了一下，又继续往前走。

　　几个月前，爱凤曾打算参加公务员考试。已经悄悄报了名，最后还是被母亲拦下了。爱凤大学毕业已经好几年了，她知道就是真的去考，也未必就能考上。但被母亲这么拦着，还是让她愤怒不已。母亲说，你根本就不需要出去工作，我养着你！爱凤一时不知说什么好，只是不屑地转过脸去，说我不要你养！就凭你那点退休工资，你能养得起谁？母亲听了，忽然伸出手打了她一个耳光。母亲盯着爱凤的眼睛，说我已经养了你二十多年了，没有功劳还有苦劳吧？你怎么敢这么跟我说话？

　　自从那次吵架之后，两个人就没怎么说过话。不过这对于母亲来说似乎并没有什么妨碍，母亲依旧悠然地坐在沙发上，仔细查看不同的超市寄来的打折小广告，认真比对着到底是哪家卖的东西便宜。那些大型超市大多在郊区，里面的商品价格虽然相对便宜些，但却路途遥远。即便有免费班车，到班车点去也需要乘一段公共汽车。因此，母亲在核算价格时，还要把坐公交车的费用也一并算进去。这是件十分花费心力的事情，不过母亲和爱凤一样，有的是时间。母亲戴上老花眼镜，找出以前在厂里做出纳时用过的老式算盘，叮叮当当地计算着。等到把这一切全部做完之后，母亲这才站起身，告诉爱凤明天要到哪里去买东西，买些什么。爱凤听了，仍旧不吭声，母亲也不理她，径直去里屋睡觉去了。

爱凤出门的时候特意将自己装扮了一下。重新梳了梳头发，用皮筋在头顶松松地挽了个髻，还在衣柜里找了件母亲以前穿过的深色外套穿在身上。临出门的时候，又给自己戴上只大口罩。现在超市里的塑料袋子都开始收费了，为了节约，爱凤每次都要带上母亲平常用的那只印花手提袋。爱凤站在镜子前照了照，觉得自己现在的样子看起来就像是一个干净整洁、勤俭持家的中年妇女。即便是被以前的熟人撞见，也根本就认不出来的。

爱凤推开门，踮着脚尖往前走，尽量不让自己发出声音。快到楼梯口的时候，忽然听见似乎有人从屋里推门出来。爱凤赶紧放慢脚步，把自己藏了起来。但是，那个像是刚从屋子里出来的人却迟迟不见动静。爱凤伸出头看了一眼，等到确定楼道里其实根本就没有人时，这才飞奔着跑到楼下。

爱凤家住的是那种又老又破的两层筒子楼，里面的邻居差不多都是母亲以前在厂里上班时的同事。每次见到爱凤，总是会用那种有些奇怪的眼神看着她。要不就是热心地扯着胳膊问她今年几岁了？为什么不出去工作？开始时爱凤还耐心回答几句，等到下一次，她们依旧问同样的问题，爱凤便有些不耐烦了。而且，这些问题虽然看起来有些漫不经心，每一句都像刀子似的毫不留情地扎向她身上那些最柔软的地方。爱凤便有些害怕见到她们了。

爱凤从小成绩出众，等到考上大学之后，更成了母亲的骄傲。那时每到周末从学校回家，院子里的邻居们总是亲热地与她打招呼。那些家里有孩子要考大学的，更是以她为榜样。但不知从什么时候起，邻居们的眼神开始变得有些奇怪起来。为这事，她还向母亲抱怨过。爱凤说，都是因为你不让我出去工作，你看那些人看我的眼神都有些不对了。母亲说你别理她们，那都是些家庭妇女，根本就没有文化的，你别跟她们一般见识。

下一次，母亲便在院子里放出风来，说爱凤是要嫁给有钱人家做全职太太的，哪里需要出去工作？我们家爱凤那是什么条件？正应了人家常说的那句话：出得厅堂，下得厨房。名牌大学毕业生，英语托福考了六百多分，要不是我舍不得硬拦着不让她走，早就到国外留学去了。要你们操哪门子闲心？

那些人听了，顿时有些敬畏起来，不再多说什么。偶尔在楼梯上遇见，这才悄声问，啥时候办喜事啊？母亲听了忍不住有些尴尬，脸上的表情也有些讪讪地。但母亲很快便镇静下来，笑着说，我就这么一个闺女，将来还要指望她养老呢，怎么着也要挑挑拣拣的吧？哪里舍得轻易放她出去？那人便笑，说也别太挑了，当心挑花了眼呢。

在那之后，母亲便开始紧锣密鼓地给爱凤找对象。可见了好几个都有些不满意，不是年龄偏大就是二婚的，或是有这样那样的问题。要不，就是人家嫌爱凤的长相不够漂亮。虽说有那块名牌大学的金字招牌，可这样的年轻女人不出去工作却心甘情愿做家庭主妇，总有些让人心生疑虑。而且，母亲的热情也有点让人不知所措。生意人大都精明惯了，本能地害怕吃亏上当，总觉着像是个陷阱似的。即便原本对爱凤有几分好感的，也不敢轻举妄动了。

这样几次下来，连原本热情洋溢的母亲也有些泄了气。不过却安慰爱凤别灰心，常言说得好，婚姻自有天定，该是你的赶也赶不走呢。爱凤不吭声，她原本就对相亲不感兴趣，是母亲硬逼她去的。但是，这些年来她的人生不都是母亲替她安排好了的吗？现在，除了听母亲的，她简直不知道自己还能做些什么。

爱凤的父母在她刚上小学时便离婚了，对父亲她几乎没有多少印象。长大之后，父亲似乎也只是存在于母亲的描述之中。每次只要一谈起父亲，母亲的脸便会陡然间变了颜色。母亲咬着牙根咝咝地抽着气，眼睛里闪着一团冷幽幽的光，大半天这才叹道，好端端的一个家，硬是被他给作散了。在母亲眼中，父亲根本就是个好逸恶劳、善于勾引女人的老混混。据说，父亲年轻时有过许多风流韵事，即便是与母亲结婚之后仍旧热衷于在外面拈花惹草。

母亲说我有时都有些弄不明白，那些女人为什么会喜欢他？工厂里的同事、饭店的女服务员，甚至是公园里偶然遇见的单身女人，父亲与人家聊不了几句便像是已经认识许多年的知己似的，很快便有情有义难舍难分了。那还是八十年代，社会风气还很保守。父亲的大背头梳得一丝不苟，身上穿一件花格子衬衫。而且，竟然是喷香水的。那时社会上刚开始流行跳舞，什么迪斯科、霹雳舞、交谊舞之类的，各式各样的新鲜玩意儿不知什么时候就会忽然冒了出来。虽然那些赶时髦的人舞技看起来一点也不好，但他们却都跟着了魔似的，找个背人的地方便能手舞足蹈地跳起来。父亲也像是中了什么邪，整日精神亢奋地在外面闲混。要是哪天不出门，整个人便像是丢了魂似的。

那时，父亲的工资差不多都花在了赶时髦和追逐女人上，经常彻夜不归。母亲时常会把爱凤哄睡之后，再出门找他。深夜里，母亲独自走在寂静的大街上，在公园的凉亭里寻找着，或者去敲熟人家的门。那些人睡眼惺忪地走出来开门，心不在焉地倾听着母亲的诉说。有时，会有人热心地给她出主意，让她去单位领导那里去告他，但母亲总有些下不了决心。

以前，他们曾在一个车间里上班。那时为了把母亲追到手，父亲曾下过许多功夫。每天早晨天刚亮，便在口袋里揣着两只热包子或是煮熟的鸡蛋，在母亲家的那条弄堂口等着。晚上下班时，无论多晚都要等着送母亲回家。那时候，母亲总是对父亲说，家里人坚决反对他们在一起，尤其是她的母亲，声称要是见到他就要打断他的腿。父亲曾百思不得其解，不明白他们家为什么要这么做？虽说母亲的长相端正，却也算不上怎样漂亮出众，而且只是个工厂里的工人。与他结婚虽不是攀了高枝，却也算是门当户对。母亲听了忍不住有些难堪，顿了顿才说，你不明白的，他们有他们的打算。

父亲是个不肯服输的人，母亲越是这么推脱，他越是追得紧。但是直到结婚之后他才发现，所谓家里人反对的话其实根本就是个谎言。父亲的心忍不住一紧，这个骗子！但是，母亲的心计似乎并不止于此。父亲后来才知道，母亲那时其实有个相处了很久的男朋友，是她中学时在班上寄读过的同学。因为家在外地，那个人才是家里人反对的。直到结婚之后，母亲偶尔还会与那人有些来往。有一次，还在家里被父亲无意中撞见过。虽然二人看起来似乎并没有什么出格的举动，但父亲的厌恶与不信任却就此种下了根。

后来，父亲便不怎么回家了。开始时只是在外面借宿，但因为母亲好几次找上门来，别人便不敢收留他了。父亲索性在外面租房子住，要是被母亲找到，就再换别的地方。那时候，父亲偶尔还会回来一下。母亲见到他时似乎并不怎么吵闹，倒是意外地唱起歌来。她平时根本就不会唱歌，不知怎么那次却兀自轻声唱了起来。那时她已经怀孕了，身体完全走了形。他有些怜悯地注视着她，侧着耳朵倾听着。母亲低声唱了一会儿，忽然停下来，说你衣服上有个扣子要掉了。他低下头去，果然看见有一只纽扣挂在衣襟上，很快就要掉下来了。他伸出手扯了扯，没有扯掉。母亲见了，忍不住低声说，我帮你钉一下吧。说完，便费力地站起身去找针线。

她牵着他的衣襟，皱着眉头站在那里。二人离得太近了，近得都能听见彼此的心跳。针线在他的身体上一上一下地穿行，就像是在耐心地数着他的呼吸声。有一瞬间，他甚至以为她要用手里的针去扎他的眼睛。他忽然忍不住愤怒起来，猛地一下推开她。她抓住一旁的桌子，这才没有摔倒在地。

父亲原本当时就想离婚的，但因为母亲怀孕了，这事便耽搁了下来。他沮丧地回忆着不多的几次肌肤之亲，不明白这一切会不会又是一个圈套？他觉得自己并不是个负心的人，是她一步步将自己逼至如今这境地。清晨，他独自一人深一脚浅一脚地往前走。由于出门时过于匆忙，身上只穿了件薄薄的秋衣。狭窄弯曲的街道上空无一人，薄雾在空中悠闲地荡来荡去。他浑身哆嗦着深深吸了一口气，忽然意识到一切都已经太迟了。这就像刚学会骑自行车的人，一骑上去便有些停不下来了。为了不让自己从车上掉下来，只有拼命地用力继续往前蹬。

他开始与外面的女人混在一起。为了与这些出格行为相符，他刻意将自己打扮成一个标准的混混。那时，光凭发型和衣服就可以将混混们从人群中分辨出来。男混混们大都留长发、大背头，或是前面留得很长，三七分开，再将前面的头发吹起一绺来，搭在脑袋后面。因为那一绺头发的缘故，他们说话的时候时常会下意识地甩一下脑袋，或是伸出手去将耷拉在眼睛上的那一绺头发顺到耳朵后面去。女混混们大多留童花头，或是爆炸式的钢丝头。那时的烫发技术还不成熟，常有人因为钢丝头没有烫好，只好简单地扎一根马尾巴，再用发胶将头发固定住。这样摇头晃脑地走在大街上，也很好看。

那时的混混大都喜欢穿米色风衣，配一条喇叭裤，肩上再背一只筒形字母包。脚上穿的则是三接头的尖皮鞋，鞋底打满了钉子。因此，走起路来总是一阵阵咔嚓作响。不过这样的行头在他们中间也是一阵风，很快又会流行起别的东西。有一段时间，他们都喜欢穿太子裤。就是那种贴腰中间肥大、裤口收得很紧的西裤，腰上要打出许多褶皱，据说最多的会有十几个褶子。因为只有褶子多，裤腿才够肥大。风一吹，裤腿便会哗啦啦鼓起来，穿的人会感觉到一种说不出的帅气。还有一阵子，他们中的许多人都以拥有一双迪多牌运动鞋为荣。父亲在很长时间都有些弄不明白，那鞋子到底有什么特别的？直到很久之后才发现，其实奥秘全在那双黄色鞋底上。那鞋子的橡胶鞋底据说会越穿越黄，到最后那黄完全成了一种不可思议的颜色。于是，鞋底黄不黄也就成为到底是不是正牌货的评判标准之一。

那时候，一双迪多牌运动鞋不知怎么竟然要卖好几百块。那些买不起正牌货的，便会在冒牌货的鞋底上做文章，用水彩颜料或是碘酒涂在上面，不过内行人一眼就能分辨出来。半旧的白色鞋帮与奇妙的黄色鞋底搭配在一起，让一双普通的运动鞋顿时改变了模样。父亲有时甚至觉得那根本就不是一双穿旧了的运动鞋，而是别的什么他根本就看不明白的陌生东西。那是质朴的淫荡与成熟的天真混杂在一起所产生的一种十分奇妙的东西。这让父亲十分喜欢，觉得竟然与自己十分吻合。表面上看起来一点也不张扬，内心里却是藏着一小团火的。

那时，他正与百货公司的一名女营业员混在一起。那个年轻的女营业员是他在一次跳舞时认识的，其实二人根本就不了解。晚上，他骑着自行车，女营业员便勾肩搭背地坐在后座上。由于穿着大胆暴露，在大街上他们总是引人注目的一对。女营业员把头靠在他的后背上，向他讲述如何捉弄顾客的事。当然，那大都是从乡下来的顾客。女营业员一边说一边咯咯咯地笑着，讲到兴奋时还会伸手去挠他的腰。

他其实并不怎么喜欢与她在一起，反倒是女营业员总是像条虫子似的黏着他。黑暗中，女营业员一把扯下身上的低领T恤衫，两只饱满的乳房便像两只饥渴难耐的鸽子，活泼泼地扑了过来。他皱了皱眉，伸出手挡住了她。那一瞬间，他忽然意识到面前的女营业员与自己的妻子其实并无多少差别。她们之间除了时间，并没有什么不同。身体的接触虽然陌生而机械，女营业员的快乐却像强劲的风一阵阵刮过来。他拥着她，就像是屈从于一种他完全

219

不了解的什么东西。这东西陈旧而老套，但却生机勃勃。当昔日的那些痛苦不再让他感觉到疼痛的时候，面前的这个世界却让他的心忍不住皱缩成一团。他抽出手怜惜地抱紧自己，顿时感觉有些厌倦起来。

可是，后来他并没有回家。他一点也不明白自己为什么会变成现在这副模样。一个众人眼中的浪子。一想到自己的忤逆无情，他的心便会一下子变得坚硬如铁。他与母亲吵过无数次的架，也曾伤筋动骨地打过。母亲曾经找过许多人上门说话，他也曾在私下里认真设想过，回来跟母亲好好过日子。但是，他知道自己早已经回不去了。

然而父亲的胡闹还是受到了惩罚。由于卷入一宗流氓案，他被判了两年刑。对父亲的遭遇，母亲一点也不同情，私下里反倒有些兴奋，因为这就等于是狠狠教训了他一顿。有人劝母亲趁着现在还年轻，赶紧离婚算了，被她很坚决地拒绝了。在内心里，她其实仍然还爱着他，期盼着他能改邪归正。

然而从监狱出来之后，父亲却依旧恶习不改。因为已被单位开除公职，越发没了顾忌。由于没有了收入，父亲的生活主要靠几个与他关系暧昧的女人养活着。有一次，母亲四处打探着终于找上门来。父亲似乎也不避讳，依旧懒洋洋地坐在那个女人家的饭桌前吃饭。母亲见了，"嗷"的一声冲过来，与他撕打成一团。母亲恨道，这么多年了，我像一条狗似的替你养家、养孩子，你却在外面鬼混、玩女人！那个女人听了，"啪"的一声朝地上吐了口唾沫，冷笑道，什么玩女人？少现世了！就他这种扶不上墙的癞皮狗，我赶都来不及呢。你来得正好，赶紧把他弄走吧！

离婚时，爱凤理所当然地留给了母亲。法院判决父亲每月支付抚养费，可他根本就是个无业游民，不可能兑现的。母亲曾上门索要过抚养费，却挨了一顿暴打。但是，她仍有些不甘心。她的电话每个月都会准时而至，虽然父亲根本就不接。后来，她便开始写信。那些信就像是一个个清脆冷峻的巴掌，响亮地扇在父亲的脸上。她在信中诉说爱凤的成长，如何因为无人照顾受凉发烧，在幼儿园里因不能及时接回家而摔伤了小腿，又因为营养不良患上了贫血……晚上，母亲一个人流着眼泪写这些信，虽然她知道父亲或许根本就不会看。但她似乎也并不十分在意，这些信其实是她写给自己的。直到有一次，母亲收到父亲寄来的一百元钱。那次，爱凤因为得了急性肺炎住进了医院。

有时，父亲似乎也时断时续地工作过。手里有些钱时，也曾主动到学校里看望过爱凤。父亲手里拿着新买的玩具、各式各样吃的东西，低三下四地微笑着。爱凤站在那里，犹豫不决地看着他。母亲早就叮嘱过爱凤，让她永远不要搭理父亲。不管他给她买什么东西，都要很坚决地把它们扔到地上，转身离开。可是，面前的这个男人看起来那么和蔼友善，而且那些玩具都是她一直想要的，她怎么能够拒绝呢？那天，父亲陪爱凤玩了一整天。因为伤感和自怜，父亲的眼睛里始终蒙着一层薄薄的泪光，直到离开的时候，仍然紧紧地抱着她。

　　那应该是爱凤最后一次与父亲亲密接触了。后来母亲把那些玩具全都扔到了垃圾桶里，还因为这件事第一次打了她。为了不让父亲再见到爱凤，母亲把她转到了别的学校。母亲对爱凤究竟在哪所学校上学一直守口如瓶。直到爱凤快要大学毕业的时候，父亲这才辗转打听到消息，到学校来看望她。

　　当年父母离婚时，爱凤只有七八岁。她还记得父亲自行车上的两只气门芯的帽子不知怎么全都弄丢了，爱凤特意在别人的自行车上偷偷拧了几个。她把那些脏兮兮的小东西藏在自己的铅笔盒里，盼望着父亲哪天回家的时候交给他。可是，父亲却再也没有出现过。在爱凤的印象中，父亲是个十分干净利落的男人。这么多年过去了，现在却变得老迈邋遢了。多年的困顿与动荡不安的生活已经毁了他的健康，当年在监狱里落下的风湿病现在让他连走路都有些困难。父亲一边喘着粗气一边盯着爱凤看，眼睛里充满着惊奇、怜惜和几分捉摸不定的疑惑。父亲坐在拥挤的集体宿舍里，看起来就像是屋子里新搬进来的一把旧椅子。父亲过了大半天这才叹道，没想到你都长这么大了。

　　爱凤小心地避开他的视线，心里涌着一股难言的情愫。她第一次发现自己与父亲其实长得很像，那种相像隐藏在他们各自的身体深处，却又是那么显而易见，这让她觉得既恶心又有几分亲切感。以前，她几乎很少向母亲打听父亲的事。她知道母亲总是会骂道，那就是个老混混，是个人渣！可是，现在她见到的却只是个衰老无助的男人。这么多年来，她早已习惯了没有父亲的生活。父亲在宿舍里坐了一会儿便离开了，临走的时候这才摸索着从身上掏出两张钞票塞给她。爱凤不肯要，却不知道该怎样拒绝，最终还是收下了。

后来，爱凤曾把与父亲的这次相见告诉过母亲，没想到母亲顿时大发雷霆。母亲说，那男人是知道家里的老房子要拆迁，所以才来套近乎的。他是想把自己的户口迁进来，拿拆迁费呢。母亲咬着牙根恨道，这么多年了，他没拿出过一分钱，连面都没照过几次，现在竟然还有脸来找你？虽说这些年我没有告诉他你在哪所学校上学，可是他要有那份心，哪有找不到的道理？现在倒是急吼吼地找上门来了。世界上哪有这么便宜的事？母亲沉默了一会儿，忽然说不，我绝不能让他得逞！

爱凤那时正在实习，还有几个月就该毕业了。母亲果断地让她中断实习，赶紧跟她回家。爱凤听了很有些不以为然，觉得母亲有点小题大做了。父亲并不像是什么危险人物，她觉得他对自己并无恶意，但母亲根本就不听她的解释。但是，母亲的紧张情绪还是影响到了爱凤。她认真地回忆着那次与父亲十分匆忙的相见。那个陌生男人身上与自己那种似曾相识的相像终于让她感到有些害怕，这几乎有点像是人在面对猴子或是猩猩之类的动物时，那种害怕与它们沦为同类的恐惧。

而且，那时爱凤正处于失恋之中。爱凤的男朋友是比她高一届的同学。虽然是小地方出来的，捱说家境却十分殷实，毕业之后就要回去继承家族企业。二人如胶似漆时，男孩曾问过爱凤，是否愿意跟他一道回去？对方提供的条件自然十分优越，房子、车之类的不必说，而且还不需要出去工作。爱凤一听便有些心动，嘴上却说要回家跟母亲商量之后才能决定。爱凤曾经跟那男孩回去过一次，却发现那地方只不过是座小县城。在大城市里生活惯了，那个乱七八糟的小县城在爱凤看来就是乡下。那家族企业也不算大，爱凤在里面转了一圈，普普通通的一大片厂房，也看不出有什么特别的。男孩的父母都没有什么文化，多年的辛苦忙碌都是写在脸上的。一看便知道是节俭惯了，虽然拼命想讨好爱凤，去饭店吃饭时却舍不得多点几个菜。爱凤在一旁看着，一时也拿不准他们家是不是真的像男孩说得那么有钱。因为心里一直有些拿不定主意，爱凤甚至没敢把这件事告诉母亲。然而，男孩却有些等不及了，实习的时候就回了老家。之后不久便在当地找了个女孩，据说很快就结婚了。

爱凤听了虽有些伤心，但对自己没有下决心到那座小县城去生活，倒也并不后悔。不过，失去一个不用出去工作、衣食无忧、可以按自己的心愿生活的机会，还是让爱凤感觉有些可惜。现在，母亲如此决绝地让她回家，虽然让她有些吃惊，却与她内心深处隐藏着的那种被人养着的渴望一拍即合。爱凤甚至来不及做过多思考，便拎着行李跟母亲回家了。

　　爱凤回家时，母亲只是对她说，外面的社会很复杂，许多事你也不一定能应付得来，倒不如跟我在家里学着做家务。女人早晚都要走结婚嫁人这条路，将来不会做家务肯定是要吃亏的。爱凤看了母亲一眼，低着头没有说话，不过倒也没有反对。

　　以前爱凤在家里从没有做过家务，现在做起事来自然有些笨手笨脚。但她很快便发现，家务活儿其实并不像她原先想象得那么简单。一日三餐的荤菜素菜，光是把各式各样的蔬菜都认识清楚，也不是件很容易的事。母亲年轻时在乡下住过，有过做农活儿、种蔬菜的经验。因此，说起一年四季不同的菜总是头头是道。而且，如何挑选也很有些讲究。每天早晨，母亲都要带着爱凤到菜场买菜，顺便向她传授经验。母亲指着菜场里那堆被人挑剩下的红薯，对爱凤说，这就像买红薯，许多人都喜欢买那种小的、表皮光滑的，因为那些看起来要好看些。可实际上却是这种个头大、长得丑的好。虽然它们表面凹凸不平，有的上面还有许多斑斑点点，但却很好吃。有句俗话说，乡下人不识货，专拣大的摸，也是这个道理。

　　很快，爱凤便跟着母亲学会了煎、炸、烹、煮等各式手艺，还学会了许多做菜的诀窍。比如煮牛肉时，为了使牛肉炖得快、煮得烂，可以加一点茶叶。下面条时，在锅里加一小勺食用油，可以防止面条粘到一起，等等。爱凤还学到了母亲的一个独门手艺，鸡鸭鱼肉之类的根本就不动锅去炒，而是放在碗里用蒸气焖。碗里只要放很少的一点水就可以了。这样做出来的菜，不仅非常鲜美可口，而且节约成本。

　　母亲对爱凤的进步十分满意，常常笑着说她现在总算是出师了。以后家里就是忽然一下子来十个八个客人，招待他们吃饭也不用发愁了，肯定既体面又实惠。可是，爱凤并没有多少机会演练自己的实战技能。因为家里通常只有她和母亲两个人，几乎没有什么客人。母亲是个十分节俭的人，家里原本就不富裕，每一分钱都要精打细算用在刀刃上。因此，爱凤学到的那些手艺其实根本就派不上多大用场。有时母亲连爱凤碗里吃剩下的米饭都舍不得扔，放在微波炉里加一下热，再继续吃。为了节约电费，夏天屋子里连空调都舍不得开，只开一台小风扇。晚上，两个人常常睡在同一张床上，盖同一床被子。

日子就这么一日日平淡无奇地过着。爱凤每天买菜做饭，偶尔会在晚上熬夜看书，第二天便会起得有些晚。那时母亲早已起来了，爱凤一个人躺在床上，侧着脑袋猜想着今天是几月几号，但在恍惚间却根本就想不起来。日子与日子之间变得有些难以区分，有时她甚至分不清从窗户里洒进来的那场雨究竟是昨天下的还是前天下的？

然而只要一想到将来，爱凤便会变得有些忐忑不安。以前的大学同学大都参加工作了，或是继续上学深造，只有她一个人被孤零零地关在家里。偶尔与他们联系时，爱凤甚至不好意思告诉他们自己的现状。现在，她时常穿一身老气横秋的旧衣服与一群四五十岁的中年妇女混在一起。虽然爱凤觉得自己与她们之间是完全不同的两类人，但别人对她的态度却常常与她们一样，就好像她根本就是个没受过教育的家庭妇女。

有一次，爱凤让超市的营业员把柜台里的东西拿给她看一下。那个女营业员大半天才抬起头，十分冷淡地看了她一眼，坚持让她先付完钱才可以看。爱凤开始时甚至没有弄明白她是什么意思，半开玩笑地说，你是不相信我，怕我不付钱就把它拿跑吗？谁知那个女人竟直直地看到爱凤的脸上，说对，我就是不相信你！爱凤瞠口结舌地站在那里，看着她，一时竟不知该如何应对才好。她知道自己或许应该像那几个中年女人一样，与那名女营业员大吵一顿。但最终却只是冷笑一声，喃喃地说你真可笑，便转身离开了。

爱凤曾许多次对母亲说，要出去找工作，都被她拦下了。爱凤不甘心，说你为什么要拦我？家里并不富裕，我出去挣钱补贴家用有什么不好？母亲却根本就不搭理她，说过日子就是这样，富有富的过法，穷有穷的过法。再说家里还没有穷到揭不开锅的时候，我还养得起你！爱凤原本还想争辩，但一想到自己上午在超市里受到的侮辱，便忍不住捂住脸大声哭了起来。爱凤说我不要你养！我要出去工作，不要他们那样对我！

爱凤到底没有争过母亲，但对母亲的怨恨却一天天积攒了下来。有时她也曾很认真地想过母亲为什么不放她出去，难道只是为了不让父亲找到她吗？可是，爱凤总觉得这个理由有些牵强。现在，老屋拆迁的事早已经结束了，父亲的户口已经不可能再迁进来了，拆迁费自然也没有拿到。可是，母亲依旧坚持着不让她出去找工作。有时，爱凤觉得这一切就像是一个阴谋。这个阴谋看起来有几分阴森，而且十分不合情理。但这一切似乎只有母亲才可以说得清楚，不过她却拒绝做任何解释。爱凤时常觉得自己就像是被关在一只密不透风的旧箱子里，无论她怎样努力挣扎都无济于事，而开启这只箱子的钥匙就挂在母亲的衣服口袋上。她几乎每天都可以看到那把钥匙，却根本就无法近身。

好在爱凤的心思很快便被另一件事所占据，那就是装修。拿到新房钥匙的时候，母亲高兴得差点流出眼泪，二人欢天喜地地一起计划着将来的新生活。新房子还散发着一股淡淡的油漆味，母亲便迫不及待地关上了房门。屋子看起来宽敞而结实，母亲兴奋地在里面来来回回地走，一边走一边咯咯咯地笑。在母亲看来，现在她已经将过去关到了门外。她与爱凤可以在这四面簇新的屋子里谋划点什么，或是展开属于自己的故事，开启未来的新篇章。

新房装修的事自然由爱凤一手操办。为了省钱，从设计图纸、画装修效果图，到去装饰市场买材料，与那些号称是"马路游击队"的装修工讨价还价，都是爱凤自己去做。爱凤在大学时学的是数学，对建筑施工虽然并不太懂，但有以前的那些数学知识做底子，倒是一学就会的。她现在又没有别的事情可做，一门心思扑在装修上，自然干劲十足。

爱凤很快便发现，自己并不像母亲当初担心的那样，其实是很能干的。装修时，事无巨细都要事必躬亲，爱凤学会了很多东西。开工前，她做了很详细的工程预算，从木地板、贴面板、油漆等主要材料，到水泥黄沙之类的辅助材料，还有各式各样的运输费、人工费、损耗费等，都做了很详尽的估算。为了节约成本，爱凤虽然跑过好几家装修公司，最后还是到劳动力市场找来装修工自己干。装修设计图都是爱凤自己画的，所有的装饰材料都是她不辞辛苦货比三家买来的。就连煤气灶和排水管上的洞都是她画好了图样，让工人挖出来的。等到把房子装修好之后，爱凤觉得自己几乎算得上是个很不错的装修专家了。

装修期间，爱凤与母亲的关系变得少有地融洽。但等她们搬进新居之后，一切似乎又回到了从前。爱凤开始怀念装修时那些虽然忙碌但却十分充实的生活，一有机会便习惯性地往外跑。母亲自然十分警觉，对爱凤打的每一个电话都要装出漫不经心的样子询问一番。其实爱凤与以前的大学同学几乎都断了联系，现在根本就没什么朋友，只是偶尔和装修时认识的一个小工头联系一下。小工头还很年轻，只是个外地来的农民工。曾经对爱凤在装修时表现出来的才干十分惊讶，等到知道她是名牌大学毕业生时，更是敬佩不已，时常半开玩笑似的邀请她与自己一起合伙开公司。爱凤并不喜欢这个看起来有几分油滑的小工头，但母亲像防贼似的防着她，还是让她愤怒不已。因为委屈和无聊，有时也是为了有意让母亲生气，爱凤常常与小工头一聊就是好几个小时。

有一次，小工头来找爱凤，两个人便站在马路边的街心花园里说话。小工头很健谈，从以前在农村时的经历到如今身处城市中的梦想，都是爱凤以前从没有听过的。说到动情时，忍不住双目灼灼发亮。小工头已经离开家乡快十年了。十年来，他竟然从没有回去过，也没有与家人有过任何联系，甚至没有打过一个电话，没给他们写过一个字。爱凤听了，忍不住有些好奇，说为什么呢？你为什么要这么做？小工头想了想说，时间拖了这么久，他现在已经没有办法再与他们联系了。而且，这座城市太大了，就像是一把巨大而锋利的刀片，他必须时刻提防不要让它划伤自己，简直一刻也不能分心。他当然还会与他们联系的，但那应该是在以后的某个时刻，肯定不会是现在。

爱凤抬起头看着小工头，有些迷茫地倾听着。乡村生活对于她来说虽然有些遥远，却也并非一无所知，但在小工头的口中却变得陌生而宁静。那里有阔大赤裸的黄土地，一望无际的绿色植物在阳光下蒸腾着看不见的热气。腿脚健壮的女人坐在自家房屋前旁若无人地给孩子喂奶，晒成黑红色的光屁股小孩一边尖叫着一边四处疯跑。而生活在那里的小工头则完全是一副让人意想不到的形象，看起来自由不羁却又充满着某种危险。虽然那时他就生活在自己的家乡，却时常疑惑自己的家到底在哪里？傍晚时站在屋前的空地上，他竭力将自己的目光投向远处。虽然那里什么也看不见，但他却知道，那些遥远而陌生的城市就在他的目光尽头。

爱凤看着小工头，就像是看稀奇的小动物，新奇、恶心，又有几分怜惜。每个人从出生的那一刻起，身上便背负着一个属于自己的世界，但却总是热切地向往着别人的世界。于是，人们时常会像中了什么魔法似的饶有兴致地相互观望着，小心刺探着。但是，又有谁能真正进入别人的世界呢？或许在小工头的眼中，她根本就是另外一个人，是跟自己完全不相干的另一个人。一想到这里，爱凤的脸上便笼上了一层淡淡的忧伤。

那个小工头见了却有些误会，忽然伸出手偷偷摸了她一把。爱凤吓了一跳，本能地往后退了一步，顿时变了脸色。之后，便随便找了个借口离开了。爱凤一边往回走，一边想着自己真是沦落了，竟然和一个乡下来的小工头纠缠不清，心里忍不住涌出几分凄凉。

但母亲却终于有些忍不住了，开始与爱凤争吵起来。母亲甚至不屑提及那个小工头，却常常会因为别的什么事情。因为爱凤依旧挑食，不肯吃某种食物，或者是她新买的一只颜色俗艳的发卡，都可能会引发母亲的怒火。母亲把饭碗"咚"的一声放在爱凤面前，看着她的眼睛，说你今天必须把它给吃了，要不然我不会放过你的。爱凤推开饭碗，站起身跑进自己的房间，"砰"的一声关上门。她浑身哆嗦着，光着脚在屋子里来回走着。那一刻，她甚至想与那个小工头一起私奔。

母亲开始悄悄检查爱凤的物品。书桌上正在看的书，随便扔在抽屉里的不知是谁送的小礼品，或是记事本上字迹潦草的只言片语。为了省钱，家里的网络早已经停掉了，母亲却依旧有些放心不下。那些或许存在着的秘密令母亲寝食难安。只要爱凤一离开家，母亲便开始忐忑不安起来。她想知道爱凤现在在哪里？与什么人在一起？或是担心自己是否还能留得住她？要不就是怀疑爱凤上了什么人的当，开始胡乱花钱了。有时，她甚至不由自主地猜想着爱凤是与什么人幽会去了。种种有关男女私情的不堪场面在她的脑子里不停地翻腾着，让她忍不住既羞耻又愤怒。

为了搜寻出那些秘密，母亲甚至学会了使用电脑。有一天，她终于设法打开爱凤的电脑。爱凤留在电脑里的日记让她一下子变得惊慌失措起来。日记中记述了母亲的种种劣迹和爱凤的痛苦与隐忍，里面充满着莫名的愤懑和对流浪的渴望。母亲一下子惊呆了。她没有想到自己的苦心经营和无私奉献竟然落得如此下场，顿时气得浑身颤抖。母亲攥着拳头坐在电脑前，等待爱凤回来时大发雷霆。然而，爱凤却迟迟没有回来。

已是傍晚吃晚饭的时间。母亲艰难地从椅子上站起来，一阵模糊的钝痛从脚后跟开始一点点在身体里弥漫开来。母亲在屋子里摇摇晃晃地往前走。那一刻，她忽然十分悲哀地意识到自己已经老了。母亲站在穿衣镜前看着自己，看着自己的满头灰发就像是一小堆肮脏的积雪堆积在脑袋上，一双眼睛看起来就像是两个斑驳褪色的玻璃球，变得浑浊而迷离。她伸出手捂住脸，忽然意识到自己的好时光不知什么时候早已被什么人悄悄偷走了。年轻时失去丈夫，失去男人的爱。虽说后来也曾与别的男人交往过，但那些模糊而淡薄的感情很快便像风一般莫明其妙地消失了。离婚后因为孩子小，她曾带着爱凤回娘家住过。家里的条件差，房子小，几个兄弟姊妹又都是些手头不宽裕、器量狭小的人，与他们的关系越处越紧张。最后只好咬着牙搬出来，只是过年过节时才偶尔回去一下。后来则赶上了下岗、提前退休，还没到老迈的时候便连最后的工作机会也失去了……

如今，隔着像破棉絮一般苍黄而遥远的时光，这一件件往事依然像针尖似的扎得母亲浑身酸痛不已。现在，她几乎失去了一切，只剩下爱凤了。要是她连爱凤也失去的话，就真的一无所有了。母亲慢慢蹲到地上，一边抚摸着肿大变形的脚后跟一边在心里悄悄对自己说：她不能，决不能让爱凤离开自己。

争吵终于在几天后毫无征兆地爆发出来。爱凤记不清她们是因为什么事开始争吵的了，反正总有许多琐碎细小的事隐藏在那里。平时她们总是假装早已经忘记了，实际上它们就像是藏在地板下的一粒粒看不见的小石子，不知什么时候就会被它们扎到。

那些刻薄而恶毒的话语从母亲的嘴巴里流出来，就像是从一台装备精良的货车里倾泻而出。母亲的身体就是笨重的车身，丁零当啷，环环相扣。先是试探着前进，又一下子滑开了，因为连续不断的节节后退而忍不住浑身颤抖着。爱凤瞪着眼睛看着母亲。她很想跳起来，把这辆巨大而陈旧的货车一

228

下子打得稀巴烂。她要吊在货车的手臂上，用脚恶狠狠地踢它的两只笨重的膝盖，再用拳头拼命捶它的胸脯。她还要翻身骑到货车的身上，用尖利的牙齿咬它的脸，给予一阵铺天盖地的攻击。她甚至觉得自己身上应该立刻腾起一团火焰，把这台可恶的货车烧成一堆垃圾。然后，她就可以名正言顺地将这堆垃圾清理掉，扔得一干二净。

因为愤怒和兴奋，母亲的脸变得通红一片，看起来像是一下子年轻了十岁。那些骂人话挤挤挨挨地一路往前走，由于过于拥挤，速度开始一点点慢了下来。终于，母亲叹了口气，忽然停了下来。于是，她又重新恢复到原来的样子，衰老而倦怠，两只眼睛盯住某个虚空的去处，一声不吭地瞪着它。

爱凤的两只手紧紧地握着，呼哧呼哧喘着粗气，恶狠狠地盯着母亲。二人谁都没有说话，似乎都有些无可奈何，束手无策。爱凤忽然觉得有些羞愧，就好像母亲真的已经死在她手上了。虽然这种可能性十分渺茫，但这念头却像是个突然闯进家门的陌生人，突兀地横亘在二人中间。让人垂头丧气，欲罢不能。

爱凤几乎从没有想过，自己真的会与那个小工头混在一起。有一次，小工头过来找她。二人像往常一样站在马路边说话。小工头又开始滔滔不绝地讲起自己的理想与抱负，爱凤一直低着头听着，没有说话。小工头见了，大着胆子推了她一下，说你怎么了？看起来好像有点不开心的样子。

爱凤抬起头来，忽然很热切地抓住小工头的手，说你把我带走吧，我想跟你一起走。小工头吓了一跳，伸出手摸了摸爱凤的脑门，这才疑惑道，到底是怎么了？爱凤说你别问那么多了，你到底是愿意还是不愿意？爱凤的两只眼睛看起来亮得吓人，里面闪着隐隐的泪光，小工头的心里虽有些嘀咕，但这原本就是他梦寐以求的事，赶紧点头答应下来，说愿意，当然愿意。爱凤说那就好，既然你愿意，今天夜里两点，就在这里等我吧。说完也不等小工头回答，便自顾自转身离开了，留下小工头一个人在路边忐忑不安。

爱凤回到家里，这才意识到自己刚才的决定简直有些荒唐。但是，她一点也不想改变主意。外面的天空晴朗而明净，爱凤坐在那里，忽然凭空地有些愤怒起来。这个世界简直就像是母亲当初做出的那个决定，看起来就像是个阴谋。但是，即便是最荒唐的决定也完全有必要去尝试一下。为什么不呢？

那天，爱凤与往常一样，心平气和地在厨房里做饭，与母亲一道坐在客厅的沙发上看电视，晚上准时上床睡觉，而且刚躺下不久便睡着了。半夜的时候，爱凤忽然打了个寒战醒了过来，又想起了白天的那个决定。于是悄悄翻身下床，去准备那些想要带走的东西。夜色从窗户里钻进来，四处灰蒙蒙一片。爱凤在窗前站着，忽然很想纵身从窗户里跳下去，变成一只飞鸟，一粒灰尘，或者是别的什么可以一跃而起、在黑暗中消失的东西。现在，这个家简直像是一座监狱，一个又窄又黑、让人无法逃脱的圈套，里面塞满了许多匪夷所思的东西。她简直一刻也待不下去了。

为了不吵醒母亲，爱凤只拿了几件随身换洗的衣服。街头一片宁静，只是偶尔有一二辆汽车匆匆驶过。空气中有一股不易察觉的清新气息，爱凤忍不住深深吸了一口。有一瞬间，她忽然不明白自己为什么要站在这里，甚至不敢确定那个小工头是否真的会来。但她依然站在那里等着。街上连一个人影也见不到，要是这时忽然有个男人出现在她的身边，对她说，跟我走吧。爱凤觉得自己肯定会一声不吭地跟着他走的。

但是，那个小工头终于还是来了。当他远远看见爱凤真的站在路边时，竟是一副惊喜万分的表情。小工头说，我原以为你是跟我开玩笑呢，刚才还犹豫着是不是真的要来，没想到你真在这里呀。爱凤没有说话，只是犹犹豫豫地牵着小工头伸过来的手。爱凤转过脸去，在身后的楼房里寻找着自己家的位置。她以为心中会有些惜别的感觉，但却什么也没有。脚下是普通而狭窄的柏油马路，路边的店铺都关着卷帘门，上面的门脸在夜空中闪烁着模糊暗淡的光泽。爱凤觉得自己的心也像它们一样，虽然看起来挤挤挨挨的，其实里面什么都没有。

但是，爱凤与小工头的同居只维持了一个星期便结束了。虽然小工头百般奉承，还特意在市中心为她租了一套很不错的房子，但爱凤很快便有些后悔了。爱凤一眼便看穿了小工头的寒酸与局促。她原以为他应该是有些实力的。原来小工头办的根本就是个皮包公司，接到活儿就去市场上拉人。行情好的时候自然也能赚些钱，遇上淡季，一两个月没有一分钱的进项也是常有的事。小工头为了租房子花了一大笔钱，因此理所应当地认为爱凤是自己的人了。小工头拉着爱凤的手，信誓旦旦地说，早晚有一天我会让你过上自己想要的生活。爱凤推开他，淡淡地笑了笑，忽然很尖锐地说，你怎么知道我想要什么样的生活？

开始时，爱凤虽然勉强与小工头亲吻过，但始终没有越雷池一步。晚上，饥渴难耐的小工头试图强行与她发生关系，被爱凤喝住了。爱凤说你不是想跟我结婚的吗？怎么敢如此胆大妄为？你要是敢动粗，我马上就报警，告你强奸罪！小工头被吓住了，说当然当然，没有你的同意，我是不会碰你的。

但是，是爱凤自己主动放弃了防线。夜里，小工头像是一头小兽狂乱地撕扯她。爱凤在挣扎中抗拒、妥协，终于彻底败下阵来。黑暗中，她忽然感觉到那些曾经在她的肌肤上悄悄游走的渴望，那些渴望曾经让她想挣脱身体的羁绊，把自己彻底交出去。但是，那个让她充满痛楚和快乐尽情释放自己的人肯定不应该是眼前这个人。因此，当小工头伏在她的身上大声呻吟的时候，爱凤忍不住皱着眉头咬着嘴唇把脸转到了一边。

第二天，小工头心满意足地上班去了。这几天，因为害怕爱凤会离开，小工头几乎寸步不离，现在终于放下心来。现在，他们之间除了做爱，甚至连话都不说几句。小工头已经不再与爱凤谈什么理想，只是像疯子似的揉捏着她，像饥渴难耐的动物一样吞噬着她的每一寸肌肤。他们从床上翻下来，在屋子里的地板上翻滚着。黑暗中，能听见不知道属于谁的清脆的耳光声，猛然间的愤怒和低低的呻吟。在小工头的眼中，爱凤就代表着这座庞大而冷漠的城市，看起来既骄傲而又遥远。即便他已经将她骑在身下，他依然觉得自己根本就抓不住她。他知道，只要一松开手，她便会像只影子似的消失在黑暗之中。一想到这里，小工头便忍不住暴怒起来，忽然低下头在爱凤的肩膀上狠狠地咬了一口。

以前读大学时，爱凤也曾谈过恋爱。那时，有好几个男同学追过她，爱凤还与其中的一两个很认真地约过会。但大学校园里的爱情虽然真诚而热烈，却大都没有善终。爱凤的男朋友回到小县城之后，两个人便很友好地分手了。虽然看起来还有些难分难舍，其实心里并没有多少悲伤的成分。虽然后来断断续续地还有些联系，但实际上早已变成了陌生人。后来，因为整日被母亲关在家里，爱凤与所有同学几乎都断了联系。现在，要是她真的与这个小工头混在一起，算是怎么回事呢？这让她的脸面朝哪搁？而且，她根本就不喜欢他。不仅不喜欢，甚至时常会感觉有几分恶心。爱凤离家出走时只是想做点什么，但现在却忽然发现，其实她什么也做不了。或许，这根本就是一场闹剧。终于，趁着小工头不在家的时候，爱凤把自己的东西收拾了一下，像当初来的时候那样，又匆匆离开了。

爱凤的离家出走就这样悄无声息地结束了。直到回家之后，她才意识到自己的一时冲动引起了怎样一场风波。当初离开家的时候，爱凤只在客厅里留下一张纸条，声称自己对整日待在家里已经厌倦透顶，要出去散散心。爱凤还让母亲不要找她，等到安顿好之后她会主动与家里联系的。但母亲却几乎被吓坏了，不仅四处寻找，还去派出所报了案。母亲给所有的亲戚朋友都打了电话，甚至还硬着头皮给爱凤的父亲打过电话。之后，又想方设法找到爱凤以前的男朋友。爱凤所有的大学同学几乎都被母亲找遍了，但她唯独没有想到那个小工头。

爱凤推开家门的时候，看见母亲正摊手摊脚地在客厅的地板上睡觉。屋子里一片狼藉，地上胡乱扔着枕头、毛巾被和几只空荡荡的食品包装袋。母亲是个爱整洁的人，爱凤一点也不明白她这是怎么了？而且母亲的样子也有点把她给吓住了。在这短短几天里，母亲的头发几乎全白了，看起来又苍老了许多，现在正张着嘴巴大声打着呼噜。那呼噜声听起来巨大而沉痛，就像是有万千心事却又无处诉说的样子。而且，这些心事或许根本就是说不清的，于是只能含糊地呜咽着、叹息着。

爱凤静静地坐在一边，等着母亲醒过来。看着母亲皱缩成一团的脸，爱凤忽然感觉到了陌生。面前这个伤心欲绝的女人到底是谁？爱凤几乎一眼就能看出她身上隐藏着的巨大痛苦。痛苦总是与期盼联系在一起的，这个女人曾经期盼过什么吗？爱凤一点也不知道，那到底会是什么？但她知道面前的这个女人真的老迈了，已经到了看清世事的年纪。但是那些她曾经期盼过的什么东西或许早已被她遗忘了，即便那东西正在路上向她走来，她也肯定认不出来了。现在，她唯一能确定的就是爱凤了。所以即便是丢掉性命，她肯定也不肯失去爱凤。一想到这里，爱凤的心里便涌出一股莫名的情愫，眼睛也有些湿润了。

呼噜声忽然停住了，母亲睁开眼睛，从地上坐了起来。见到爱凤时，母亲的脸上甚至没有一丝吃惊的表情。爱凤站了起来，忽然有些紧张。有一瞬间，她甚至以为自己很快就会变成一小堆碎片，变成母亲脚底下的一大块泥巴。母亲的呼吸声慢慢变得粗重起来，爱凤几乎能闻到她身上那股积蓄已久的愤怒，辛辣而呛人，夹杂着一股淡淡的食物变质的味道。但是母亲仍然没有发作，只是一声不吭地坐在那里。爱凤惊慌失措地站着，尴尬地调整着自己的表情。见母亲仍旧不说话，这才期期艾艾地低声说，我回来了。

一阵绵长的战栗就像是一小股风从母亲身上掠过，母亲疲惫地闭上眼睛，脸上的表情慢慢有些松弛下来。过了一会儿，这才睁开眼，冲爱凤点点头，说好，回来就好。说完，这才慢慢站起身，开始收拾屋子里的杂物。爱凤见了，赶紧跟着母亲一起打扫卫生。在这一个星期里，家里似乎积攒了太多的灰尘。那天，爱凤与母亲整整打扫了一个下午，屋子里这才恢复到原来的模样。

母亲后来曾小心翼翼地套过爱凤的话，问她这些天都去了哪里，做了些什么？爱凤在心里很想告诉母亲真相，但她认真地想了想，最后仍然决定放弃。因为那真相或许比母亲想象得更为糟糕。在这个隐秘的故事中，爱凤觉得自己既是一名精明世故的入侵者，又像是个没有廉耻的妓女。她的罪行没有边界，邪恶永无止境。因此，她最好是把它们深深地隐藏起来，让这一个星期就像是从没有存在过一样，悄悄地消失掉。

在这之后的几天，家里变得出奇地安静，两个人又开始像从前那样静静地过日子。只是话越来越少，有时一整天也说不了几句话。两个人看起来都有些倦怠，不再像以前那么兴冲冲地。因为懒惰，也是为了省钱，有时一整天都是喝稀粥、吃咸菜，或只是简单地做一锅菜饭。母亲的退休工资就那么多，不能不省着花钱。贫穷就像是一场灾难，简直让人没办法去谈论，只能悄悄缩紧身子，假装早已把它给忘了。

偶尔，母亲还会带着爱凤出去相亲，但每次的结局几乎都是差不多的。而且，适合的对象似乎也变得越来越少了。这次短暂的出走虽然早已经结束了，但爱凤的名声却受到了些影响。虽然后来母亲为了这件事还特意跟别人说，爱凤那几天只是临时参加同学聚会去了。但这样的解释根本就没有人愿意听，母亲越是辩白，别人越不相信。爱凤出门买菜的时候，时常会有人似笑非笑地盯着她看，看得她心里直发毛。为了避免麻烦，爱凤索性不再与那几个中年女人混在一起。但她的行为却得到了完全相反的结果，女人们把当初母亲说的那些，加上她们的想象、道听途说的谣言混杂在一起，一起拨弄着，窃笑着，传播着。在她们的口中，爱凤完全变成了另外一个女人，一个惊世骇俗的骗子，或者根本就是个妓女。而爱凤实际上到底是个什么样的人，却根本就是无人关心的。

　　转眼间，爱凤快三十岁了。爱凤有些发胖了，眼角出现几条细细的皱纹。不仔细看几乎看不出的，但笑起来的时候便会有些皱缩。爱凤很不满意自己的变化，又不知道到底该怎么办？只是控制着自己的饭量，急吼吼地想减肥。但因为营养不够，脸色又变得有些难看起来。爱凤皱着眉头看着镜子里的那张脸，终于失去了信心。于是，又像从前似的随意吃了起来。现在，蓬着头穿着廉价花布睡衣站在屋子里的爱凤，看起来就像是一个患了产后忧郁症的女人，茫然地看着窗外的天空。

　　因为整日无所事事，爱凤开始与母亲一样睡懒觉、看电视，一边看电视一边捂着嘴咯咯咯地笑。因为平时很少出门，爱凤的大部分时间都是穿一身旧睡衣在屋子里晃来晃去。头发随便在脑袋后面绾个髻，脸上连化妆品都不用。只有在出门相亲的时候，才会稍微修饰打扮一番。但爱凤的那些衣服大多是母亲从廉价市场淘来的便宜货，只适合十八九岁的女学生穿。爱凤这个年纪了还穿这种质地粗糙的衣服，便显得有些怪异。因为不确定自己的穿着是否得当，人便显得有些迟疑。有时爱凤会忽然没来由地微笑起来，那笑容粘在上牙颏上，大半天掉不下来。

　　每次相亲回来之后，母亲的情绪总有些低落，坐在一边悄无声息地叹着气。开始时还会与爱凤唠叨几句，后来也不怎么说了。有一次，母亲在电视里学会了折纸鹤，于是闲着没事时两个人便开始一起折。折完一只又开始折下一只，据说最吉利的做法是要折满一千只。有一段时间，两个人在一天里唯一的事就是折纸鹤。她们专心致志地折，把折好的纸鹤串在一起，挂在窗户上。太阳从外面照进去，落在那些纸鹤上。风吹来时，纸鹤便在屋子里四处飞舞。爱凤坐在屋子里，阳光下的纸鹤把一片片斑驳的阴影落在她的脸上。

她努力从那些飞扬的纸鹤间留下的缝隙中凝视着窗外灰蒙蒙的天空，心中充满了宁静与感动。

当初她们刚搬来时，周围还没有多少住户，现在这里已经变成一个庞大而芜杂的居民区。她们住的是拆迁房，里面差不多都是以前在棚户区时的老住户，只不过是从低矮陈旧的老房子搬进了楼房。但这些楼房似乎很快便衰老了，看起来有些垂头丧气，散发着一股晦暗颓败的气息。灰白色的塑钢门墙，上面落满擦不净的污垢，地上爬满蟑螂。住在楼里的人还像从前一样，喜欢懒散地在院子里闲坐。他们身后的房门总是打开一点，里面传出电视机的嘈杂声。纤细而尖厉的小调从屋子里传出来，听起来就像是那些不期而遇的陌生人正在敲他们的门。他们光着脚坐在凳子上，一边伸手抓痒、抠脚丫，一边说着家长里短的闲话。虽然他们并不富裕，大都是靠低保过着紧巴巴的日子，但看起来却快乐而知足。

爱凤每天在这些人中间进进出出，在他们的目光中走出去，再神情倦怠地走回来。但不知从什么时候起，爱凤与母亲的关系却开始变得有些微妙起来。两人虽然整日厮守在一起，爱凤却发觉她们之间像是隔着什么东西。那一大块苍白痛苦的东西将她们彼此分隔，把她们留在孤独遥远的对岸。那东西在一日日悄悄地膨胀、长大，它们无声无息地栖息在屋子里，潜入她们吃饭的饭碗，在她们睡觉的床铺上游荡着，让她们的心变得像生铁一般坚硬。有时那东西就像是一个有血有肉的人，懒散地站在饭桌上舒展着筋骨，充满恶意地注视着她们。爱凤以为母亲或是她自己会因此而愤怒起来，但却什么也没有。爱凤觉得自己的心就像是一口深不见底的水井，正变得日渐幽深，已经不再会轻易产生波澜了。

母亲年轻时得过心脏病，现在已经慢慢变得严重起来，早已不能动气。母亲对爱凤说，她能感觉到自己的心脏就像是一只握紧了的拳头，时常会在胸腔里一松一紧地发脾气。只要有这种感觉，她就什么都不去想了，只让身体像一台巨大的机器似的在屋子里转来转去。身体好的时候，母亲也会到院子里晒晒太阳，一边与邻居们说着闲话，一边呼哧呼哧喘着粗气。爱凤站在窗前，心平气和地看着他们。窗台下有一盆清水，母亲上午浇花时忘记拿走了。爱凤低下头去，看见水里有一团模糊的倒影，于是便呆呆地盯着水中的那个女人。

水里有一张暗淡憔悴的脸，头发捋得光光的，绷紧的嘴唇看起来就像是匆忙间画出的一条直线。爱凤忽然很想看清楚那个女人，不由把脸往前凑了凑。虽然她几乎每天在镜子里都能见到，但在那一刻却觉得自己从没有注意过她。那张脸似乎总是在隐藏着什么，但脸上的疲惫和若有若无的皱纹又像是在诉说着一个不为人知的故事。她已经三十岁了，这真有些不可思议。三十听起来简直不像是一个数字，而更像是某种气味。爱凤用力抽了抽鼻子，忽然对着那盆清水微笑起来。她的两片薄薄的嘴唇向两边慢慢伸展着，轻轻地对着那盆水说，你好。

爱凤原以为这样的日子会永远持续下去。然而有一天，正坐在客厅里看电视的母亲忽然一头栽倒在地上。爱凤以为这大概是母亲在电视里新学的什么健身功法，于是便说，你这是做什么？怪吓人的。但母亲依旧一声不吭地躺在地上，只是脸忽然一下子皱缩起来，嘴角浮出白沫。爱凤这才有些害怕起来，但她只是站起身一动不动地盯着她看。要不是这时隔壁的邻居因为什么事忽然过来敲门，爱凤简直一点也不知道自己到底该怎么办？

救护车在楼下呜呜地叫了几声又停住了，几个身穿白大褂的人从车上下来，伏在母亲的身体上忙碌着。爱凤有些奇怪，母亲的嘴角为什么会忽然流出一滴血来？现在，母亲的脸正直愣愣地盯着她，看起来萧索而漠然，就像是小工头口中那些乡野中的庄稼地。那一小滴血静静地停留在母亲的嘴角下，就像是脸上新长出的一粒朱砂痣。爱凤一动不动地站在那里，忽然觉得自己是生活在另一个陌生的国度里，而那个正在被抢救的人并不是母亲，而是她自己。她能感觉到扎进血管里的针正一跳一跳地痛，捂在嘴上的氧气罩堵得她喘不过气来，让人忍不住一阵阵头晕眼花。母亲被抬进救护车的时候，有人大声问，谁是家属？一旁的邻居推了爱凤一把，见她依旧没动。邻居有些生气了，说你妈都快死了，你怎么连一点反应都没有？

但是，母亲被送进医院不久，便去世了。在那之后几天，爱凤便像一只木偶一样，任人摆布。家里一下子挤满了人，许多年不来往的陌生亲戚坐在沙发上哭泣着，还有看热闹的邻居站在门边。爱凤时常疑惑自己是否走错了房门。甚至连父亲也来过一次，一声不吭地在屋子里坐了一会儿，又悄无声息地离开了。

在把母亲送到殡仪馆之前，爱凤一个人在医院的太平间坐了一夜。几个亲戚见了忍不住动了恻隐之心，劝她回家，第二天再来。但爱凤就像是没有听见，只是坐在那里一动不动。虽然天气还很闷热，太平间里却感觉阴森森的有些瘆人，空气中弥漫着一股隐隐的尸臭。有胆大的亲戚陪爱凤坐了一会儿，到底还是离开了。

现在，母亲就躺在一只玻璃罩里，那个玻璃罩就像是个大冰箱，过一会儿便会自动启动。有一段时间，爱凤打起了瞌睡，但很快便被启动声吵醒了。昏黄的灯光照在母亲的脸上，爱凤忽然觉得母亲正在闭着眼睛微笑。于是便把脸贴到玻璃罩上，认真地看着。以前要是爱凤做错了什么事被发现了，母亲就会这么笑。有一瞬间，爱凤甚至以为母亲会忽然从里面坐起来，不耐烦地问她为什么不回家？为什么这么晚了还到处乱跑？

半夜的时候，太平间的看门老头走过来问爱凤，怎么就你一个人在这里？你们家没有别的人吗？见爱凤不回答，看门老头又有些疑惑地问道，你不害怕？爱凤抬起头来。看门老头身材矮小，长着一张模糊不清的脸，上面留着几根稀稀拉拉的短胡子，有着长年酗酒的人常见的那种苍黄与赤红奇妙融合之后的说不清道不明的脸色。老头把身上斜披着的旧棉衣紧了紧，脸上忽然漾起了笑。在深夜里，那笑容倒是与他的长相十分匹配，看起来就像是一副镶得严丝合缝的假牙。老头忽然有些亲热地凑过来，说，这边太冷了，姑娘到外面歇一会儿吧？

爱凤瞪着那个老头，一时弄不明白他到底在说些什么。看门老头有些不耐烦了，想上来扯她的袖子。就在这时，爱凤忽然听见一声模糊不清的笑声。那笑声她实在太熟悉了，爱凤忍不住转过脸去看玻璃罩里的母亲。等到她确定母亲依旧很安稳地躺在里面时，这才转过脸来。但是，就在这一会儿工夫，刚才的那个老头却已经不见了。

母亲下葬的时候，有亲戚过来安慰爱凤，让她不要太伤心。母亲不在了，就没有人拦着她，以后她就可以出去工作了。爱凤听了，只是抽了抽嘴角，算是回答。有关出去工作的事，以前爱凤不知跟母亲说过多少回了，每次都被一口回绝。随着年龄一天天增大，这几年爱凤已不再提起这事了。现在，出去工作早已变成了一件遥远而恐怖的事情，爱凤甚至已经不再去想它了。

从墓地出来之后，爱凤独自一人回家。等到站在家门口的时候，她才忽然意识到，家里的钥匙不知放到哪里去了。爱凤习惯性地站在那里等着，有一瞬间，她甚至以为母亲就在楼下，只要耐心地等一会儿，母亲就会自己走上来给她开门。等到她意识到母亲再也不会回来的时候，恐惧忽然像风一样灌满她的全身。

四下里静极了，连平时总有人坐在那里的院子现在也空无一人。静谧似乎触手可及，就像是有什么东西正在耐心地等候时机，要发生点什么事。而现在，那东西只是一声不吭地待在那里，把身体隐藏在虚无的阴影之中。爱凤觉得自己的身体就像是被什么东西抽空了，一下子变得虚无起来。她的头发一根根竖了起来，像是要把整个人托起来。爱凤忽然产生一种强烈的预感，她正在陷入一个圈套，而这个圈套是母亲在生前特意为她量身定做的。她本能地想逃出去，但她的身体却像是被什么东西缚住了，根本动弹不得。

爱凤忍不住愤怒起来，伸出手咚咚地敲门，一边敲一边拳打脚踢。激烈的敲门声在楼道里回荡着。爱凤的脚在门上拼命地踢着，但结实的防盗门根本不为所动。有一阵子，爱凤甚至伸出脑袋去撞。沉闷的撞击声就像是掏心掏肺的诉说，虽然什么也说不清楚，却让人忍不住心惊胆战。

不知过了多久，爱凤终于被人弄到了屋子里。在屋里，她仍旧不停地尖叫。那个无人发现的圈套就像是一根无形的绳索，把她紧紧地困在里面，让她胸口发闷，动弹不得。她想把那个圈套指给别人看，但根本就没有人肯听她的。而且，她发现几乎所有人都参与了这个阴谋。所以，她什么也不能做，只能拼命地尖叫着、挣扎着……

（原载《芙蓉》2016 年第 5 期）

到 上 海 去

　　福宝的母亲怀孕的时候，正赶上开始实行一胎化的计划生育政策。那时他们家已经有了一个女孩，按照政策，是不能再生第二胎的。福家一直男丁不旺，到了福宝的父亲这代，已是三代单传。据说，当初为了要生儿子，福宝的奶奶甚至曾经给母亲下过跪。母亲自从怀孕之后，便一直胆战心惊地东躲西藏。原以为怀的是儿子，等到生下来之后才发现仍旧是个女儿。因此，福宝一生下来便被寄养在一个远房亲戚家中。

　　亲戚是一对老夫妻，福宝叫他们姑姑、姑父。二人都已经上了些年岁，生活在一个偏僻小镇上。膝下的孩子都已经长大成人另立门户了。姑姑年轻时虽然抚养过一大堆孩子，可那已经是很久之前的事了。现在福宝的到来，这才重新唤起他们从前的记忆。但那大都是些操劳而厌倦的记忆，里面并没有多少愉快的成分。当初他们之所以愿意留下福宝，主要是图她的父母每个月寄来的那笔抚养费。福宝的母亲不放心小地方的食品，除了抚养费之外，每个月还要从上海再寄一大堆奶粉过来。大多数时候，福宝是喝母亲寄来的奶粉。偶尔姑姑缺钱花的时候，也会悄悄将那些奶粉卖掉，再到小镇的商店里买些替代品，当然是买最便宜的那种。这么做多少有些亏心，因此姑姑也会顺带给福宝买点零食、玩具什么的。不过，这样的时候并不多。除了这些有点奢侈的奶粉，福宝的生活与他们是一样的。

　　在很长时间里，福宝几乎把上海和远在上海的父母完全忘记了。她在小镇平静安宁地生活着，一天天地长大。对小镇，福宝说不上有多喜欢，却也并不讨厌。小镇的空气中永远充满着温暖慵懒的气息，人们不慌不忙、慢条斯理地生活着。小学校就在离家不远的地方。每天清晨，福宝背着一只大书

239

包，边吃早饭边去上学。要不是因为身上背的是母亲从上海寄过来的漂亮大书包，她看起来与小镇上的孩子并没有多少差别。

在小镇，几乎所有人都是认识的。大家不仅相互间知根知底，甚至还知道别人家的亲戚是做什么的。平时，他们似乎并不怎么在意这些关系。但要是谁家出了什么事，需要帮忙时，人们首先想到的就是这些平时看不见的盘根错节的关系。在小镇，几乎每个人都知道福宝是上海人，早晚是要离开这里的。而上海对于他们来说，则是一个令人敬畏的地方。小镇人出远门时拎在手里的帆布旅行袋上，就印着上海火车站的图案。他们对上海知之甚少，但却明白上海就意味着繁华与奢侈，还有乡下人在那里数不清的上当受骗的事。镇上有几个出门跑供销的人去过上海，回来之后的言辞间充满着对那里的灯红酒绿的艳羡。当然也少不了他们刚下火车便被几个中年女人连哄带骗地拉上一辆面包车的经历，说是要把他们带到一个离市中心很近又价廉物美的地方去住宿。等上车之后，他们便像是被绑架了一般，再下不去了。直到快半夜的时候，车里差不多全坐满了，他们才被拉到一个位于城乡接合部的澡堂子里。由于又困又累，虽然是睡在洗完澡的人躺在那里喝茶聊天请人修脚的躺椅上，人睡在上面几乎躺不平的，他们依然忍不住呼呼大睡起来。

现在，福宝看起来和所有在小镇长大的孩子一样，肮脏、邋遢，衣着不整。母亲以前还常会寄些衣服过来，但由于开始时就已经谈好了，衣服之类的也是包含在抚养费之中的。母亲寄的东西多了，姑姑他们又不肯在抚养费上松一点口。母亲便觉得自己有些吃亏了，寄了几次便不肯再寄了。

每隔一段时间，姑姑便会将福宝带到镇上唯一的一家照相馆去照相，然后再把冲洗好的照片寄到上海。照片上的福宝穿着照相馆里提供的深蓝色背带裤和鹅黄色圆领衫，拘谨地站在一幅蔚蓝色的大海背景前。圆领衫看起来被无数人穿过，已经有点起结变硬了，领口又脏又小，福宝的头几乎套不进去。这让她觉得自己就像是一下子被扔到一个陌生的地方，那里诡异而生疏，充满着一切难以预料的奇遇与不可知的灾难。姑姑把圆领衫使劲往下拽的时候，福宝终于忍不住放声大哭起来。照相的秃顶老头不耐烦地从盖在相机上的紫红色丝绒布中钻出来，催促赶紧把孩子哄好。姑姑好言安慰了几句，见仍不奏效，便伸出手在福宝的脑袋上狠狠地捆了一巴掌。于是，福宝不敢再继续哭下去了，只是张着嘴巴若有所思地盯着镜头。

照片寄出后不久，母亲便写信来，感谢姑姑一家对女儿的照顾，夸福宝现在又长高了、长胖了。反正母亲根本就没来过几趟小镇，福宝到底长得什么样，平时穿的什么，她是看不到的。现在，福宝正蓬着头，早晨梳好的辫子早已经起毛散开，乱糟糟地歪到一边。身上穿一条皱巴巴的米黄色灯芯绒裤子，一件不知道曾经属于谁的半旧运动服，印在运动服上的图案已经褪色，几乎看不清了。这身打扮与小镇人想象中的上海人实在相距甚远。

福宝与小镇上的孩子一样，讲一口难听的方言。有时母亲来小镇，总是会忍不住皱着眉头大声地训斥她。母亲说得最多的一句话就是：别忘记你是上海人，你早晚是要回去的！福宝开始时不说话，后来便有些厌烦。偶尔还会跟母亲顶几句嘴，谁稀罕回去？

福宝记得自己似乎只回过一次上海，那次回家的经历，在很长时间都让她觉得像是电影里地下工作者的一次秘密行动。从火车上下来之后，福宝并没有被直接带回家，而是在外面的一个小吃店里待了很久。福宝在那里吃了面条、小笼汤包、海棠糕之类的，觉得自己的肚子早已经撑得像一只皮球一样了，母亲依然小声对她说，再吃点再吃点。福宝很想问问母亲，她们为什么一直待在这里而不回家？但是，她只是看了看母亲，什么也没有说。

等到天完全黑下来了，母亲这才把她悄悄拉上车。从公交车上下来之后，母亲便牵着福宝的手，一声不吭地往前走。路上，一个戴着红袖章的老太太十分热情地向母亲打着招呼。老太太看了福宝一眼，问道：她是谁呀？母亲说，是乡下亲戚家的孩子。老太太向四下里张望了一下，忽然十分尖锐地问，这孩子家的人呢？说完，也不等母亲回答，便弯下腰来，笑嘻嘻地指着母亲问福宝，你叫她什么？福宝能感觉到母亲握着自己的手骤然间揪紧了，手心也一下子变得潮乎乎的。福宝没有抬头，只是低垂着脑袋小声回答道：姑姑。老太太一时没有听懂，母亲在一旁帮忙解释着。福宝难听的乡下口音终于让老太太放下心来。老太太又与母亲说了几句闲话，便离开了。这次有些惊心动魄的经历，让母亲提心吊胆了很久。后来，母亲再不敢轻易带福宝回来了。

在小镇，福宝并没有什么朋友。按说她的性格开朗，与班上的同学相处得都还算不错的。可是，她总感觉他们与她之间是有距离的。在周围同学的

241

眼中，福宝是地地道道的上海小蛮子，与他们完全不一样的。虽然她连一句上海话也不会说。小学校里的男女生差不多都是分开玩的，但是，除非她主动去找她们，那些女生们几乎从不跟她玩。

那时候，班上只有一个叫小树的女孩公开向福宝表示好感，与她做朋友。小树的父亲是上海下放到小镇的知识青年，母亲却是当地人。因为是与当地人结婚，当年知青开始大批返城的时候，小树的父亲没有回上海，而是留了下来。小树共有姐弟三人，姐姐小林那时还在镇中学读书，很快就要参加高考了。

小树与福宝在一起时，最喜欢说的话题就是上海了。与福宝不同，小树经常与父母一起回上海。每到逢年过节的时候，他们一家人总是拎着大包小包，先坐公共汽车到市区，再从市里坐火车去上海。在火车站，小树每次都是和那些行李一起，被父亲从绿皮车厢的窗户中硬塞进去。

因为是过路车，火车上永远都是拥挤不堪的，根本就没有座位。小树每次都是和父母一起站在车厢的过道里，弟弟则是抱在怀里，一抱就是六七个小时。要是遇上车厢里的列车员好说话，他们可以将行李摆在过道上，这样就可以坐在行李上休息一会儿，吃点东西。虽然坐车很累很辛苦，每当列车上的广播说就要到上海的时候，小树总是格外兴奋，迫不及待地帮着父母拿行李，火车还没有进站，已经站到车门口了。父亲见状，总是忍不住骂她，这么着急做什么？是终点站呢，总能下车的，最后下去好了。但是，每次他和母亲站到车门口的时间，并不比小树晚多少。

下了火车之后，一家人便拖着行李浩浩荡荡地去赶公交车。在小树的印象中，上海的公交车似乎比火车上还要拥挤。小树的父母不仅拎着大包小包，还带着小树和弟弟，这就更让车上的人嫌弃了，少不了要遭人白眼。常有人因为被他们的行李碰到而鄙夷地扔出一句：乡下人。小树的父亲每次听到，总是忍不住火冒三丈。在车上，他曾经因为这句话跟人吵过架。要不是母亲在一旁劝解，说不定就要打起来了。

好不容易到了奶奶家，奶奶家的房子却一样逼仄狭小得让人转不过身。一间十平方米的屋子，里面住着奶奶、姑姑和叔叔全家。据说姑姑是因为身体不好，一辈子没结过婚，所以一直住在家里。加上叔叔一家三口，一间屋子共住了五口人。因此他们每次回来都要打地铺，有时连地铺都打不下，就只能睡在桌子上。

因为房子的事，虽然每次回去都带着很多礼物，但叔叔婶婶看见他们时，总是满脸的不高兴，脸拉得老长。小树的父亲为这事还与叔叔吵过架。父亲吵架时总是梗着脖子发狠说，要不是为了去看奶奶，他们是不会再到这里来的，一辈子也不会回来。奶奶那时因为生病，身体已经很虚弱了，每天的大部分时间都是躺在床上。见他们吵架，开始时还会大声责骂叔叔，后来便只有一声声地叹气。

姑姑虽然没有给过他们脸色看，但父亲与叔叔吵架的时候，她从没有帮父亲说过一句话。小树一说到这里，便有些难过。小树对福宝说，他们太没有良心了，就因为她父亲当年下放农村做了知青，叔叔和姑姑才可以留在上海的。可是，他们现在把这一切全都忘记了。

除了这些有点让人伤心的事，有关上海，在小树的记忆里总有无数数不清让人高兴的事。南京路的热闹明亮，淮海路的时髦高档，还有城隍庙的小吃等等。小树每次总是与弄堂里的孩子们混在一起，一起疯跑、疯玩。小树的父母那时都在一家大型国有企业上班，收入很不错的。小树身上穿的衣服都是来上海之前新买的，看起来漂亮而整洁。与弄堂里的那些孩子在一起，一点也不显得土气。可是不知怎么，弄堂里的阿姨似乎一点也不喜欢她，每次总是用那种有些奇怪的眼神看着她。有一次，小树不小心把一个孩子撞倒了，那个孩子的母亲便大声骂她是乡下人，没家教。

小树指着在教室门口的那几个正嘻嘻哈哈挤成一团的女生，对福宝说，这真有些奇怪呢，我在上海的时候他们叫我是乡下人。在乡下，她们又叫我上海小蛮子。你倒是说说看，我到底算是哪里人呢？

福宝没有说话，只是笑着摇了摇头。对小树说的这些，她简直一点也插不上嘴。在她的印象中，上海只是一个遥远而模糊的记忆。她只去过一次上海，而且那次回去的感觉就像是做贼一样，哪里也没有玩过。但是，因为陌生的上海，福宝和小树还是成了好朋友。有时小树还会和福宝悄悄说几句上海话，虽然她几乎完全听不懂，但依然感觉十分亲切。

有一次，小树忽然十分兴奋地告诉福宝，说他们家那张费了千辛万苦去上海的准迁证终于办下来了，她的姐姐小林就要离开小镇到上海去了。福宝一时没有听明白，只是愣愣地看着她。小树解释说，现在国家似乎是出台了新政策。按照政策，他们家姐弟三人中有一个是可以将户口迁回上海的。小树说，她爸爸因为这件事犹豫了很久，已经好几个晚上失眠睡不着觉了。他很想让小树的弟弟回上海。但是弟弟的年龄太小，不符合规定。而那张准迁证却是他求爷爷告奶奶好不容易才办下来的。小树的父亲甚至曾打算过放弃，以便给弟弟留着回上海的名额，却又担心将来的政策会发生变化，过了这个村就没有这个店了。所以，最后还是决定让小林去上海。

然而当父亲将这个决定告诉小林时，小林却似乎根本就不肯领这个情。小林那时正在读高中，人长得十分漂亮。皮肤白皙，相貌俊秀，身材高挑而结实，不仅是中学篮球队的主力队员，也是学校出了名的校花。要不了多久，小林就要参加高考了。对父亲让她回上海的决定，几乎不假思索便一口拒绝了。小林十分坚决地说，不，我不去！父亲听了，气得大半天说不出话来，原本想发作的，最后到底还是忍住了。

小林那时正热火朝天地准备考大学，每晚都熬夜看书至深夜。那个遥远而陌生的上海，与她有什么关系呢？除了偶尔随父母去那里探亲，上海对于她来说，只是意味着人情冷漠，世态炎凉。那间十平方米的老屋和住在屋子里的那些人，每次都会给她一种难以言述的感觉。父亲与叔叔吵架的时候，躺在病床上的奶奶总是会拉着她的手，眼泪汪汪地看着她。小林手足无措地站在那里。她很想抽出手，从那间屋子逃出去。但每次只是一动不动地站在那里，一遍遍地数着自己的心跳。

那时，历时八年的伊朗与伊拉克之间的战争已接近尾声。小林正一边吃饭一边皱着眉头思考着，这是否会成为今年高考的时事政治题？这几天，年级的期中考试成绩已经出来了，她的排名有点下降。学校篮球队里有好几个男生喜欢她，有人还悄悄在她的课本里夹了纸条，想与她约会。她正有些烦闷，不知道该拿这些纸条怎么办？现在，实在有太多的事需要关心，别的事即便再大，与她有什么相干？

而且，小林的心中还隐藏着一个巨大的秘密。她早已经悄悄下定决心，要报考体育学院。为了实现这个理想，她瞒着父母，每天放学后仍留下来进行体能训练。她找到学校的体育老师，恳求他帮助自己实现她的理想。因为这一切都是在私底下悄悄进行的，所以她并不能给体育老师提供任何报酬。体育老师也是小林在篮球队里的教练，对她一直关爱有加。对小林的理想，体育老师开始时似乎并不怎么热心。但看在她富有运动天赋和真诚的热情上，终于还是答应了下来。小林训练得十分刻苦，训练成绩正一点点提高。她知道只要自己继续努力坚持下去，她的理想就会变得触手可触。

然而，父亲却再也等不下去了。在上海，那里有他的家，那座城市是寄托他童年时的欢愉、少年时的梦想的地方。虽然那个现在早已不属于他的家，看起来寒酸而逼仄，要不是为了探望母亲，里面的那些人他简直一辈子都不想看见。可是，这一切其实并不重要。在父亲的心中，那个庞大而美丽的城市才是他真正的梦想。他简直不知道该用怎样的词汇来形容它，繁华、时尚、华贵、忧伤？抑或是拥塞、狭小、冷漠、肮脏？似乎是又似乎都不是。当他被这座城市毫不留情地推了出去，独自在异乡生活时，他奔突的思念就像是一小股没有方向的风，变得迅猛而绵长。那时候，他最思念的甚至不是自己的母亲和弟弟妹妹，而是每天傍晚时在弄堂口叫卖的刚出炉的焦黄的老虎脚爪，还有热腾腾的肉包子。

有时，父亲甚至弄不明白那到底是怎样的一种情感。他像在这座城市里出生、长大的许多人一样，热爱着这里的一切。他喜欢身边的弄堂，那些略带衰败气息的市井景象，家常的细枝末节。走在大街上的女人们虽然衣着简单，却一律收拾得头光脸净。一样的卡其布翻领外套、白衣花裙，穿在她们身上，总显得剪裁得体，洋气十足。在她们的脸上，有一股显眼的市井的精明，却也弥漫着淡淡的若有若无的骄傲与忧伤。他常常觉得，这些女人的脸才是这座城市真正的风光。

年轻时，他曾经从知青点扒火车偷偷跑回过上海。那一次，他连家都没敢回。在很长时间只是站在弄堂口，看着用碎石块铺出来的疙疙瘩瘩的蛋疙路。傍晚的阳光下，狭窄的弄堂显得安宁而寂静。路边的电线上挂着一长溜刚洗好的衣服，弄堂边七八个水斗上排着十几只水龙头，每一只水龙头便代表着一个家庭，他甚至能认出哪一只是属于自己家的。生了锈的垃圾筒旁，谁家的煤球炉正在一蓬蓬地冒着热气。不远处，几个老人正坐在矮脚凳上安静地玩着纸牌。他躲在弄堂口的暗处，生怕被别人发现了认出来，心里却弥漫着一股忧伤的喜悦。因为扒火车，他身上的衣服已经很脏了，裤脚那里挂了一条长长的口子。他已经一整天没有吃东西了。但是，他不想让家里人或是邻居看见，看见他这副落魄肮脏的模样。可是，他们一点也不知道，他是多么思念他们呀！

他忽然感觉鼻子一酸，忍不住轻声哭了起来，一边哭一边转身往回走。为了再扒火车赶回去，他还要走很远的路，再吃许多辛苦。回去后，他甚至因此生过一场重病。后来，他再没有做过这样的傻事。但是，那个傍晚弄堂里的景象却像刀子一样刻在了他的心里。那时，他曾经对自己发誓。早晚有一天，他还要回到这座城市。因为他是属于这里的，这里有他一生的希冀与梦想。

然而，这个誓言后来很快便被淡忘了。不仅是誓言，岁月与辛劳早已让许多原以为十分重要的东西变得一文不值。而且，后来他还拥有了属于自己的爱情。那虽然是个当地的女人，却是镇文艺宣传队的当家花旦，是小镇许多男人的梦中情人。那时，镇上有许多人追过那个女人，她却最终选择了他。虽然他的相貌平平，也没有什么特殊的才能，只因为他是上海来的，她最终还是嫁给了他。上海，也是那个女人的梦想。

他终于在小镇构筑起一个属于自己的温暖的家。当年大批知青返城的时候，他也曾动心、犹豫过，最终还是放弃了。他舍不得那个女人和自己苦心经营的家。他原以为，自己的一生再与上海无缘了，没想到命运却与他开了个玩笑，让他以另一种方式实现自己的梦想。为了办这张准迁证，虽然跑了很多路，看了无数张冷脸，求过许多人，他的心里却是温暖快乐的。他不能，决不能让这个迟到的上海梦变得灰飞烟灭。

晚饭后，父亲又把小林拉到一边，苦口婆心地劝她懂点事，不要再继续任性下去了。小林低着头认真地听着。但无论父亲如何劝解，她只是不动声色地抬起头，十分坚决地说，不！父亲艰难地咽了口唾沫，强压住心中升腾而起的怒火。父亲说，按照政策，只有你符合回上海的条件。你是家中的老大，应该替父母分担起家庭的责任。父亲告诉她，小镇中学的教学质量不高，一年考不出几个大学生的。她怎么能保证自己就一定能考上大学？如果她放弃回上海，到时又考不上大学，那就太吃亏了。退一万步说，即便她真的考上大学，大学毕业后也不可能到上海工作。父亲说，他和母亲的年纪一天天老了，厂里的效益也在日渐下滑。弟弟妹妹们的年纪还小，也需要花钱培养他们。

小林低着头大半天不说话，等到抬起头来的时候，眼里已蓄满泪水。小林犹豫了一下，终于还是说出了心中那个隐藏许久的梦，有关她要上体育学院的梦想。小林说得很快，一边说一边抚摸着自己的膝盖。那里有她下午练习跳高摔倒时留下的伤痕，现在已经微微有些红肿。小林低着头轻声说，我知道自己能行的，一定能行！求求你们就给我这一次机会吧。

父亲没有说话，过了一会儿，忽然十分尖锐地问道，那个体育老师，他为什么要辅导你？你有钱付给他吗？小林摇了摇头。父亲顿时急了，一把抓住小林的胳膊，说，他到底对你做了什么？小林推开父亲的手，皱着眉头抱怨道，你把我弄疼了。顿了顿，这才说，你为什么总是把人想得那么坏？那么龌龊？体育老师对我很好，他是因为我有运动天赋才答应帮助我的，你却还要诬蔑人家！

父亲"哼"了一声，没有再说什么。但是，心里却有些将信将疑。那时候，学艺术、学体育在小镇还有些稀罕，大都是那些成绩不好考不上大学的学生的选择，学习成绩好的学生是不屑于走这样的旁门左道的。那个体育老师，父亲是认得的。看起来有二十五六岁的年纪，人长得倒是一表人才。而且刚刚新婚不久，按说应该不会出什么事的。可是，这种事情哪里说得准呢？父亲觉得，有关回上海的事现在更不能拖延了，一定要让小林抓紧时间离开。

一直到买好了火车票，父亲才以不容置疑的语气告诉小林，明天就带她回上海。小林一听，顿时有些急了。这几天，父亲没有再像以前似的逼她。她原以为他已经同意了，至少让她参加完高考之后再说，没想到现在却忽然变成了这样。一想到自己这么多天的辛苦与努力都将付之东流，小林忍不住泪如雨下。而且这其中不只是她一个人的付出，还凝聚着体育老师的许多心血，她该如何向人家解释和交代呢？

几乎没有人知道在那几天里到底出了什么事，小林与那个高大英俊的体育老师之间到底发生了什么？小林像是完全发疯了，在与父亲大吵一架之后，便再没有回过家。父亲急得像热锅上的蚂蚁，却不知道到底该怎么办。他曾经到学校去找过小林，自然没有找到。但他并不敢声张，很快又回来了。那正是学生们紧张复习迎接高考的时候，小镇中学因为教学质量差，经常会有学生通过关系去别的什么地方补习功课。小林没有来上课，似乎也没有引起别人太多的注意。父亲悄悄问过几个与小林要好的女同学，她们也说不清她究竟去了哪里。那几天，那个体育老师不知怎么也忽然不见了踪影。父亲的心顿时悬了起来。他原本打算去学校告状的，但一想到这事关小林的名声，便将这口恶气硬生生地忍下了。

一个星期之后，小林这才重新在家里出现。在这一个星期里，父亲似乎一下子苍老了许多。两只鬓角的头发几乎全白了，眼睛里布满血丝。去上海的火车票现在早已经变成了一张废纸。父亲捏着那张过期的火车票，瞪着眼站在小林面前。只是呼哧呼哧喘着粗气，一句话也说不出来。小林抬起头看了父亲一眼，忽然轻声笑了起来。小林说，我不要去什么狗屁上海！我要嫁给他，我爱他！

父亲没有说话，忽然伸出手重重地扇了小林一个耳光。那是父亲第一次打她。小林既聪明又漂亮，一直是父亲的宠儿。从小到大，几乎每一个认识小林的人都喜欢她。在父亲的眼中，小林乖巧懂事，多才多艺，她的未来一片光明。他从没有想过，她会忽然变成现在这副模样。父亲像疯子一样，抓住小林的肩膀拼命摇晃着，眼睛里的怒火点根火柴就可以呼啦啦地燃烧起来。父亲一字一顿地说，这几天你去了哪里？到底都做了些什么？

小林挣扎着想挣脱开来，却没有成功。小林摇了摇头，大声说，没有，我什么也没有做，但我就是不去上海！小林还没有说完，父亲的巴掌便又恶狠狠地扇了过来。父亲声嘶力竭地叫道，那个混蛋，我决不会饶过他！父亲说，我发誓！我不会、决不会饶过他！

父亲说到做到，当晚便去派出所报了案。第二天，体育老师就以强奸罪被抓了起来。虽然在调查这件事的时候，小林反复对他们说，体育老师对她很好，她是自愿的，她喜欢他。但是，她的证词根本就不起作用。那一年，小林还不满十八岁。

这件事在小镇成了轰动一时的事件。"强奸"这个词，在那个闭塞而保守的小镇不啻是扔下了一枚重磅炸弹。因为过于惊悚骇人，小镇上的人们都有些被吓住了。人们压低声音议论着这件惊心动魄的事，却只是悄悄吸着气、咂着嘴，根本不知道该说些什么。

为了挽救自己的丈夫，体育老师的妻子曾专门到家里来求过父亲，求他饶了她的丈夫。那是个小身量的女人，身上还穿着结婚时穿的粉红色外套，窄窄的一张小脸，上面弥漫着一种哀婉的美丽。正说着话，忽然"扑通"一声跪了下来。女人一边抹着眼泪，一边低声说，她已经怀孕了，请看在她肚子里孩子的面上，放过他吧。父亲见状吃了一惊，但却只是转过身去，很坚决地摇了摇头。父亲痛心疾首地说不，我不能！他毁了我的女儿，毁了我们全家。我女儿原本可以去上海的，现在一切全都完了！

体育老师被抓起来后不久，据说全国便开始严打。因为恰巧撞到了枪口上，体育老师最终被判处死刑。

小镇召开宣判大会那天，虽然不是星期天，但小学校的老师都参加宣判大会去了，所以学生们也都放了半天假。福宝与班上的几个同学一起去看热闹。福宝原本想约小树一道去的，但那天她家的大门不知什么原因一直紧闭着。福宝站在门外喊了几声，见无人答应，便离开了。

高音喇叭从一大早便刺耳地在小镇上空回响着，里面的女播音员铿锵有力地念着宣判词。几辆贴着编号的军绿色大卡车在小镇窄窄的马路上排成一条长龙，正缓缓前进。荷枪实弹穿制服的人沿着车厢站了一圈，中间押着五花大绑的罪犯。人群从四面八方赶过来看热闹，马路边一下子全都站满了人。福宝一点也没有想到，平时看起来像是空无一人的小镇竟会有这么多人。

福宝到会场的时候，发现许多人已经站在那里等着了。宣判大会就设在新落成的体育场里，看台上的水泥台刚做好不久，还没怎么干透，上面被印了许多大脚印。里面临时搭起高高的审判台，因为匆忙，粗糙的木板和大铁钉子还龇牙咧嘴地留在上面。体育场里到处都是人，十几张布告被糊在一只大铁架子上，立在体育场的中央。

不一会儿，罪犯们游完了街，军绿色卡车从体育场的另一头开了进来。福宝看见卡车上的罪犯都上了背铐，身后背着根长木牌，木牌上写着各自的姓名。那些名字上打着红叉子的都是被判死刑的。人群开始骚动起来，福宝终于认出了那个体育老师。因为被剃了光头，体育老师的脸看起来显得格外阔大，眉眼突出。体育老师的腿上戴着脚镣。那脚镣似乎并不怎么沉重的样子，不知怎么他却一直弓着背拖着脚，几乎站不起来了。要不是由二个法警架着，肯定早就瘫到了地上。在福宝的印象中，体育老师是很高大结实的。她有些弄不明白，莫非他竟然拖不动脚上的那根铁链子？

与福宝一起去的女同学，有人被吓哭了，伸出手悄悄地抹眼泪。就在这时，人群中忽然传出一声尖叫，一个披头散发的女人猛地冲了出来，拼命往前跑。福宝认出来了，那个女人就是体育老师新婚不久的妻子。有人跑过来拦住她。很快，女人便像那个体育老师一样，被人架着双臂拖走了。但她仍旧拼命挣扎着，锐叫着。福宝发现，女人的那张窄窄的小脸像是被什么东西忽然一下子扯开了，看起来完全变了形。脸上的表情似乎只有那些不会说话的大山才会有，虽然龇牙咧嘴的，却根本就是难以诉说的。福宝听见她似乎一直在大声喊着什么，但体育场实在太大了，里面的人也太多了，几乎没有人能听清楚她到底在喊些什么。

女人被拖走之后，福宝又转过身去看体育老师。福宝发现，体育老师的脸上弥漫着一种奇怪的青灰色，上面没有一丝血色，完全是死人的颜色。而且奇怪的是，他的脸上竟然挂着一缕微笑。开始时，福宝以为他是因为看见刚才的那个女人，所以才微笑的。仔细察看之后才发现，他的眼睛里空茫茫一片，里面什么也没有。但是，那抹微笑却是凝固不动的，一直僵硬地挂在他的脸上。福宝有些想不明白，体育老师是在什么时候对什么人微笑过呢？这恐怕连他自己也早已经忘记了，但那个微笑却顽固地留了下来。看起来就像是一个出人意料的礼物，或者是一朵还没有完全开放便被硬生生扯下来的鲜花。现在虽然早已时过境迁，那朵花却依旧僵硬地开放着，再也合不拢了。福宝盯着那张脸，忽然凭空地觉得有些冷，心里一阵阵地发慌、害怕。

体育老师被枪决后，福宝听说，他的妻子后来又到小林家里来过一次。那时，女人刚做完引产手术，蓬着头，黄着脸，看起来已憔悴得不成样子。父亲原本不想让她进屋的，但女人的那副模样让他在一瞬间动了恻隐之心。而且，他也有些不明白她为什么现在还要到这里来。女人客气地对着父亲点点头，进屋后并没有说话，只是四下里张望着。等看到小林的时候，女人的脸忽然一下子涨得通红，接着便猛地冲了过去，与小林撕打成一团。父亲好不容易才将二人分开，又将女人拖到门外。这时，小林的脸上已经被那个女人抓出了好几条血印子。女人蓬头垢面地坐在外面的路上，哑着嗓子哭了很久。一边哭一边含糊不清地诉说着什么，一口口地朝地上吐着带血的唾沫。

　　不久，小林便大病了一场。在病中，她甚至曾趁人不备偷偷吃过安眠药。但在昏睡了两天之后，又醒了过来。醒来之后的小林忍不住号啕大哭，她不明白为什么整个世界都在与她作对。那一年，小林没有参加高考，反正以她那时的精神状态，即便是参加也是肯定没有希望的。

　　小镇上的人们用那种犹疑而复杂的目光看着小林，里面既有同情与好奇，也隐藏着几分捉摸不定的幸灾乐祸。人们忍不住在私下里摇头叹息，这孩子是硬生生给毁了。但到底是谁毁了她，却是谁也说不清楚的。

　　那张准迁证现在仍然放在家里的桌子上，父亲每次看见，都会忍不住暴怒不已。去上海的事似乎是被耽搁了。然而，事情却在这时出人意料地出现了转机。以前，叔叔一家曾竭力反对这件事，坚决不同意让小林的户口在老屋落户。因为，那间十平方米的屋子据说很快就要拆迁了。多一个人的户口，就意味着他们要少拿一大笔动迁费。因为这件事，父亲曾与叔叔吵过好几次架。最后，还是一直躺在病床上的奶奶做主，坚持让小林的户口落在那里。为了这件事，早已被疾病折磨得虚弱不堪的奶奶甚至因此大发雷霆过，叔叔这才不敢再说什么了。之后，奶奶便开始有些恍惚起来，人也变得时而清醒时而糊涂。半年之后，便去世了。但在奶奶去世之前，这件事终于还是办成了。

　　很快，小林便只身一人去了上海。

　　有关小林到上海之后的情况，福宝并不十分清楚。不过据小树说，小林的境遇还是很不错的。初到上海时，小林自然是和叔叔一家挤在那间十平方米的老屋里。家里原本就拥挤狭小，现在又平白地多出一个人来，自然不会有人对她有好脸色。屋子实在太小了，一家人大小便的马桶就放在床角边，用块塑料布挡着。夏天洗澡就更麻烦了，一个人洗澡，其他人只能到外面去。

屋里逼仄得连地铺都打不下，只能把棉花胎半摊在地上，人躺在上面有一半是睡在床底下。半夜里，小堂弟下床撒尿，时常会踩到小林的身上。

因为初来乍到有许多事弄不明白，小林几乎每天都有些战战兢兢的，但即便这样也免不了会出差错。有一次，小林失手打碎一只碗，就被婶婶劈头盖脸地骂了一顿。后来因为拆迁的事想把她赶走，就更加肆无忌惮了。虽然受尽了白眼与欺辱，但由于没有参加高考，小林早早地在居委会挂号，等待安排工作。不久，便被分配到一家光学仪器厂上班。那家工厂虽然规模不大，但效益很好，而且还是国营企业，旱涝保收的。

自从有了工作之后，小林的腰杆顿时硬气了许多。很快便从老屋搬了出去，在外面租房子住。虽然出租屋依旧很小，但她却感觉心满意足。小林独自站在窗前，凝视着窗外陌生的城市。城市的傍晚恣肆而粗鲁地站在外面，很快，便像个活物似的从什么地方偷偷溜了进来。那东西长着长胳膊大腿，脸上永远是一副沉思的表情。小林静静地凝视着它，心里涌动着一股莫名的情愫。她忽然发现，自己开始喜欢这里了。这个被灰色天空笼罩着的城市，虽然势利而冷漠，却是体己的，有一种轻淡而持久的温暖。小林忍不住微笑了一下，忽然尖起指头，对着窗外的夜空悄悄飞了个媚眼。

不久，相貌出众的小林便与厂里的一名同事谈起了恋爱。男友是上海本地人，在厂里做技术工作。与小林一见如故，对她十分痴情。小林很快便堕入情网。下班后，二人便在狭小的出租屋里缱绻缠绵着。小林的疯狂与热烈几乎让男友有些害怕。小林躺在他的怀里，流着泪诉说着自己在老屋时叔叔一家给她吃的那些苦头。那些鸡毛蒜皮的琐事在诉说中慢慢变得鲜活生动起来，它们就像是一根根锋利无比的钢针，在小林娇嫩的肌肤上留下一块块乌青的印迹。小林像柔弱无比的婴儿般无助地呜咽着，直到很久之后，才在男友轻言软语的安慰中慢慢闭上了眼睛。

但是，小林从没有对男友说过在小镇时发生的那些事。她把那些事悄悄地瞒下了。现在，那些事就像是一小块陈旧的花棉布，被她悄悄叠成一小块，小心捆扎起来，塞进了某个不为人知的角落里。偶尔，那硬硬的一小块还会像阴雨天的伤疤一样隐隐作痛，但她总是假装把这一切全都忘记了。

很快，二人便到了谈婚论嫁的地步。男友家的条件很不错的，结婚的婚房、家具之类的早已经准备好了。但小林却有自己的打算，她一定要等到老屋拆迁之后才肯结婚。

据说，叔叔一家曾经背着小林做过许多手脚。那时，不少单位还有公房分配。为了搭上这趟末班车，一向对小林十分刻薄的叔叔忽然变得热情起来。叔叔告诉小林，以前都是因为房子太小才会发生那些不愉快的事。都是至亲的骨肉，打断了骨头还连着筋呢，怎么着也是一家人。有一次，叔叔忽然对她说，要在自己的单位为她申请一间宿舍。小林虽有些疑惑，仍然十分高兴。很快，叔叔便拿着小林的身份证，以家长的名义，在单位分了一小间公房。这件事原本只是叔叔随口说说的，没想到竟然真的办成了。等到房子拿到手之后，叔叔便有些后悔了。他告诉小林，事情根本就没有办成。小林原本并没有抱什么希望，因此也不怎么当回事。

那间十平方米的老屋是公租房，只有使用权没有产权。在拆迁前，叔叔利用去房管所办产证的机会又动起了心思。因为手上有小林的身份证，便挖空心思办了张假证明。证明上写着，小林自愿放弃房屋的产权。为了达到目的，叔叔还在外面找了个与小林年岁相仿的女孩，打算一起去公证处办理公证。要不是那天小林回来拿自己的身份证，恰巧撞上了，这件事或许就让他们在暗地里办成了。

那天，愤怒不已的小林终于与他们恶狠狠地大吵一架。现在，她早已不是当初那个初来乍到任人摆布的乡下女孩了，也不再害怕得罪了他们却无处可去。小林把自己长久以来积攒下来的一腔委屈与怨愤，一股脑地全都发泄出来。叔叔虽然叮叮当当地与小林争吵，但毕竟理亏，也不敢过分纠缠。后来，这事便不了了之了。

小林当然十分清楚将自己的户口留在老屋里的好处，所以无论他们如何威逼利诱，始终没有答应将户口迁出去。为了达到目的，小林甚至特意二次推迟婚期。在那段日子里，充满着黑暗的猜忌与怨愤的等待。连小林的男友都有些坚持不住了，劝她说，不行就算了，反正家里有房子，又不是没有地方结婚，就别跟他们较劲了。但小林很坚决地摇了摇头，说不，她一定要等。哪怕他不跟她结婚，她也要等，一定要等到拆迁的那一天。

半年之后，老屋终于拆迁了，小林欢天喜地地拿到了属于自己的那部分补偿款。之后，便与男友一起买了一套两室一厅的房子，在那里风风光光地举行了婚礼。

小林是幸运的，她只用了短短几年时间，便实现了许多人用十年、二十年才能实现的梦想。小树曾把小林结婚时拍的照片拿给福宝看。照片上的小林披着长长的白色婚纱，手捧鲜花，依偎在新郎的胸前微笑着，看起来十分美丽。福宝几乎认不出来了。

事情到这里原本应该结束了。小林虽然放弃了自己的理想，但却圆满地实现了父母的梦想。这样，等到父母退休的时候，就可以到上海来养老了。小树和弟弟长大之后，也可以去上海投靠姐姐。在这中间虽然一波三折地发生了这么多节外生枝的事，但结局却是如此美好，美好得让人有些不敢相信，简直有点像是童话里的故事。

然而就在这时，却发生了一件意想不到的事。不知什么原因，小林忽然生病了。小林的身体一向很好，因为从小喜爱体育，身体比一般女孩都要结实强壮。但是，据说小林在厂里的工作属于高危工种。在不知不觉间，竟然患上了职业病。开始时，医生只说大概是内分泌失调，怀疑是得了妇科病，开了些中药慢慢调养着。只是，这病不知怎么总也不见有起色，缠缠绵绵地，一拖便拖了很久。

有关生病的事，小林几乎瞒住了所有人，就连丈夫也只知道个一鳞半爪。婆婆着急想抱孙子，明里暗里地催促她，该生个孩子了。小林心里虽然也很着急，对婆婆一家还怀有几分歉疚，嘴上却只是轻描淡写地说，自己的年纪轻，以后的日子长着呢，不用这么着急。婆婆站在那里，咂巴着嘴盯着她看，一时却不知道该说些什么。

婚后不久，小林曾带着丈夫回过小镇一次，几乎引起了轰动。小镇的许多人用艳羡的目光看着她，悄悄议论着上海的神奇魅力，忍不住暗自赞叹她的美丽。小林现在几乎完全变了样，不仅穿着打扮十分时髦，人看起来也比从前更漂亮了。她原本是那种有些强壮魁梧的身架，现在几乎完全脱了形。圆润饱满的脸庞也像是用刀削过似的，一下子变得十分瘦削。白嫩的肌肤看起来完全是半透明的，在阳光下散发着柔和美丽的光晕。

那是福宝最后一次见到小林。据说，小林回上海后不久便被查出患上了白血病。但是有关小林的病情，被她的父母悄悄瞒下了。小镇上的人几乎没有人知道小林生病的事。直到最后，人几乎快不行的时候，痛苦不堪的母亲这才流着泪将这件事告诉了小林以前在篮球队时的好友，消息这才在小镇辗转传开了。小林在小镇也算是名人了，几个中学同学热心张罗着想为她募捐，可钱还没有来得及转到小林的手上，便传出她去世的消息。

小林去世后，小林父亲的精神也似乎彻底垮掉了，很快便因病从厂里提前退休。现在，父亲的头发已经完全白了，整日佝偻着身子，连话也很少说。福宝有时会在傍晚时看见他出门散步，一双眼睛看起来就像是两只深洞，空落落的，几乎深不见底。福宝每次看见，总是忍不住低着头匆匆往前走，不敢多看。

福宝小学毕业的时候，终于从小镇回到了上海。因为那对老夫妻中的一个忽然生了重病，无法再继续照顾她了。福宝后来曾经悄悄设想过，要不是这个缘故，父母会不会一直让她留在那里呢？她简直不知道自己还要在小镇生活多久。

面对这个忽然而至的陌生孩子，福宝的父母开始时简直不知道该拿她怎么办？福宝被小心地藏在家中好几个月。在这几个月里，福宝几乎足不出户，只是整天泡在家里看电视、翻闲书。但是，福宝毕竟不是一个什么物件，不可能真的把她给藏起来。福宝的母亲开始有些后悔当初的鲁莽决定了。

后来，不知他们到底托了什么关系，又交了些罚金，总算是将福宝的身份洗了白。可是，小镇小学的学制是五年，使用的教材也是与上海完全不一样的。在小镇，福宝原本应该上中学了。现在，父母几乎不知道应该让她上几年级。后来，终于找到一所小学愿意接收她。但小学校的老师提出，要先考考她。因为过于紧张，福宝甚至连简单的计算题都不会做。加上她的个头长得过于矮小，结果仍被插班在五年级。上海的小学是六年制，这样福宝其实在无意中被耽搁了一年。

因为是从乡下来到上海生活，周围的许多东西都是她从没有见过的，一切都是那么新鲜有趣。面对这一切，福宝几乎完全反应不过来，一副木呆呆的傻相。母亲每次见她这样，总是一副欲言又止的样子。福宝很着急，她知道自己这样一定会让母亲很讨厌的，却又不知道该怎么做。于是，总是本能地、急煎煎地想要讨好母亲。有时，她觉得自己似乎一下子退化了，忽然变成了一个正在歪歪倒倒学习走路的婴儿。仰着头盯着母亲的脸，看起来像是在倾听母亲说话，其实脑子里却是空茫茫一片，几乎什么都没有。

现在，这座城市每天都在磨炼着福宝。她觉得自己就像是一条挨打的狗，总是在不断汲取着教训。福宝很快便读懂了父母眼睛里的失望与不满。这个孩子实在是太普通了，由于长期处于营养不良状态，人长得又矮又瘦，皮肤也十分黝黑。福宝相信，要是她的父母早就知道她的性别或是现在的长相，大概她就没有机会在这个世界上出现了。但是，现在一切都已经来不及了。

一年之后，福宝开始读初中了。福宝上的中学是寄宿的，一个星期才回家一次。现在，几乎所有人都松了一口气。随着学校里的功课越来越紧，福宝的生活也开始慢慢变得正常起来。如今，那个偏僻的小镇已经被远远地丢到了身后。小镇里的那些人和事，也一点点变得模糊遥远起来。偶尔，福宝还会想起他们。但那里的一切现在看来就像是一幅陈旧的画，因为过于老套和不太高明，总让人感觉有些不耐烦。

据说，小树在小镇初中毕业后没有继续读高中，便到上海来了。先是在一所技校读了两年书，就直接参加工作了。有一次，福宝曾在无意中遇到过她。福宝那时还是一身学生打扮，小树看起来却完全是个大人的模样。高高的个头，半长的头发烫成一个个卷，染成了鲜艳的金色，穿着也很艳丽时髦。小树那时开着一辆半旧的微型面包车，正忙着给人送货，两个人匆匆说了几句话便分手了。那次，小树还给福宝留过一个电话号码，福宝后来曾经打过一次。但小树在电话里似乎也是一副匆匆忙忙的模样，没说几句话便因为什么事挂断了。

那时，福宝已经上大学了，自己也有一大堆要操心的事。而且两个人除了小镇，几乎没有什么可以交流的话题。小树曾经在电话里说，哪天有空时到学校去找福宝玩，但她后来并没有来。福宝的手上也有小树的住址，有一次终于决定去看她。好不容易找到之后，却发现小树早已经搬走了。后来，福宝的手机不小心被小偷偷走了，而小树的电话号码就存在手机里。手机被偷了，二人也就此失去了联系。在这座庞大而冷漠的城市里，人们总是会错过一些人，也会遇见一些别的什么人。对这一切，福宝早已慢慢习惯了。

　　但是，总会有有关小镇的消息从什么地方曲曲折折地传过来。福宝后来听说，小树的弟弟似乎也到上海来了。因为要照顾弟弟读书，小树的父母终于一起离开了小镇。一家人虽然还是在外面租房子住，但总算是安顿了下来。小树现在似乎自己开了一家小公司，仍然是经常在外面到处跑，吃力而辛苦。但具体到底是怎样的情形，就没有人说得清楚了。

（原载《小说界》2014 年第 4 期）

图书在版编目（ＣＩＰ）数据

跳舞吧 / 王传宏著. -- 北京 ： 中国文史出版社，
2019.12
　　（"锐势力"中国当代作家小说集）
　　ISBN 978-7-5205-1822-2

　　Ⅰ．①跳… Ⅱ．①王… Ⅲ．①中篇小说－小说集－中
国－当代②短篇小说－小说集－中国－当代 Ⅳ.
①I247.7

中国版本图书馆 CIP 数据核字(2019)第 277977 号

责任编辑：全秋生

出版发行：中国文史出版社
地　　址：北京市海淀区西八里庄路 69 号　　邮编：100142
电　　话：010－81136602　　81136603　　81136606 （发行部）
传　　真：010－81136655
印　　装：北京温林源印刷有限公司
经　　销：全国新华书店
开　　本：787×1092　　1/16
印　　张：16.75　字数：260 千字
版　　次：2020 年 6 月北京第 1 版
印　　次：2020 年 6 月第 1 次印刷
定　　价：49.80 元